Mareike Allnoch

Den Sternen so nah

DRACHENMOND VERLAG

DRACHENMOND VERLAG

Astrid Behrendt
Rheinstraße 60
51371 Leverkusen
www.drachenmond.de
info@drachenmond.de

Buchsatz: Marlena Anders
Layout: Astrid Behrendt
Korrektorat: Michaela Retetzki
Umschlaggestaltung: Marie Graßhoff
Bildmaterial:
Stadt im Hintergrund: Songquan Deng - shutterstock.com
Mädchen: nizas - shutterstock.com
Lederjacke: Oleg Fotografo - shutterstock.com
Rahmen: Vasya Kobelev - shutterstock.com
Innenillustrationen: VLukas - shutterstock.com

Druck:
Booksfactory

ISBN
978-3-95991-213-6

Für Mama, Papa und Jan

Prolog

Jai, Jai, Jai!«

»Ohmeingottohmeingottohmeingott, gleich seh ich ihn!«

»AAAAHH!!!«

Als Isabel und ich drei Stunden vor Einlass an der Halle ankamen, war bereits die Hölle los.

Autos parkten kreuz und quer entlang der Straße und versperrten sämtliche Wege. Niederlande, Belgien, Österreich, Spanien, Italien, Dänemark und Deutschland. Aus allen möglichen Ländern kamen sie. Während ich mich noch immer laut fluchend über die unverschämt hohe Parkgebühr aufregte, bahnte ich mir mühsam einen Weg durch das Gedränge.

Auf dem Vorplatz zur Halle hatten sich bereits Hunderte von Fans versammelt, um ihr Idol in weniger als fünf Stunden live zu erleben. Die rot-weißen Buchstaben an der Fassade leuchteten uns in der Dämmerung entgegen. Von überall war aufgeregtes Stimmengewirr und hysterisches Kreischen zu vernehmen. Selbst bemalte Plakate oder gebastelte Collagen wurden in die Luft gehalten. Immer wieder trampelte mir jemand auf die Füße oder ich bekam einen unangenehmen Seitenhieb in die Rippen verpasst.

Stöhnend rieb ich mir über meinen Ellbogen. »Erinnere mich daran, dass ich nie wieder mit dir auf ein Konzert gehe. Ich hab vermutlich jetzt schon überall blaue Flecken und wir sind noch nicht einmal in der Halle.«

Isabel drehte sich zu mir um. »Hast du gerade was gesagt?«

Müde lächelnd winkte ich ab. »Nichts, gar nichts.«

Für die nächsten Stunden würde Isabel sowieso nicht mehr ansprechbar sein. Ihre Augen leuchteten voller Vorfreude und ihre Wangen glühten, während wir uns im Schneckentempo Millimeter um Millimeter in Richtung der Einlasstüren bewegten, an denen sich bereits die Security postiert hatte.

An der ersten Sicherheitskontrolle auf dem Vorplatz hielt ich einem der Männer meinen Personalausweis unter die Nase und wurde samt Isabel sofort weitergeschoben. Als ich jedoch die meterlange Schlange dahinter entdeckte, wäre ich am liebsten auf der Stelle wieder umgekehrt. Isabel schoss währenddessen mindestens dreißigtausend Fotos und lächelte debil vor sich hin. Schlecht gelaunt blickte ich auf die etlichen Fans, die sich noch vor uns in der Reihe befanden. Wie konnte man bei einer Veranstaltung mit rund fünftausend Besuchern nur zwei Einlasstüren öffnen? Seufzend ergab ich mich meinem Schicksal und reihte mich mit Isabel hinter den laut kreischenden Fans in der Schlange ein.

Über Lautsprecher an den Seiten wurden wir mehrere Male aufgefordert, Ruhe zu bewahren und nicht zu drängeln. Leider zeigten die Worte nicht sonderlich viel Wirkung. Das Geschubse und Gekreische war einfach nur fürchterlich.

»Ich krieg Kopfschmerzen«, brummte ich und kramte genervt nach den Tickets in meiner Handtasche, als auf einmal ein Ruck durch die Menge ging und sich Unruhe ausbreitete.

Ein wenig desorientiert blickte ich auf und ließ meinen Blick schweifen. Gerade noch sah ich, wie ein schwarzer Van mit dunkel getönten Scheiben auf der anderen Seite der Absperrung vor die Halle fuhr und vier bullige Typen mit Headsets aus dem Wagen stiegen. Danach folgte eine hochgewachsene Blondine, bis schließlich eine etwas kleinere, schmale Person mit Kapuzenpulli aus dem Wagen sprang. Isabel griff hektisch nach meinem Arm und krallte sich daran fest. Schmerzhaft verzog ich das Gesicht, als sich ihre Fingernägel in meine Haut bohrten und hässliche Abdrücke hinterließen.

»Oh mein Gott«, hörte ich sie stammeln. Isabels Gesicht war inzwischen kalkweiß angelaufen und für einen kurzen Moment befürchtete ich, sie würde gleich zusammenklappen. Mal ganz davon abgesehen, dass sich ihr Wortschatz auf das Minimum reduziert hatte.

»Nina, schau mal … da ist Jai. OH MEIN GOTT!« Ihre Stimme wurde immer lauter und aufgekratzter, bis sie ein aufgeregtes Quietschen von sich gab. Ihr Gekreische vermischte sich mit dem der anderen Fans und ging langsam darin unter.

Als sich das kleine Kapuzenmännchen für einen kurzen Moment umdrehte und sogar flüchtig die Hand hob, stieg der Lärmpegel vor der Halle noch mal auf gefühlte hundert Dezibel an. Bevor ich jedoch überhaupt eine Chance hatte zu realisieren, was hier gerade vor sich ging, sprinteten mehrere Mädchen in Richtung Absperrung, wobei sie mich beinahe über den Haufen rannten. Irritiert beobachtete ich, wie einige sehr hartnäckige und zähe Fans versuchten, über die Gitterwand zu klettern und ihre Handys aufgeregt in die Luft hielten.

»Jai!«

»Jai, hier!«

»Come here, please!«

»I love you so much!«

Fassungslos betrachtete ich das Spektakel, das sich mir bot, während Isabel ebenfalls ihr Handy gezückt hatte und sich auf die Zehenspitzen stellte, um einen besseren Überblick zu bekommen.

Ich konnte den ganzen Hype nicht nachvollziehen. Was sollte an diesem Typen denn so außergewöhnlich sein?

Die Straße war nun komplett abgesperrt worden, wie ich mit einem kurzen Blick über die Schulter feststellte. Sicherheitsleute zerrten die wildgewordenen Fans ruppig von der Absperrung und wiesen sie mehrere Male an, Platz zu machen, was jedoch nur in Maßen Erfolg hatte.

Das mysteriöse Kapuzenmännchen war inzwischen im Inneren der Halle verschwunden, der Aufruhr vor der Halle war dafür umso größer. Ein Mädchen in ungefähr meinem Alter brach neben mir in Tränen aus. »Oh … mein … Gott … er hat mich gerade angelächelt!«

Mitleidig sah ich sie an und verpasste mir innerlich einen Schlag gegen die Stirn. Wie sollte ich diesen Abend bloß überstehen?

Währenddessen waren die meisten Fans in eine Art Sprechgesang verfallen, sodass die »Wir wollen den Ja-hai sehen, wir wollen den Ja-hai sehen …!«-Rufe über den ganzen Platz hallten. Mein Blick fiel unwillkürlich hinüber zu den Einlasstüren, an denen inzwischen keiner mehr anstand, da jeder versuchte, einen Blick auf seinen Liebling zu erhaschen. Kurz entschlossen packte ich Isabel am Arm und zog sie mit mir.

»Was machst du denn? Ich will Jai …«

Bevor sie den Satz überhaupt beenden konnte, fuhr ich ihr unwirsch dazwischen und raunte: »Das ist unsere Chance. Solange diese hysterischen Weiber noch in Ekstase sind, können wir schon mal im Gebäude verschwinden.«

»Aber Jai …«

Ich wirbelte herum und funkelte sie an. »Meine Güte, das war doch wahrscheinlich sowieso nur eine Ablenkungsnummer, damit der echte Jai unbemerkt durch einen Hintereingang verschwinden kann. Der sitzt mit Sicherheit schon gemütlich backstage und zieht sich für die Show um. Je eher wir in der Halle sind, desto besser. Also komm jetzt.«

»Glaubst du etwa, ich würde den echten Jai nicht erkennen?!« Isabel blieb abrupt stehen, sodass ich fast vornübergefallen wäre, und warf mir einen patzigen Blick zu.

»Ich glaube nicht, dass du das als Nicht-Fan beurteilen kannst!«

Ich verdrehte die Augen und stöhnte innerlich auf. Das Mädel war manchmal störrischer als ein Esel. Warum hatte ich mich überhaupt von ihr überreden lassen, mitzukommen? Geburtstagsgeschenk hin oder her, aber das hier war die reinste Zumutung.

Inzwischen hatte es draußen angefangen zu nieseln, was nicht unbedingt dazu beitrug, meine Laune zu heben. Dicke, graue Wolken waberten über der Stadt und zogen ihre Kreise über der Halle. Das rot-weiße Absperrband flatterte laut raschelnd im Wind. Erste Schneeflocken rieselten bereits vom Himmel und hinterließen matschige Abdrücke auf dem Pflaster.

Allein der Anblick einiger hartgesottener Fans, die nur in Hotpants und Tops an mir vorbeistiefelten, ließ mich frösteln. Meiner Meinung nach war diese Aufdonnerei ohnehin total sinnlos und überflüssig, da Jai den Großteil der Mädchen von der Bühne aus wahrscheinlich nur als kleine Fliegenschisse inmitten eines Meeres aus kreischenden Fans ausmachen würde. Na gut, mal abgesehen von den wenigen, die es in die erste Reihe geschafft hatten und dort um seine Gunst buhlten, indem sie BHs oder Slips auf die Bühne schmissen. Wirklich geschmacklos.

Und selbst wenn er sie, nur mal angenommen, unter Umständen im Publikum entdecken sollte, was hatten sie dann davon? Ein kurzes Augenzwinkern, vielleicht auch noch ein Lächeln … und vier Stunden später würde ihr nicht existenter Traummann zurück im Flieger nach Hollywood sitzen, mit den Gedanken wahrscheinlich bei Champagner und irgendwelchen halbnackten Models.

Trotzig zog ich mir meine Mütze tiefer in die Stirn und schlang meinen weichen Schal noch ein wenig enger um den Hals; die Hände vergrub ich tief in den Taschen meiner dicken Winterjacke.

Da Isabel immer noch ein wenig pikiert dreinsah, entschied ich mich, einen versöhnlichen Tonfall anzuschlagen. Ich berührte sie sachte am Arm.

»So war das doch gar nicht gemeint. Selbst wenn das gerade der echte Jai gewesen sein sollte, dann ist er jetzt schon längst in der Halle verschwunden. Es gibt also keinen Grund, noch länger in dieser eisigen Kälte zu stehen«, nuschelte ich leicht bibbernd.

»Es WAR der echte Jai.«

»Meinetwegen, dann war er es halt!«

Es kostete mich einige Beherrschung, nicht genervt mit den Augen zu rollen und laut zu seufzen. Stattdessen zwang ich mich zu einem Lächeln. Isabel sah sich noch einmal zögerlich in Richtung der Absperrung um und kaute unentschlossen auf ihrer Unterlippe.

Meine Güte, wenn sie sich nicht bald entschied, würde ich noch Frostbeulen am Hintern bekommen. Oder eine Blasenentzündung. Meine Zehen fühlten sich schon ganz taub an.

Immerhin gab Isabel danach keine Widerworte mehr von sich und ließ sich mehr oder weniger bereitwillig von mir zur Halle schleifen. An den Einlasstüren drückte ich einem Security-Mann mein Ticket und meine Tasche in die Hand, die er genauestens inspizierte. Er warf mir einen kurzen Blick zu und zeigte dann auf meine Wasserflasche.

»Es tut mir leid, aber es ist nicht gestattet, jegliche Art von Flüssigkeit mit in die Halle zu nehmen«, brummte er mit tiefer Stimme.

»Super, damit ich mir drinnen dann eine Flasche Wasser für fünf Euro kaufen muss«, erwiderte ich säuerlich und schmiss mein Wasser schwungvoll in einen der bereitstehenden Abfallbehälter. Aus dem Augenwinkel registrierte ich, wie ein Mädchen an der zweiten Einlasstür neben mir sogar ihr Deospray entsorgen musste. Vielleicht hatten die Veranstalter Angst, es könnte als Wurfgeschoss benutzt werden.

Der Security-Mann zuckte noch einmal entschuldigend mit den Schultern und lächelte mich aufmunternd an. »Ich mache hier nicht die Regeln, sondern erledige nur meinen Job. Tut mir leid.«

»Schon gut«, murrte ich, ein wenig besänftigter als zuvor. Nachdem auch Isabels Tasche auf ungeeignete Gegenstände untersucht worden war, zwinkerte uns der Mann noch einmal freundlich zu. »Viel Vergnügen!«

Haha. Guter Witz. Wohl kaum, wenn ich mir die ganzen Durchgeknallten um mich herum ansah. Isabel eingeschlossen.

Sobald die Tür hinter uns ins Schloss fiel und wir den Boden der Halle betreten hatten, stieß Isabel erst mal einen spitzen Schrei aus und sprintete wie eine Bekloppte auf die Bühne zu, wobei ihr mindestens drei Sicherheitsleute »Nicht rennen!« hinterherriefen. Vor der Bühne standen bereits einige Mädchen, die sich um die besten Plätze in der ersten Reihe stritten. Als ob sie sonst nichts zu tun hätten.

Isabel zog eine Schnute und verschränkte die Arme vor der Brust. »Toll, jetzt stehen wir nur in der vierten Reihe. Wie soll er mich denn von hier aus bemerken?«

Ich konnte schon gar nicht mehr mitzählen, wie viele Male ich an diesem Tag bereits fassungslos den Kopf geschüttelt hatte. Und dabei hatte das Konzert noch nicht einmal angefangen. Warum war ich nicht einfach mit einem schönen Buch zu Hause in meinem gemütlichen Bett geblieben? Popstars interessierten mich einfach nicht und dieser Jai Mc-keine-Ahnung-was schon mal gar nicht.

Ich ließ meinen Blick durch die kalte, hohe Halle schweifen. Unmittelbar neben dem Eingang befand sich eine kleine Bar, an der Getränke und Essen gekauft werden konnte. Neben dem Stehbereich verfügte die Halle über eine schmale Empore, die seitlich wie ein Ring um den Innenbereich herum verlief. Über schmale Treppen auf der rechten und linken Seite konnte die Empore betreten werden. Bis jetzt war jedoch noch keine Person darauf zu erkennen.

Der Stehplatzbereich dagegen füllte sich merklich und das Kreischen schwoll von Minute zu Minute an. Es wurde gequetscht, gedrückt und geschrien.

Die Lichter gingen mit einem Mal aus und das Geschrei wurde ohrenbetäubend. Wie auf Kommando wurden vor mir etliche Handys in die Höhe gestreckt, irgendjemand schubste mich von hinten und mein Kopf prallte unsanft gegen eine Schulter. Die Halle war kurzzeitig in Dunkelheit gehüllt, bis riesige Scheinwerfer die Bühne bunt aufstrahlen ließ und in helles Licht tauchte. Nebelschwaden zogen über die Bühne, aus den Boxen ertönten die ersten dumpfen Bässe. Daraufhin folgte ein lauter Knall und Jai erschien auf der Bildfläche. Das Konzert konnte beginnen.

Fast die gesamte Show über konnte ich nichts sehen, weil eine menschliche Giraffe vor mir ihr Unwesen trieb. Gut, ich war mit meinen ein Meter achtundfünfzig auch kein Riese, aber musste die sich ausgerechnet vor mich stellen? Noch dazu die dusselige Schnepfe hinter mir, die mir unentwegt »Jai!« ins Ohr brüllte und wie eine besengte Sau auf meinen Rücken trommelte, der Abend war perfekt. Ich hätte dem Mädchen ja gerne meinen Ellbogen in den Bauch gerammt, aber in der hysterischen Menschenmasse konnte man sich nicht mal um seine eigene Achse drehen. Selbst meine Arme konnte ich lediglich wie zwei Salzsäulen in die Luft halten.

Vom Gesang bekam ich bei dem ganzen Gekreische so gut wie nichts mit. Zudem waren die Verstärker total übersteuert, sodass die Akustik wirklich unterirdisch war und ich mir irgendwann demonstrativ mein Ohropax in die Ohren stopfte. Isabel dagegen rastete komplett aus und schmachtete die Erscheinung vor uns verzückt an. Einige der Mädchen fielen sogar in Ohnmacht und mussten von Sanitätern aus der Halle getragen werden. Sehnsüchtig sah ich ihnen hinterher in Richtung Ausgang.

Kreischanfall Nummer hundertfünfunddreißig wurde ausgelöst, als Jai plötzlich mit freiem Oberkörper (seine schmale Hühnerbrust kam dabei wirklich besonders gut zur Geltung) auf der Bühne stand. Tausende Mädchen seufzten verzückt auf, mir dagegen entlockte es nur ein müdes Augenrollen.

Die Lyrics seiner Texte waren wirklich grottig. Eigentlich beschränkte sich der Text auf ›Baby, Love, Yeah‹. Was sollte man in Zeiten von Facebook, Twitter und Co. auch anderes erwarten? Da wurden ganze Sätze nun einmal überbewertet.

Als ich auf meinem Handy irgendwann nach der Uhrzeit schaute, musste ich bestürzt feststellen, dass noch nicht einmal eine Stunde vergangen war.

Isabel war auf einmal auch weg. Suchend ließ ich meinen Blick über die Menge gleiten, konnte ihren Blondschopf aber nirgends ausmachen. Brillant. Meine Laune hatte ihren Tiefpunkt erreicht. Ich seufzte. Wenn dieser Abend endlich vorbei wäre und ich den Typen nie wieder sehen müsste, würde ich drei Kreuze in meinem Kalender machen …

Doch leider stand mir das Schrecklichste erst noch bevor: das Meet & Greet.

Toll.

Nachdem das Konzert endlich beendet und ein Tinnitus bei mir vermutlich nicht mehr weit entfernt war, wurden wir von einer Frau mit strengem Dutt in einen separaten Raum in der Halle geführt. Der Raum war stickig und für die Anzahl der Fans mit VIP-Tickets definitiv zu klein. Da halfen auch die Ventilatoren an der der Decke nicht mehr viel.

Nach einer halben Stunde Wartezeit betrat Jai dann schließlich die Mini-Bühne, begrüßte seine Fans kurz, fragte, ob ihnen das Konzert gefallen hätte, bla, bla, bla.

Ich hörte gar nicht richtig hin, sondern versuchte mit intensivem Blick die Zeiger auf meiner Uhr vorwärts zu rücken.

Isabel drehte sich zu mir um und strahlte bis über beide Ohren. »Awww, ist er nicht supersüß?«

»Hmmh, super …«

Die Zeiger bewegten sich immer noch nicht vorwärts. Nach einer Weile wurden wir vom Sicherheitspersonal aufgefordert, eine lange Schlange zu bilden. Isabel begann aufgeregt neben mir herumzuzappeln und boxte mir vorfreudig auf den Arm. »Uuuhhh … Jetzt werden die Fotos mit ihm gemacht. Oh man, oh man, … ich bin so aufgeregt. Glaubst du, ihm wird mein Geschenk gefallen?« Als sie mich unsicher mit ihren großen grau-blauen Augen ansah, drückte ich beruhigend ihre Hand.

»Du hast dir so viel Mühe damit gegeben, mach dir nicht so einen Kopf. Wenn er das nicht zu schätzen weiß, dann ist ihm auch nicht mehr zu helfen.« Isabel lachte mich glücklich an.

Verstohlen warf ich einen Blick auf die Zeichnung, an der Isabel mehrere Wochen gefeilt hatte. Obwohl sie sich wirklich viel Mühe damit gemacht hatte, musste ich zugeben, dass ich Jai darauf nicht erkannt hatte. Aber das konnte möglicherweise auch daran liegen, dass ich ihn mir nicht tagtäglich in irgendwelchen Klatschmagazinen ansah.

Die Schlange vor uns war ewig lang und es dauerte einige Zeit, bis wir vorne standen. Geschätzt waren es um die zweihundert Leute, die ein VIP-Ticket ergattert hatten. Darunter wir zwei Glücklichen, da Isabel an dem Tag des Vorverkaufs wie ein hypnotisiertes Kaninchen vor ihrem Laptop gesessen hatte, um eben zwei dieser Tickets zu bekommen.

Jai saß auf einem kleinen Hocker, positioniert vor einer roten Werbeleinwand, vor der die Fotos gemacht wurden. Dunkelbraune, verwuschelte Haare lugten unter seiner schwarzen Beanie hervor. Dazu trug er ein einfaches schwarzes T-Shirt, Jogginghose, weiße Sneakers und eine schlichte silberne Kette. Unauffällig musterte ich ihn von der Seite; beim Konzert hatte ich schließlich nicht allzu viel von ihm gesehen.

Hm, der war ja mal so gar nicht mein Typ. Milchbubi mit Justin Bieber-Pottfrisur. Ich möchte behaupten, er sah in seinen Schlabberklamotten nicht mehr nach Superstar aus als Isabel und ich. Oder alle anderen Personen um ihn herum.

Allerdings ließ sein Gesichtsausdruck erahnen, dass er sich durchaus für etwas Besseres hielt. Zumindest machte er genau diesen Eindruck auf mich, so teilnahmslos, wie er da auf dem Hocker hing und an seinem iPhone tickerte, während Mitarbeiter hektisch um ihn herumwuselten, Kabel verlegten und die letzten Vorbereitungen trafen. Jai hatte nicht mal einen Blick dafür übrig.

Die ersten Personen durften nach vorne gehen. Ich beobachtete, wie der Fotograf im Sekundentakt auf den Auslöser drückte. Die ganze

Fotoaktion erinnerte viel mehr an eine Massenabfertigung als ein ›Meet & Greet‹. Das Foto selbst dauerte keine fünf Sekunden, danach wurden die zumeist weiblichen Fans unwirsch zur Seite geschoben, damit der nächste bereits nach vorne gehen konnte. Sobald jemand versuchte, Jai zu umarmen oder ihm ein Küsschen auf die Wange zu hauchen, wurde man sofort zur Seite gezogen.

Als Isabel schließlich an der Reihe war und Jai stolz ihre Zeichnung überreichen wollte, wurde ihr diese von einem der Security-Männer unwirsch mit den Worten »Ein Foto, keine Umarmung und kein Geheule!« aus der Hand gerissen. Ich runzelte die Stirn. Isabel sah den fetten Glatzkopf ein wenig verdattert an, blieb aber still. Als sie sich neben Jai stellte und ihn vor Aufregung fast umsprang, konnte ich mir ein Grinsen nicht verkneifen. Jai fing an zu lachen, doch es klang gekünstelt und aufgesetzt. Irgendwie war er mir sofort unsympathisch.

Jai hob seinen Arm mechanisch hoch und schaltete schon mal sein professionelles Dauergrinsen für die Kamera ein, als Isabels Handy auf den Boden fiel und sie sich danach bückte. Just in dem Moment, als Jais Arm gerade oben war, drückte der Fotograf auf den Auslöser.

Verwirrt sah Isabel auf, als helles Blitzlicht aufleuchtete, und warf Jai einen enttäuschten Blick zu. »Tut mir leid, k-können wir noch ein Foto machen?«, stotterte sie.

Wieder quetschte sich der unfreundliche Security-Mensch dazwischen und raunzte: »Du hältst den ganzen Verkehr auf, Mädchen. Geh mal zur Seite. Der Nächste!«

Der Glatzkopf wedelte mit der Hand, als wollte er Isabel wie ein lästiges Insekt verscheuchen. Sie war den Tränen nahe und versuchte, nicht loszuheulen.

Mir stieg die Galle hoch. Wie lange hatte sich Isabel auf diesen Moment gefreut und mich wochenlang angebettelt, mit ihr auf dieses Konzert zu gehen … und nun das?

Entschlossen ging ich nach vorne zu dem Security-Heini. »Sie kann das Foto an meiner Stelle machen. Ich will keines.«

Der Typ sah mich zunächst verwundert an, bis sich seine Miene verfinsterte. Bei genauerem Hinschauen sah seine Glatze aus wie frisch poliert. Hätte ich mich etwas stärker darüber gebeugt, hätte ich darin bestimmt mein eigenes Spiegelbild betrachten können.

»Jetzt hör mal gut zu. Wir haben hier einen straffen Zeitplan einzuhalten! Wo kommen wir denn hin, wenn wir den wegen zwei kleiner Gören über den Haufen werfen?«

Ich stemmte beide Hände in die Hüften und sah den Typen seelenruhig an. »Wo ist denn da bitte der Unterschied, ob ich nun eins mit ihm mache oder stattdessen meine Freundin?«

Aus dem Augenwinkel konnte ich erkennen, wie einige Fans hinter mir zustimmend mit dem Kopf nickten, während andere wiederum schadenfroh grinsten. Isabel hatte ihre Augen inzwischen weit aufgerissen und blickte mit entsetztem Gesicht zwischen Jai, dem Rumpelstilzchen-Gnom-Verschnitt und mir hin und her. Der Security-Mensch sah mich sauer an und zischte: »Entweder du machst jetzt dein Foto, oder ihr beide könnt gehen!«

Jetzt wurde ich richtig wütend. Normalerweise hätte ich niemals den Mut gehabt, mich mit so einem Typen anzulegen. Aber ich hatte einfach die Schnauze voll. Die lange Warterei, die unfreundlichen Security-Leute, die stickige Luft …

Das alles brachte das Fass schließlich zum Überlaufen.

Ohne auf den grimmigen Gesichtsausdruck des Security-Typen zu achten, stellte ich mich direkt vor den Koloss und blickte ihn ärgerlich an.

»Sagen Sie mal, wollen Sie mich verarschen? Man zahlt hundert Euro für ein Treffen mit Jai Mc…«, ich wedelte mit meiner Hand in der Luft umher, »was-weiß-ich, bei dem man nicht einmal ein zweites Foto bekommt, geschweige denn, dass man seine Geschenke persönlich überreichen kann? Da ist ja wohl das Letzte!« Und da ich mich sowieso schon in Rage geredet hatte, fügte ich höhnisch mit einem Seitenblick auf Jai hinzu: »Und du willst ein Vorbild und Fan-naher Popstar sein? Lächerlich!«, schnaubte ich angewidert.

Jai schien erst jetzt Notiz von mir zu nehmen, da er die ganze Zeit auf seinem iPhone herumgedaddelt hatte. Irritiert hob er seine Augenbrauen und musterte mich kühl aus seinen dunklen, beinahe schwarzen Augen, die mich kurz, aber auch wirklich nur ganz kurz aus dem Takt brachten.

»Excuse me?«

»Du hast mich schon ganz richtig verstanden! Und dein ›Excuse me‹ kannst du dir in deinen Allerwertesten stecken. Dass man für solch eine …«

… Abzocke überhaupt Geld zahlt, hatte ich eigentlich sagen wollen. Doch ich kam nicht mehr dazu, da auf einmal ein zweiter riesiger Koloss aus dem Nichts von hinten auf mich zustürmte, mich an der Schulter packte und mit einem einzigen Satz aus dem Raum beförderte. Die Tür hinter mir fiel krachend ins Schloss und ich fand mich höchst verblüfft im Regen wieder.

Mit einer sehr, SEHR wütenden Isabel neben mir.

1. Kapitel

Sechs Monate später …

One, two, three, four and one, two, three, four …« Laut hallte Angelikas kräftige Stimme durch das kleine Tanzstudio, das versteckt auf dem Hinterhof eines abgelegenen Grundstücks am Stadtrand lag. Von außen wirkte das Gebäude ein wenig marode und unscheinbar mit seiner matschfarbenen Fassade und den schiefen Fenstern, und dennoch konnte ich mir keinen besseren Ort als diesen vorstellen.

Für mich gab es nichts Schöneres, als mich nach den Tanzstunden in einen der klapprigen und rostigen Gartenstühle zu setzen und zu beobachten, wie die Sonnenstrahlen die Wasseroberfläche des kleinen Teiches hinter dem Haus zum Funkeln und Glitzern brachten. Kleine helle Punkte tanzten dann flink und geschmeidig über das Wasser und ließen die Umgebung hell aufleuchten.

Vor zwei Jahren hatte ich das Tanzen als meine große Leidenschaft entdeckt, besonders Hip-Hop hatte es mir angetan. Tanzen gab mir das Gefühl von Freiheit und Leichtigkeit und bot mir die Chance, für einen Moment in eine andere Welt einzutauchen. Alles andere um mich herum verlor in dem Augenblick an Bedeutung, als befände ich mich in einem schillernden Kokon, eingesponnen und abgegrenzt von der Außenwelt, in dem nur meine eigene kleine, aber aufregende Welt existierte. Da gab es keine Gewichtsprobleme, hohle Typen oder nervige Brüder. Da gab es einfach nur mich. Mich und das Tanzen.

Angelikas Stimme ertönte erneut und riss mich aus meinen Gedanken.

»Schritt, Schritt, Slide … und fünf, sechs, sieben, acht … Thea, die Arme lockerer lassen!«

Macklemores ›Thrift Shop‹ dröhnte aus den großen Boxen, erfüllte den Raum. Das Adrenalin pulsierte in meinen Adern, strömte durch meinen ganzen Körper. Schweiß rann über mein Gesicht, aber ich kümmerte mich nicht weiter darum. Irgendwann erreichte man diesen gewissen Punkt, an dem man keinen Schmerz mehr spürte, an dem die Beine sich wie von selbst zu der Musik bewegten und man förmlich über die Tanzfläche flog.

Nach einer Weile -ich wusste nicht, wie viel Zeit inzwischen vergangen war – klatschte Angelika zufrieden in die Hände. »So meine Lieben, für heute ist Schluss. Wir sehen uns nächste Woche. Habt noch einen schönen Tag.«

Als ich erschöpft, aber glücklich nach meiner Wasserflasche griff und den Mädchen in die Umkleidekabine folgen wollte, hielt Angelika mich am Arm zurück.

»Warte mal, Nina, ich habe da noch etwas mit dir zu besprechen.«

Das glückselige Gefühl in meinem Bauch machte einem unwohlen Grummeln Platz.

»Okay.« Zögerlich blieb ich stehen und wandte mich ihr zu.

Angelika warf ihre rotgetönte Lockenmähne in den Nacken und verschränkte ihre Hände vor dem durchtrainierten Bauch. Ihr Bauchnabel-Piercing funkelte im Sonnenlicht, das durch die hohen Fenster in das Studio fiel.

»Erinnerst du dich noch an Monica, meine Freundin aus Studienzeiten, die in den USA mittlerweile ihr eigenes Tanzstudio eröffnet hat?«

Ich meinte mich zu erinnern, da Angelika sie einmal in einer unserer Tanzstunden erwähnt hatte. Zaghaft nickte ich mit dem Kopf.

»Nun ja … ihr Tanzstudio läuft mehr als gut. Sogar so gut, dass ihre Schüler seit zwei Jahren Aufträge als Backgroundtänzer für anerkannte Künstler bekommen. Monica erhält viele Anfragen von Agenturen und Managements. Das Problem ist jedoch, dass bereits all ihre Tänzer für den nächsten Sommer ausgebucht sind und Majesty Records dringend nach einer Backgroundtänzerin sucht. Das alles kam sehr kurzfristig, da eine ihrer Tänzerinnen überraschend gegangen ist. Also hat sich Monica an mich gewandt.«

Ich nickte abermals vage mit dem Kopf. Das war ja alles schön und gut, aber was hatte das jetzt mit mir zu tun?

Angelika fing meinen fragenden Blick auf und hielt in ihrem Redefluss einen Moment inne.

»Also gut. Machen wir es kurz und knapp: Ich habe dich als Ersatz vorgeschlagen.«

Im ersten Moment begriff ich überhaupt nicht, was Angelika mir damit sagen wollte. Ersatz wofür? Ich nickte immer noch, bis die Informationen langsam in meine grauen Gehirnzellen sickerten. Vor Fassungslosigkeit klappte mir die Kinnlade herunter. Gefühlte zehn Minuten lang starrte ich Angelika einfach nur mit offenem Mund an.

»WAS?!«

Völlig überrumpelt ließ ich mich auf die lange Sitzbank im Studio fallen und musste mich erst mal für einen kleinen Augenblick sammeln. Die Gedanken in meinem Kopf überschlugen sich förmlich, tanzten Salsa. In mir begann es zu rattern und ich merkte, wie sich die Zahnrädchen in meinem Gehirn langsam in Gang setzten.

»Du meinst, ich soll … also das heißt …«

»… dass du für drei Monate nach Amerika fliegen und in einem professionellen Team arbeiten könntest. Ja, das heißt es«, beendete Angelika ungerührt mein Stammeln.

»Nein!«, entfuhr es mir unkontrolliert.

»Nein?« Angelikas Augenbrauen schossen erstaunt in die Höhe. »Warum?«

»Na ja, weil … ähh …«

Ich, in Amerika, als Backgroundtänzerin – Allein der Gedanke daran verursachte ein nervöses Kribbeln in meinem Bauch. Andererseits – wann bekam man schon eine Chance wie diese?

Es war schließlich etwas völlig anderes, vor Tausenden von Men schen auf großen Bühnen zu tanzen. Dagegen waren die Aufführungen, die ich bisher mitgemacht hatte, wahrscheinlich Kinderkram. Aber genau da lag vielleicht auch das Problem – War ich überhaupt gut genug für solch ein Angebot?

»Und warum ausgerechnet ich? Warum nicht … äh … Lena?«, platzte es aus mir heraus.

Angelika trat einen Schritt auf mich zu und nahm meine Hände beruhigend in ihre.

»Es gibt niemanden in diesem Kurs, dem ich diese einmalige Chance mehr gönnen würde als dir. Lena ist gut, ja. Aber sie tanzt nicht mit der gleichen Leidenschaft, wie du sie besitzt. In dir steckt unwahrscheinlich viel Power. Monica sucht nach jemandem, der mit Herz an die Sache rangeht und die Choreografie nicht wie eine mechanisch gesteuerte Marionette herunterleiert. Du jedoch stehst zu hundert Prozent hinter dem, was du tust. Noch dazu bist du zuverlässig und ehrgeizig. Es steht wirklich viel auf dem Spiel. Du wärst ein wahrer Glückstreffer für Monica. Und natürlich für Majesty Records.«

Geschmeichelt von ihrem Kompliment, fingen meine Wangen an zu glühen. Unsicher knetete ich an meinem T-Shirt herum, bis es ganz knitterig war und aussah, als käme es gerade frisch aus der Waschmaschine.

»Ich weiß nicht …«, druckste ich. Ich räusperte mich und hob meinen Kopf.

»Und du würdest mir das wirklich zutrauen?«, setzte ich vergewissernd hinterher. Ich legte viel Wert auf Angelikas Meinung.

»Hundertprozentig. Ich kann sogar mit Gewissheit sagen, dass du das packst«, erwiderte Angelika voller Zuversicht. Sie schien wirklich überzeugt zu sein von dem, was sie sagte. »Hm …«

»Hör zu.« Angelika sah mir fest in die Augen. »Überleg es dir in Ruhe, sprich mit deinen Eltern und schlaf ein paar Nächte darüber. Das ist immerhin keine leichte Entscheidung. In spätestens einer Woche musst du dich allerdings entschieden haben, da sich Monica ansonsten nach einer Alternative umsehen muss. Warte mal kurz …«

Angelika eilte auf ihre Sporttasche zu, aus der sie eine kleine Visitenkarte zog. »Hier. Schau dir die Seite einfach mal im Internet an und lies dir alles in Ruhe durch. Um die Finanzierung müsstest du dir übrigens keine Gedanken machen. Deine Aufenthaltskosten würden von Majesty Records finanziert. Außerdem würdest du für deinen Einsatz als Backgroundtänzerin natürlich entsprechendes Gehalt bekommen. Es ist nicht viel, aber immerhin etwas. Aber wie gesagt, denk in Ruhe darüber nach. Wenn du sonst noch Fragen hast, kannst du dich jederzeit an mich wenden.«

Nachdenklich drehte ich die Visitenkarte in meiner Hand.

»Für welchen Künstler soll ich überhaupt als Backgroundtänzerin auftreten?«

Angelikas Gesicht legte sich in Falten. Grübelnd legte sie ihren Zeigefinger an ihr schmales Kinn.

»Ach ja, hm, warte, das war irgendwas mit … ich glaube J. Justin? Jayden? Nein, das kann es auch nicht gewesen sein … Moment … Du weißt doch, ich kann mir Namen immer nur so schlecht merken«, setzte sie zerknirscht hinterher. »Er soll inzwischen zu einem sehr bekannten Teenie-Idol geworden sein. Hm, vielleicht James? Oder …«

Ich stutzte und hielt einen Moment inne. »Moment, wir reden jetzt aber nicht von …?«

»Jai McConnor?! OHMEINGOTTOHMEINGOTTOHMEINGOTT!«

Es folgte ein ohrenbetäubender Schrei.

Seit drei Stunden konnte sich Isabel angesichts der Neuigkeiten überhaupt nicht mehr beruhigen, während ich die Nachricht erst einmal noch verdauen musste.

»Psst, nicht so laut! Oder willst du vielleicht, dass es gleich jeder mitbekommt?«

Panisch sah ich mich um, mit der Befürchtung, jemand könnte uns gehört haben.

Glücklicherweise nahm niemand Notiz von uns. Lärmende Jugendliche balgten sich um irgendeinen Ball, Jogger liefen am Ufer des Sees entlang und kleine Kinder tapsten barfuß mit ihrem Eis in der Hand über das weiche Gras.

Der See war ein beliebter Treffpunkt für Jugendliche. Isabel und ich waren oft hier, wenn das Wetter es zuließ.

Obwohl es gerade erst Ende April war, knallte die Sonne vom Himmel herab. Ich entspannte mich wieder ein wenig und legte mich zurück auf die Decke, die Hände hinter dem Nacken verschränkt. Kleine Wattewölkchen zogen langsam über uns hinweg. Die Luft roch würzig, nach einer Mischung aus Blumen und Erde.

Da Isabel und ich in einem kleinen Kuhkaff lebten, musste man ständig aufpassen, dass man nicht zu viel von sich preisgab. Wie schnell sich jede noch so klitzekleine Neuigkeit auf dem Lande verbreitete, das war schlimmer als bei einem Lauffeuer.

Die Leute hier hatten einfach nichts Besseres zu tun, als zu tratschen. Für Partys oder Konzerte musste man in die nächstgelegene Stadt fahren und auch sonst sah es hier mit Freizeitaktivitäten eher mau aus. Eine Eisdiele, ein kleiner Sportplatz, ein winziger Tante-Emma-Laden an der Ecke, das Tanzstudio und der See.

Kurzum: Die Leute klammerten sich an jede noch so unbedeutende Neuigkeit wie an einen Strohhalm, da es das einzig Spannende war, was sich hier ereignete.

Dennoch liebte ich diesen Ort über alles. Die Ruhe, die Luft, die Idylle, alles war so friedlich und entspannt. Und ich könnte mir auch nicht vorstellen, jemals von hier wegzuziehen. Nur das Gerede nervte halt. Manchmal fragte ich mich schon, wie es wäre, in einer Großstadt zu leben.

Gerade kam Annika mit ihrem Laufgefolge und drei Typen im Schlepptau an unsere Decke vorbei. Unangefochtene Dramaqueen und Lästerschwester Nummer eins. Der Schrecken meiner Schulzeit. Zum Glück hatte das jetzt ein Ende, denn vor wenigen Wochen hatte ich mein Abitur bestanden. Bis jetzt hatte ich jedoch keinen blassen Schimmer, wie ich meine Zukunft gestalten sollte. Ich wusste nicht einmal, ob ich lieber studieren oder eine Ausbildung machen wollte.

Annikas aufgesetztes, albernes Lachen drang zu uns herüber. Ich verdrehte die Augen und beobachtete, wie sie ihre unechten braunen Locken in den Nacken warf.

»Gott, wie ich dieses Mädchen hasse«, hörte ich Isabel neben mir murmeln. »Aber wie auch immer: Wenden wir uns den wirklich wichtigen Themen zu.« Sie grinste und sah mich immer noch ein wenig ungläubig mit ihren grau-blauen Kulleraugen an.

»Jai McConnor? Ich fass es nicht. Der heißeste Typ auf Erden und ausgerechnet du sollst seine Backgroundtänzerin werden.«

Ich schüttelte müde lächelnd den Kopf. »Er ist doch auch nur ein Typ – Moment mal, was heißt hier eigentlich ›ausgerechnet ich‹?«

Isabel überging meinen Einwand diskret und wühlte stattdessen geschäftig in ihrer XXL-Handtasche herum.

»Wo ist denn … Ich hab sie doch vorhin … Ich bin mir ganz sicher, dass ich sie … Ah. Da ist sie ja.« Hoch erfreut beförderte Isabel die neueste Ausgabe der InTouch ans Tageslicht und wedelte damit vor meiner Nase herum. Schwungvoll schlug sie das Heft auf.

»Hot-List: Die Top Ten der sexiest Jungstars in Hollywood«, las ich wenig interessiert, Isabel jedoch tippte begeistert auf ein Foto.

»Platz drei«, verkündete sie voller Stolz, als wäre das die Antwort auf alle Fragen.

Ich beugte mich ein wenig näher über das Heft, um das Foto besser erkennen zu können. Ein junger Mann von etwa zwanzig Jahren lächelte mir gekünstelt aus dunklen Augen entgegen.

Ich rümpfte die Nase. »Da hat Photoshop aber kräftig nachgeholfen.«

Mein Blick fiel auf den kurzen Text neben dem Foto:

Jai McConnor hat mit seinen neunzehn Jahren schon viel erreicht: Acht Millionen verkaufte Singles, ausverkaufte Stadien und vierundzwanzig Millionen Follower auf Twitter. Das nächste Album steht schon in den Startlöchern; im Sommer wird er auf große Nordamerika-Tour gehen. Wir sind gespannt, wie es mit dem smarten Sonnyboy weitergeht.

»Smart«, schnaubte ich und schüttelte angewidert den Kopf. »Dieses blöde Klatschblatt hört sich so an, als würden sie ein Produkt verkaufen, für das man Werbung machen muss. Und nur weil er jetzt keine Segelohren oder Hasenzähne hat, ist er auf Platz drei gelandet, oder was?«

Empört riss Isabel mir die Zeitschrift aus der Hand und warf mir einen tadelnden Blick zu, als wäre ich ein wenig beschränkt und geistig nicht mehr ganz zurechnungsfähig.

»Jai ist heiß! Er hätte mit Abstand den ersten Platz verdient!«

Isabel bekam wieder diesen verklärten Gesichtsausdruck. Wahrscheinlich sah sie sich schon Seite an Seite mit Jai den roten Teppich entlang spazieren.

Ich wedelte mit meiner Hand vor ihrer Nase herum.

»Guck-guck, Erde an Isabel!«

Sie erwachte langsam aus ihrer Starre und sah mich verträumt an.

»Der Typ ist nicht real«, versuchte ich ihr klarzumachen, allerdings ohne Erfolg.

»Was würde ich darum geben, an deiner Stelle zu sein«, schwärmte Isabel.

Ich richtete mich auf und sah sie an. »Jetzt mal im Ernst: Ich werde das nicht machen.«

»Äh, was soll das jetzt bedeuten?«

»Dass ich nicht nach Amerika fliege. Punkt. Aus.«

»Was?!« Ungläubig ließ Isabel von der Zeitschrift ab und musterte mich eingehend.

Dass ich nach Amerika flog, war für sie anscheinend schon beschlossene Sache gewesen. Für mich eher weniger.

»Wenn du glaubst, ich fliege mir nichts, dir nichts nach Amerika, um als Backgroundtänzerin für einen völlig talentfreien und beschränkten Möchtegernpopstar einzuspringen, dann ...«

»Was heißt hier Möchtegernpopstar? Er hat vierundzwanzig Millionen Follower auf Twitter«, fiel Isabel mir ungerührt ins Wort. Ich verdrehte die Augen. Das war mir doch schnurz, ob der einen oder eine Million Follower hatte.

»Na und?«, antwortete ich daher und zuckte gleichgültig mit den Schultern. »Der Typ ist einfach nur arrogant ...«

Ich dachte zurück an das Konzert vor sechs Monaten. Isabel hatte eine ganze Woche lang vor sich hin geschmollt, nachdem uns die Security aus dem Meet & Greet rausgeworfen hatte. Und obendrein hatte ich mir noch eine fette Grippe geholt. Meine Erinnerungen an den Tag waren also ausschließlich nur positiv ...

»Er ist überhaupt nicht arrogant!«, gab Isabel zurück, trotzig wie ein kleines Kind, dem man sein Spielzeug weggenommen hatte.

Ich seufzte leise und rieb genervt über meine Stirn. »Wie auch immer. Ich mach das nicht.«

Isabel schüttelte verständnislos den Kopf. »Wer von uns beiden ist denn bitteschön diejenige, die das Tanzen am liebsten zum Beruf machen würde? Wieso willst du dann eine solche Gelegenheit in den Wind schießen? Eine Chance wie diese wird es kein zweites Mal geben, das ist dir doch hoffentlich klar, oder? Ist dir überhaupt bewusst, was für eine einmalige Gelegenheit das ist?«

Ich hielt einen Moment inne. Isabel nutzte dies und drehte mich zu ihr herum, sodass ich ihr in die Augen blicken musste.

»Wenn du das sausen lässt, dann bist du wirklich bescheuert! Oder dir bedeutet das Tanzen einfach doch nicht so viel, wie ich immer gedacht habe. Mein Fehler.«

»Das stimmt nicht und das weißt du auch!«, entfuhr es mir barsch.

»Ach ja?« Isabels Augenbrauen schossen in die Höhe. Das Graublau in ihren Augen funkelte mich an, kleine Sprenkel tauchten darin auf. »Das sieht im Moment aber ganz anders aus.«

Aufgeregt fuhr ich durch mein dunkelblondes Haar.

»Du stellst dir das alles so einfach vor. Du glaubst, ich überquere mal eben und ganz kurz den Ozean, um ans andere Ende der Welt zu fliegen. Aber was ist, wenn ich es vermassele? Wenn ich nicht die Richtige für den Job bin? Hast du daran schon mal gedacht? Ich kann nicht einfach mal eben wieder nach Hause fliegen und sagen ›Tschüss, das läuft hier nicht‹. Angelika verlässt sich auf mich. Das ist einfach eine völlig andere Liga. Und falls du in Erdkunde wenigstens ein bisschen aufgepasst hättest, dann wüsstest du, dass Amerika auch nicht gerade um die Ecke liegt.«

»Darum geht es also.«

»Worum?« Verstört sah ich Isabel an, die mich mit einem ernsten Blick bedachte. »Es geht hier gar nicht um Jai, sondern um dich, habe ich recht?«

Ich schwieg und knibbelte an meiner Unterlippe herum. Isabel seufzte leise.

»Angelika hätte dir nicht das Angebot gemacht, wenn sie nicht überzeugt wäre, dass du die Richtige dafür bist. Warum lässt du dich, was das Tanzen betrifft, immer wieder so sehr verunsichern?«

»Weil …« Ich zupfte einen Grashalm aus und warf ihn dann wieder auf den Boden. »Ich meine, es gibt so viele bessere Tänzer als mich«, murmelte ich leise, woraufhin Isabel ein Schnauben ausstieß.

»Nina, du bist eine tolle Tänzerin, eine verdammt gute sogar. Mach dir nicht immer so viele Gedanken, du hast diese Chance verdient! Zögere nicht so lange und nimm das Angebot an! Du wirst es sonst bereuen.«

Ich senkte den Blick und sah nachdenklich auf den blau-grünen See hinaus, der an manchen Stellen im Licht der Sonne sogar türkisfarben funkelte. Kleine Wellen zogen sich über die Wasseroberfläche, die Pappeln wogen sich sanft im Wind. Die Blätter raschelten leise.

Insgeheim wusste ich, dass Isabel recht hatte. Es war ja nicht so, dass es mich nicht reizen würde, endlich mal Teil eines professionellen Teams zu werden und meinem Traum vom Tanzen ein wenig näher zu kommen. Aber jetzt, wo ich die Chance dazu bekam, da … machte es mir irgendwie Angst.

Es stimmte, dass ich mich, was das Tanzen betraf, schnell verunsichern ließ. Weil ich mich immer fragte, ob ich mit den anderen mithalten konnte, ob ich überhaupt gut genug war. Dabei stand ich mir oft selbst im Weg und das ärgerte mich.

Mein Blick fiel auf die Uhr. Ich seufzte. Egal, wie ich mich entscheiden würde, viel Zeit hatte ich nicht mehr. Mal ganz davon zu schweigen, dass meine Eltern noch nichts von dieser Neuigkeit wussten.

2. Kapitel

Meine Damen und Herren, Ihr Condor Flug 7480 nach Seattle ist nun für Sie zum Einsteigen freigegeben. Bitte halten Sie Ihre Bordkarten für unsere Besatzung bereit. Um Ihnen das Einsteigen zu erleichtern, bitten wir alle Passagiere der Sitzplatzreihen 1-10 und 30-50 zuerst an Bord. Im Namen der Condor wünschen wir Ihnen einen guten Flug und sagen auf Wiedersehen in Frankfurt am Main. Ladies and Gentlemen …«

»Schätzchen, das bist du.« Die aufgeregte Stimme meiner Mutter riss mich aus meinen Gedanken. Ich warf einen raschen Blick auf meine Bordkarte. Reihe 37, Platz B.

Ich schluckte. Wie lange hatte ich doch versucht, diesen Moment zu verdrängen. Ich war vermutlich sowieso schon eine der Letzten, da ich eigentlich längst im Wartebereich hätte sitzen müssen. Ich hasste Abschiede.

Meine Mutter nahm mein Gesicht in ihre schmalen Hände. Ihre blauen Augen glänzten und musterten mich aufmerksam.

»Wenn du wüsstest, wie stolz dein Vater und ich auf dich sind. Vergiss das nie, mein Schätzchen, ja?« Sie machte eine kurze Pause und lächelte mich an.

»Mein kleines Mädchen wird erwachsen«, schluchzte sie. Dann nahm sie mich fest in ihre Arme und strich über mein Haar. Obwohl ich mir vorgenommen hatte, nicht zu weinen, spürte ich, wie sich meine Augen mit Tränen füllten. Verstohlen wischte ich mir darüber und atmete tief durch. Papas tiefe Stimme drang dumpf an mein Ohr.

»Nun lass mal gut sein, Barbara. Du erdrückst das Kind ja noch«, meinte er mit einem liebevollen Schmunzeln im Gesicht und zog mich nun ebenfalls fest an sich. »Du machst das schon, mein Kleines.«

Nick klopfte mir auf die Schulter. »Rock das Amiland, Schwesterchen. Zeig denen, was eine Mahler drauf hat.«

Nachdem ich Isabel noch einmal umarmt hatte, schnappte ich meinen Koffer und lief zur Sicherheitskontrolle. Mit zitternden Händen überreichte ich dem Bodenpersonal mein Ticket und warf einen wehmütigen Blick in Richtung meiner Familie. Isabel formte ihre Hände zu einem Trichter: »Schnapp dir die Promis! Und bring mir einen heißen Surfboy mit!«

Ich spürte, wie sich mehrere Augenpaare in der Halle interessiert auf mich richteten. Mein Mund verzog sich zu einem kleinen Lächeln. Schweren Herzens winkte ich Mama, Papa, Nick und Isabel ein letztes Mal zu. Mit feuchten Augen drehte ich mich um und ließ den Sicherheitscheck hinter mir, bis schließlich auch meine Familie und Isabel aus meinem Blickfeld verschwanden.

Im Wartebereich warf ich einen kurzen Blick aus der riesigen Fensterfront. Graue Wolken hingen am Himmel, Regentropfen prasselten gegen die milchige Scheibe. Ich sah hinunter auf die Start- und Landebahn. Gerade setzte eine Air Berlin Maschine zur Landung an, eine andere erhob sich bereits in die Luft. An meinem Gate steuerte ich auf den einzigen besetzten Schalter zu. Eine junge, freundlich aussehende Stewardess nahm mein Ticket entgegen und lächelte mir aufmunternd zu. Auf wackeligen Beinen und mit einem mulmigen Gefühl in der Magengegend folgte ich ihr schließlich durch den Schlauch zum Flugzeug.

»Boarding completed.« Die Ansage einer Stewardess ertönte, wobei es im Lautsprecher ein paar Mal unheilvoll knackte und rauschte. Die letzten Passagiere drängelten sich an mir vorbei und quetschten ihr Gepäck mühsam in die winzigen Ablagen. Zur Beruhigung schob ich mir noch schnell ein Pfefferminzkaugummi in den Mund und schloss meinen Sicherheitsgurt. Dann ließ ich mich nach hinten in meinen Sitz fallen und warf einen Blick aus dem kleinen Seitenfenster. Außer dicken Regentropfen und Nebel war jedoch nichts zu erkennen.

Nachdem über die Lautsprecher noch etliche Sicherheitshinweise gegeben wurden, begannen die Motoren unter mir schließlich zu rattern. Ich wurde nach hinten in meinen Sitz gedrückt, als die Maschine mit lautem Getöse über die Rollbahn hinwegfegte. Die Landschaft flog in schnellen Bildern an mir vorbei. Krampfhaft klammerte ich mich mit der rechten Hand an meinem Gurt fest, mit der linken krallte ich mich in das Leder vom Sitz meines Vordermannes. Unter mir rumpelte es und mein Frühstück war kurz davor, noch mal ›Hallo‹ zu sagen. Mein Blick fiel auf den Kotzbeutel in der Sitztasche vor mir. Hoffentlich würde ich meinen ersten Flug überleben. Ich schickte noch schnell ein paar stumme Stoßgebete gen Himmel, bevor das Flugzeug abhob und steil nach oben stieg. Der Opa neben mir tätschelte beruhigend meine Hand, obwohl es auf mich den Anschein hatte, als wollte er eher sich selbst beruhigen. Ich schloss die Augen.

Nun saß ich hier und konnte es noch immer nicht ganz glauben. Eingepfercht wie eine Ölsardine zwischen einem mittlerweile schnarchenden, sabbernden Opa und einem äußerst kräftigen Mann mit einer Mono-Augenbraue, der mich argwöhnisch musterte. Unwohl ließ ich mich noch ein wenig tiefer in meinen Sitz sinken. Ob es wohl die richtige Entscheidung gewesen war, den Job in Amerika anzunehmen?

Nach einem kurzen Umstieg am Tacoma International Airport von Seattle ging es mit Alaska Airlines weiter in Richtung Los Angeles. Im Bordkino wurde gerade ›Natürlich blond‹ gezeigt. Ich griff an die Deckenleiste über mir und dimmte das Licht. Meine Augenlider wurden immer schwerer. Also lehnte ich mich in meinem Sitz zurück und schloss die Augen, sodass ich den Flug nur noch im Dämmermodus mitbekam. Ehe ich mich versah, ertönte über Lautsprecher eine Durchsage der Stewardess, erst auf Englisch, dann auf Spanisch.

»Wir befinden uns im Landeanflug auf Los Angeles, bitte bringen Sie Ihre Rückenlehnen in eine aufrechte Position …«

Langsam erwachte ich aus meinem unruhigen Schlaf und erkannte eine dicke und langgezogene Rotzspur auf meinem rechten Oberarm. Der Opa neben mir grinste mich entschuldigend mit seinem lückenhaften Gebiss an. Ich lächelte ein wenig kläglich zurück. Dann blickte ich aufgeregt aus dem kleinen Fenster zu meiner Linken, wobei ich mich über den Bierbauch des Mono-Augenbrauen-Typen lehnen musste, der daraufhin ein leises Grunzen von sich gab. Allmählich lichtete sich die Nebelwand und unter der Wolkendecke kamen die glitzernden und strahlenden Lichter von Los Angeles zum Vorschein.

Beeindruckende Wolkenkratzer reihten sich aneinander und verliehen der Stadt etwas Majestätisches. Unter mir erkannte ich den hell beleuchteten Schriftzug ›LAX‹. Der Los Angeles International Airport. Ein nervöses Kribbeln machte sich in meinem Bauch breit und ließ mich unruhig mit den Beinen hin und her zappeln, wobei ich meinem Vordermann immer wieder unbeabsichtigt in den Rücken trat. Für einen kurzen Moment verflogen meine Bedenken und ein fettes Grinsen stahl sich stattdessen auf mein Gesicht.

Tschüss Deutschland, hallo Hollywood.

Obwohl es in Los Angeles bei Ankunft des Fliegers aufgrund der Zeitverschiebung schon zwanzig Uhr war, schlug mir am Flughafen immer noch eine gewaltige Hitze entgegen. Die Luft war stickig und schwül, sodass sich mein T-Shirt und meine Jeans sofort wie eine zweite Haut um mich legten. Mühsam fächelte ich mir mit meinen Händen Luft zu und schleppte mich hinter den anderen Passagieren her ins Innere des Gebäudes. Dort war es immerhin nicht ganz so warm wie draußen, da Klimaanlagen wenigstens etwas kühle Luft verbreiteten.

Nach der grauenhaften Zollabfertigung – die hatten doch tatsächlich Fingerabdrücke von mir genommen!!! – und dem Beamten, der mich gemustert hatte, als wäre ich eine Terroristin, war ich so fertig, dass ich am liebsten heulend meine Mutter angerufen hätte und postwendend nach Hause geflogen wäre.

Umständlich wuchtete ich meinen Koffer vom Rollband und zog ihn in Richtung Rolltreppe. Natürlich war sie defekt. Seufzend fasste ich nach dem Griff meines Koffers und hievte das störrische Ding die Treppenstufen hinab. Leider hatte ich nicht bedacht, dass der Koffer eine gefühlte Tonne wog. Schimpfend verpasste ich ihm einen kräftigen Tritt, wobei ich ins Straucheln kam und samt Koffer die letzten Stufen der Rolltreppe hinunterkrachte.

Benommen schüttelte ich den Kopf und fasste mir an die Stirn. Das fing ja super an. Ich war aber auch wirklich die Tollpatschigkeit in Person. Warum musste immer mir so etwas passieren? Verstohlen sah ich mich um. Zum Glück hatten nicht allzu viele Leute von meinem peinlichen Missgeschick Notiz genommen.

Ein Japaner kam auf mich zu. »Can I help you?«, fragte er freundlich und deutete mit einem Kopfnicken auf meinen Koffer.

»D-danke, aber das geht schon«, stotterte ich mit hochrotem Kopf und lächelte ihn verlegen an. Leise vor mich hin fluchend, rappelte ich mich wieder auf und klopfte mir den Staub von der Hose.

Verdammt, es musste aber auch einfach alles schiefgehen! Das hatte schon heute Morgen damit angefangen, dass ich den Orangensaft über mein Lieblingsshirt gekippt hatte und das Auto meines Vaters nicht gleich angesprungen war.

Mein Magen knurrte. Kein Wunder, ich hatte vor meinem Abflug keinen einzigen Bissen hinunterbekommen und das Bordessen hatte ausgesehen wie bereits vorgekaut. Ich entschloss mich, noch schnell ein Brötchen bei einem der Bäcker im Flughafen zu holen, schnappte meinen Koffer und lief durch das Gebäude.

Wahnsinn, wie groß das hier alles war. Da konnte man sich glatt verlaufen. Plötzlich fiel mir auf, dass ein weitläufiger Bereich des Innengebäudes durch Sicherheitsgitter komplett abgesperrt war. Dahinter standen etliche Mädchen, die sich die Seele aus dem Leib schrien und irgendwelche Plakate in die Luft hielten. Vor der Absperrung tummelten sich einige Fotografen und Polizisten sowie Sicherheitspersonal vom Flughafen, das versuchte, die Menge unter Kontrolle zu bekommen. Mein Gott, die konnten einem leidtun.

Für wen die wohl so einen Aufstand mach... RUMMS! Als ich gerade um die nächste Ecke biegen wollte, prallte ich mit jemandem zusammen, sodass es mich samt Koffer erneut höchst unsanft zu Boden riss. »Autsch!«, murmelte ich und fasste mir an meine schmerzende Stirn. Das würde eine Beule geben.

»Sag mal, hast du keine Augen im Kopf?!«, vernahm ich eine wütende Stimme direkt über mir. Ich blickte auf, um zu sehen, wem diese Stimme gehörte – und schaute in das Gesicht eines jungen Mannes, dessen Augen von einer schwarzen Sonnenbrille verdeckt wurden. Dunkle Haare lugten unter seiner Basecap hervor. Ich schätzte ihn auf etwa mein Alter, vielleicht ein, zwei Jahre älter.

»Könnt ihr mich nicht ein einziges Mal in Ruhe lassen, verdammt?!«

Verständnislos und mit offenem Mund starrte ich ihn an. Was lief denn bei dem falsch? Ging es dem noch gut? Der war ja wohl genauso in mich hineingerannt wie ich in ihn. Bevor ich ihm jedoch eine passende Antwort entgegenschleudern konnte, jagte er bereits den Gang hinunter, als wäre der Teufel höchstpersönlich hinter ihm her, und verschwand wie ein Blitz um die nächste Ecke. Was war das denn jetzt gewesen? Waren die Typen hier alle so drauf? Und was sollte seine zweite Bemerkung von wegen ›in Ruhe lassen‹ bedeuten? Erneut schüttelte ich den Kopf, diesmal jedoch vor Wut. Mühsam rappelte ich mich samt Gepäck auf – nun schon ein zweites Mal an diesem Tag!

Völlig ausgelaugt ließ ich mich auf meinen Koffer plumpsen, der inzwischen schon ein wenig mitgenommen aussah. Während ich wartete, drifteten meine Gedanken ungewollt zu dem unfreundlichen Typen. So ein Vollidiot!

Das Komische war jedoch, dass ich das Gefühl hatte, ihm irgendwo schon einmal begegnet zu sein. Aber das konnte ja eigentlich nicht sein, oder? Vielleicht hatte er im gleichen Flieger gesessen wie ich?

Die Zeit verstrich und ich wurde von Minute zu Minute unruhiger. Per E-Mail war mir am Tag vor meiner Abreise erklärt worden, dass ich von einer gewissen Nathalie Jenkins, Jais Managerin, abgeholt werden würde. Suchend sah ich mich in der Ankunftshalle nach einem Schild mit meinem Namen um, konnte aber keines finden.

Was, wenn man mich vergessen hatte? Wie sollte ich mich hier zurechtfinden? Allein die Ankunftshalle war wahrscheinlich größer als mein Heimatdorf. Als ich gerade Richtung Ausgang gehen und mich nach einem Taxi erkundigen wollte, tippte mir jemand von hinten auf die Schulter.

»Entschuldigung, Nina Mahler?«

Ich drehte mich um. »Äh, ja?«

Eine Frau im schwarzen Anzug und mit blonden Haaren, die zu einem lockeren Dutt hochgesteckt waren, stand mir gegenüber und sah mich freundlich aus blauen Augen an. Ich überlegte, ob sie mir bereits einmal begegnet war, bis es mir wieder einfiel.

Es war dieselbe Frau, die damals beim Konzert in Köln vor Jai aus dem Van gestiegen war. Schüchtern gab ich ihr die Hand. »Dann sind Sie also Nathalie Jenkins?«

»Nenn mich Nathalie … Ich kann doch du sagen, oder?«

»Äh, natürlich«, stammelte ich ein wenig überrumpelt von ihrer Direktheit. Während ich noch dabei war, meine Gedanken zu sortieren, ging Nathalie bereits auf den Ausgang zu.

»Wir müssen uns etwas beeilen, ich stehe im Halteverbot. In L.A. findet man immer so schlecht Parkplätze.« Hastig lief ich hinterher und warf ihr einen interessierten Blick zu.

»Wie haben Sie, äh, wie hast du mich überhaupt erkannt?«

Nathalie drehte sich um und zeigte auf meinen Koffer, auf dem in roten Buchstaben ›Dancing Queen‹ aufgedruckt war. Grinsend folgte ich ihr mit meinem Gepäck durch das Terminal nach draußen. Dort kam es mir noch schwüler vor als zuvor und die unangenehme Luft bereitete mir Kopfschmerzen. Eiligen Schrittes steuerte Nathalie auf einen schwarzen BMW zu, machte jedoch keine Anstalten, darin Platz zu nehmen. Stattdessen trat sie unruhig von einem Bein auf das andere und sah immer wieder auf ihre Uhr.

»Wartest du noch auf jemanden?«, fragte ich neugierig.

Nathalie warf mir ein breites Grinsen zu. »Allerdings. Er müsste eigentlich auch jeden Moment hier sein. Sein Flieger kam nämlich fast zur gleichen Zeit an wie … Ach, da ist er ja!« Erfreut hob sie ihre Hand und winkte einem dunkelhaarigen Jungen mit Sonnenbrille zu. Die Tasche hatte er lässig über seine Schulter geworfen. Da er jedoch gerade von einer Traube Mädchen umringt wurde, konnte ich sein Gesicht nicht richtig erkennen.

Eigentlich hätte es mir spätestens in dem Moment wie Schuppen von den Augen fallen müssen. Tat es aber nicht. Stattdessen starrte ich ahnungslos Löcher in die Luft.

Nachdem sich der Typ aus der kichernden Mädchentraube gelöst hatte, wechselte er kurz ein paar Worte mit Nathalie, die ich aus der Entfernung allerdings nicht verstehen konnte. Der Junge hob den Kopf und … Oh Gott.

Mach, dass das nicht wahr ist. Das Arschloch vom Flughafen.

Wie in Schockstarre betrachtete ich das Szenario vor mir. Als sich der Typ schließlich aus Nathalies Umarmung gelöst hatte, wandte sich diese mit einem Strahlen an mich. Kopfnickend deutete sie auf den jungen Mann.

»Nina, ich möchte dir jemanden vorstellen. Das ist Jai McConnor. Jai, das ist Nina Mahler aus Deutschland, die neue Backgroundtänzerin.«

Das war der Moment, in dem ich endgültig die Fassung verlor und mir vor Schreck die Kinnlade herunterklappte. Jai McConnor?! Deshalb war er mir am Flughafen auch so bekannt vorgekommen …

Jai musterte mich nun ebenfalls etwas genauer, nahm seine Sonnenbrille ab und zog seine Augenbrauen hoch. Er runzelte die Stirn und schien einen Moment zu überlegen, dann verdüsterte sich seine Miene mit einem Mal. Feindselig blinzelte er mich aus dunklen, zusammengekniffenen Augen an.

»Du?«, kam es gleichzeitig knurrend aus unseren Mündern.

Nathalie schaute von mir zurück zu Jai.

»Ach. Ihr kennt euch?« Dabei klang sie, als hätte sie soeben eine Million Euro im Lotto gewonnen.

»Hrrmph«, grummelte ich.

»Leider. Die Irre hätte mich beinahe über den Haufen gerannt«, grunzte er knapp und warf mir dabei einen giftigen Blick zu, den ich ebenso giftig erwiderte. Was für ein eingebildeter Vollidiot! Wenn der wie eine besengte Sau durch die Gänge rannte, war das ja wohl nicht meine Schuld!

Bei genauerem Hinsehen hatte er durchaus Ähnlichkeit mit der Person auf Isabels Postern. Allerdings sah er reifer und erwachsener aus als vor ein paar Monaten. Und kräftiger.

Unter seinem schwarzen, eng anliegenden T-Shirt mit V-Ausschnitt zeichneten sich deutlich Muskeln ab und ließen einen durchtrainierten Körper erahnen. Durch die leuchtend weißen Sneakers wirkte sein Outfit sportlich-lässig.

An seinem rechten Oberarm waren die Ansätze eines Tattoos zu erkennen. Jetzt, da er seine Basecap abgenommen hatte, konnte ich sehen, dass Jais Haare an den Seiten wesentlich kürzer geschnitten waren.

Zu meinem eigenen Leidwesen und mit Zähneknirschen musste ich zugeben, dass er äußerst … gut aussah. Anscheinend musste ich Jai länger angestarrt haben, da sich ein selbstzufriedenes Grinsen auf sein sonnengebräuntes Gesicht legte.

»Was ist? Hat's dir die Sprache verschlagen?«

Er war mindestens einen Kopf größer als ich, sodass ich zu ihm aufsehen musste. Ich spürte, wie mir die Röte ins Gesicht stieg. Um die peinliche Situation zu überbrücken, versuchte ich schnell, ein möglichst unbeeindrucktes Gesicht zu machen. Insgeheim betete ich, dass er sich nicht an das Meet & Greet mit mir erinnern würde.

Meine Sorge blieb glücklicherweise unbegründet. Zumindest machte Jai keinerlei Anzeichen, dass er mich damit in Verbindung brachte. Erleichtert atmete ich auf.

Nathalie sah immer noch irritiert zwischen uns hin und her und schien nicht recht zu wissen, was sie von der ganzen Sache halten sollte.

Da ich vor ihr keinen schlechten Eindruck machen wollte, schluckte ich meinen Stolz hinunter, machte einen minimalen Schritt auf Jai zu und reichte ihm meine Hand.

Sagte: »Nett, dich kennenzulernen«, meinte aber eigentlich: »Arrogantes Arschloch.«

Jai kaute desinteressiert auf seinem Kaugummi herum, schaute mich ausdruckslos aus seinen dunklen Augen an und rang sich ein herablassendes »Passt schon« ab. Meine Hand, die ich noch immer erhoben hatte, übersah er dabei geflissentlich.

Ich zog sie irritiert zurück, während Jai mich mit einem abschätzigen Blick von oben bis unten musterte. Er blieb an meinem ausgewaschenen blauen Shirt (mit dem Orangensaft Fleck!) hängen und quittierte dies lediglich mit einem spöttischen Lächeln. Seine Augenbrauen zogen sich dabei leicht in die Höhe, was ihn noch um ein weiteres Maß arroganter erschienen ließ. Dann schob er sich seine Sonnenbrille zurück auf die Nase. Grandios, das würden ja drei tolle Monate werden …

3. Kapitel

Die Autofahrt verlief weitestgehend schweigend. Na ja, zumindest von Jais und meiner Seite aus. Nathalie jedoch redete ununterbrochen und trieb mich damit fast in den Wahnsinn. Musste die nicht irgendwann mal Luft holen? Der einzige Vorteil an ihrem regen Mitteilungsbedarf war der, dass es nicht weiter auffiel, wenn ich hin und wieder nur ein paar »Hmmhs« oder »Ist ja interessant« einwarf, da sie sowieso nur sich selbst reden hörte. Erschöpft ließ ich meinen Kopf in das weiche Leder sinken und mir die kühle Luft der Klimaanlage um die Nase wehen.

Nathalie warf einen Blick zu Jai, der neben ihr auf dem Beifahrersitz saß.

»Wie ist das Fotoshooting in London gelaufen?«

»Gut«, brummte Jai gelangweilt.

»Ich habe mit der Redaktion der Vogue gesprochen, sie werden die Fotos schon in ihrer nächsten Ausgabe veröffentlichen.«

»Schön.«

Der feine Schnösel war demnach also extra für ein Fotoshooting nach London geflogen. Und dann auch noch für die Vogue. Kein Wunder, dass der Typ in seinem Alter schon Höhenflüge hatte .... Im wahrsten Sinne des Wortes.

Da Jais Redebedarf gegenüber Nathalie damit für heute anscheinend gedeckt war, wandte diese sich mir zu.

»Tut mir leid wegen der ganzen Hektik. Bitte entschuldige noch mal die Verspätung, aber der Verkehr hier ist einfach fürchterlich.«

»Schon in Ordnung«, murmelte ich schläfrig. Ich war total erschöpft und hätte gerne ein wenig geschlafen. Der sechzehn Stunden lange Flug und die Warterei hatten mich wirklich geschlaucht. Noch dazu hatte ich in der vorherigen Nacht vor Aufregung kein Auge zugetan.

»Ich hoffe, Angelika und Monica haben deine Pläne nicht allzu sehr über den Haufen geworfen?«

Ich schüttelte den Kopf und lächelte matt. »Nein, nein, das passt schon.«

Ich musste ihr ja nicht unbedingt auf die Nase binden, dass ich noch absolut gar keine Pläne gehabt hatte.

»Also dann, willkommen in Amerika. Wir sind dir alle wirklich sehr dankbar, dass du so schnell einspringen konntest.« Wie auf Kommando vernahm ich ein verächtliches Schauben schräg vor mir. Klar, bei Jai sah die Freude vermutlich nicht ganz so groß aus.

»Warum ist eure vorherige Backgroundtänzerin eigentlich gegangen? Hat sie ein anderes Angebot bekommen?«, fragte ich, ohne groß darüber nachzudenken.

Kaum hatte ich die Frage ausgesprochen, kam es mir so vor, als wäre die Temperatur im Wagen um zehn Grad gesunken. Überrascht stellte ich fest, dass Jai innehielt und seine Finger über seinem iPhone verharrten. Seine Kiefermuskeln waren deutlich angespannt. Für einige Sekunden herrschte eisiges Schweigen und ich dachte schon, ich würde keine Antwort mehr bekommen, als sich Nathalie leicht räusperte.

»So in etwa«, erwiderte sie knapp, setzte sich dann ihre Sonnenbrille auf und schwieg; ihr Blick war fest auf die Straße gerichtet. Das Thema war für sie damit wohl erledigt.

Danach verlor keiner von den beiden noch ein einziges Wort zu dieser Sache und dennoch hatte ich das seltsame Gefühl, dass sich die Stimmung deutlich abgekühlt hatte.

Langsam fuhren wir die breiten Straßen entlang, die von hohen Palmen gesäumt waren. Ich hörte, wie Jai irgendwelche Nachrichten in sein iPhone tackerte. Pling, Pling, Pling. Im Sekundentakt ertönte das Geräusch, dass eine neue Nachricht eingegangen war. Seitdem wir ins Auto gestiegen waren, hatte Jai mich nicht eines weiteren Blickes gewürdigt. Was mir nur recht war. So hatte ich wenigstens Ruhe vor ihm.

Das Klingeln seines iPhones unterbrach Nathalies Redefluss.

»Hey, Babe. Wie läuft's? Ja, ja, ok … Nicht dein Ernst?« Er lachte leise.

»Ja, ist gut. Ich bin in fünf Minuten bei dir.«

Ich beobachtete, wie Jai sich in seinem Sitz leicht nach vorne beugte.

»Hey Nats, kannst du mich da vorne an der Ecke rauslassen? Ich hab noch eine Verabredung.«

Nathalie warf Jai einen prüfenden Blick zu, brachte den Wagen aber kurz darauf am Straßenrand zum Stehen. Sie drehte sich noch einmal zu ihm.

»Du weißt, was ich davon halte, wenn du alleine ohne Bodyguards unterwegs bist, Jai. Nimm wenigstens Joe mit.«

Jai stöhnte genervt. »Ich hab keinen Bock, ständig unter permanenter Überwachung zu stehen. Verdammt, ich will auch meinen Freiraum haben!«

»Das weiß ich und das kann ich auch verstehen, aber das ist nun mal nicht so einfach.«

Nathalie seufzte und rieb sich über die Stirn. »Also gut, aber tu mir einen Gefallen und pass auf. Und Jai?«

»Hm?«

»Denk dran, was wir besprochen haben. Ich möchte dich nicht wieder in den Zeitungen sehen. Zumindest nicht so.«

Ich fragte mich, was Nathalie damit wohl meinte. Jai schwieg und hatte seine Hand schon am Türgriff, als Nathalie noch ein »Wir haben morgen einiges zu besprechen, sei also bitte um zwölf Uhr bei mir im Büro. Und diesmal pünktlich« hinterherwarf.

Jai verdrehte die Augen. In dem Moment, als er nach seiner Tasche griff, trafen sich unsere Blicke und verhakten sich ineinander. Er kniff die Augen zusammen und sah mich grimmig an. Schnell wandte ich mich ab und schaute möglichst desinteressiert aus dem Fenster.

Die Autotür schlug dumpf zu, dann war es still. Nathalie seufzte. Leise murmelte sie vor sich hin, während sie das Auto wieder zurück auf die Straße lenkte. Es hörte sich an wie: »Es ist einfacher, einen Sack Flöhe zu hüten.« Danach blieb sie jedoch stumm.

Schon kurze Zeit später parkte Nathalie den BMW in West Hollywood in der Nähe des Sunset Boulevard vor einem riesigen Gebäude.

»Wahnsinn«, platzte es aus mir heraus, als ich samt Koffer aus dem Wagen stieg und mich in Richtung des Fünfsternehotels drehte. Bei dem Anblick blieb einem glatt die Spucke weg. Das Hotel war einfach riesig. Und sah verdammt luxuriös aus.

»Majesty Records hat das Penthouse in der obersten Etage für dich gebucht. Du brauchst dir nur den Zimmerschlüssel an der Rezeption geben lassen, alles andere ist bereits geregelt.

Eigentlich haben wir für die Tänzer ein eigenes Loft; da wir jedoch letzte Woche einen Wasserrohrbruch hatten und die komplette Bude noch immer unter Wasser steht, haben wir dich für die vier verbleibenden Wochen bis zur Tour im Hotel einquartiert. Besondere Umstände erfordern besondere Maßnahmen. Kommst du sonst soweit alleine klar?«, fragte Nathalie mich mit einem Augenzwinkern.

»Äh, j-ja, ich denke schon«, stotterte ich, immer noch total aus dem Häuschen.

»Super, dann werde ich mich auch mal auf den Weg machen. Schlaf dich erst einmal in Ruhe aus, die nächsten Wochen werden anstrengend. Ich hol dich morgen Vormittag ab.«

Sie winkte noch einmal kurz und brauste davon.

Wie angewurzelt stand ich da und blickte an der hohen Fassade empor, die in der Dunkelheit von sanftem Licht bestrahlt wurde. Der Türsteher betrachtete mich misstrauisch. Wahrscheinlich sah ich aus wie bestellt und nicht abgeholt, aber das war mir gerade ziemlich egal.

An der Rezeption überreichte mir ein junger Mann in Hotel-Uniform den Zimmerschlüssel in Form einer Codekarte und wünschte mir mit freundlichem Lächeln einen schönen Aufenthalt. Mein Koffer wurde mir sofort von einem der Pagen abgenommen, dann fuhren wir mit dem Fahrstuhl bis in den fünfundzwanzigsten Stock. Es ruckelte kurz, dann kam der Fahrstuhl auch schon zum Stehen und die Türen gingen mit einem leisen ›Pling‹ auf.

»So, da wären wir …«, murmelte der Page. Ich folgte ihm auf den hell beleuchteten Gang und wartete, bis er meinen Koffer vor meiner Zimmertür abgestellt hatte.

»Vielen Dank«, lächelte ich.

»Keine Ursache. Und wenn Sie etwas benötigen, dann scheuen Sie sich nicht und melden sich bei der Rezeption oder rufen den Zimmerservice an. Die Nummer liegt direkt neben Ihrem Telefon.«

Er tippte sich zum Abschied kurz an seine Kappe, auf die der Schriftzug des Hotels gedruckt war, und marschierte pfeifend den Gang hinunter. Erst als er schon um die nächste Ecke gebogen war, fiel mir ein, dass ich ihm gar kein Trinkgeld gegeben hatte. Mist! Oder war das in der Bezahlung von Majesty Records schon mit inbegriffen? Ich wollte mir lieber gar nicht vorstellen, was normalerweise eine Nacht im Penthouse kostete.

Aufgeregt zog ich die Karte durch den Schlitz und öffnete die Tür. Ich stolperte über die Schwelle und hatte das Gefühl, meinen Augen nicht trauen zu können.

Das Penthouse war der absolute Wahnsinn. Das Wohn- und Schlafzimmer, in dem ich mich nach dem Eintreten befand, war futuristisch und gleichzeitig sehr elegant in hellen Farben gehalten.

Die Unterkunft musste Majesty Records ein halbes Vermögen gekostet haben. Aber wahrscheinlich bezahlten sie ein Penthouse wie dieses mal eben aus der Portokasse. Ich hätte mir vermutlich nicht mal die Blumenvase auf dem großen Glastisch in der Mitte des Raumes leisten können, da selbst die sündhaft teuer aussah. Der Glastisch wurde von zwei weißen Ledersesseln sowie einer großen Couch umrahmt. Schwungvoll warf ich mich auf das gigantische Bett direkt vor der Fensterfront und streckte mich genüsslich. Seufz. Was für eine Wohltat, wenn man seit mehr als vierundzwanzig Stunden auf den Beinen war. Ich richtete mich auf und warf einen Blick aus der riesigen Fensterfront. Da sich das Penthouse im obersten Stockwerk befand, hatte ich einen fantastischen Blick über die Stadt, die jetzt im Dunkeln durch all die Lichter hell aufleuchtete und beinahe zu pulsieren schien. Im Hintergrund erkannte ich sogar das Hollywood Schriftzeichen in den berühmten Hollywood Hills. Fasziniert betrachtete ich den hektischen Stadtverkehr unter mir. Glücklicherweise waren die Wände gut schallisoliert, sodass keine Geräusche nach innen drangen. Links neben dem Bett stand ein kleiner Schreibtisch mit Stuhl. Auf einer holzfarbenen Kommode auf der gegenüberliegenden Seite befand sich ein riesiger Flachbildfernseher. Die Tür daneben führte ins Badezimmer, das sogar über einen eigenen kleinen Whirlpool verfügte.

Einem Impuls folgend, griff ich gerade nach meinem Handy, um zuhause anzurufen, als mir die Zeitverschiebung einfiel, Deutschland lag ja neun Stunden vor Kalifornien. Somit war es dort früher Morgen.

Meine Eltern mussten um diese Zeit arbeiten und mein Bruder war in der Uni, wenn er denn hinging. Bei ihm wusste man das nie so genau.

Ich schickte eine kurze SMS, in der ich mitteilte, dass ich gut angekommen war, und ließ mein Handy dann enttäuscht sinken. Wie gerne hätte ich jetzt Mamas oder Papas beruhigende Stimme gehört. Oder wenigstens Nicks schlechte Witze, mit denen er immer versuchte, mich aufzuheitern, wenn ich mal Trübsal blies. Ich warf mich aufs Bett und starrte gedankenverloren an die Zimmerdecke.

Selbst Isabel fehlte mir, obwohl sie mir in den letzten Tagen kurz vor meiner Abreise mit ihrem Jai-Gelaber wirklich gehörig auf den Sender gegangen war. Eigentlich hätte ich nicht glücklicher sein können, in einem Hotel in Los Angeles zu liegen, und dennoch fühlte ich mich mit einem Mal sehr einsam und allein. Alles war so groß und anders, als ich es von zuhause gewohnt war. So einschüchternd.

Obwohl ich es mir eigentlich nicht eingestehen wollte, hatte auch Jai mich ganz schön eingeschüchtert mit seinem abweisenden Verhalten.

Allein der Gedanke daran, wie er mich vorhin gemustert hatte, ließ mich erneut wütend werden. Für wen hielt er sich? Wie sollte ich bitteschön drei Monate mit einem aufgeblasenen Gockel wie ihm auskommen? Ich seufzte wieder. Dass das hier kein erholsamer Urlaub werden würde, war mir zwar schon vor meiner Abreise bewusst gewe sen. Dennoch hatte ich das ungute Gefühl, dass da mehr Stress auf mich zukommen würde, als mir lieb war.

Am nächsten Morgen ließ mich ein energisches Klopfen an meiner Zimmertür aus dem Schlaf

hochfahren. Desorientiert ließ ich meinen Blick durch das mir fremde Zimmer schweifen, bis mir allmählich wieder einfiel, wo ich mich befand. Vorsichtshalber zwickte ich mir noch einmal in den

Arm, doch der Schmerz fühlte sich zu echt an, als dass es ein Traum wäre. Es klopfte erneut an der Tür.

»Ich komme«, murmelte ich verschlafen. Boah, brummte mein Schädel. Als würde eine gesamte Elefantenherde durch meinen Kopf donnern. So musste sich wohl Jetlag anfühlen. Auf diese Erfahrung hätte ich durchaus verzichten können.

Langsam schwang ich meine Beine aus dem Bett, während ich mit den Fingern über meine pochende Schläfe strich, und tapste auf nackten Füßen und leicht schwankend durch das Zimmer. Vor der Tür erwartete mich eine bestens gelaunte Nathalie, die bei meinem Anblick erst stutze und dann in herzliches Lachen ausbrach.

»Da hat dich der Jetlag aber ganz schön mitgenommen, was? Schätzchen, es ist bereits elf Uhr«, kicherte Nathalie vergnügt wie ein kleines Mädchen. »Raus aus den Federn, wir haben noch einiges vor.«

Was? Schon elf Uhr? Ich rieb meine vom Schlaf noch verkrusteten Augen und schaute ungläubig auf mein Handy auf dem Nachttisch. Erschrocken riss ich die Augen auf. Tatsächlich. Normalerweise war ich morgens schon um acht Uhr auf den Beinen.

Nathalie warf mir einen amüsierten Blick zu und sah dann auf ihre Armbanduhr. »Reicht dir eine halbe Stunde? Ich warte unten in der Lobby auf dich.«

»Nina, ich möchte dir gerne ein paar Leute aus unserem Team vorstellen.«

Schüchtern schaute ich in die Runde und lächelte. Die anderen musterten mich neugierig und warfen mir freundliche Blicke zu.

»Das hier«, Nathalie zeigte auf eine zierliche junge Frau mit kurzen blonden Haaren, »ist meine persönliche Assistentin Ricky. Bob kümmert sich um alle technischen Angelegenheiten.« Ein sympathischer junger Mann mit wildem Lockenkopf winkte mir grinsend zu. Neben ihm stand eine große brünette Frau mit keckem Kurzhaarschnitt.

»Mandy ist Jais Visagistin und für sein Styling verantwortlich. Natürlich besteht unser Team noch aus wesentlich mehr Leuten; einige von ihnen sind allerdings nur während der Konzerte dabei, wie zum Beispiel sein Tourmanager Sean.«

Ungeduldig schaute Nathalie auf ihre Uhr. »Wo zur Hölle ist Jai denn schon wieder? Ich hatte ihm doch extra gesagt, dass wir noch …« In dem Moment ging die Tür auf und ein sichtlich unausgeschlafener Jai betrat mürrisch den Raum. Seine Augen hatte er hinter einer dunklen Sonnenbrille versteckt. Nathalie sog hörbar die Luft ein. »Jai, wie oft soll ich dir noch sagen, dass das so nicht funktioniert? Wenn wir einen Termin vereinbart haben, dann hast du auch pünktlich zu erscheinen, verstanden?«

Aus dem Augenwinkel beobachtete ich, wie das restliche Team mir noch einmal aufmunternd zulächelte und dann hastig den Raum verließ. Ich stand ein wenig ratlos herum und wusste nicht so recht, ob ich jetzt bleiben oder auch besser gehen sollte. Ich entschied mich für bleiben. Jai ließ sich lässig in einen der gepolsterten Sessel fallen und verzog trotz der Standpauke keine Miene.

»Tut mir leid, hab verschlafen«, murmelte er und nahm seine Sonnenbrille ab. Den dunklen Ringen unter seinen Augen nach zu urteilen, hatte er gestern kräftig Party gemacht.

»Ich hoffe inständig für dich, dass du dich an unsere Abmachung gehalten hast«, bemerkte Nathalie knapp. Jai grunzte leise.

Als er mich bemerkte, verdüsterte sich seine Miene. Schlecht gelaunt und ohne mich eines weiteren Blickes zu würdigen, knurrte er in Richtung Nathalie: »Was will die schon wieder hier?« Seine Stimme klang dabei wie ein Reibeisen. Unwillkürlich stellten sich die feinen Härchen an meinem Unterarm auf.

Nathalie sah nicht einmal auf, während sie an ihrem Schreibtisch irgendwelche Unterlagen durchging. »Nina, Jai, sie heißt Nina und wie du es vielleicht gestern schon mitbekommen haben solltest, gehört sie ab heute zu unserem Team.«

Ohne seine Reaktion abzuwarten, klatschte sie unvermittelt in die Hände. »So, wir haben noch einiges zu besprechen. Nächsten Montag und Dienstag werden Promotion-Auftritte für dein neues Album ›This is me‹ stattfinden. Mittwoch veröffentlichen wir dann die Single-Auskopplung zu ›Rumors‹ und in der Woche darauf werden wir das Musikvideo dazu drehen. Außerdem habe ich ein Fotoshooting mit der Time für dich vereinbart. Du wirst nachher zu Mandy gehen und mit ihr deine Garderobe für das Musikvideo durchgehen. Ab morgen beginnen die Proben mit Nina für die Tour. Habe ich irgendwas vergessen?« Gestresst fuhr Nathalie sich durch ihr blondes Haar.

»Wie wäre es mit Freizeit?«, murmelte Jai kaum hörbar und mehr an sich selbst gewandt.

»Was hast du gerade gesagt?«

»Nichts.« Resigniert hob Jai seine Hände, als Nathalie auf einmal seufzte.

»Jai, ich hoffe du weißt, wie wichtig das hier für deine Karriere ist, oder? Das Album und die Tour müssen der Knaller werden, sonst sind wir raus. Khalil hat den Markt komplett übernommen, seine aktuelle Single ist auf Platz eins. Es darf diesmal absolut nichts schiefgehen!«

»Das weiß ich, Nathalie«, seufzte er. »Ich habe es nicht vergessen.« Seine Stimme klang mit einem Mal müde und erschöpft. In dem Moment konnte er einem fast ein wenig leidtun. Aber auch nur fast.

Als sich Jai beiläufig nach mir umdrehte und ich bemerkte, dass ich ihn immer noch fasziniert anstarrte, senkte ich wie ertappt meinen Blick. Meine heißen, roten Ohren versteckte ich unter meinen dunkelblonden Haaren. Nervös fummelte ich an meinem Ohrring herum.

Als ich den Blick vorsichtig wieder hob, sah mich Jai seelenruhig an. Die Hände hatte er tief in seinen Hosentaschen vergraben. Wortlos musterte er mich, als ich in seinen Augen ein belustigtes Funkeln aufblitzen sah. Seine Lippen hatten sich zu einem überheblichen Lächeln verzogen. Meine Wangen glühten nicht mehr, sie brannten mittlerweile förmlich. Verflucht aber auch!

Ich räusperte mich, um das merkwürdige Gefühl in meiner Magengegend loszuwerden.

»Wer … wer ist denn eigentlich dieser Khalil?«, krächzte ich, den Blick fest auf Nathalie geheftet.

»Khalil ist das neue Sternchen am Pophimmel und kommt aus Großbritannien. Er hat gerade seine erste Single ›Secrets‹ herausgebracht, letzte Woche wurde er als »Newcomer des Jahres« ausgezeichnet«, antwortete Jai anstelle von Nathalie verächtlich.

»Aha«, murmelte ich. Den Namen hatte ich ja noch nie gehört. Nathalie hob hoffnungsvoll die Augenbrauen. »Dann ist er bei euch in Deutschland noch gar nicht so bekannt?«

Als ich gerade zu einer Antwort ansetzen wollte, fiel Jai mir ins Wort. »Ich glaube nicht, dass sie dafür die richtige Ansprechpartnerin ist … Sie hat ja nicht einmal mich erkannt.«

Da war er wieder: der arrogante Unterton. Sein Lächeln hatte sich inzwischen wieder zu einer spöttischen Grimasse verzogen. Aufgeblasener Sack! Ich warf ihm ebenfalls ein bissiges Grinsen zu und verschränkte die Arme vor meiner Brust.

»Ach, und Jai?« Nathalie rief ihn zurück, als dieser bereits am Türrahmen stand.

»Keine Partys diese Woche, okay? Ich weiß, dass du ab und zu auch mal deinen Spaß brauchst, aber der muss diese Woche leider hinten anstehen.« Da Jai wieder seine dunkle Sonnenbrille aufgesetzt hatte, konnte ich den Ausdruck in seinen Augen nicht erkennen. Er hielt einen Moment inne, nickte schließlich kurz angebunden und verließ wortlos den Raum.

4. Kapitel

Am nächsten Tag hatte ich laut Plan bereits mein erstes Training. Zu sagen, dass ich nervös war und meine Beine kurz vorm Einknicken standen, war untertrieben. Ich hatte total Muffensausen und meine Nerven waren zum Zerreißen angespannt.

Ich stand auf dem Korridor von Majesty Records. An den Wänden hingen überall goldene Schallplatten und signierte Fotos verschiedener Künstler. Einige davon erkannte ich sogar. Mitarbeiter liefen geschäftig an mir vorbei und warfen mir nicht mal einen Blick zu.

Aus einem der Studios drangen mir bereits laute Hip-Hop Beats entgegen. Ich spürte die Vibrationen unter meinem Körper, spürte, wie sie durch meine Adern hindurchfuhren.

Meine Hände waren schwitzig, mein Herz klopfte aufgeregt in meiner Brust.

Das war es also. Ich war wirklich hier.

Einen kurzen Moment war ich schon versucht, einfach umzudrehen und mich wieder in meinem kuscheligen Hotel-Bett zu verkriechen, als mein Handy plötzlich piepste.

›Zeig's ihnen. Du schaffst das! :* Isabel.‹

Meine Mundwinkel zogen sich unwillkürlich leicht nach oben. Als hätte sie gewusst, dass ich kneifen wollte. Sie kannte mich einfach zu gut.

Ich schickte ihr ein kurzes ›Danke. Werd mein Bestes geben. <3‹ zurück und ließ das Handy in meine Tasche gleiten.

Noch immer stand ich wie angewurzelt auf dem Gang, konnte mich nicht dazu durchringen, den entscheidenden Schritt zu machen. Bevor ich vor Nervosität jedoch tatsächlich noch Reißaus nahm, drückte ich die Türklicke mit einem Ruck nach unten.

›Du schaffst das!‹, spulte ich Isabels Worte wie zur Beruhigung in meinem Kopf ab. Ich atmete noch ein letztes Mal tief ein und aus und stieß die breite Tür auf.

Und blieb prompt stehen, als mich vier Augenpaare interessiert musterten. Glücklicherweise gehörte keines davon Jai. Immerhin etwas.

Verunsichert hob ich die Hand und piepste ein leises »Hallo.«

Eine junge Frau um die dreißig mit kurzen schwarzen Haaren, die zu einem lockeren Bob geschnitten waren, kam mit einem warmherzigen Lächeln auf den Lippen auf mich zu und reichte mir ihre Hand. Für ihre zierliche Figur hatte sie einen äußerst resoluten, festen Händedruck.

»Hey, du musst Nina sein, richtig?«, fragte sie mich.

Ich nickte verlegen.

»Willkommen im Team, ich bin Monica, eure Choreographin. Deine Tasche kannst du da hinten ablegen und wenn du so weit bist, komm einfach zu uns.« Sie deutete auf eine Ecke, in der bereits Rucksäcke und Shirts lagen.

Ein Mädchen mit schwarzen gelockten Haaren und kaffeefarbener Haut grinste mir aufmunternd zu. Ich ließ meine Tasche auf den Boden fallen und nahm noch einen Schluck aus meiner Trinkflasche, als ich aus dem Augenwinkel eine Bewegung direkt neben mir registrierte.

Ich blickte wie in Zeitlupe auf – und sah direkt in Jais dunkle Augen. Er runzelte vielsagend die Stirn, drehte sich dann wortlos um und gesellte sich zu den zwei anderen Jungs, die in einer Ecke standen und leise miteinander herumblödelten.

Jai begrüßte sie mit einem lässigen Handabschlag und raunte ihnen offensichtlich etwas zu, da sich in dem Moment drei Köpfe zu mir herumdrehten. Jais Blick war abfällig und spöttisch, die Blicke der zwei anderen Jungs eher … neugierig. Fragend.

Ich spürte, wie meine Wangen schon wieder ganz heiß wurden. Dennoch versuchte ich, mir meine Verunsicherung nicht anmerken zu lassen und trat etwas näher an die Gruppe heran.

Monica sah mich über den Rest der Gruppe hinweg an. »Wenn du möchtest, kannst du gerne erst mal eine Weile zusehen, dann fällt dir das Einsteigen bestimmt leichter.«

Jai schnaubte amüsiert. »Ja klar, als ob.«

Wie konnte ein Mensch dermaßen überheblich und zum Kotzen sein?

Monica klatschte in die Hände, woraufhin Jai, das Mädchen und die zwei anderen Jungs ihre Position einnahmen. Jai stand ganz vorne, dahinter die anderen drei, wobei das dunkelhaarige Mädchen in der Mitte war.

Ich lehnte mich an die Wand und beobachtete das Geschehen aufmerksam. Wieder ertönten eingängige, kraftvolle Beats aus dem Ghettoblaster.

»… and five, six, seven, eight!« Monicas Stimme hallte durch den kleinen Raum.

Ich beobachtete, wie Jai weit ausholende Schritte nach vorne machte, dann zur Seite glitt und sich einmal um die eigene Achse drehte.

Die Bewegungen sahen so leichtfüßig und einfach aus, aber ich wusste es besser. Da steckte viel Arbeit hinter. Die Schrittfolge, das richtige Taktgefühl, die Muskelbeherrschung, perfekte Synchronisation, Geschicklichkeit, Koordinationsfähigkeit, Kraft und Ausdauer. Auch die beiden anderen Jungs waren gut. Wirklich gut. Die geschmeidigen Bewegungen, die flüssigen Übergänge.

Doch das Mädchen strahlte am meisten Power und Kraft aus. Ihre Bewegungen waren immer perfekt getimt, ihre Sprünge kraftvoll und gleichzeitig anmutig.

Ein aufgeregtes Kribbeln fuhr durch mich hindurch, meine Füße wippten bereits zum Takt der Beats. Ich versuchte mich in die Choreo einzugliedern und reihte mich ganz am Ende hinter den anderen ein, aber ich patzte. Auch den nächsten Einsatz verpasste ich. Die Musik brach ab und alle Köpfe drehten sich zu mir herum. Mein Gott, war mir das in dem Moment peinlich.

»Ich … t-tut mir leid«, stammelte ich und begegnete Jais Blick, sein Mund hatte sich zu einem gehässigen Grinsen verzogen.

»Hey, mach dir keinen Kopf, Nina. Lass dir Zeit, sieh dir alles in Ruhe an und entspann dich.

Bei keinem von uns hat das auf Anhieb geklappt. Nicht wahr, Jai?«, fügte sie mit einem kurzen, strengen Blick auf ihn hinzu, der abrupt verstummte und dessen Miene sich verdüsterte. Offensichtlich waren Monica Jais Sticheleien mir gegenüber nicht entgangen.

Jai grummelte missmutig irgendwas vor sich hin.

»Gut, wenn wir das geklärt hätten, würde ich gerne fortfahren. Und du, Nina, wie gesagt, mach dir keinen Stress.«

Sie stellte sich wieder vor den riesigen Spiegel an der Wand und ließ die Musik laufen.

Ich konzentrierte mich voll und ganz auf Monicas Anweisungen und richtete meinen Blick fokussiert auf sie, als sich Jai noch einmal zu mir umdrehte.

Der Blick, den er mir dabei zuwarf, ging mir durch Mark und Bein. Seine dunklen Augen blitzten bedrohlich auf und sprühten messerscharfe Blitze in meine Richtung.

Ich zuckte unwillkürlich zusammen.

Jetzt reiß dich zusammen, schoss es mir durch den Kopf. Du wirst dich von dem doch wohl nicht unterkriegen lassen?

Wie hieß der eine Spruch noch so schön: Brust und Po raus, Bauch rein, Kopf hoch, zeig's allen!

Na dann mal los.

Mit der Zeit klappte es tatsächlich immer besser. Ich schaffte es, mir die Schritte zu merken und halbwegs im Takt zu bleiben. Bei der Schrittfolge kam ich zwar manchmal noch ein wenig durcheinander und ich war auch noch nicht hundertprozentig synchron mit den Schritten der anderen, aber es wurde von Mal zu Mal besser.

Das war doch schon mal ein Anfang.

Nach dem Training kamen die zwei anderen Jungs, deren Namen ich immer noch nicht wusste, auf mich zu und blieben vor mir stehen.

»Hast dich wacker geschlagen für das erste Mal«, meinte der Blonde mit einem Grinsen im Gesicht und hielt mir seine Hand entgegen. »Hey, ich bin Luke.«

Ich war so überrascht, dass ich zunächst überhaupt nicht wusste, was ich sagen sollte.

»D-danke«, stammelte ich und lächelte ihn an.

Luke wirkte wie einer dieser typischen Sonnyboys auf mich. Blondes, verwuscheltes Haar, ein Grinsen, das einen umhaute, blitzend weiße Zähne und knallblaue Augen.

Der dunkelhäutige Junge neben ihm schien etwas zurückhaltender zu sein. Seine schwarzen Haare waren ähnlich wie bei Jai zu einem stylischen Undercut geschnitten, die obere Haarpartie hatte er lässig nach oben gegelt. An den Seiten hatte er allerdings kleine Blitze einrasiert.

»Jeremy, hey.«

Er lächelte mich ebenfalls an, bis Luke wieder das Wort übernahm.

»Also, willkommen im Team. Ein bisschen weibliche Unterstützung kann uns echt nicht schaden, nach dem, was mit Jessica passiert ist. Also«, er klopfte mir noch mal kumpelhaft auf die Schulter und grinste breit, »wir sehen uns später.«

Damit verschwanden die zwei Jungs um die Ecke.

Nach dem Training tat mir alles weh. Und ich war nun wirklich nicht von der zimperlichen Sorte, aber jeder einzelne Knochen schmerzte. Das würde morgen wahrscheinlich gewaltigen Muskelkater geben. Ächzend schleppte ich mich die Treppenstufen hinab und hangelte mich an dem Geländer hinunter, als ich laut hallende Schritte hinter mir vernahm.

»Na, Schnecke, schon so schnell aus der Puste?«

Jai blieb kurz neben mir stehen und taxierte mich mit einem verächtlichen, spöttischen Blick.

Ich richtete mich auf, so gut es eben ging, wenn die Beine jeden Moment einzuknicken drohten. Vor diesem eingebildeten Trottel würde ich mir bestimmt keine Blöße geben.

Wütend kniff ich meine Augen zusammen und öffnete den Mund, doch Jai kam mir zuvor. Mal wieder.

Großspurig zwinkerte er mir zu. »Nimm's dir nicht so sehr zu Herzen, nicht jeder kann ein begabter Tänzer sein. Frauen haben einfach nicht die Kraft dazu.«

Sagte es und drehte sich um. Fassungslos starrte ich ihm hinterher, wie er die Treppe hinunterlief, immer drei Stufen auf einmal nehmend.

»Vollidiot!«, schrie ich, wobei meine Stimme seltsam von den Wänden widerhallte.

Ich hörte Jai wenige Meter unter mir laut lachen, dann fiel die Tür mit einem dumpfen Schlag hinter ihm ins Schloss.

Als ich die Tür nach draußen öffnete, kochte ich vor Wut. Dieser Typ war so verdammt herablassend und von sich selbst eingenommen. Was dachte der sich eigentlich? Dass alle nach seiner Pfeife tanzten, nur weil er der neue Teenie-Schwarm war?

Wütend kickte ich einen Kieselstein beiseite, der mit voller Wucht gegen einen der Eisenpfeiler donnerte und dadurch ein lautes, klackerndes Geräusch erzeugte. Ich war so in Gedanken, dass ich die beiden vor mir erst gar nicht wahrnahm, bis ich ein auffälliges Lachen hörte.

Ich hielt inne und hob meinen Kopf.

Keine zehn Meter von mir entfernt lehnte Jai mit einem braunhaarigen, äußerst schlanken Mädchen an der Wand. Ob das wohl das Mädchen gewesen war, mit dem er neulich schon im Auto telefoniert hatte?

Sie wickelte sich eine Strähne ihres langen Haares, das selbst von hier aus noch glänzte, um den Finger und fuhr mit der anderen Hand über seine Wange, während sie wieder ihr hyänenartiges Lachen ausstieß. Jai musste ja wirklich unglaublich witzig sein. Merkwürdig, diese Eigenschaft hatte ich an ihm bis jetzt noch nicht entdecken können. Sie gingen zusammen um die Ecke des Gebäudes und kurz darauf verschwanden die beiden unter lautem Motorengeheul in einem quietschgelben Lamborghini.

»Sarah Lane. Gehört zu den High-Society Püppchen. Ihr Vater besitzt eines der bekanntesten Musiklabels in der Stadt.«

Ich hatte nicht einmal mitgekommen, dass jemand hinter mich getreten war. Überrascht fuhr ich herum und blickte in ein grinsendes Gesicht. Es war das dunkelhaarige Mädchen aus dem Tanzkurs.

»Ich bin Alexandra, aber sag einfach nur Alex. So nennen mich alle meine Freunde.«

Sie zwinkerte mir zu und lachte breit.

Ich lächelte nun ebenfalls. »Nina. Freut mich.«

Alex schnippte eine kleine Gewitterfliege auf ihrem knallig pinken Shirt beiseite und betrachtete kritisch ihre Fingernägel, die in einem schrillen Blauton lackiert waren.

»Ich find's richtig super, dass ich jetzt nicht mehr das einzige Mädchen im Kurs bin. Seit Jessica gegangen ist, musste ich mich immer alleine mit diesen Vollidioten herumschlagen.«

Schon wieder diese Jessica. So langsam fragte ich mich wirklich, was es mit ihr auf sich hatte. Aber da Jai und Nathalie so komisch auf dieses Thema reagiert hatten, traute ich mich nicht nachzufragen. Es reichte, dass ich schon auf der Autofahrt in das erstbeste Fettnäpfchen getreten war, das musste ich nicht unbedingt wiederholen.

Alex lachte laut und zwinkerte mir zu. »Wir Girls müssen doch zusammenhalten, richtig?«

Ich musste ebenfalls grinsen. Diese Alex schien ganz schön temperamentvoll zu sein, aber sie war irgendwie echt cool drauf.

»Richtig«, stimmte ich zu.

Alex musterte mich eine Weile. »Du hast doch bestimmt noch nichts von L.A. gesehen, oder?«

Ich schüttelte den Kopf. »Nein, bisher nicht.«

»Dann sollten wir das schleunigst ändern, meine Liebe. L.A. ist die geilste Stadt überhaupt. Und in den nächsten Tagen werden wir bei Nathalies vollem Terminplaner vermutlich nicht mehr groß dazu kommen, sie uns anzusehen.«

Sagte es, fasste mich am Arm und hakte mich unter.

»Let's go sightseeing.«

Der Nachmittag wurde noch richtig schön und irgendwann drängte ich einen gewissen dunkelhaarigen Sänger in die hinterste Ecke meines Bewusstseins, sodass sich meine Wut langsam in Luft auflöste.

Alex stellte mir Joe vor, Jais Bodyguard, der uns mit der Limousine kreuz und quer durch L.A. fuhr. Joe war um die ein Meter achtzig groß und sah nicht wie einer der üblichen Bodyguards aus, die man sonst im Fernsehen zu Gesicht bekam. Und er war auch nicht so kräftig und breit gebaut wie einer dieser Schrank-mäßig gebauten Bodyguards auf dem damaligen Konzert von Jai.

Er war kleiner und wesentlich schlanker, aber seine grauen Augen blickten dafür umso wachsamer und konzentrierter. Es kam mir vor, als würde er seine Umgebung genauestens abscannen, tat dies aber sehr unauffällig und mit Bedacht. Er trug einen schwarzen Anzug, Sonnenbrille und einen kleinen Knopf, ein Head-Set, am Ohr. Die wenigen grauen Haare, die er noch besaß, schmiegten sich wie ein Halbkranz um seinen Kopf.

Als ich mich in das klimatisierte Innere der Limousine schwang, verschlug es mir erst einmal die Sprache. Wer wäre auch nicht sprachlos, wenn man das erste Mal in so einem Luxusschlitten saß?

Der Wagen war gefühlt so groß wie ein Wohnzimmer, an der Seite war eine Minibar, die mit Orangensaft und Champagner gefüllt war. Natürlich tasteten Alex und ich nichts davon an, aber Alex' Blick war anzusehen, dass sie gegen eine kleine Kostprobe nichts einzuwenden gehabt hätte.

Auch wenn Joe die Fahrt über sehr still war und generell eher der wortkargere Typ zu sein schien, war er mir sympathisch. Er strahlte eine gewisse Ruhe und Gelassenheit aus und das gefiel mir.

Und was die Stadt betraf, hatte Alex nicht gelogen: L.A. war wunderschön.

Wir sahen uns den berühmten Hollywood-Schriftzug aus der Nähe an, fuhren mit offenem Verdeck über den Rodeo Drive, flitzten mit gemieteten Rollerblades am Santa Monica Beach entlang und aßen in China Town gebratene Nudeln mit Hähnchen.

Als ich abends fix und fertig, aber glücklich ins Bett fiel, stahl sich ein Lächeln auf mein Gesicht. Vielleicht würde dieser Sommer doch noch ganz schön werden.

Mit diesem Gedanken und einem seligen Grinsen auf den Lippen schlief ich irgendwann erschöpft ein.

5. Kapitel

Die nächsten Tage liefen fast gleich ab. Training, Training und nochmals Training. Schlafen kam in dem Zeitplan eigentlich schon gar nicht mehr vor. Jais Gehässigkeiten wurden dafür von Tag zu Tag unerträglicher. Seine ewigen Kommentare und Sticheleien machten mich rasend. Ich versuchte, seine Sprüche, so gut es eben ging, zu ignorieren, aber irgendwann riss auch mir schließlich der Geduldsfaden.

Wir hatten gerade eine besonders anstrengende Tanzstunde bei Monica hinter uns. Erschöpft lehnte ich mich gegen die kühle Wand und strich mir meine schweißnassen Haare aus der Stirn.

Wie sollte ich mir das alles in so kurzer Zeit bloß merken? Die anderen im Kurs waren so viel weiter als ich.

Um mich besser zu konzentrieren, ging ich die einzelnen Schritte mit geschlossenen Augen noch einmal durch, blieb an der einen Stelle aber immer wieder hängen.

»BUH!«

Erschrocken fuhr ich hoch und blickte direkt in das feixende Gesicht von Jai. Ich wich intuitiv einen Schritt zurück und prallte mit dem Kopf gegen die Wand. Der Typ hatte mir jetzt gerade noch gefehlt. Verstohlen rieb ich mir über meinen schmerzenden Hinterkopf und beobachtete, wie Jai sein iPhone in die Hosentasche gleiten ließ.

Angeekelt sah ich, wie er mir sein Kaugummi genau vor die Füße spuckte und sich stattdessen seelenruhig eine Zigarette anzündete. Provokativ blies er mir seinen Zigarettenqualm ins Gesicht, den ich hustend mit der Hand wegwedelte. Mir war klar, dass er meine Geduld auf die Probe stellen wollte. Wenn ich eines nicht ausstehen konnte, dann war es Arroganz und Zigarettenrauch. Und der Typ hatte gerade definitiv von beidem eine Portion zu viel zu bieten. Selbstzufrieden grinste er mich mit seinen perfekten, perlweißen Zähnen an.

»Du und Backgroundtänzerin …? Ich hätte Monica eigentlich etwas mehr Geschmack zugetraut.« Seiner frostigen Stimme war deutlich anzuhören, dass er mich am liebsten wieder in den nächsten Flieger nach Deutschland bugsiert hätte. Spöttisch musterte er mich. »Sicher, dass das nicht ein wenig zu groß hier für dich ist, Schnecke?« In meinem Magen fing es gefährlich an zu grummeln. Kurz entschlossen machte ich einen Schritt auf Jai zu, riss ihm die Zigarette aus der Hand und trat sie auf dem Boden aus.

»Sag mal, spinnst du?!« Wütend taxierte er mich mit zusammengekniffenen Augen.

Ich stellte mich dicht vor ihn, sodass sich unsere Nasenspitzen fast berührten, und musterte ihn kühl.

»Hör gut zu, und das sage ich auch nur einmal: Das scheint sich vielleicht deiner gänzlichen Vorstellungskraft zu entziehen, aber nicht jeder steht auf irgendwelche singenden Volltrottel wie dich.«

»Stimmt, du fliegst ja eher drauf.« Jai hob seine Augenbrauen und verzog seinen Mund zu einem arroganten Grinsen. Ich wusste, dass er damit auf die Sache am Flughafen anspielte, als wir beide ineinander gerannt waren. Aber das würde ich keinesfalls so auf mir sitzen lassen. Ich verengte meine Augen zu zwei winzigen Schlitzen.

»Jetzt pass mal auf, du Möchtegern-Checker!«, zischte ich. »Wenn du glaubst, ich lasse mich von dir rumkommandieren oder dumm anmachen, nur weil du Amerikas neue Popsensation bist, dann bist du schief gewickelt. Selbstverliebte Celebrities wie du interessieren mich einen Scheiß. Und welche, deren Nachname wie ein Burger-Menü klingt, erst recht nicht. Also heb dir deine ›Ich bin so cool Nummer‹ für eine von deinen unterbelichteten Betthäschen auf, die Bad-Boy Masche zieht bei mir nämlich nicht. Verstanden?«

So, dem hatte ich erst mal gewaltig den Wind aus den Segeln genommen. Triumphierend stemmte ich die Arme in die Hüften und sah Jai abwartend an.

Für einen Moment schien er tatsächlich sprachlos zu sein und ich glaubte, so etwas wie Erstaunen in seinen Augen aufblitzen zu sehen. Jedoch war schon kurz darauf nichts mehr davon zu erkennen.

»Das lass mal meine Sorge sein«, knurrte er bedrohlich. Jai stand jetzt keinen Zentimeter mehr von mir entfernt und funkelte mich kampfeslustig an. Ich wollte wegsehen, aber irgendetwas hielt mich davon ab. Er war mir jetzt ganz nah und ich konnte den Duft seines herben Aftershaves riechen. Hm, das war jetzt aber gar nicht gut, dass der mich so aus dem Gleichgewicht brachte. Ich taumelte einen Schritt zurück und sah in seine dunklen Augen. Jai schien im ersten Moment ebenfalls ein wenig irritiert, fing sich aber schneller als ich.

»Hysterische Zicke« zischte er.

»Vollidiot«, blaffte ich zurück. »Und wag es nicht noch einmal, mich Schnecke zu nennen, sonst fängst du dir eine!«

Dann drehte ich mich erhobenen Hauptes um und stolzierte mit gestrafften Schultern in Richtung Eingang.

Der Typ würde mich nicht klein kriegen. Der nicht.

»Ich habe mir mit Sean zusammen etwas überlegt. Und zwar möchten wir, dass du«, Nathalie deutete dabei mit einem Kopfnicken auf mich, »den weiblichen Part im Video übernimmst.«

Heute Morgen hatte ich einen überraschenden Anruf von Nathalie bekommen, dass ich mich gegen fünfzehn Uhr vor ihrem Büro einfinden sollte, mit der Begründung, sie hätte eine wichtige Mitteilung für mich.

Dass Jai dabei ebenfalls eine Rolle spielte und gerade keinen Meter von mir entfernt auf dem Stuhl neben mir saß, hatte sie dabei allerdings großzügig verschwiegen. Es ging um Jais Videodreh zu seiner aktuellen Single, so viel hatte ich schon mitbekommen. Das war aber auch das Einzige, das ich verstanden hatte.

»Hä?« Zugegeben, das war jetzt nicht der einfallsreichste Kommentar, aber in dem Moment war mir einfach nichts Intelligenteres in den Sinn gekommen. Verständnislos sah ich Nathalie an. Aus dem Augenwinkel konnte ich erkennen, dass es sogar Jai ausnahmsweise mal die Sprache verschlug und seine Kinnlade nach unten klappte.

»Wieso das denn?!«, fragte er fassungslos und starrte Nathalie entgeistert an.

»Da der neue Song eine Ballade ist und einige Tanzszenen im Video zu sehen sein werden, dachten wir, dass es das Beste wäre, für das Videogirl diesmal eine richtige Tänzerin zu nehmen. Warum also nicht jemanden aus der Crew? Ihr zwei kennt euch schon und könnt dadurch gleichzeitig besser auf den anderen eingehen.«

Das bezweifelte ich doch jetzt mal stark. Anscheinend hatte Monica ihr nicht mitgeteilt, wie katastrophal die Tanzstunden bisher verlaufen waren.

Jai stemmte sich so abrupt aus seinem Sessel hoch, dass dieser ins Kippeln kam. Seine Augen funkelten vor Zorn.

»Wir haben das Videogirl bisher immer gecastet, warum also nicht dieses Mal?«, zischte er mit zusammengebissenen Zähnen.

»Aus dem ganz einfachen und schlichten Grund: Es fehlt die Zeit dazu. Wir liegen mit den Vorbereitungen für die Tour noch viel weiter hinten als gedacht. Wenn wir uns jetzt noch nach einem geeigneten Videogirl umsehen, dann geht viel zu viel Zeit verloren. Mal ganz abgesehen von den Kosten. Außerdem denke ich, dass Nina ihre Sache gut machen wird.«

Jai schnaubte bloß und tigerte aufgebracht durch das Zimmer.

Ähm, dachte vielleicht auch mal irgendjemand daran, mich nach meiner Meinung zu fragen? Nur mal so ganz am Rande.

»Aber ich weiß doch gar nicht, ich mein … ich hab so was doch noch nie gemacht«, wandte ich etwas zaghaft ein.

»Da hörst du es!« Jai schlug die Hände über dem Kopf zusammen und bedachte mich mit einem grimmigen Blick. Ich versuchte das weitestgehend zu ignorieren und konzentrierte mich stattdessen auf Nathalie. Diese wischte meinen Kommentar mit einem energischen »Papperlapapp!« beiseite und lächelte mich aufmunternd an.

»Darüber mach dir mal keinen Kopf. Ihr werdet eine eigene Choreo für das Musikvideo bekommen, die Monica kurz vorher mit euch einstudieren wird. Zusätzlich zu den normalen Tanzstunden, versteht sich. Der einzige Unterschied wird also sein, dass ihr beim Tanzen diesmal gefilmt werdet. Für die Szenen im Musikvideo. Kein Grund zur Aufregung.«

Ha! Nur! Kein Grund zur Aufregung! Ihr Optimismus in allen Ehren – oder war es einfach nur pure Verzweiflung?! –, aber ich konnte ihre Meinung nicht so ganz teilen.

Ich bekam allein schon beim Gedanken daran Kopfschmerzen. Ich. Vor einer Kamera. Für ein Musikvideo. Mit einem eingebildeten Popsternchen an meiner Seite.

Ich war schon froh genug, dass ich die Choreo für die bevorstehende Tour so langsam auf die Reihe bekam und jetzt sollte ich auch noch in einem Musikvideo mitspielen? Mein Gott, was da alles schiefgehen konnte. Ich wollte es mir lieber gar nicht allzu genau vorstellen.

Jai schien ähnlich zu denken, da er seinen Mund zu einem spöttischen Grinsen verzog.

»Wir können froh sein, wenn sie mit ihrer Tollpatschigkeit nicht das ganze Set in die Luft jagt!«

Na, danke auch. Komplimente hörte ich doch immer wieder gerne.

Ich bedachte Jai mit einem zuckersüßen Lächeln. »Für dich werde ich mir besonders viel Mühe geben!«, zwitscherte ich übertrieben freundlich. Innerlich war mein Puls dagegen auf hundertachtzig.

»Seid ihr beide dann jetzt fertig?«, fragte Nathalie genervt und sah uns der Reihe nach an.

Jai ließ sich wieder in seinen Sessel plumpsen und verschränkte missmutig die Arme vor seiner Brust.

»Das ausgefallene Training während der zwei Tage in Paris werdet ihr natürlich gemeinsam nachholen«, bemerkte Nathalie nebenbei.

Moment mal – was? Paris? Hatte ich das gerade etwa richtig verstanden?

»Doppelte Strafe also«, stöhnte Jai und ließ seinen Kopf auf die Tischplatte sinken.

»Wir … wir fliegen für den Dreh nach Paris?«, stammelte ich.

Nathalie sah von ihren Unterlagen auf. »Exakt. Der Dreh wird auf dem Eiffelturm stattfinden.«

»Auf … auf dem Eiffelturm?«, wiederholte ich fassungslos, während sich meine Mundwinkel immer weiter nach oben zogen. Auf dem Eiffelturm? Wie cool war das denn bitte! Das änderte alles!

»Ihre Auffassungsgabe ist bemerkenswert«, murmelte Jai neben mir sarkastisch und rieb sich mit der Hand genervt über die Stirn.

Nathalie hatte sich derweil über den Tisch gebeugt und sah mich eindringlich an.

»Ich hoffe, dass du diese Chance zu schätzen weißt. Normalerweise hätte ich Alex die Rolle gegeben, allerdings hat Angelika ein gutes Wort für dich eingelegt und ich gebe viel auf ihre Meinung.

Zumal sie noch etwas gut bei mir hat. Enttäusch mich also nicht, Nina. Zeig mir, dass ich die richtige Entscheidung getroffen habe.«

Ich schluckte, dann nickte ich schließlich. Nein, ich würde sie nicht enttäuschen. Auf keinen Fall. Und ich durfte auch Angelika nicht enttäuschen, nach allem, was sie für mich getan hatte.

Auch wenn ich immer noch ein wenig skeptisch war, war ich auf der anderen Seite auch irgendwie stolz. Stolz, dass Nathalie ausgerechnet mir diese Chance bot, obwohl Alex schon viel länger in der Crew war als ich.

»Danke, Nathalie. Du wirst es nicht bereuen«, krächzte ich mit belegter Stimme, was Jai lediglich mit einem trockenen »Pfff, warten wir's ab« kommentierte.

Nachdem Nathalie uns noch über ein paar Einzelheiten informiert hatte, wie der Dreh ungefähr ablaufen würde, bedeutete sie uns mit einem Kopfnicken in Richtung Tür, dass wir gehen konnten.

Jai und ich erhoben uns aus den Sesseln.

»Danke auch!«, fauchte Jai, kaum dass wir uns umgedreht hatten.

Wir starrten uns für einen kurzen Moment in die Augen, dann marschierten wir beide zielstrebig auf die Tür zu.

Da jedoch keiner von uns beiden dem jeweils anderen den Vortritt lassen wollte, quetschten wir uns gleichzeitig durch den Rahmen, wobei wir zusammenprallten.

»Jetzt mach endlich Platz!«, raunzte ich und rammte ihm meinen Ellenbogen in die Seite.

»Mach doch selber Platz!«, giftete Jai zurück und trat mir mit seinen Quadratlatschen auf den Fuß.

»Autsch!«

Das Ende vom Lied war, dass wir beide höchst unelegant zu Boden gingen und wie zwei Käfer auf dem Rücken lagen.

Jai fasste sich mit schmerzverzerrtem Gesicht an seine Stirn und warf mir einen grimmigen Blick zu.

»Mein Gott, wie kann man bloß so ein Trampel sein?«

»Guck dich mal an, Vollidiot!«, erwiderte ich bissig und fasste mir an meinen schmerzenden rechten Arm. »Vielleicht liegt es auch einfach an deinem Riesen-Ego, das durch keine Tür passt!«

Während Jai und ich uns noch etliche Flüche an den Kopf warfen und uns gegenseitig ankeiften, bekamen wir nicht einmal richtig mit, wie Nathalie kopfschüttelnd im Türrahmen erschien und mit einem leise gemurmelten »Ich werde hier noch wahnsinnig!« über uns hinweg stieg.

Wie Nathalie uns vorher bereits erklärt hatte, übte Monica mit uns in den nächsten Tagen eine Choreo für das Musikvideo ein. Die Bewegungen waren diesmal sanfter und fließender, passend zu dem etwas ruhigeren Song. Was leider auch etwas mehr Körperkontakt bedeutete.

Wobei Jai anscheinend lieber äußerst intensiven Körperkontakt zu gewissen langbeinigen Schönheiten hegte.

Denn kurz nach unserer Auseinandersetzung in Nathalies Büro hatte ich Jai mit einer dürren Blondine vorgefunden, mit der er draußen an der Wand gelehnt und ihr seine Zunge in den Hals gesteckt hatte. Wenige Minuten später hatte ich ihn dann Arm in Arm mit einer Brünetten gesehen. Und beide waren nicht diese Sarah gewesen, von der Alex mir bereits erzählt hatte.

Das Gespräch zwischen Jai und mir kam mir wieder ins Gedächtnis:

»Du läufst auch allem hinterher, was nur annähernd Bein und Arsch besitzt, oder?«, hatte ich ihn genervt gefragt.

»Äh, nee, bei dir würde ich eine Ausnahme machen.«

»Wie schade. Ich hoffe, ich werd's überleben.«

»Ach, nee, warte mal …« Jai hatte seinen Kopf schiefgelegt und so getan, als würde er überlegen. Den schadenfrohen Blick, den er mir daraufhin zugeworfen hatte, spürte ich noch immer wie Kaugummi an mir kleben.

»Arsch und Beine? Ich vergaß, dass du eigentlich keine Beine besitzt, also fällst du aus der Kategorie sowieso raus, Nina.«

»Ach, leck mich doch!«

Allein bei dem Gedanken daran bekam ich schon wieder schlechte Laune. Was allerdings auch damit zusammenhängen könnte, dass mich Jai allem Anschein nach gerade sitzenließ.

Wir hatten uns für den Nachmittag verabredet, die Choreo in Ruhe noch einmal durchzugehen, da wir morgen bereits nach Paris fliegen würden.

Nervös warf ich einen Blick auf die Uhr. Es war schon fünfzehn Uhr dreißig und wir hatten abgemacht, uns um fünfzehn Uhr im Tanzstudio zu treffen.

15.35, 15.40, 15.45, …

Irgendwann hatte ich die Schnauze voll vom Warten, packte meine Sachen zusammen, knallte die Tür hinter mir zu und stapfte wütend über das weitläufige Gelände.

War das sein Ernst, mich jetzt einfach zu versetzen? Ausgerechnet heute, wo doch morgen schon der Dreh stattfinden sollte und ich ohnehin total nervös deswegen war?

Wahrscheinlich vertrieb er sich seine Zeit gerade mit irgendwelchen Tussis, während ich hier Däumchen drehte. Ich war so in Rage, dass ich gar nicht mitbekam, wie Joe mit seiner Limo langsam an mir vorbeifuhr und sein Fenster herunterkurbelte.

»Miss Nina?«, ertönte es plötzlich knapp neben mir. Erschrocken zuckte ich aus meinen Gedanken hoch und blickte direkt in Joes fragendes Gesicht.

»Sollten Sie nicht eigentlich Training mit Mister McConnor haben?«

Für einen kurzen Moment war ich überrascht, dass Joe davon wusste, bis mir einfiel, dass Nathalie Joe eine Liste gemacht hatte, wo ihr Schützling wann und mit wem einen wichtigen Termin hatte. Ich wollte eigentlich nicht petzten, aber da ich wusste, dass leugnen zwecklos war, zuckte ich die Schultern.

»Jai hat mich versetzt«, murmelte ich grimmig.

Kurz darauf brachte Joe seinen Wagen zum Stehen, stieg aus und hielt mir die hintere Tür auf.

»Steigen Sie ein, ich werde Sie zu ihm fahren.«

Ob das so eine gute Idee war? Zwischen uns beiden herrschte ohnehin schon schlechte Stimmung und wenn ich jetzt in seiner Wohnung aufkreuzte, würde er wahrscheinlich mehr als angepisst sein.

Andererseits … er war derjenige, der mich versetzt hatte.

Also schenkte ich Joe ein Lächeln und nahm im kühlen Wageninneren auf dem gepolsterten schwarzen Leder Platz.

6. Kapitel

Die Limousine schlängelte sich langsam durch den Spätnachmittagsverkehr von L.A. Anscheinend war gerade Rushhour, da die Straßen komplett dicht waren. Nachdem wir endlich die Innenstadt hinter uns gelassen hatten und allmählich in die Hollywood Hills hineinfuhren, wurde die Landschaft hügeliger. Wir passierten die luxuriösen Villen und prachtvollen Vorgärten. Die meisten davon waren jedoch durch hohe Zäune abgeschirmt. Ich fragte mich, wer wohl in diesen Villen wohnte. Wahrscheinlich irgendwelche Promis oder reiche Geschäftsleute.

Nach einer Weile hielt Joe vor einem hohen Eisentor. Er ließ das Fenster der Limo hinunterfahren und drückte auf einen kleinen Knopf an der Sprechanlage.

Es rauschte kurz, dann ertönte eine raue Stimme.

»Ja, bitte?«

»Hallo, Rosa, hier ist Joe. Würden Sie uns bitte das Tor öffnen?«

»Uns?«

»Ja, ich habe diesmal einen Gast dabei.«

Es summte kurz und das Eisentor öffnete sich.

Wir fuhren eine breite Kieseinfahrt hinauf, die von Pinien und kleineren Palmen gesäumt war.

Die kleinen Kieselsteine knirschten leise unter den breiten Reifen. Ich streckte meinen Kopf aus dem Fenster und genoss den leichten Fahrtwind, der durch meine Haare fuhr. Nach gut zweihundert Metern kam die Limousine schließlich zum Stehen.

Ich war kaum aus dem Wagen gestiegen, da öffnete sich bereits die Haustür und eine Frau um die vierzig erschien an der Türschwelle. Mit ihrem kaffeefarbenen Teint, den schwarzen Haaren und dunklen Augen sah sie sehr südländisch aus. Sie winkte uns freudig entgegen und lachte breit. Neugierig kam ich ein paar Schritte näher.

»Ah, du musst dieses Mädchen sein? Nina, richtig?«

Sie hatte einen ähnlichen Akzent wie Alex. Freundlich lächelte sie mich an, ihr Blick war warmherzig und aufmerksam. Sie war mir sofort sympathisch.

»Ja, aber woher wissen Sie ..?«

Rosa unterbrach mich, indem sie eine energische Handbewegung machte. »Nenn mich Rosa, mein Liebes.« Sie zwinkerte mir zu. »Er hat mir von dir erzählt.«

Perplex starrte ich sie an. Er hatte von mir erzählt?

Doch ich hatte nicht einmal Zeit, darüber nachzudenken, da mich Rosa bereits an ihren beachtlichen Busen drückte und fest umarmte, als würde ich praktisch zur Familie gehören.

»Ich freue mich, dich endlich einmal kennenzulernen. Komm rein.«

Sie löste sich kurz von mir, winkte Joe noch einmal zu und schob mich dann energisch ins Haus. Rosa fasste mich bei der Hand und zog mich mit in die riesige, lichtdurchflutete Küche, wo sie sich sofort an den Herd stellte und mir einen vielsagenden Blick über die Schulter hinweg zuwarf.

»Du bist also die kratzbürstige Backgroundtänzerin aus Deutschland …?«

»Ich, nun ja …« Das hatte Jai also von mir erzählt? Ich hätte wissen müssen, dass es nichts Gutes sein konnte. Was sollte Rosa jetzt von mir denken?

Ich kratzte mich am Nacken und grinste verlegen, doch Rosa begann herzhaft zu lachen.

»Weißt du, Nina, als Jai mir das erzählt hat, wusste ich sofort, dass ich dich unbedingt einmal kennenlernen muss. Jai ist es nicht gewohnt, dass ihm jemand widerspricht. Normalerweise wickelt er jedes Mädchen um den Finger. Aber du scheinst da anders zu sein.«

Sie rührte weiter in ihrem Topf.

»Ich glaube, du imponierst ihm. Auch wenn er das natürlich niemals offen zugeben würde.«

Überrascht sah ich sie an. Tatsächlich?

»Er ist ein kleiner Macho, aber im Grunde genommen ein feiner Kerl.«

Ich runzelte die Stirn. »Davon hab ich noch nicht viel bemerkt«, brummte ich. »Er hat mich beim Training heute versetzt. Wir waren verabredet, aber er ist nicht gekommen.«

Wieder lachte Rosa, wobei sich kleine Lachfältchen um ihren Mund bildeten. Ihre Augen blitzten vergnügt auf.

»Das sieht ihm ähnlich. Ich weiß, er kann anstrengend sein. Und gerade deswegen braucht Jai einfach mal jemanden, der ihm ordentlich Kontra gibt. Und ich denke, du bist genau die Richtige dafür.«

Rosa zwinkerte mir vielsagend zu und beugte sich wieder über ihren Kochtopf, aus dem bereits ein herrlicher Geruch hervorströmte.

Interessiert lehnte ich mich ein Stück vor. »Was kochst du da eigentlich?«

»Enchiladas, ein traditionelles mexikanisches Gericht.« Aha, sie war demnach also aus Mexiko.

»Und das?« Ich zeigte auf den kleinen Topf, in dem eine rot-bräunliche, sehr würzig riechende Soße blubberte.

»Das ist Mole, eine Soße aus Chili und Kakao, die später über die Enchiladas gegossen wird. Möchtest du mal probieren?«

Rosa hielt mir einen kleinen Löffel hin. Bereits beim ersten Haps traten mir Tränen in die Augen. »Ganz schön scharf«, japste ich und fächelte mir mit der Hand Luft zu.

Rosa grinste mich verschmitzt an. »So sind die Mexikaner: feurig und scharf. Wie auch ihr Essen.«

»Arbeitest du schon länger für Jai?«, fragte ich neugierig.

»Seit zwei Jahren etwa. Ich bin vor fünf Jahren mit meiner Familie von Mexiko hierhergekommen. Es war ein großer Schritt, aber bereut habe ich ihn nie.«

Sie warf einen Blick auf ihre Armbanduhr.

»Oh, schon so spät. Ich muss los. Meine Kinder von der Schule abholen.«

»Du hast Kinder?«

Rosas Augen bekamen einen verräterischen Glanz. »Sí, zwei. Un chico y una chica. Ramón und Camilla … Zwei kleine Brathähnchen.«

Ich runzelte die Stirn. »Brathähnchen?«

Rosa legte ihren Kopf schief. »Wie sagt man … sie sind sehr frech …?«

Ich überlegte einen Moment, als sich mein Gesicht schlagartig erhellte. »Ach, du meinst bestimmt Satansbraten?«

»Sí, Sí!«

Rosa lachte herzlich. An dem Strahlen in ihren Augen war zu erkennen, wie stolz sie auf ihre beiden Kinder war.

»Typisch mexikanisches Temperament.«

Ich grinste.

»Falls du Jai suchst, ich schätze, er liegt mal wieder am Pool, dieser Faulpelz.« Sie deutete auf eine schmale Glastür, die auf die Terrasse führte. Dann nahm sie ihre Jacke vom Garderobenhaken und mich noch einmal herzlich in den Arm.

»Du musst unbedingt wiederkommen, ja? Ich bin mir sicher, Ramón und Camilla würden dich auch gerne einmal kennenlernen.«

Ich lächelte verlegen. »Ich weiß nicht, ob Jai das …«

»Keine Widerrede. Wir Mexikaner behalten immer das letzte Wort!«

»Okay, okay.« Lachend hob ich meine Arme hoch. »Da habe ich wohl keine andere Chance.«

Rosa stand bereits an der Türschwelle. »Und lass dich von unserem kleinen Casanova nicht unterkriegen.«

»Ich doch nicht«, lachte ich.

Rosa winkte mir zum Abschied breit grinsend zu, dann fiel die Tür leise klickend ins Schloss.

Ich fand Jai tatsächlich am Pool, wo er mit dem Rücken zu mir gewandt auf einer Sonnenliege lag.

Das glasklare Wasser glitzerte im Licht der Sonne, welches hübsche helle Punkte auf die Wasseroberfläche warf. Fast sah es aus wie ein Muster.

Direkt vor mir erhob sich die Silhouette von Los Angeles in der flimmernden Spätnachmittagssonne. Der Blick war atemberaubend und für einen Moment verschlug es mir die Sprache. Die Stadt, deren Skyline sich eindrucksvoll am Horizont abzeichnete, lag majestätisch zu meinen Füßen. Selbst der Smog über der Stadt hatte sich aufgelockert.

Am Himmel waren durch die Flugzeuge lange, geschwungene Kondensstreifen zu erkennen, die einen imposanten Kontrast zu dem hellblauen Himmel boten. Die Sonne brannte immer noch sengend heiß auf mich herab, selbst im Schatten war es kaum auszuhalten.

Palmenblätter wogen sich sanft im Wind. Ich strich mir eine verirrte Haarsträhne aus der Stirn. Die Luft roch intensiv nach frischen Kiefernnadeln. Ich schloss die Augen und sog den Geruch tief in mich auf, als mir auf einmal ein merkwürdiger, süßlicher Rauch in die Nase stieg.

Ich ging um den Pool herum und sah, wie Jai einen tiefen Zug aus einer Shisha nahm. Oberkörperfrei.

Ich wusste nicht, was mich mehr aus der Fassung brachte. Einen Moment lang starrte ich ihn einfach nur an.

Als mir klar wurde, dass Jai mich bereits stirnrunzelnd musterte, wandte ich meinen Blick hastig ab. Ich versuchte, mich nicht allzu sehr von seinem Anblick ablenken zu lassen.

»Wir hatten Training!«, sagte ich vorwurfsvoll in Richtung der Pflastersteine.

»Wie bist du hier reingekommen?«, antwortete Jai mit einer Gegenfrage, ohne sich aus der Ruhe bringen zu lassen.

Ich hob meinen Kopf, konnte aber nicht verhindern, dass mir das Blut augenblicklich wieder in die Wangen schoss, als mein Blick auf sein äußerst ansehnliches Sixpack fiel.

»Joe hat mich hergefahren und deine Haushälterin war so freundlich, mir die Tür zu öffnen.«

Ganz im Gegensatz zu ihm.

»Die lässt auch wirklich jeden rein«, brummte Jai und schüttelte den Kopf, wobei einzelne Wassertropfen aus seinem feuchten Haar wild durch die Gegend flogen. Ein Tropfen verfing sich in seinen langen, dichten Wimpern, fiel auf seine Wange hinunter und blieb schließlich an seinen vollen Lippen hängen, die vom Rauchen leicht geöffnet waren.

Mein Herz begann aufgeregt zu klopfen, wurde immer schneller. Fand keinen gleichmäßigen Takt. Meine Lippen fühlten sich mit einem Mal ganz trocken an. Unbewusst befeuchtete ich sie mit meiner Zunge.

Ich beobachtete, wie sich weitere Wassertropfen aus seinem Haar lösten und auf die muskulöse Brust fielen, die noch leicht feucht war und vom Wasser schimmerte.

Langsam perlten die Tropfen den gebräunten, glatten, durchtrainierten Oberkörper hinab und verschwanden schließlich im Bund seiner Jeans. Die dunkle Hose hatte er locker auf den schmalen Hüften sitzen, sodass der Rand seiner weißen Boxershorts mit der Aufschrift ›Calvin Klein‹ darunter hervorlugte.

Ich schluckte. Zwar hatte ich Jai schon mehrmals in enganliegenden T-Shirts gesehen, bei denen seine muskulösen, schlanken Oberarme zum Vorschein kamen, aber noch nie … so. Mein Blick blieb an seinem schwarzen Tattoo hängen, das sich von seiner rechten Schulter den Oberarm hinabschlängelte.

Zu meinem eigenen Missfallen machte mich sein Anblick irgendwie nervös und ich musste mich konzentrieren, um überhaupt einen klaren Gedanken zu fassen. Es fiel mir schwer, meinen Blick von ihm loszueisen.

Ich versuchte mich daran zu erinnern, warum ich eigentlich hergekommen war, und stemmte die Hände in die Hüften.

»Also, was ist nun?«, fragte ich, wobei meine Stimme leider nicht so fest klang wie beabsichtigt. Immer wieder glitt mein Blick zu seiner nackten Brust.

»Was und?«, fragte Jai genervt.

»Training!«, erinnerte ich ihn, meine Stimme wieder einigermaßen unter Kontrolle.

»Chill mal. Wir haben noch Zeit. Also kein Grund, Stress zu machen.« Jai lehnte sich tiefenentspannt in seiner Liege zurück, verschränkte die Arme hinter seinem Kopf und nahm noch einen Zug von der Shisha. Dabei legte er seinen Kopf in den Nacken und pustete den Rauch langsam wieder aus. Kleine Rauchwölkchen kringelten sich in der Luft.

»Kein Grund, hier Stress zu machen?!«, fragte ich fassungslos.

»Wir fliegen morgen früh nach Paris und sind die Choreo noch nicht ein einziges Mal vollständig und fehlerfrei durchgegangen und da sagst du mir allen Ernstes, ich soll keinen Stress machen?!« Meine Stimme überschlug sich fast und wurde zum Ende hin immer schriller. Ich konnte förmlich spüren, wie mir der Rauch aus den Ohren quoll. Wie bei einem Vulkan kurz vor der Explosion.

Jai schirmte seine Augen mit der Hand gegen die Sonne ab und hielt mir den Schlauch der Shisha entgegen. »Du solltest auch mal einen Zug nehmen, dann bist du vielleicht etwas entspannter.«

Ich verschränkte die Arme vor meiner Brust und sah ihn scharf an. »Du weißt aber schon, dass der Konsum von Wasserpfeifen total ungesund ist, oder?«

»Mein Gott, wer bist du? Meine Mutter?«, stöhnte Jai genervt. »Mach dich mal locker!«

»Ich will mich aber nicht locker machen!«, fauchte ich. Ich hätte ihn erwürgen können. Wütend kniff ich meine Augen zusammen und versuchte, den süßlichen Rauch mit meinen Händen in die andere Richtung zu wedeln.

»Also wenn sich der Herr dazu herablassen könnte, ein paar Minuten seiner äußerst wertvollen Zeit für die Choreo zu opfern, wäre das sehr reizvoll!«, quetschte ich mit zusammengebissenen Zähnen hervor.

Jai nahm noch einen tiefen Zug und sah mich an. Sein Gesicht zeigte keine Regung, war starr wie eine Maske. Bis plötzlich ein »¡Qué demonios! Jai, was habe ich dir gesagt? Lass deine Finger von dem Scheiß!«, hinter uns losdonnerte. Erschrocken zuckte ich zusammen und fuhr herum.

Eine fuchsteufelswilde Rosa stürmte über die Terrasse geradewegs auf uns zu. Ihre buschigen Augenbrauen hatte sie stark zusammengezogen.

»¡Estás loco! Wenn dich deine Mutter so sehen würde!«

»Tut sie aber nicht«, erwiderte Jai trocken und nahm noch einen Zug von der Shisha.

»¡Cállate! So hat dich deine Mutter nicht erzogen. Sie wäre enttäuscht von dir! Schande!«

Jai verdrehte lediglich die Augen, legte die Shisha aber tatsächlich beiseite.

»Was ist? Bist du zufrieden? Bist du jetzt endlich fertig mit deiner Moralpredigt?«

Rosa hob ihre Hand und fast sah es so aus, als würde sie Jai gleich eine scheuern. Selbst Jai zuckte leicht überrascht zusammen, doch Rosa warf ihre Hände stattdessen in die Luft und sog scharf die Luft ein.

»¡Madre mía! Wann wirst du endlich vernünftig und ein richtiger Mann? ¡Burro!«

Hm, hatte sie nicht vor wenigen Minuten noch gesagt, Jai wäre im Grunde ›ein feiner Kerl‹? Und jetzt nannte sie ihn einen Dummkopf. Aha.

Vom meinem dreijährigen Spanischgrundkurs am Gymnasium war zwar nicht mehr viel bei mir hängen geblieben, aber das hatte selbst ich gerade verstanden.

Es folgte ein weiterer Wortschwall auf Spanisch, dem ich allerdings nicht folgen konnte. Jai setzte zu einer Antwort an, doch Rosa fuhr ihm dazwischen.

»Wag es nicht, mir zu widersprechen, Jai McConnor!«

Rosas Nasenflügel blähten sich auf. Es hätte mich nicht gewundert, wenn auch noch Rauch aus ihnen hervorgetreten wäre. Wie bei den Drachen, von denen man im Kindergarten immer aus den Märchenbüchern vorgelesen bekommen hatte.

Es folgten noch einige weitere lautstarke Flüche aus ihrem Mund. Auch wenn ich keine Ahnung hatte, was Rosa gerade sagte, ihren wilden Gesten nach konnten es keine sonderlich nett formulierten Ratschläge sein. Ihre Augen hatten sich mittlerweile tiefschwarz verfärbt und feuerten fast schon Blitze in Richtung Jai ab.

Hoffentlich würde ich nie in die Lage kommen, mit dem Temperament einer mexikanischen Mama Bekanntschaft zu machen.

Rosa warf Jai einen letzten bitterbösen Blick zu, der selbst die böse Stiefmutter aus Aschenputtel zum Schweigen gebracht hätte.

Dann wirbelte sie herum und rauschte wutschnaubend nach drinnen. Kurze Zeit später hörte man eine Tür laut zuschlagen, dann das Klappern eines Autos. Kurz darauf brauste Rosa mit laut aufbrummendem Motor vom Hof.

Eine Weile lang sagten weder Jai noch ich ein Wort, bis ich irgendwann das Schweigen brach.

»Gratuliere. Das hast du ja wieder richtig toll hinbekommen.« Meine Stimme troff nur so vor Ironie.

»Die beruhigt sich schon wieder«, war alles, was Jai darauf erwiderte. Er erhob sich von der Liege und ging gemächlich in Richtung Villa.

Ungläubig starrte ich ihm hinterher. Ihm und seinem Riesenego, das er gerade hinter sich die Stufen hochzog.

»Du bist so … so … abartig!« Ich hörte, wie Jai leise lachte, was mich nur noch rasender machte.

»Du glaubst auch echt, für dich gelten überhaupt keine Regeln, oder?«, zischte ich.

Jai blieb im Türrahmen stehen, drehte sich um und kam wie in Zeitlupe auf mich zu. In dem Moment erinnerte er mich unwillkürlich an einen Tiger im Dschungel auf Beutezug.

Der lauernde Blick. Das unheilvolle Glitzern und Funkeln in seinen Augen. Die geschmeidigen Bewegungen.

Majestätisch. Anziehend. Gefährlich. Und leider Gottes so verdammt sexy.

Ich erschrak über meine eigenen Gedanken und knabberte nervös auf meiner Unterlippe herum, während Jai immer näher auf mich zukam.

»Also erstens … hat mir keiner was zu sagen. Zweitens … sind Regeln da, um sie zu brechen. Und drittens«, er stand bereits so dicht vor mir, dass sich unsere Nasenspitzen beinahe berührten, »spiele ich nach meinen eigenen Regeln«, raunte er, stützte seine rechte Hand über mir an der Wand ab und pustete mir eine widerspenstige Locke aus dem Gesicht. Seine dunklen Augen sahen mich direkt an, intensiv und durchdringend. Fast schwarz.

Ich hatte das Gefühl, ihnen ausgeliefert zu sein. Wie ein Magnet zogen sie mich zu ihm heran. Das erste, was mir in dem Moment durch den Kopf schoss, war: Flucht!

Innerlich ging ich bereits die Optionen für einen möglichen Fluchtweg durch, aber keine Chance. Jai hatte mich komplett eingekesselt und so nah, wie er mittlerweile über mich gebeugt stand, konnte ich nicht einmal unter seinen Armen hindurch wegflitzen. Ich spürte die Hauswand in meinem Rücken.

Mein Herz begann schneller zu schlagen. Mir fiel auf, dass ich unwillkürlich die Luft angehalten hatte. Ein Schauer lief mir über den Rücken, als ich seinen warmen Atem auf meinem Gesicht spürte. Ich senkte den Blick, betrachtete die weiß-grauen Terrassensteine.

»Es ist eigentlich erstaunlich«, meinte Jai auf einmal und senkte die Arme. Seine Stimme klang rau. Leicht kratzig.

Eine Gänsehaut breitete sich auf meinen Armen aus.

»Was?«, fragte ich, wobei meine Stimme leicht wackelte. Mein gesamter Körper zitterte.

Ein Finger legte sich sanft, aber bestimmt unter mein Kinn, hob es an und zwang mich somit, Jai direkt in die Augen zu sehen. Eine Weile lang war nichts außer unserem schweren Atem zu hören.

»Dass eine so kleine Person wie du derart viel Feuer unterm Hintern hat.« Dabei grinste Jai mich breit an und spielte an seinem Silberring herum.

»Mein Hintern geht dich einen verdammten Scheißdreck an!«, fauchte ich ungehalten und blinzelte ihn wütend aus verengten Augen an. Egal wie, der Typ schaffte es wirklich immer wieder aufs Neue, mich auf die Palme zu bringen. Jai ließ sich jedoch nicht so leicht aus der Ruhe bringen, wie es bei mir der Fall war.

»Ich spiel gern mit dem Feuer«, raunte er mir mit einem Zwinkern zu.

»Dann pass auf, dass du dich nicht verbrennst«, zischte ich bedrohlich.

Jai lachte amüsiert auf und trat noch näher an mich heran, sodass nicht mal mehr ein Blatt Papier zwischen uns beide gepasst hätte. Er beugte sich zu meinem Ohr hinab. »Mir kann es gar nicht heiß genug sein«, flüsterte er mit heiserer Stimme. Seine Zungenspitze streifte mein Ohrläppchen. Kaum spürbar, hauchzart wie eine Feder. Und trotzdem spürte ich das Blut durch meine Adern peitschen.

Ich zuckte zusammen und bemerkte, wie sich die feinen Härchen an meinem Unterarm erneut aufstellten. Unauffällig wischte ich meine feuchten Hände an der Hose ab.

»Du … du …« Mir blieb die Spucke weg. Wütend stampfte ich mit dem Fuß auf und funkelte ihn an. »Du bist so ein arroganter, eingebildeter und selbstgefälliger Idiot!«, polterte ich los. »Egoistisch, egozentrisch, rücksichtslos, herablassend«, zählte ich auf, »anmaßend, überheblich …«

Mir wären mit Sicherheit noch einige weitere Umschreibungen eingefallen, wenn Jai mich nicht unterbrochen hätte. Sein Grinsen wurde immer breiter, bis er sich plötzlich abrupt zurücklehnte.

»Was ist, fangen wir dann jetzt an?«

»Äh, womit?«, fragte ich irritiert. Mein Kopf fühlte sich immer noch an, als wäre er in Watte verpackt.

»Mit dem Tanzen, womit sonst? Oder woran hast du gerade gedacht?« Jai sah mich amüsiert an und leckte sich anzüglich über seine Lippen, die leicht glänzten.

Mein Gesicht lief puterrot an.

»Ich … äh, also, ja … Tanzen … klar«, stammelte ich und entschied, dass es von jetzt an besser wäre, den Mund zu halten. Peinlich berührt schwieg ich. Wieso nur schaffte dieser Typ es immer wieder, mich aus dem Konzept zu bringen?

Jai lachte leise, drehte sich dann um und lief auf nackten Füßen in die Villa.

Verstohlen musterte ich seine Hinteransicht, die ehrlich gesagt auch nicht zu verachten war.

Ein schöner, braun gebrannter Rücken und ein Knackar…

Ich biss mir auf die Lippe. Das hatte ich jetzt nicht wirklich allen Ernstes gedacht? Was war denn bloß in mich gefahren? Ich hörte mich schon an wie Isabel. Gut, dass mich keiner denken hören konnte.

Mit hochrotem Kopf und genügend Sicherheitsabstand folgte ich Jai in die Villa. Nervös knetete ich an meinem T-Shirt herum und blieb am Treppenabsatz stehen. Beobachtete, wie Jai auf eine riesige Stereo-Anlage mit Boxen und Verstärkern zusteuerte.

Erwartungsvoll sah er mich an. »Was ist? Kommst du? Oder bist du da inzwischen schon festgewachsen?«

Ich näherte mich ihm zögerlich. »Willst du dir … nicht vielleicht mal was anziehen?«, fragte ich stammelnd, wobei mein Gesicht wieder die Farbe einer Tomate annahm.

»Wieso? Lenkt es dich etwa ab?« Jai zog belustigt seine Augenbrauen in die Höhe.

»Ich … äh, also …«

Ja, verdammt, es lenkte mich ab. Sein Anblick verwirrte mich zutiefst. Aber bevor ich das zugab, würde ich mir eher die Zunge abbeißen.

»Das hättest du wohl gerne.«

Jai runzelte die Stirn und sah mich an. Sein Blick war nachdenklich. Ich versuchte in seinen Augen zu lesen, doch wie so oft lag in ihnen wieder dieses Unnahbare. Undurchdringliche.

Er drehte sich um und drückte wortlos auf irgendwelchen Knöpfen der Stereo-Anlage herum.

Die ersten Gitarrenklänge ertönten. Sanft und leise, kaum hörbar. Jai drehte sich wieder zu mir und machte ein paar Schritte auf mich zu.

7. Kapitel

Jai musterte mich eine Weile eingehend und schob sich seine Sonnenbrille zurück auf die Nasenspitze. »Mutig, mutig. Sicher, dass du so in die Öffentlichkeit gehen willst?«, meinte er herablassend.

Es war neun Uhr morgens. Jai, Nathalie, Joe und ich standen mitsamt unserem Gepäck im Wartebereich des Los Angeles International Airport.

Jai und ich hatten den gestrigen Abend noch länger an der Choreo gefeilt, sodass ich heute Morgen Mühe gehabt hatte, überhaupt aus dem Bett zu kommen. Er hingegen sah wieder einmal aus, als wäre er gerade einem Modekatalog entsprungen.

Ich sah an mir hinunter. Jogginghose, schlichtes T-Shirt und Chucks. War jetzt vielleicht nicht besonders schick, aber wenigstens bequem.

Ich musterte Jai mit gerunzelter Stirn.

»Ich hab nicht vor, über den roten Teppich zu spazieren. Das ist doch nur ein Linien…« -flug, hatte ich sagen wollen, stoppte aber mitten im Satz, als ich die ganzen Paparazzi mit ihren Kameras entdeckte.

Nathalie drängte sich in dem Moment an mir vorbei und lachte amüsiert auf, als hätte ich soeben einen brillanten Witz gemacht.

»Schätzchen, wir nehmen doch keinen Linienflug«, hörte ich sie sagen. »Wozu gibt es denn bitte Privatjets?«

Natürlich. Welch abwegige Idee, dass Amerikas superreicher Teenie-Schwarm mit Star-Allüren einen stinknormalen Linienflug nehmen könnte. Manchmal war ich einfach zu naiv.

Ich beobachtete, wie Nathalie ebenfalls ihre Sonnenbrille aufsetzte und zufrieden vor sich hinlächelte. »It's showtime.« Ein letztes Mal rückte sie ihren Anzug zurecht, dann stellte sie sich in Positur.

Inzwischen traute ich Nathalie sogar zu, dass sie diejenige gewesen war, die der Presse höchstpersönlich noch einen kurzen Tweet mit der

Botschaft ›Sind um sechs Uhr am Flughafen‹ geschickt hatte. Damit uns auch ja keiner verpasste. Inzwischen hatte ich verstanden, dass das hier in Hollywood alles ein bisschen anders ablief.

Mittlerweile waren wir komplett von Paparazzi und Bodyguards umringt. Ständig blitzte es und von überall hörte man:

»Jai, hier.«

»Jai, lächle doch mal in die Kamera.«

»Jai, zeig uns deine beste Pose.«

Da wird man doch wohl krank bei. Jai schien allerdings kein Problem damit zu haben, so selbstbewusst, wie er in die Kameras grinste. Na ja, war vielleicht auch Gewöhnungssache. Obwohl ich mich an seiner Stelle wahrscheinlich niemals an diesen ganzen Wirbel gewöhnen könnte. In dem Moment war ich mehr als froh, dass ich einfach nur ein kleines, unbedeutendes Ninalein war, für das sich kein Klatschreporter interessierte.

Jai drehte sich kurz zu mir um und warf mir über die Schulter hinweg ein spöttisches Grinsen zu. Jaja, du mich auch. Ich grinste bissig zurück und versuchte mich dann möglichst unauffällig aus dem Fokus der Kameras wegzubewegen, meinen Koffer schob ich wie ein Schutzschild vor mir her. Ich hatte ganz bestimmt keine Lust, in den nächsten Tagen plötzlich in der Rubrik ›Gossip‹ in irgendeinem Klatschmagazin neben Jai aufzutauchen. Und in meinen Schlabber-Look-Klamotten schon mal gar nicht.

Nachdem er noch die üblichen Fragen wie »Jai, sind Sie Single?«, »Was läuft denn mit XY?« und »Könnten Sie sich eine Beziehung mit einem Fan vorstellen?« gestellt bekommen hatte und er diese stets mit einem charmanten und geheimnisvollen Grinsen abtat, verabschiedeten wir uns endlich von der Presse.

Eine separate Schiebetür wurde geöffnet und wir konnten den Bereich, von dem aus die Flugzeuge starteten, betreten. Wir liefen über das Feld, geradewegs auf eine kleine Maschine zu. Ein Pilot – zumindest nahm ich mal an, dass er der Pilot war, da er eine Uniform trug – wartete bereits davor und nickte uns freundlich zu.

»Ist das etwa dein eigener?«, fragte ich fassungslos, als ich die Aufschrift auf dem Privatjet erkannte. ›McConnor Flights‹ stand in großen Lettern darauf.

Jai nickte stolz, die Brust förmlich zehn Zentimeter angeschwollen. »Hm, ja« Er räusperte sich kurz. »War ein Geburtstagsgeschenk.«

Ach so. Na dann. Wenn's weiter nichts war. Ich bekam zum Geburtstag auch immer Millionengeschenke. Peanuts.

Mit offenem Mund betrat ich über eine schmale Treppe kurz hinter Jai das Luxus-Teil.

Cremefarbene Ledersitze, goldene Kopfpolster und Überwürfe, verspiegelte Wände sowie Platz für mehrere Personen bot die extravagante Kabine.

Ermattet ließ ich mich in den erstbesten Sessel fallen und staunte nicht schlecht.

»Gefällt's dir?«, fragte Jai mit einem großspurigen Lächeln auf den Lippen.

Ich zuckte mit den Achseln. »Hm, ich weiß nicht so recht ... Ist ein bisschen sehr protzig.«

Ich machte eine kurze Pause und lächelte Jai liebreizend an. »Aber wer's nötig hat, sich so zu beweisen ...«

Zufrieden registrierte ich, dass Jais Grinsen inzwischen nicht mehr ganz so breit ausfiel und eher leicht säuerlich wirkte. Ha! Das war die Rache dafür, dass er mich am Flughafen vor den Reportern so hatte auflaufen lassen. Ich lächelte ihn noch immer zuckersüß an und lehnte mich entspannt mit einer Zeitschrift in der Hand im weichen Polster zurück.

Irgendwann musste ich dann doch eingenickt sein, denn als ich meine Augen wieder öffnete, befanden wir uns bereits, wie ich durch eine kurze Nachfrage bei Nathalie erfuhr, direkt über Paris.

Neugierig sah ich aus dem Fenster. »Da ist der Eiffelturm, ich seh ihn, ich kann ihn sehen!«, quietschte ich los und drückte meine Nase an der Fensterscheibe platt.

»Jetzt dreht sie vollkommen durch!«, brummte Jai mir gegenüber. Trotzdem konnte ich sehen, dass sich ein klitzekleines Lächeln auf seine Lippen stahl und er mich amüsiert beobachtete.

Aufgeregt wie ein kleines Kind, hüpfte ich in meinem Sitz auf und ab und blickte hinunter auf die Stadt.

Ich war wirklich in Paris. Der Stadt der Liebe. Wie oft hatten Mama und ich davon geträumt, hierher zu reisen, aber irgendwie war immer etwas dazwischengekommen. Ich musste unbedingt ganz viele Fotos für sie machen.

Nachdem wir am Flughafen Paris Charles de Gaulle angekommen waren, stellten wir unsere Koffer nur kurz im Hotel ab, dann ging es mit der Limousine sofort weiter in Richtung Eiffelturm, wo die Videoaufnahmen stattfinden würden. Joe parkte nach zehn Minuten Fahrt vor der École Militaire, der Militärschule von Paris. Dort ließ er uns mit dem Versprechen, spätestens am Nachmittag wieder zurück zu sein, aussteigen.

Mein Herz machte einen kleinen Hüpfer, als ich endlich einen direkten Blick auf den Eiffelturm werfen konnte, der sich kurz vor uns in seiner vollen Pracht in den hellblauen Himmel erstreckte.

Auf der Rasenfläche davor saßen etliche Menschen: jung, alt, Mütter mit ihren Kindern, Familien, Jugendliche. Ich sog den Duft der frischen Sommerluft in mich auf. Am Himmel waren kaum Wolken zu erkennen, ein laues Lüftchen wehte über unsere Köpfe hinweg. Sanft flatterten meine Haare im Wind, der angenehm mild um meine Ohren strich. Ich legte meinen Kopf in den Nacken und schirmte meine Augen mit den Händen gegen die Sonne ab, um den Eiffelturm besser sehen zu können.

Mannomann, war der vielleicht hoch. In Filmen sah das alles immer so viel kleiner aus. Aus dem Augenwinkel nahm ich wahr, wie sich Jai in das saftig grüne Gras fallen ließ und die Arme hinter seinem Kopf verschränkte. Nathalie brabbelte mal wieder gestresst in ihr Handy.

Ein junges Pärchen kam auf mich zu und bat mich, ein Foto von ihnen zu machen. Lächelnd bedankten sie sich bei mir und schlenderten händchenhaltend die von Bäumen gesäumte Allee hinunter. Ein wenig neidisch sah ich ihnen hinterher. Es musste schön sein, jemanden zu haben, der immer für einen da war.

Ich warf einen kurzen Blick nach hinten und stellte überrascht fest, dass Jai mich nachdenklich, den Kopf auf den Händen abgestützt, ansah. Seine Stirn hatte sich in Falten gelegt und in seinem Blick lag etwas, das ich nicht recht deuten konnte. Als er jedoch bemerkte, dass ich ihn nun ebenfalls musterte, wandte er seinen Blick wieder ab und starrte möglichst unbeteiligt in den beinahe wolkenlosen Himmel.

»Wir haben nicht viel Zeit. Zack, zack, zack. Die Aufnahmen erledigen sich nicht von selbst«, ertönte es da auf einmal knapp neben mir. Nathalie klatsche auffordernd in die Hände und riss mich damit aus meinen Tagträumen. Ich stöhnte leise. War diese Frau eigentlich irgendwann mal nicht gehetzt?

Selbst Jai verdrehte bloß die Augen, sprang dann jedoch mit einem gekonnten Satz vom Boden auf. Langsam trottete ich den beiden hinterher, wobei ich mindestens fünf Mal stehen blieb, um ein Foto mit meiner Digicam zu machen.

Sobald wir den Rasenbereich hinter uns gelassen hatten, konnte ich bereits die rot-weißen Absperrbänder im Wind flattern sehen, dahinter standen kreischende Fans. So wie es aussah, hatte man die komplette Straße davor für uns abgesperrt. Junge Männer und Frauen in Polizeiuniform liefen die Straße auf und ab, die Blicke streng und wachsam auf die Umgebung gerichtet.

»Wie haben die denn jetzt schon wieder rausbekommen, dass wir hier heute das Musikvideo drehen?«, fragte ich verdattert mit Blick auf die vielen Mädchen, die ihre Plakate mit der Aufschrift ›Je t'aime!‹ in die Luft reckten.

»Die sind wie Kraken, die haben ihre Arme und Augen überall«, murmelte Jai leise mit zusammengebissenen Zähnen und schenkte seinen Fans gleichzeitig ein hinreißendes Lächeln, das gerade wahrscheinlich sämtliche Mädchenherzen zum Schmelzen brachte. Dann setzte er seine Sonnenbrille auf und machte ein unbeeindrucktes Gesicht, so, als würde ihn das völlig kalt lassen, dass mindestens vierhundert liebeskranke Teenies gerade seinen Namen schrien.

Nathalie wechselte kurz ein paar Worte mit den Polizisten, dann lotste sie uns auf einen blau gestrichenen Wohnwagen am Rande des Eiffelturms zu.

Eine junge Frau mit flippigen blonden Haaren, um die Mitte zwanzig, öffnete die klapprige Tür und lächelte uns breit an. »Hi, ich bin Jenny, eure Stylistin. Kommt rein.«

Nacheinander betraten Jai, Nathalie und ich den Wagen. Ich hatte nicht mal viel Zeit, mich umzusehen, da wurde ich von Jenny und Nathalie bereits ohne große Umschweife zur Seite gezogen. Die beiden wechselten ein paar kurze Worte über den Videodreh, dann zog Jenny einen hauchdünnen Fummel vom Kleiderständer und hielt ihn mir vor den Körper.

Moment mal? Das sollte ich doch wohl nicht etwa anziehen? Ungläubig starrte ich auf das Teil.

»Das zieh ich nicht an!«, sagte ich bestimmt.

»Wieso nicht? Bauchfrei ist im Moment total angesagt. Außerdem ist es doch nur für den Videodreh!«, versuchte Nathalie mich zu überreden.

Energisch schüttelte ich den Kopf. Mich würde keiner in dieses winzige Teil bekommen. Da könnte ich auch gleich im BH herumrennen, so knapp, wie das Ding geschnitten war.

»Ich ziehe ganz bestimmt kein bauchfreies Shirt an!«, betonte ich noch einmal und verschränkte die Arme vor der Brust.

»Das wäre auch das Beste für uns alle!«, mischte sich Jai auf einmal ein, den Mund zu einem süffisanten Grinsen verzogen. Ich schnitt eine spöttische Grimasse in seine Richtung und wandte mich wieder an Nathalie.

Die fuhr sich gestresst durch ihre Haare und schaute abwechselnd von mir zu ihrem Handy.

»Also gut«, seufzte sie resigniert. »Jenny, gib ihr etwas Passendes für den Dreh. Es muss auf jeden Fall lässig sein.«

Damit rauschte sie aus dem Wohnwagen, mit halbem Ohr schon wieder an ihrem Handy.

Jenny ließ ihren Blick noch einmal wie einen Scanner über mich laufen, überprüfte die restliche Auswahl an Kleidungsstücken und griff entschlossen nach einem grauen, weit geschnittenen, schulterfreien Shirt. Dazu drückte sie mir eine Jeans mit vielen Löchern im ›Destroyed Look‹ und rote Sneakers in die Hand.

»Anprobieren!«, befahl sie.

Eilig schlüpfte ich hinter den weißen Vorhang und zog mir das Shirt und die Jeans über. Und zum guten Schluss noch die Sneakers. So, fertig!

Skeptisch betrachtete ich mich im Spiegel. Das Shirt hätte durchaus etwas länger sein können. Aber immer noch besser als bauchfrei. Umständlich zuppelte ich an dem Teil herum und versuchte es etwas nach unten zu ziehen.

Noch ein letzter Blick in den Spiegel, dann wagte ich mich vor Jennys kritischen Röntgenblick.

»Hm, lass mal sehen. Das müsste eigentlich gehen …«, murmelte sie, trat einen Schritt auf mich zu und hielt mein Gesicht ins Licht. Mit ihren Fingerspitzen zwirbelte sie meine Haare hoch und betrachtete mich eingehend.

»Die Kleidung müsste für den Dreh in Ordnung sein. Lässig, aber gleichzeitig trendy und schick. Setz dich mal da vorne auf den Stuhl.«

Ich gehorchte und nahm vor dem riesigen Spiegel Platz, auf dessen Ablage etliche Tuben an Cremes, Grundierungen, Tönungen, Make-up etc. standen. Da waren Sachen bei, die hatte ich in meinem ganzen Leben noch nicht gesehen, geschweige denn, dass ich davon gehört hätte. Jenny klappte zu meinem Entsetzen einen riesigen Schminkkoffer auf und bewaffnete sich mit einem Schwämmchen, Eyeliner sowie mehreren Pinseln. Als sie meinen schockierten Gesichtsausdruck bemerkte, musste sie lachen.

»Keine Sorge, ich werde dich nur dezent schminken. Ich möchte versuchen, deine Augen noch etwas hervorzuheben. Du hast so tolle blaue Augen. Und deine Haare werde ich ein wenig aufdrehen, sodass mehr Schwung hineinkommt. Lass dich einfach überraschen. Lehn dich zurück und entspann dich.«

Sie hatte leicht reden. Sie musste ja auch nicht gleich vor der Kamera stehen. Trotzdem schloss ich die Augen, versuchte mich zu beruhigen und nicht zu sehr über den Videodreh nachzudenken. Nach kurzer Zeit lockerte sich tatsächlich die Anspannung. Jenny tupfte mal hier, mal da. Drehte Strähne für Strähne meines Haars auf. Zwischendurch ging sie immer mal wieder nachsehen, wie weit Jai mit dem Umziehen war. Die Zeit verging wie im Flug und irgendwann hörte ich Jennys Stimme dumpf an mein Ohr dringen.

»Du kannst die Augen öffnen, Darling.«

»Was? Wie? Wo?«, schreckte ich hoch. Ich war doch nicht etwa eingeschlafen? Wie peinlich. Umständlich rappelte ich mich in meinem Sitz auf. Neugierig blinzelte ich und beäugte mich mit glühenden Wangen kritisch im Spiegel.

Ich musste zugeben, dass Jenny ihre Arbeit gut gemacht hatte. Meine Augen hatte sie mit Lidschatten in einem hellen Braunton und goldenen Akzenten betont, sodass man das Gefühl hatte, sie würden heller leuchten als sonst. Die blonden Haare fielen glänzend in sanften Wellen über meine Schulter und wirkten nun wesentlich fülliger.

Wenn ich zuhause zu seltenen Anlässen mal einen Lockenstab in die Hand nahm, sah ich danach immer aus, als hätte ich in eine Steckdose gefasst.

Verblüfft betrachtete ich mein eigenes Spiegelbild immer und immer wieder.

»Bist du endlich fertig oder kö…«

Ich drehte mich um und registrierte, dass Jai überrascht im Türrahmen stehen geblieben war und mich betrachtete. Ich spürte, wie meine Wangen erröteten.

Jai ließ seinen Blick von meinem Gesicht zu meinen Klamotten und wieder zu meinem Gesicht gleiten und blieb dort einen Moment verweilen. Ich konnte leider nicht sagen, ob das nun ein gutes oder ein schlechtes Zeichen war, da seine Miene völlig undurchdringbar war. Nach einer Weile wandte er seinen Blick schließlich wieder ab.

»Dann können wir jetzt ja beginnen«, sagte er knapp, drehte sich um und verließ den Wohnwagen wieder.

Meine Mundwinkel zogen sich nach unten. Irgendwie enttäuschte mich seine Reaktion. Unsicher blickte ich an mir hinunter, doch Jenny ließ mir erst gar keine Zeit, Zweifel aufkommen zu lassen. Sie zwinkerte mir zu und schob mich sanft, aber bestimmt in Richtung Tür.

»Du siehst super aus. Los, du schaffst das. Ich drück dir die Daumen.«

Sie zwinkerte mir noch einmal kurz zu, dann stieg ich die Stufen des Wohnwagens hinunter, vor dem Jai ungeduldig auf mich wartete. Er setzte sich sofort in Bewegung, während ich deutlich langsamer und immer noch an meinen Klamotten zupfend hinter ihm herging. Plötzlich blieb Jai stehen und drehte sich zu mir um.

»Mein Gott, jetzt mach dich doch mal ein bisschen locker. Wenn du nicht so krampfhaft versuchen würdest, den Bauch einzuziehen, die Luft anzuhalten und das Shirt noch länger zu ziehen, dann würdest du vielleicht gar nicht sooo scheiße aussehen.«

Irritiert sah ich ihn an. »Wahnsinn, war das gerade tatsächlich so etwas wie ein Kompliment?«, erwiderte ich sarkastisch, konnte jedoch nicht verhindern, dass sich ein verräterisches Grinsen auf meine Lippen schlich. Für seine Verhältnisse kam das einem Kompliment immerhin schon ziemlich nahe. Und irgendwie erfreute mich der Gedanke.

Jai gab jedoch keine Antwort und tat, als hätte er mich nicht gehört. Ich deutete das jetzt einfach mal guten Gewissens als ein ›Ja‹.

Als wir seitlich zu den Fahrstühlen gehen wollten und die immer noch wartenden Fans Jai entdeckt hatten, ging das Gekreische natürlich wieder von vorne los. Ein Polizist tauchte sofort an unserer Seite auf und erkundigte sich freundlich, ob alles in Ordnung wäre. Obwohl wir ihm beide bestätigten, dass es keine Schwierigkeiten gäbe, ließ der Mann es sich nicht nehmen, uns bis zu den Fahrstühlen zu geleiten, die sich jeweils in den Pfeilern des Eiffelturms befanden.

Jai winkte seinen Fans noch einmal zu, dann fuhren wir beide hoch auf die zweite Plattform.

Oben angekommen, herrschte allgemeine Hektik.

Auf der gesamten Plattform wuselten Männer mit Headsets herum, überall lagen Kabel wild verteilt auf dem Boden. Dazwischen stand eine sichtlich überforderte Nathalie.

Als sie uns erblickte, hellte sich ihr Gesicht auf. »Na endlich!«

Sie stürzte auf uns zu, wurde jedoch vom einem Mann mittleren Alters aufgehalten, der direkt vor ihr aus einem der anderen Fahrstühle stieg.

»Nathalie, Darling. Du siehst bezaubernd aus.«

Der Mann im Anzug und mit grau meliertem Haar breitete seine Arme aus und küsste sie rechts, links auf die Wange.

»Philippe, schön, dich zu sehen. Ich freue mich, dass du dich entschieden hast, wieder mit uns zusammenzuarbeiten.«

»Aber Nathalie, ich bitte dich. Einer so charmanten Frau kann ich doch nichts abschlagen. Und erst recht nicht bei einem verlockenden Angebot wie diesem.«

Argwöhnisch beobachtete ich die beiden. Allem Anschein nach musste der Mann also der Regisseur sein. Ich wurde in meiner Annahme bestätigt, als sich die beiden zu uns gesellten.

»Jai, mein Guter, wie geht es dir? Lange nichts mehr voneinander gehört.« Der Mann klopfte Jai kameradschaftlich auf die Schulter.

»Nina, das ist Philippe Moureaux, ein weltweit bekannter Regisseur. Wir haben das Glück, dass er diesmal wieder für unser Musikvideo zuständig ist«, stellte Nathalie mir den Mann mit einem zufriedenen Lächeln vor.

»Aha«, machte ich bloß, war aber wenigstens so geistesgegenwärtig, dem Typen meine Hand zu reichen. »Nett, Sie kennenzulernen.«

»Sicherlich hast du schon vom ihm gehört«, fügte Nathalie augenzwinkernd hinzu.

»Nö, eigentlich nicht«, schoss es unüberlegt aus mir heraus.

Im selben Moment hätte ich mir am liebsten die Zunge abgebissen. War ich denn von allen guten Geistern verlassen? Welchen Eindruck musste er denn jetzt von mir haben? So konnte ich doch nicht über einen anscheinend äußerst erfolgreichen Regisseur reden!

Nathalie sah aus, als würde sie sich gleich an ihrer eigenen Spucke verschlucken. Der Regisseur dagegen machte den Anschein, als wüsste er nicht so recht, ob er jetzt empört oder amüsiert sein sollte. Er entschied sich für Letzteres und lachte aus vollem Halse los.

»Wunderbar. Die Kleine hat Humor. Gefällt mir. Gefällt mir.« Er tat, als würde er sich Lachtränen aus dem Augenwinkel wischen. Ich würde mal behaupten, dass Nathalie und ich ihn gleichermaßen irritiert ansahen.

Wollte mich der Typ auf den Arm nehmen? Beschämt zog ich den Kopf ein. Gott, war das peinlich. Da hatte der Dreh noch nicht einmal angefangen und ich hatte mich schon wieder zur kompletten Idiotin gemacht. In dem Punkt hatte Jai leider recht: Ich musste immer und überall Chaos stiften.

»Na los, spuck's schon aus!«, murmelte ich an ihn gewandt, als Nathalie und Philippe Moureaux bereits außer Hörweite waren und noch ein paar Dinge mit dem Kameramann besprachen. Den Blick hatte ich stur geradeaus gerichtet, die Arme vor der Brust verschränkt.

»Ich bin eine wandelnde Katastrophe. Ein Desaster. Eine Unzumutbarkeit für die Menschheit. Lass uns deine Sprüche bitte schnell hinter uns bringen.«

Ich holte tief Luft und wartete bereits auf die ersten bissigen Kommentare, doch es kam zu meinem Erstaunen – nichts. Das wunderte mich nun doch. Schließlich ließ Jai normalerweise keine Gelegenheit aus, mich zu piesacken.

»Ähm, Jai? Hast du gehört, was ich gesagt habe?« Ich stieß ihm mit dem Ellbogen sanft in die Rippen, woraufhin Jai langsam seinen Kopf zu mir drehte, seine Augen rollten nervös hin und her.

»Wirst du krank?«, fragte ich halb im Scherz, halb misstrauisch, schob jedoch gleich darauf ein etwas netteres »Ist alles in Ordnung mit dir?« hinterher, als ich bemerkte, dass Jais Gesicht ungewöhnlich blass war.

»Was sollte sein?«, erwiderte er cool, ohne mich dabei anzusehen, doch ich konnte sehen, dass seine Hände zitterten. Seitdem wir den Fahrstuhl betreten hatten, war er generell sehr wortkarg gewesen.

Ich zuckte mit den Achseln. »Ich dachte bloß …«

»Dann dachtest du falsch«, antwortete Jai brüsk und stemmte sich von der Brüstung ab, schwankte aber ein wenig und hielt sich kurz darauf wieder am Geländer fest. Ich griff nach seinem Arm, um Jai zu stützen, doch er schüttelte meine Hand unwirsch ab.

»Mir geht es bestens!«, fauchte er.

»Ist ja gut«, abwehrend hob ich die Hände und ließ ihn kopfschüttelnd stehen.

8. Kapitel

Bevor wir schließlich mit dem Dreh loslegten, bekamen wir eine kurze Einweisung des Regisseurs. Er erklärte uns, wie er welche Szene filmen würde und worauf wir dabei achten mussten.

Mir schwirrte der Kopf vor lauter Anweisungen und ich war mir sicher, dass ich jeden einzelnen Tanzschritt vergessen würde. Mein Gesicht musste aussehen wie eine überreife Tomate. Da konnte Jenny so viel nachpudern, wie sie wollte. Und dass uns überhaupt jeder, aber auch wirklich jeder am Filmset anstarrte, machte die Sache nicht unbedingt besser. Nervös kaute ich an meinen Fingernägeln herum.

Ich hoffte, dass ich meine Aufregung irgendwie in den Griff bekommen würde. Mein Blick glitt hinüber zu Jai, der teilnahmslos danebenstand. Irgendwie war er anders als sonst, sein Blick abweisend. Ich hatte das Gefühl, er würde gar nicht richtig hinhören, was Philippe Moureaux uns erzählte.

Irgendwann klatschte der Regisseur in die Hände. »Dann mal los.« Er nahm hinter seinem Monitor Platz. »Ihr beide tut einfach so, als wärt ihr gerade frisch verliebt, ihr seid in Paris auf dem Eiffelturm und genießt die Zeit miteinander.«

Jenny puderte noch einmal schnell Jais und mein Gesicht nach, kurz darauf ertönte ein laut gerufenes »Und Action!« durch das Megafon, dann war es mucksmäuschenstill am Set. Das kleine rote Leuchten an der Kamera zeigte uns an, dass die Aufnahme bereits am Laufen war.

Unschlüssig sahen wir beide uns an. Und was sollte ich jetzt machen?

»Cut! Also, so wird das nichts!« Erschrocken hob ich den Kopf, als Philippe Moureaux wild gestikulierend auf uns zustürzte. »Ihr beide zieht ein Gesicht wie sieben Tage Regenwetter. Hier geht es um l'amour, versteht ihr?« Seine Augen bekamen einen glänzenden Ausdruck, seine Gesichtszüge wurden mit einem Mal ganz weich. Er fasste Jai und mich am Arm und schob uns ein Stückchen näher aneinander.

»Ja, genau so. Und jetzt schaut ihr euch bitte mal verliebt in die Augen.«

Ich gab ein Murren von mir, allerdings so leise, dass es niemand hören konnte. Jai schien auch nicht sonderlich begeistert zu sein und verschränkte die Arme abwehrend vor der Brust. Der Regisseur stöhnte.

»Nein, nein, nein. Nicht so! Verliebt und nicht verhasst! Ihr seid in Paris, der Stadt der Liebe. Ihr schaut euch in die Augen, ihr kommt euch näher und beginnt langsam miteinander zu tanzen. Das ist wie ... wie Magie. Versucht einfach, euch in die Situation hineinzuversetzen, die Magie zu spüren.«

Meine Hände wurden schwitzig und mein Herz begann aufgeregt zu klopfen. Ich drehte meinen Kopf und sah auf, direkt in Jais dunkle Augen, die mich ebenfalls fixierten.

»Ja, sehr gut. Bleibt so stehen. Genau so!« Philippe Moureaux eilte wieder an seinen Platz.

»Nochmal alles von vorne. Playback läuft. Und Action!«, rief der Regisseur eifrig und konzentrierte sich wieder voll und ganz auf den kleinen Monitor vor sich.

Auch der zweite Versuch ging voll daneben.

Ich war viel zu verkrampft. Beim Tanzen trat ich Jai immer wieder auf die Schuhe, bis Philippe irgendwann wieder ein genervtes »Cut!« brüllte.

Er riss sich die Kopfhörer herunter. »Wo genau liegt jetzt das Problem?«

»Ich – tut mir leid«, sagte ich und zuckte mit den Schultern. Jai sagte nichts.

»Encore une fois«, Philippe Moureaux gab erneut das Zeichen.

Beim dritten Mal stießen Jai und ich mit unseren Köpfen aneinander.

»Mon Dieu!« Der Regisseur stöhnte und fuhr sich über die Schläfen. Er sah aus, als hätte er Kopfschmerzen.

Vierter Take.

Die ersten Gitarrentöne setzten ein und kündigten ›Rumors‹ an. Ganz ruhig, du schaffst das, redete ich mir Mut zu und holte tief Luft. Dann machte ich zaghaft einen Schritt auf Jai zu.

Glücklicherweise tat er das gleiche, sodass uns nur noch wenige Zentimeter voneinander trennten. Erst jetzt registrierte ich, wie gut er heute aussah.

Er trug eine helle verwaschene Jeans, dazu ein eng anliegendes schwarzes T-Shirt und hellbraune Boots. Um seine Hüften hatte er eine dunkle Strickjacke geknotet, wodurch seine schmalen Hüften betont wurden. An seinem rechten Handgelenk zeichnete sich ein schlichtes, aber sehr schönes und filigran verarbeitetes Silberarmband ab.

Seine Haare hatten den perfekten Look, ein Mix aus gerade eben aufgestanden, aber doch gestylt. Einzelne Strähnen fielen ihm locker in die Stirn.

Ich schluckte. Noch immer waren Jais Augen auf mich gerichtet und verfingen sich mit den meinen. Seine schlanken Finger griffen nach meiner Taille und zogen mich näher zu sich heran.

Meine Hand hob sich wie von selbst und legte sich auf Jais Wange. Er ergriff zögerlich meine Hand und streichelte mit seinem Daumen sanft darüber, wobei er seinen Blick jedoch nicht abwandte. Seine Augen strahlten immer noch Unruhe aus … und so etwas wie Verlorenheit, besser konnte ich es nicht beschreiben.

Ich betrachte Jais Gesicht eingehend. Zum ersten Mal fielen mir die goldenen Sprenkel rund um seine Pupillen auf. Er hatte wirklich schöne Augen. Unwillkürlich begann mein Herz schneller zu schlagen.

Langsam begannen wir, uns im Takt der Musik zu bewegen. Einen Schritt vor, wieder zurück, eine kurze Drehung. So, wie wir es eingeübt hatten.

Meine rechte Hand hatte ich auf seine Schulter gelegt, die andere lag in seiner Hand. Die Playbackmusik vom Band wurde immer leiser und leiser, bis ich irgendwann nichts mehr um mich herum wahrnahm. Da war keine Nathalie, kein anspruchsvoller Regisseur und keine Kamera. Nur Jai und ich.

»Und Cut! Wunderbar, die Szene hätten wir im Kasten! Super gespielt!« Der Regisseur klatschte zufrieden in die Hände und gab dem Kamerateam das Kommando, abzubauen.

Wie in Trance sah ich Jai an, seine Augen waren ebenfalls verschleiert. Als wir jedoch bemerkten, dass wir uns immer noch im Arm hielten, schreckten wir beide aus unserer Starre und wichen verlegen voneinander, bis mindestens drei Meter zwischen uns lagen.

Nervös scharrte ich mit meinen Füßen auf dem Boden. Nathalie bewegte sich in dem Moment auf uns beide zu.

»Klasse gemacht, wirklich toll!«, lobte sie.

Ich sah, wie sich ihr Mund immer wieder öffnete, doch ich hörte ihre Worte nicht. Stattdessen sah ich an ihr vorbei irritiert zu Jai hinüber, der mich ebenfalls verstört musterte.

»Und ihr kommt dann gleich nach, Nina?«, hörte ich Nathalie gerade noch fragen.

Verwirrt schüttelte ich den Kopf. Ich hatte keine Ahnung, über was sie in den letzten fünf Minuten geredet hatte. Oder waren es sogar nur ein paar Sekunden gewesen? Ich konnte es nicht sagen, da ich jegliches Zeitgefühl verloren hatte.

»Ähm, wie bitte?«, fragte ich.

Nathalie deutete auf den Fahrstuhl, in dem die Set-Mitarbeiter bereits dicht an dicht mit dem ganzen Technik-Kram standen.

»Ihr nehmt besser den nächsten Fahrstuhl. Ich fahre mit Philippe schon mal mit runter, ich muss noch was mit Sean besprechen und der Empfang hier oben ist wirklich schlecht.« Wie zum Beweis, wedelte sie mit ihrem Handy in der Hand umher.

Die Fahrstuhltür schloss sich lautlos hinter Nathalie, Philippe Moureaux und den anderen Mitarbeitern, dann waren Jai und ich alleine auf der Plattform.

Einen Moment starrten wir uns sprachlos in die Augen, unfähig, ein Wort zu sagen. Die Stille wurde immer unerträglicher und irgendwann konnte ich Jais Blick nicht mehr standhalten.

Ich wandte mich ab und lehnte mich an das Geländer, den Blick auf die Stadt gerichtet.

»Hast du mal ein bisschen Kleingeld für mich?«

»Geht auch 'ne Kreditkarte?«, entgegnete Jai großspurig, wieder ganz der Alte. Ich rollte mit den Augen.

»Nein, du Witzbold, ich dachte mehr an ein Fünfzigcentstück. In bar.« Ich sah zu, wie Jai in seiner Hosentasche herumwühlte und mir ein Fünfzigcentstück in die Hand drückte, bevor er sich wieder seinem iPhone zuwandte und an die Fahrstuhltür lehnte.

»Danke, sehr gönnerhaft.«

Ich ließ die Münze klackernd in den kleinen Schlitz fallen und sah durch das Fernglas.

»Wahnsinn, von hier oben kann man wirklich alles sehen.« Schräg unter mir floss die Seine, auf der die einzelnen Touristenboote gemächlich entlang tuckerten. Das Wasser glitzerte im Sonnenlicht türkisfarben. Etwas weiter entfernt erkannte ich den Invalidendom, dessen golden verzierte Kuppel hervorstach. In südöstlicher Richtung konnte ich direkt auf den ›Tour Montparnasse‹ blicken, ein zweihundertzehn Meter hohes Bürogebäude, in dessen Hintergrund sich das moderne Hochhausviertel ›La Défense‹ erstreckte.

»Können wir jetzt endlich gehen?«, hörte ich Jais muffelige Stimme an mein Ohr dringen.

Ich drehte mich zu ihm um und stemmte meine Arme in die Hüfte. »Warum genießt du den Tag nicht einfach mal, ohne ständig herumzunörgeln?« Warum war er jetzt wieder so? Ich verstand das einfach nicht.

»Ich weiß das sehr wohl zu schätzen, ich hatte bloß nicht vor, hier zu übernachten.«

»Na, das fehlte mir, wenn ich noch mehr Zeit mit dir verbringen müsste«, erwiderte ich trocken, woraufhin Jai mir einen grimmigen Blick zuwarf.

»Und außerdem bin ich überhaupt nicht nörgelig«, sagte Jai unvermittelt, als wir beide schlecht gelaunt auf den Fahrstuhl warteten.

»Bist du doch.«

»Bin ich nicht.«

»Doch.«

»Und du bist eine Klugscheißerin.«

»Arroganter Vollidiot.«

»Dramaqueen.«

»Schön, dann hätten wir das jetzt auch geklärt!«, pampte ich ihn an.

»Ja, schön!«, keifte Jai zurück.

Wütend starrten wir beide uns mit zusammengekniffenen Augen an. Seine dunklen Augen blitzten dennoch im Sonnenlicht gefährlich auf. Ich wandte mich von ihm ab und drückte erneut auf den Knopf, aber bis auf ein kurzes Rattern passierte gar nichts. Dafür brodelte es in mir umso mehr. Wie mir der Typ mit seiner selbstherrlichen Art doch auf den Sender ging.

»Tja, wie es aussieht, funktioniert der Fahrstuhl gerade nicht. Dann müssen wir wohl die Treppe nehmen«, knurrte ich Jai über meine Schulter hinweg zu. Dieser sah erschrocken drein.

»Was?«

»Wir müssen die Treppe nehmen«, wiederholte ich ungeduldig. »Die siebenhundertundvier Stufen wirst du wohl noch schaffen«, fügte ich leicht gereizt hinzu.

»Siebenhundertundvier Stufen?!« Jais Stimme klang eigenartig schrill. »Lass mich mal!«

Unwirsch drängte er mich zur Seite, sodass ich mit dem Ellbogen gegen einen der Pfosten knallte. Ein stechender Schmerz schoss durch meinen Arm. »Pass doch auf!«, fauchte ich, während ich mir über den Ellbogen rieb.

Doch Jai schien mich überhaupt nicht wahrzunehmen. Nahezu besessen drückte er immer und immer wieder auf den Fahrstuhlknopf.

»Das Ding muss doch funktionieren«, hörte ich ihn vor sich hinreden.

»Jai …«

»Das gibt es doch nicht … Wieso funktioniert dieses beschissene Teil nicht? Es ging doch eben noch!«

»Jai, jetzt lass gut sein …«

»DIESES VERDAMMTE SCHEIßTEIL!« Seine Stimme klang inzwischen richtig schrill und panisch.

Irritiert starrte ich ihn an, bis Jai auf einmal mit voller Wucht gegen die geschlossene Fahrstuhltür trat und gleichzeitig mit seiner Faust dagegen hämmerte. Erschrocken machte ich einen Schritt zurück. Was war denn jetzt los? Verständnislos schüttelte ich den Kopf. Typisch Hollywood-Stars. Die mussten aber auch aus jeder Mücke einen Elefanten machen. Der Junge würde mich irgendwann noch in den Wahnsinn treiben.

»Meine Güte, jetzt stell dich doch nicht so an. Also entweder kannst du jetzt noch drei Stunden warten oder du nimmst die Treppe, so wie ich das jetzt auch tun werde.«

»Ja, weißt du was? Mach das! Hau bloß ab! Dann muss ich mir dein verdammtes Scheißgelaber nicht mehr anhören, für das sich sowieso kein Schwein interessiert!«, schrie Jai mich auf einmal wutentbrannt an. Entsetzt starrte ich ihn an. Ich spürte, wie mir jegliches Blut aus dem Gesicht wich. Jai merkte anscheinend, dass er zu weit gegangen war. Unsicher fuhr er sich durch sein zerzaustes Haar und streckte eine Hand nach mir aus.

»Fass mich nicht an!«, zischte ich mit erstickter Stimme und schlug seine Hand beiseite.

»Nina, es tut mir leid, ich wollte nicht ...« Jais Gesicht war wieder äußerst blass, doch diesmal kümmerte ich mich nicht darum. Als ich seine Hand auf meiner Schulter spürte, machte ich noch einen Schritt zurück und schlug ihm hart gegen die Brust.

»Leck mich, du Arschloch«, flüsterte ich.

Ich drehte mich abrupt um, riss die Tür zum Treppenhaus auf und raste die Stufen hinunter. Ich rannte und rannte, um bloß keinen Gedanken an diesen ... diesen Penner zu verschwenden. Meinetwegen konnte der da oben verschimmeln bis zum jüngsten Gericht.

Als ich auf halber Strecke angelangt war und meine Wangen vor Anstrengung glühten, vibrierte mein Handy. Ich zog es aus meiner Hosentasche und schaute aufs Display.

Jai. Wütend drückte ich den Anruf weg und pfefferte das Handy in meine Tasche. Seine Entschuldigung konnte er sich sonst wohin stecken. Wieder ertönte das Klingeln. So langsam hatte ich die Schnauze aber gestrichen voll.

»Was willst du, verdammt noch mal?!«, raunzte ich in das Handy, aus dem merkwürdige Geräusche kamen. »Wirklich witzig, Jai!«, fauchte ich.

»Ni-na, es t-tut – chchrhr – leid – chchrrr – wollte –...«

»Was ist los? Jai, ich verstehe dich nicht!«

Durch den rauschenden Wind im Hintergrund drangen lediglich vereinzelte Wortfetzen an mein Ohr. Obwohl ich nicht viel verstand, konnte ich Jais aufgelöste Stimme hören.

Mein Ärger verrauchte auf einen Schlag. Besorgt presste ich den Hörer an mein Ohr. »Jai? Ist alles in Ordnung?«

»Nina, k-kannst du vorbeik…« Es knackte noch einmal, dann war die Leitung plötzlich tot.

»Jai? Jai!«, rief ich weiterhin. Ich drückte auf Wahlwiederholung, doch es tat sich nichts. Angst machte sich in mir breit. Was, wenn ihm etwas passiert war? Unschlüssig starrte ich auf das Handy und streckte meine Arme gen Himmel.

»Verdammt!«, schrie ich aufgebracht und erklomm die Stufen im Eiltempo. Als ich am oberen Treppenabsatz ankam, hatte ich das Gefühl, meine Beine würden gleich zusammenbrechen. Mein Hals war staubtrocken. Mühsam röchelte ich nach Luft und schleppte mich die letzten Stufen hinauf.

Meine Güte, Kondition hatte ich wirklich überhaupt keine. Kein Wunder, dass ich im Schulsport so eine Niete gewesen war. Mal abgesehen vom Tanzen.

Mit einem kurzen Blick nach oben stellte ich überrascht fest, dass Jai immer noch wie festgefroren am Treppenabsatz stand und sich krampfhaft am Geländer festkrallte. Bei genauerem Hinsehen war sein Gesicht leichenblass, die Augen hatte er weit aufgerissen. Eilig lief ich zu ihm und legte ihm besorgt meine Hand auf die Schulter. »Jai? Ist alles in Ordnung mit dir? Geht es dir nicht gut?« Jai sah mich nicht einmal richtig an, sein Blick schien durch mich hindurchzugehen. Wie hypnotisiert starrte er auf die Treppenstufen vor sich und vergrub sein Gesicht in beiden Händen.

»Nina, es … es tut mir leid … ich habe das nicht so gemeint … ich war doch bloß …«

Jais Stimme brach. Angestrengt schnappte er nach Luft und umklammerte das Gitter mit beiden Händen. Ich wühlte in meiner Handtasche und drückte ihm meine halbvolle Wasserflasche in die Hand. »Hier, trink, das hilft.«

Jai bekam nicht einmal die Flasche auf, so sehr zitterten seine Hände. Ich schraubte den Deckel ab und reichte ihm das Wasser. Er nahm zwei kräftige Schlucke, atmete ein paar Mal tief ein und aus und sah mich dann unglücklich an.

»Es-tut-mir-leid-ich-ich-war-doch-bloß-so-aufgewühlt-und-dann-hab-ich-alles-an-dir-ausgelassen-weil-…«, sprudelte es auf einmal wie ein Wasserfall aus ihm heraus. Ich hatte Mühe, seinen Worten zu folgen. Aufmerksam musterte ich ihn.

»Weil was?«, fragte ich ruhig.

Jai atmete schwer. »Weil ich so eine Scheißhöhenangst habe«, presste er sichtlich bemüht und mit zittriger Stimme hervor, während er sich wie ein Häufchen Elend auf eine der Treppenstufen kauerte und dabei immer wieder nervöse Blicke nach unten warf. Schweißperlen liefen über seine Stirn, sein Atem ging flach.

Vor Erstaunen wusste ich im ersten Moment nicht, was ich sagen sollte. Damit hatte ich nun wirklich nicht gerechnet. Das erklärte auch, warum er sich die ganze Zeit so seltsam benommen hatte.

Und ich war felsenfest davon ausgegangen, er hatte sich bloß wieder aufspielen wollen. Da hatte ich wohl meilenweit danebengelegen.

Ein wenig ratlos blickte ich ihn an, bis ich mich neben ihn auf die Treppenstufe setzte. »Hey, es wird alles gut«, hörte ich mich sagen. Jai schnappte noch immer hektisch nach Luft und starrte stur geradeaus. Plötzlich griff er nach meiner Hand und umklammerte diese. Blanke Panik lag in seinen Augen. »Ich schaff das nicht, Nina. Ich kann das nicht.«

Zögerlich rückte ich ein Stück näher an ihn heran und begann seine Hand zu streicheln. Währenddessen versuchte ich, beruhigend auf ihn einzureden.

»Ich bin bei dir. Sieh einfach nicht nach unten, okay?«

Wie aufs Stichwort drehte Jai sich zur Seite und lugte durch die Gitterstäbe. Sein Gesicht wurde noch eine Spur weißer, wenn das denn überhaupt noch möglich war. Ich streckte meine andere Hand nach ihm aus und drehte sein Gesicht sanft zu mir, sodass er mich direkt ansehen musste. »Nicht nach unten schauen«, flüsterte ich. Jai nickte kaum merklich. Unsere Gesichter waren so nah beieinander, dass sich unsere Nasenspitzen fast berührten. Zaghaft strich ich über seine warme Wange, als sich seine rechte Hand um mein schmales Handgelenk legte. Sein durchdringender Blick durchbohrte mich und jagte mir einen angenehmen Schauer über den Rücken. Mein Blick fiel unwillkürlich auf den tief geschnittenen V-Ausschnitt seines schwarzen Shirts. Die blanke Brust darunter ließ meinen Puls beschleunigen. Obwohl ich nur ein dünnes Shirt trug, wurde mir heiß. Noch immer hielt Jai mein Handgelenk fest umschlossen. Gierig sog ich den Duft seines herben Aftershaves in mich auf. Er roch aber auch so verdammt gut. Und ehe ich darüber nachdenken konnte, was ich hier eigentlich tat, zog ich ihn noch näher an mich heran. Meine Fingernägel krallten sich an den Saum seines Shirts. Als ich seine warmen, vollen Lippen auf den meinen spürte, hatte ich das Gefühl, dass die Welt für einen Moment stehenbleiben würde. Ich nahm nichts mehr um mich herum wahr, außer meinen und seinen Herzschlag und das Blut, das durch meine Adern raste. Zuerst schien Jai ein wenig verwundert, doch dann erwiderte er den Kuss. Er beugte sich zu mir hinab und verstärkte den Druck. Ich öffnete leicht den Mund und seine Zungenspitze tastete sich behutsam vorwärts. Obwohl ich Angst davor hatte, dass er weitermachen würde, wollte ich gleichzeitig, dass er auf keinen Fall aufhörte. Stürmisch griff ich an seinen Hinterkopf in sein aufgewühltes Haar und biss ihm sanft in seine Unterlippe. Jai entwich ein leises Stöhnen. Wie ein Ertrinkender zog er mich an sich, sodass ich schließlich rittlings auf seinem Schoß saß. Seine Hände wanderten über meine Oberschenkel bis zu meinem Po und tasteten sich weiter über meinen Rücken. Meine Haut glühte unter seinen Berührungen. Seine Lippen glitten über meinen Hals, auf den er sanfte Küsse hauchte. Als wir uns beide schließlich schwer atmend voneinander lösten, schauten wir uns erschrocken an.

Bestürzt von mir selbst, sprang ich hastig auf und fuhr mir irritiert durch mein zerzaustes Haar. Mein Atem ging immer noch schwer und mein Herz schlug mindestens doppelt so schnell wie vorher. Mit einem Blick auf Jai stellte ich fest, dass seine Wangen ebenfalls gerötet waren. Aus glasigen Augen starrten wir uns an, ohne dabei etwas zu sagen. Es erinnerte mich an die Szene beim Videodreh. Und doch war es komplett anders. So real. Intensiv. Und beängstigend.

Ein Handyklingeln durchbrach die Stille. Hektisch griff ich in meine schmale Handtasche und schaute aufs Display. »Nathalie«, stöhnte ich auf. Entschlossen warf ich das Handy zurück in meine Tasche. Kurz darauf ertönte auch schon der Klingelton von Jais Handy, das er ebenfalls ignorierte.

»Ich … ich glaube, wir sollten jetzt los. Glaubst du, du schaffst das? Also, mit der Treppe, meine ich …«, hörte ich mich stammeln.

So wie ich am Stottern war, könnte man meinen, ich hätte Höhenangst und nicht er. Benommen schüttelte ich den Kopf. Toll, jetzt war ich diejenige, die Atemnot und Herzrasen hatte. Immerhin schien Jai vergessen zu haben, dass wir uns gerade in einer Höhe von 115,7 Meter befanden, da er bis jetzt kein weiteres Mal nach unten gesehen hatte. Um meine eigene Verwirrung zu überspielen, lächelte ich ihn betont aufmunternd an. »Wir beide schaffen das. Du schaffst das. Vertrau mir. Ich … ich glaube an dich.«

Meine Wangen begannen erneut zu glühen. Jais Mundwinkel zogen sich leicht nach oben und ich glaube, es war das erste Mal an diesem Tag, dass er lächelte. Kein aufgesetztes Lächeln für die Presse oder irgendwelche Paparazzi, sondern eines, das ehrlich gemeint war.

Ein kleines Grübchen erschien auf seinen Wangen.

Mir wurde warm ums Herz und bevor ich es mir anders überlegte, hielt ich ihm meine Hand entgegen. Jai zögerte nur einen kurzen Moment und griff danach, sodass ich ihn hochziehen konnte. Seine männliche Brust prallte gegen mich. Mir wurde schwindlig, als mich seine dunklen Augen ansahen. Hastig senkte ich den Blick und wich einen Schritt zurück. »Äh … ja, also, ähm, dann mal los.« Verwirrt stolperte ich die Stufen hinab, immer mit einem besorgten Blick auf Jai, der sich tapfer die Treppe hinabhangelte. Meine Gedanken fuhren Achterbahn. Ich konnte an nichts anderes denken als an den Kuss. Warum konnte sich etwas Falsches derart gut anfühlen? Ich warf einen raschen Seitenblick hinüber zu Jai, der sich vollkommen auf die Treppenstufen konzentrierte und nicht weiter auf mich achtete. Ob ihm der Kuss wohl gefallen hatte? Ich biss mir auf die Zungenspitze. Verdammt! Wie hatte das bloß passieren können? Ich konnte ihn doch nicht einmal leiden – oder? Und warum dachte ich überhaupt darüber nach? Das war doch alles verrückt.

Plötzlich übersah ich eine Stufe, rutschte ab und kam ins Straucheln. Ich sah mich schon kopfüber die Treppe hinabpurzeln, als sich ein starker, kräftiger Arm um mich legte und an sich zog. Er hielt mich fest umschlossen, sodass ich nicht fallen konnte. Ich sah auf und blickte in Jais braune Augen, die mich besorgt musterten. Mit der anderen Hand umklammerte er das Geländer. »Alles in Ordnung bei dir?«, fragte er. Ich nickte. »Danke«, krächzte ich.

Jais Gesicht war blass, aber er lächelte. »Kein Ding«, hörte ich ihn mit rauer Stimme sagen. Vorsichtig stellte er mich auf meine Beine zurück.

Den restlichen Weg legten wir in einvernehmlichem Schweigen zurück. Niemand verlor auch nur ein Wort darüber, was zwischen uns passiert war. Und trotzdem überkam mich auf einmal eine nie gekannte Traurigkeit. Als wir am unteren Treppenansatz angelangten, hielt mich Jai leicht am Arm zurück.

»Nina?«

»Ja?« Erwartungsvoll und zugleich ängstlich drehte ich mich zu ihm um. Jais Augen huschten unruhig hin und her.

»Das … das bleibt doch unter uns, oder?«

Obwohl ich bereits mit einer Frage wie dieser gerechnet hatte, versetzte es mir einen Stich. Und ich wusste, dass er damit nicht nur seine Höhenangst meinte.

»Sicher«, murmelte ich kaum hörbar, als Nathalie auch schon auf uns zuschoss.

»Sagt mal, was habt ihr beide denn noch so lange da oben gemacht? Und wieso seid ihr nicht an eure Handys gegangen?« Jai hielt angespannt den Atem an und warf mir einen beunruhigten Blick zu. Mein Magen verkrampfte sich. Dennoch setzte ich ein betont fröhliches Lächeln auf.

»Tut mir leid, Nathalie, aber der Fahrstuhl war defekt. Wir mussten die Treppe nehmen und dann bin ich auch noch …« Ich hielt einen Moment inne.

»… umgeknickt. Jai war so nett und hat mir geholfen, nach unten zu kommen. Wir hätten dich ja angerufen, aber der Empfang war so schlecht. Da müssen wir deinen Anruf wohl verpasst haben.« Ich schluckte und wartete ängstlich auf Nathalies Reaktion. Diese runzelte die Stirn und musterte uns kurz. Immerhin schien sie meine Antwort zu schlucken, denn sie ließ die Sache damit glücklicherweise auf sich beruhen. Jai hatte sich bereits abgewandt und ging einige Meter voraus, als hätte ich mir den innigen Moment zwischen uns beiden nur eingebildet. Nicht mal ein ›Danke‹ hatte er herausbekommen, dass ich ihm die Stufen hinabgeholfen hatte. Ich starrte auf seinen Rücken und hoffte, er würde sich noch einmal nach mir umsehen.

Aber er tat es nicht. Ich fühlte, wie mein Herz schwer wurde. Am allerwenigsten jedoch konnte ich meine eigene Reaktion verstehen. Warum legte ich so viel Wert darauf, dass Jai der Kuss etwas bedeutet hatte? Ich machte mir doch nichts aus ihm.

Im einen Moment würde ich ihn am liebsten auf den Mond schießen und im anderen Moment küsste ich ihn. Und wollte nichts lieber, als dies zu wiederholen. Das ergab doch keinen Sinn.

Jai war arrogant, selbstverliebt und starrsinnig. Trotzdem spürte ich, wie sich heiße Tränen in meinen Augen ansammelten, die ich tapfer versuchte, wegzublinzeln.

Kraftlos folgte ich den anderen zur Limousine. Jai hatte bereits im Inneren des Wagens Platz genommen. Den Gedanken, gleich neben ihm auf der Rückbank sitzen und sein eisiges Schweigen ertragen zu müssen, fand ich schrecklich.

»Können wir dann?«, fragte Nathalie, da ich immer noch reglos vor dem Auto stand. Durch die offene Wagentür konnte ich erkennen, wie Joe mir im Rückspiegel einen fragenden Blick zuwarf.

Jai hatte mittlerweile seine wieder seine Sonnenbrille aufgesetzt. Ich schluckte.

»Wir können«, murmelte ich leise und setzte mich in den Wagen. Mein Kopf sank gegen die Fensterscheibe, während wir langsam durch die Straßen von Paris fuhren. Doch irgendwie bekam ich von alldem nichts mit, da meine Gedanken unaufhörlich kreisten.

Als Joe in die Straße vor unserem Hotel einbog, lauerten bereits einige Reporter vor dem Eingang und hielten ihre großen Kameras in die Luft.

Stimmen drangen an mein Ohr. Ich zuckte zusammen, als die Reporter aufdringlich gegen die Scheiben zu klopfen begannen. Obwohl gerade mal früher Abend war, fühlte ich mich plötzlich unglaublich müde und erschöpft von dem Tag. Ich warf Jai einen Blick von der Seite zu, doch er starrte stur geradeaus. Der Kloß in meinem Hals wollte nicht verschwinden. Wenige Sekunden später öffnete Joe die Tür und schob Jai und mich, nachdem wir ausgestiegen waren, schützend an den geiernden Reportern vorbei in Richtung Hoteleingang, Nathalie folgte uns. Zig Fragen prasselten auf uns hinab, doch ich hörte nicht hin. Jai hob zum Abschied kurz die Hand in Richtung der Reporter, dann schoben sich die Türen des Hotels zu und wir verschwanden sicher in der kühlen Hotellobby.

Unten im Foyer erinnerte uns Nathalie noch einmal daran, morgen pünktlich und um zehn Uhr abfahrbereit hier zu stehen.

Jais und mein Zimmer lagen direkt gegenüber voneinander, Joes und Nathalies waren in einem anderen Teil des Hotels untergebracht. Schweigend liefen Jai und ich den Hotelflur entlang; die Stille war bedrückend.

Ich hätte nur meine Hand ausstrecken müssen, um ihn zu berühren, aber ich traute mich nicht. Warum sagte er nichts? Irgendetwas.

Als wir schließlich vor unseren Zimmertüren angekommen waren, murmelte er bloß ein knappes »Bis später«, ohne mich überhaupt richtig anzusehen. Dann schloss sich leise die Tür hinter ihm.

Ich fühlte mich wie vor den Kopf gestoßen. Für einige Sekunden verharrte ich reglos und hoffte, dass Jai doch noch mal rauskommen würde. Vergeblich. Das Licht ging aus und ich blieb alleine auf dem dunklen Hotelflur stehen.

Selbst beim Abendessen erschien er nicht.

9. Kapitel

Zurück in L.A. tat Jai so, als wäre der Kuss auf dem Eiffelturm und das Knistern zwischen uns niemals passiert. Irgendwann gab ich es auf, darauf zu warten, dass er doch noch etwas dazu sagen würde. Also gingen wir uns, so gut es denn möglich war, aus dem Weg.

In den Tanzstunden war Jais Verhalten dafür ekelhafter denn je. Obwohl ich es mir nicht eingestehen wollte, kränkte es mich mehr, als es eigentlich sollte. Wann immer Jai die Möglichkeit dazu hatte, ließ er mich vor den anderen dumm dastehen. So wie auch heute mal wieder.

»Kannst du dich nicht mal ein bisschen anstrengen?«, fauchte er, die Augen eng zusammengekniffen, als wir gerade dabei waren, einen neuen Schritt einzustudieren.

»Das sagt ausgerechnet derjenige, der ungefähr so viel Rhythmus im Blut hat wie ein Schimpanse!«, keifte ich wütend zurück, geradezu schäumend vor Wut.

Was dachte er sich eigentlich?

Es hätte nicht mehr viel gefehlt und wir beide wären uns an die Gurgel gegangen.

»Ruhe jetzt. Alle beide!«, fuhr Monica uns an, als plötzlich die Tür zum Studio aufflog und Rickys Blondschopf im Türrahmen erschien.

»Entschuldige die Störung, Monica, aber Jai und Nina sollen sich umgehend bei Nathalie im Büro melden.«

Verdutzt hielten Jai und ich in unserem Wortgefecht inne und starrten uns an. Das konnte definitiv nichts Gutes bedeuten. Ich warf Alex einen fragenden Blick über die Schulter hinweg zu, doch die zuckte ebenfalls ahnungslos mit den Schultern.

Schweigsam folgten Jai und ich Ricky unter den neugierigen Blicken der anderen nach draußen und liefen den langen Flur entlang.

Keiner von uns sagte auch nur ein Wort. Was konnte Nathalie bloß von uns wollen? Und was hatte das ausgerechnet mit mir und Jai zu tun?

Als wir vor Nathalies Büro angekommen waren, öffnete Ricky die Tür und schloss sie geräuschlos, nachdem Jai und ich eingetreten waren, wieder von außen.

Nathalie stand mit dem Rücken zu uns gewandt am Fenster. Zögerlich nahmen Jai und ich in den zwei Ledersesseln vor ihrem Schreibtisch Platz.

»Könnt ihr mir das hier bitte erklären?«

Nathalie drehte sich schwungvoll zu uns um und pfefferte die Star News aufgeschlagen vor Jai und mich auf den Tisch. Wütend funkelte sie uns aus ihren sonst so strahlend blauen Augen an. Ich hob irritiert die Augenbrauen. Was war denn jetzt los? Hatte ich irgendetwas nicht mitbekommen? Ich öffnete leicht den Mund.

»Ääh«, kam es wenig geistreich von mir.

Mit einem kurzen Seitenblick auf Jai stellte ich fest, dass dieser anscheinend genauso ahnungslos war wie ich, denn zu meiner Freude sah er auch nicht intelligenter aus. Als ich mich jedoch ein wenig näher in Richtung Tisch lehnte und meine Augen über besagten Zeitungsartikel huschten, hatte ich das Gefühl, das Blut würde in meinen Adern gefrieren. Vor Schreck verschluckte ich mich an meiner eigenen Spucke und musste kräftig husten. Im selben Moment hörte ich, wie Jai neben mir scharf die Luft einsog. Scheiße. Ich schluckte und starrte mit schockgeweiteten Augen auf das Foto.

»So sieht das also aus, wenn man sich den Fuß verstaucht hat, ja? Macht man da jetzt auch schon Mund-zu-Mund-Beatmung?«

Nathalies Stimme drang nur dumpf an mein Ohr und holte mich zurück in die Realität. Sie stützte sich mit ihren Händen an der Tischkante ab und beugte sich mit ihrem Oberkörper zu uns nach vorne.

»Wollt ihr zwei mich eigentlich für dumm verkaufen?!« Ihre Stimme überschlug sich fast. Ich senkte den Blick und knetete nervös an meinen Fingern herum, bis sie ganz weiß waren. Mein Herz sprang mir förmlich aus der Brust.

»Jai McConnor – Affäre mit der Backgroundtänzerin« prangte in fetter roter Schrift über dem Foto. Es zeigte niemand geringeren als

Jai und mich – beim Küssen auf dem Eiffelturm. Wir beide hatten auf dem Bild die Augen geschlossen, meine Hand, mit der ich ihn zu mir heranzog, lag zärtlich in seinen Haaren. Bei Anblick dessen verfärbten sich meine Wangen augenblicklich tomatenrot.

Für eine Weile war es mucksmäuschenstill, bis sich Jai leise räusperte und in seinem Sessel aufrichtete.

»Es war ein Ausrutscher, Nathalie. Ein Unfall. Der Kuss hatte nichts zu bedeuten. Es wird nicht wieder vorkommen.« Seine Stimme war ohne jegliche Emotion, völlig monoton.

Ich spürte, wie sich mein Magen unwillkürlich verkrampfte und mein Herz schmerzhaft zusammenzog. Alles in mir fühlte sich mit einem Mal leer an. Wie betäubt.

Nathalie musterte uns stillschweigend und richtete ihren Blick schließlich auf mich. Vorsichtig lugte ich zwischen meinen Haaren hindurch, die ich wie einen schützenden Vorhang vor mein Gesicht hatte fallen lassen. Ich strich eine einzelne Strähne hinter mein Ohr und holte tief Luft.

»Und was ist mit dir? Siehst du das genauso?«

Nathalie Blick durchbohrte mich. Mit meinen Fingern krallte ich mich in das Sesselpolster, während meine Gedanken Achterbahn fuhren. Ich warf einen verwirrten Blick zu Jai, doch dieser starrte stur geradeaus. Nicht ein einziges Mal sah er mich an.

»Ich, also …« Ich räusperte mich, um den Kloß in meinem Hals loszuwerden. »Du hast es gehört. Es war ein Unfall und … unbedeutend.«

Um Jais Mundwinkel zuckte es leicht, sein Gesicht blieb jedoch nach wie vor eine Maske. Erneut senkte ich den Blick und wünschte, das hier wäre einfach nur ein schlechter Traum. Leider war es das nicht, denn dafür tat es zu sehr weh.

Aus dem Augenwinkel registrierte ich, wie sich Nathalie wieder in ihren Sessel fallen ließ und mit ihren Fingernägeln ungeduldig auf dem Tisch trommelte.

»Es wird am Montag eine Pressekonferenz geben, auf der wir alles dementieren. Mit Sean ist bereits alles geklärt. Er wird morgen aus Miami anreisen und bei der Pressekonferenz anwesend sein. Jai, du weißt, dass du laut Vertrag Single bist. Wir können uns jetzt keine Mätzchen leisten. Nicht zu diesem Zeitpunkt.«

Was? Hatte ich das gerade richtig verstanden? Es gab einen Vertrag, dass er Single bleiben musste? Wie hypnotisiert starrte ich auf meine Fingernägel. Einzelne Satzfetzen wie »mindestens zwei Jahre«, »Vertragsbedingungen« und »Konsequenzen« drangen an mein Ohr. Von dem Rest bekam ich nicht sonderlich viel mit.

Irgendwann hörte ich Nathalie leise seufzen. »Du kannst jetzt gehen, Jai. Alles Weitere besprechen wir, wenn Sean da ist.«

Erst als dieser bereits den Raum verlassen hatte und die Tür mit einem dumpfen Schlag in das Schloss fiel, zuckte ich in meinem Sessel leicht zusammen und kehrte langsam aus meiner Starre zurück.

Nathalie musterte mich eine Weile. Sie schlug die Star News zu und sah mich eindringlich an.

»Ich habe dich wirklich gern, Nina, und du bist ein tolles Mädchen. Das meine ich ganz ehrlich. Aber ich will dir nichts vormachen. Dieses Business ist schwierig. Es …«

»Keine Sorge«, fuhr ich ihr dazwischen. »Zwischen mir und Jai ist nichts und da wird auch nie etwas sein!«, entgegnete ich eine Spur zu brüsk.

Nathalie faltete ihre Hände zusammen. »Also gut«, setzte sie vorsichtig an.

Sie öffnete die oberste Schublade ihres Schreibtisches und holte einen fein säuberlich zusammengefalteten Zettel heraus, den sie mir über den Tisch hinweg zuschob.

»Was ist das?«, fragte ich misstrauisch und runzelte die Stirn.

»Das ist dein Text, den du Montag bei der Pressekonferenz sagen wirst.«

In meinen Ohren fing es an zu rauschen. Ich hob den Kopf und starrte Nathalie entgeistert an.

Als ich die Tür von Nathalies Büro hinter mir geschlossen hatte, ließ ich mich erschöpft gegen die kühle Wand fallen und schloss die Augen.

Das konnte doch alles nicht wahr sein, das DURFTE einfach nicht wahr sein …

Wie hatte ich nur so bescheuert sein können, Jai McConnor zu küssen? Mädchenschwarm und Popstar Nummer eins. Und jetzt war ich ernsthaft in einem der Klatschmagazine abgebildet, die ich sonst immer nur müde belächelt hatte.

Ich rieb mir über die Stirn und schluckte, um den Kloß in meinem Hals loszuwerden.

Unwirsch stopfte ich den Zettel tief in meine Hosentasche und lief den dunklen Gang hinunter, als mir auf halbem Wege jemand entgegenkam.

Jai. Ausgerechnet.

»Das ist alles nur deine Schuld!«, fauchte er sofort los.

»Wie bitte?« Ich verlangsamte meine Schritte und blieb zögerlich stehen.

»Wenn du mich nicht geküsst hättest, dann würden wir jetzt nicht sämtliche Klatschmagazine küren!«

Seine Augen glühten vor Zorn, die Lippen waren zu einem dünnen Strich zusammengepresst. Fassungslos starrte ich ihn an.

»Du … du hast mich genauso geküsst …«, erwiderte ich mit zittriger Stimme. »Ich – ich hab dir geholfen und d-du …«

Ich brauch deine Hilfe und ganz besonders dich nicht!«, schrie Jai dazwischen.

Ich schluckte. Meine Hände begannen zu zittern und ich fühlte, wie Übelkeit meinen Körper erfasste. Leicht hob ich den Kopf und sah ihm bemüht fest in seine dunklen Augen, wobei ich innerlich alles andere als gefasst war.

»Lernt man das eigentlich hier in Hollywood?«

»Was?« Jai runzelte genervt die Stirn und sah mich verständnislos an.

Ich machte eine kurze Pause und funkelte ihn an.

»Wie werde ich am besten und schnellsten ein ignorantes Arschloch, das rein gar nichts mehr fühlt?«

Bevor er überhaupt darauf reagieren konnte, klatschte ich in die Hände und sah ihn gespielt begeistert an. »Aber hey, wäre Gemeinheit und Gefühlslosigkeit ein Schulfach, auf das Punkte vergeben werden würden, dann glaub mir, hättest du es in die Top Ten geschafft. Also Glückwunsch dazu.«

Die plötzliche Wendung des Gesprächs schien Jai zu verunsichern, denn er sah bei Weitem nicht mehr so selbstsicher aus wie zuvor. Er öffnete den Mund, schloss ihn kurz darauf aber wieder und schwieg. Für einen winzigen, klitzekleinen Moment streiften sich unsere Blicke. Jais Augen flackerten nervös und irrten unruhig hin und her. Tatsächlich waren hinter dem intensiven Braun seiner Augen so etwas wie Zweifel zu erkennen.

Doch ich konnte nicht mal Genugtuung darüber empfinden. Ich fühlte mich einfach nur ausgelaugt und irgendwie leer.

Ohne ein weiteres Wort drehte ich mich um und ging mit eiligen Schritten den Korridor hinunter. Keinen Moment länger hätte ich es in seiner Nähe ausgehalten. Krampfhaft versuchte ich, die Tränen zu unterdrücken, doch es half nichts. Leise rannen sie meine Wange hinab und tropften auf den Boden.

Ich lag auf meinem Bett und starrte nachdenklich an die Zimmerdecke, als mein Handy klingelte. Ich warf einen kurzen Blick auf das Display und stöhnte leise. Isabel. Nicht das jetzt auch noch. Für ihren Klatsch und Tratsch hatte ich in diesem Moment überhaupt keinen Nerv. Warum konnten Tage wie diese eigentlich immer noch eine Spur schlimmer werden?

Ich hatte kaum ein genervtes »Ja?« in den Hörer gehaucht, da prasselte auch schon ein gigantischer Redeschwall auf mich hinab.

»Waaaahnsiiiiiin!«, kreischte Isabel am anderen Ende der Leitung und ich hielt mir das Handy erst mal fünf Meter vom Ohr weg, um einen Tinnitus zu vermeiden.

»Ich fass es nicht!«, quietschte sie wieder los und gab erneute Kreischgeräusche von sich.

»Stimmt das? Du hast mit Jai McConnor geknutscht?«

Ich grummelte unmissverständlich in den Hörer. Sollte siedoch denken, was sie wollte. Sie reimte sich sowieso immer ihre eigenen Geschichten zusammen.

»Alle reden über dich!«

»Ja, ganz super!«, brummte ich, meine Stimme troff nur so vor Ironie.

»Oh mein Gott! Und dann bist auch noch in jeder, aber wirklich JEDER Zeitung abgedruckt. Bravo, Hey, Popcorn, sogar auf dem Cover!«, redete Isabel unbeirrt weiter.

Es dauerte einen Moment, bis ich begriff, was sie da gerade gesagt hatte.

»ICH BIN WAS?!«, brüllte ich und für ganze fünf Sekunden verschlug es sogar Isabel die Sprache. Einen Moment war es völlig still am anderen Ende.

»Äh, ja. Ist das nicht geil?«

Oh Gott, meine Eltern. Wenn die das gesehen hatten, dann …

»Auf Facebook haben mich schon ganz viele Leute angeschrieben wegen dir.«

Ich bin erledigt. So was von erledigt.

»Und da waren mindestens zehn Leute aus unserer alten Jahrgangsstufe dabei.«

Mama und Papa werden mich killen.

»Sogar die ganzen Tussen. Selbst Annika, stell dir das mal vor!«, brabbelte Isabel immer noch ins Handy und merkte anscheinend nicht, dass sie das Gespräch ganz alleine führte.

Das alles nahm ein Ausmaß an, das ich in meinen schlimmsten Alpträumen nicht für möglich gehalten hatte.

»Ich muss auflegen. Ich melde mich!«, erwiderte ich knapp, woraufhin von Isabel ein empörtes »Hey, aber …«, doch da hatte ich schon aufgelegt.

Aufgeregt tigerte ich quer durch das Zimmer. Verdammt, verdammt und nochmal verdammt. So eine gequirlte Scheiße! Wenn Mama und Papa nun wirklich davon gehört hatten – oder noch viel schlimmer: Sie hatten die Fotos gesehen. Mir wurde allein bei dem Gedanken daran sterbensschlecht.

Was sollten sie bloß von mir denken? Und wie sollte ich ihnen all das erklären? Warum musste dieser Mist denn auch noch in Deutschland gedruckt werden? Reichte es nicht aus, dass ich wahrscheinlich in jedem noch so kleinen Klatschblatt in halb Amerika abgebildet war?

›Rrring, Rrring, Rrring.‹

Uuaaaah! Wie ein verschrecktes Reh sprang ich in die Höhe und starrte nahezu panisch auf mein Handy. Bitte, bitte nicht. Nein! Wenn man vom Teufel sprach!

Hatten Eltern eigentlich einen Sensor, der ihnen verriet, wann ihre Kinder mal wieder so richtig tief in der Scheiße steckten?

Das Handy klingelte erbarmungslos weiter und es sah auch nicht danach aus, als würde meine Mutter so schnell aufgeben. Ich wusste, dass sie äußerst hartnäckig sein konnte.

›Rrrring, Rrrring, Rrrring.‹

Ich spielte mit dem Gedanken, das Handy einfach weiterklingeln zu lassen. Wie hieß der schöne Spruch noch gleich: Was man nicht weiß, macht einen nicht heiß! – Oder so ähnlich jedenfalls. Je weniger meine Eltern von diesem ganzen Drama wussten, desto besser. Dann mussten sie sich auch nicht unnötig Sorgen machen.

Andererseits – wenn ich jetzt nicht ranging, dann wusste meine Mutter sofort, dass irgendetwas nicht stimmte. Was alles nur noch schlimmer machen würde, da sie dann überhaupt keine Ruhe mehr gab.

Unentschlossen wippte ich mit meinem Fuß auf und ab. Sollte ich oder sollte ich nicht? Grübelnd legte ich meine Hand unter das Kinn. Also gut, Augen zu und durch. Ich atmete noch einmal tief ein, dann drückte ich auf die grüne Taste.

»Hi, Mama!«, trällerte ich übertrieben gut gelaunt in den Hörer. »Wie geht's?« Leider konnte ich nicht verhindern, dass meine Stimme zum Ende hin leicht zitterte.

»Schätzchen, ich bin so froh, deine Stimme zu hören. Uns geht es gut und dir?«

Uhh, das war schon wieder so eine Frage. Außerdem hätte ich wetten können, dass da dieser lauernde Unterton in ihrer Stimme mitschwang.

»Super, alles bestens!«, antwortete ich rasch und versuchte gleich, das Gespräch in ungefährliche Bahnen zu lenken.

»Wie ist das Wetter so?«, fragte ich. Selten dämliche Frage, aber immerhin äußerst unverfänglich.

»Gut, gut. Dein Vater versucht gerade den Rasen zu mähen.«

»Super!«, krähte ich wieder. »Du, ich muss auch leider schon wieder auflegen. Ich habe gerade gar keine Zeit, also bis…«

»Warum hast du es denn so eilig?«, fragte meine Mutter misstrauisch. Mist.

»Ich … äh … also …« Denk nach. Denk nach. Mir fiel nichts ein. Ich war so eine verdammt schlechte Lügnerin.

Einen Moment sagte keiner von uns beiden etwas, dann seufzte meine Mutter tief.

»Dein Vater und ich mögen manchmal vielleicht hinterm Mond leben, aber aus der Steinzeit kommen wir auch nicht. Wir haben die Fotos gesehen. Und die Schlagzeilen.«

Der letzte Rest Hoffnung verpuffte im Nichts und ich fühlte, wie mein Herz immer schwerer wurde.

»Mama, es ist nicht so, wie du denkst. Das ist … das ist nur harmloses Geschreibsel. Du weißt doch, wie diese Reporter sind …« Ich lachte gekünstelt auf und raufte mir die Haare, während ich aus meinem Fenster auf den Verkehr von L.A. schaute.

»Und die Fotos?«

»Die … die sind …«

Ich hörte meine Mutter am anderen Ende der Leitung erneut seufzen.

»Wir machen uns Sorgen, Nina. Wir dachten, es würde lediglich darum gehen, diesen … Jaykee McDonalds …«

»Jai McConnor«, unterbrach ich sie.

»Ja, dann meinetwegen Jai McConnor … auf Tour zu begleiten. Und nun müssen wir uns diese Fotos von dir ansehen. Auf dem Cover der Bravo.«

Tränen sammelten sich in meinen Augen an, doch ich versuchte sie mit aller Kraft wegzublinzeln.

»Schätzchen, du weißt, dass wir nur das Beste für dich wollen. Aber eine Beziehung mit einem Popstar – Du bist dir doch hoffentlich im Klaren, dass das keine Zukunft hat, oder?«, sagte sie leise.

»Du musst dir keine Sorgen machen. Ich bin nicht mit ihm zusammen«, murmelte ich, die Zähne fest zusammengepresst. Im Hintergrund hörte ich es knistern.

»Ist jemand bei dir?«, fragte ich, die unangenehme Stille überbrückend.

»Ja, Benni ist gerade bei uns. Magda hat ihn für heute Nachmittag hiergelassen, da sie nochmal in die Stadt fahren wollte. Warte, ich geb ihn dir mal. Er wartet schon die ganze Zeit ungeduldig neben mir und will dich sprechen.«

Benni war mein drei Jahre alter Cousin und ich liebte ihn abgöttisch. Er konnte teilweise ganz schön frech sein, aber bei seinen hellblonden Wuschelhaaren und den strahlend blauen Kulleraugen konnte ich ihm nie wirklich lange böse sein.

Bei der Vorstellung daran, wie er mit seinen kleinen Patschehändchen gerade nach dem Hörer griff, in der anderen Hand sein kleines Feuerwehrauto fest umklammert, musste ich lächeln.

»Hall-o?«, ertönte eine quietschige Stimme. »Feuerwehrmann Sam am Apparat.« Das war eine von Bennis Lieblingsbeschäftigungen: kreuz und quer durch die ganze Wohnung oder den Garten zu rennen und Feuerwehrmann Sam zu spielen. Das Lächeln auf meinen Lippen wurde trotz meiner Sorgen zu einem riesigen Strahlen.

»Benni? Wie geht es dir?«

»Dut, ich ssspiel drad Feuerwehrmann Sam.«

»Wo brennt es denn wieder?«, fragte ich grinsend.

»In der Tüche. Aber Tante Rhabarber war sauer, als ich Wasser auf den Boden dekippt habe.«

»Du hast richtiges Wasser auf den Boden gekippt?« Eigentlich überraschte es mich nicht.

»Ja, das Feuer musste doch löscht werden«, antwortete Benni ernst. Ich grinste vor mich hin. Mit Tante Rhabarber meinte er meine Mutter Barbara und ich konnte mir nur allzu gut vorstellen, wie sie reagiert hatte.

»Nina?«

»Ja?«

»Bittu traurig?«, fragte er auf einmal. Ich schluckte. Hörte man das etwa so sehr?

Ich wollte eigentlich nicht lügen, aber ich wusste, dass meine Mutter im Hintergrund stand und jedem einzelnen Wort, das ich von mir gab, aufmerksam lauschte. Ihre Ohren waren wirklich schlimmer als die eines Luchses.

»Nein, Benni. Mir geht es gut. Ich bin nur ein wenig müde vom Tanzen.« Ich rieb mir mit geschlossenen Augen über die steile Falte, die sich zwischen meinen Augenbrauen gebildet hatte.

»Wenn du wiedertommst, dann ssspielen wir wieder zusammen Feuerwehrmann Sam, okay?«

Ich nickte mit dem Kopf, bis mir einfiel, dass Benni das gar nicht sehen konnte.

»Auf jeden Fall machen wir das.«

Ich hörte ein leises Rascheln und meine Mutter, die etwas zu Benni sagte.

»Tante Rhabarber will noch mit dir sssprechen. Ich muss jetzt wieder Feuer löschen, im Bad brennt es. Tsssüs, Nina. Ich hab dich lieb.«

»Ich dich auch, Benni. Ganz doll«, flüsterte ich und schluckte kräftig. Da war auf einmal dieses drückende, schwere Gefühl in der Brust, das sich nicht verdrängen ließ. Und mir wurde klar, wie sehr ich mein Zuhause doch vermisste. Alles war gerade einfach so verdammt weit entfernt.

Im Hintergrund krakeelte Benni laut: »Alarm, es tommt ein Notruf an!«

»Benni, es wird nicht wieder Wasser ausgekippt!«, rief meine Mutter mit leicht schriller Stimme.

Ich konnte ein leises Glucksen nicht unterdrücken. Die Vorstellung, wie Benni überall ›löschen‹ wollte, war einfach grandios.

»Das ist nicht witzig.«

»Doch, irgendwie schon«, kicherte ich immer noch und versuchte mich wieder zu beruhigen.

»Benni hat die ganze Küche unter Wasser gesetzt«, seufzte Mama. »Er hat sich einfach einen der großen Plastikeimer aus dem Bad geholt und ihn bis oben hin volllaufen lassen. Und dann hat er es in die Küche gekippt. Ich versteh nicht mal, wie er das überhaupt tragen konnte.«

»Du kennst ihn doch«, grinste ich. »Immer für eine Überraschung gut.«

»Wohl wahr.« Jetzt lachte auch meine Mutter. »Ich kann ihn keine Minute aus den Augen lassen. An Stelle deiner Tante wäre ich auch erst mal shoppen gefahren.«

Ihr Lachen verebbte langsam und es wurde wieder still im Hörer. Ich wusste, dass da noch etwas kommen würde. Mein Herz begann erneut laut zu klopfen. Angespannt hielt ich den Atem an.

»Schätzchen?«

»Ja?«, fragte ich vorsichtig.

»Du weißt doch, dass dein Vater und ich das nicht böse meinen, oder? Wir wollen wirklich nur dein Bestes!«, betonte sie noch einmal.

»Ich weiß«, flüsterte ich leise. »Aber bitte macht euch nicht so viele Sorgen um mich. Es geht mir wirklich gut«, log ich. Ich hasste es, meine Familie anzulügen, aber ich wusste, dass es in diesem Moment das Beste war. Für sie und für mich.

»Nina, du … Oh nein! Benni, mach den Wasserhahn zu!«, kreischte sie.

»Schätzchen, wir reden ein andermal weiter, ja?«, keuchte sie atemlos. »Mach's gut. Pass auf dich auf! Und meld dich, wenn irgendwas ist, ja? Tschü-üss!«

»Tschüss, Mama.«

Es klickte leise, dann hatte meine Mutter auch schon aufgelegt.

Benommen legte ich auf und schmiss zuerst das Handy auf mein Bett und mich gleich hinterher. Irgendwie hatte Mama es tatsächlich geschafft, dass ich mich noch schlechter fühlte, als ich es ohnehin schon tat. Und ich konnte nicht mal genau sagen, warum.

10. Kapitel

Der Montag kam schneller, als ich es wollte. Überhaupt wollte ich diesen Tag einfach so schnell wie möglich hinter mich bringen.

Die Pressekonferenz war auf fünfzehn Uhr angesetzt, sodass ich noch ungefähr zwei Stunden hatte, um mich mental darauf vorzubereiten. Ich nahm einen Schluck Wasser, verschüttete jedoch mehr als die Hälfte, so sehr zitterten meine Hände. Immer wieder glitt mein Blick zum Uhrzeiger, der erbarmungslos vorrückte.

Nathalie hatte Jai und mir bereits mitgeteilt, dass Sean gestern in L.A. angekommen und mehr als angepisst war. Ich konnte mich also auf das Schlimmste gefasst machen.

Als mich Nathalie um Punkt vierzehn Uhr abholte, war ich das reinste Nervenbündel und von meinen Fingernägeln so gut wie nichts mehr übrig. Unauffällig versuchte ich, meine Hände im Jackenärmel verschwinden zu lassen.

Schweigend fuhren Nathalie und ich im Fahrstuhl runter in die Lobby. Draußen vor dem Eingang wartete Joe bereits mit der Limousine und öffnete uns die hintere Tür. Jai und Sean würden separat zur Pressekonferenz fahren.

Beim dem Gedanken daran, Jai gegenüberzutreten, verkrampfte sich alles in mir. Würde er mich überhaupt beachten? Mir wurde schmerzlich bewusst, dass ich es schon gleich erfahren würde. Eher, als mir lieb war.

Die Fahrt verlief schweigsam. Mit jeder Minute, die verstrich, wurde ich hibbeliger. Ich konnte fühlen, wie sich jeder einzelne Muskel in meinem Körper anspannte. Das Blut peitschte aufgeregt durch meine Adern.

Irgendwann wurde die Limousine langsamer und wir näherten uns einem hohen, weiß gestrichenen Gebäude, dessen große Fenster in der Sonne aufblitzten und das helle Licht reflektierten. Als wir um die Ecke bogen, sahen wir bereits die zahlreichen Reporter, die sich am Vordereingang des Gebäudes tummelten. Vereinzelt standen ein paar Grüppchen von Mädchen dazwischen.

»Fahren Sie zum Hintereingang, Joe«, hörte ich Nathalie sagen.

Joe nickte kurz angebunden. »Wie Sie wünschen.«

Joe wendete und die Limousine bog in eine schmale Seitenstraße ein. Nach kurzer Zeit kam sie auf einem kleinen Parkplatz hinter dem Gebäude langsam zum Stehen. Nathalie warf einen kurzen Blick zu mir und nickte. Ich schluckte nervös, dann wurde die Tür geöffnet.

Mit laut klopfendem Herzen und schweißnassen Händen stieg ich aus dem Wagen. Mir war schlecht. Übel. Elend.

Ich schnappte hektisch nach Luft, als sich plötzlich Joes Hand beruhigend auf die meine legte.

»Denken Sie immer daran: Hunde, die bellen, beißen nicht«, raunte er mir leise zu, sodass Nathalie es nicht hören konnte.

Seine grauen Augen blickten mich aufmunternd an, als wollten sie sagen, dass ich mir keine Sorgen machen musste. Dankbar lächelte ich ihn an und folgte Nathalie schließlich mit lautem Herzklopfen in das Gebäude. Leise fiel die Tür hinter uns ins Schloss.

Ich sah Jai bereits von Weitem den Gang entlangkommen, den Blick stur geradeaus gerichtet.

Neben ihm ging ein großer, breitschultriger Mann mit verbissener Miene. Das musste dann wohl sein Tourmanager Sean sein.

Meine Knie waren inzwischen weich wie Wackelpudding und ich hatte das Gefühl, mich jeden Moment übergeben zu müssen.

Jai und Sean blieben vor uns stehen, wobei Jai mir nur einen kurzen Blick zuwarf. Ich versuchte den Knoten in meinem Magen zu ignorieren und konzentrierte mich auf meine Atmung.

Sean musterte mich mit verkniffenem Gesichtsausdruck, sagte jedoch kein einziges Wort.

Eingeschüchtert zog ich den Kopf ein und sah betreten zu Boden. Der Knoten in meinem Magen wurde größer und größer. Wieso nur gab mir hier jeder das Gefühl, dass das hier alles meine Schuld war? Gab es eigentlich irgendjemanden, der sich mal in mich hineinversetzte?

Ein Mann mit Headset und Walkie-Talkie kam zur Tür herein und gab uns Bescheid, dass es nur noch fünf Minuten bis zur Pressekonferenz wären.

»Du weißt deinen Text?«, vergewisserte sich Nathalie mit einem forschenden Seitenblick bei mir.

Ich nickte stumm. Keine Sekunde später gab Sean das Zeichen.

»Also gut … Dann geht es jetzt los.« Nathalie rückte ihren schwarzen Anzug zurecht. Eine schmale Seitentür wurde geöffnet, durch die wir der Reihe nach hindurchgingen.

Helles Scheinwerferlicht strahlte mir entgegen und blendete mich. Im ersten Moment konnte ich absolut nichts erkennen, sodass ich meine Augen mit einer Hand gegen das grelle Licht abschirmen musste. Als ich sah, dass nur ein paar Meter von mir entfernt etwa fünfzehn bis zwanzig Journalisten saßen, rutschte mir das Herz augenblicklich in die Hose.

Mein Herz trommelte laut in meiner Brust, mein Mund fühlte sich mit einem Mal staubtrocken an. Ich kam mir vor wie in einem Piranha-Becken, umgeben von lauter hungrigen Reporter-Fischen, die sich danach sehnten, mich zu zerstückeln.

Vor uns befand sich ein langer weißer Tisch mit vier Klappstühlen. An jedem Platz stand ein Mikrofon, eine Flasche Wasser und ein halb gefülltes Glas.

Mit zitternden Händen nahm ich links am Rand neben Nathalie Platz. Jai setzte sich auf der rechten Seite ganz nach außen, sodass mit Nathalie und Sean in der Mitte reichlich Abstand zwischen uns lag.

Nachdem die Pressekonferenz schließlich für eröffnet erklärt wurde, begannen die ersten Reporter, ihre Fragen in den Raum zu werfen. Anfangs verlief die Konferenz noch recht harmlos. Es wurden Fragen zu Jais kommendem Album gestellt, zum Verlauf der Tour, seinen Fans und den aktuellen Werbekampagnen.

»Jai, was möchten Sie Ihren Fans da draußen über Ihre Beziehung zu Ihrer Tänzerin Nina Mahler sagen? Wie kam es zum Kuss auf dem Eiffelturm?«, fragte plötzlich eine stark geschminkte Brünette in die Stille hinein.

Ich schluckte und knetete meine Finger nervös unter dem Tisch. Die Spannung, die sich über uns allen breitmachte, war förmlich zum

Greifen. Mit einem kurzen Seitenblick auf Nathalie stellte ich fest, dass diese bereits ihr Tausend-Watt-Lächeln angeknipst hatte. Ich hörte, wie sich Jai am anderen Ende des Tisches leise räusperte.

»Wissen Sie, da gibt es eigentlich nichts groß zu erzählen. Der Kuss hat sich aus der Situation heraus ergeben und nichts weiter bedeutet. Ich bin nach wie vor Single und konzentriere mich erst mal auf meine Karriere. Für etwas Ernsthaftes habe ich im Moment überhaupt keine Zeit.«

»Abgeneigt wären Sie einer Beziehung mit Nina aber nicht?«

»Ehrlich gesagt habe ich nie darüber nachgedacht, weil sie für mich einfach nur meine Backgroundtänzerin ist. Nicht mehr und nicht weniger.«

Jais Stimme klang genauso emotionslos wie bereits bei unserem Gespräch mit Nathalie. Unnahbar. Undurchdringbar.

Und dennoch war jedes weitere Wort von ihm wie ein Schlag in die Magengrube.

»Sehen Sie«, mischte sich Nathalie ein, »es gibt absolut nichts, das hier von nennenswerter Erwähnung wäre. Jai ist derzeit voll und ganz mit den letzten Vorbereitungen für sein nächstes Album und seiner Tournee beschäftigt. Eine Freundin würde gar nicht in seinen Terminkalender passen.«

Wütend ballte ich meine Hände zu Fäusten. Das hier war doch alles ein reiner Witz. Ein abgekartetes Spiel, bei dem ich sowieso nur als Verliererin hervorgehen konnte. In Gedanken betete ich, dass das hier alles baldmöglichst ein Ende haben würde, als sich auf einmal ein älterer Mann zu Wort meldete.

»Nina, wie sehen Sie das alles? Hegen Sie Gefühle für Jai?«

»Ähh, wie bitte?«, schreckte ich aus meinen Gedanken hoch. »Ich, ähm, also nein, ich …«

Scheiße, was sollte ich noch mal sagen? Ich konnte mich beim besten Willen nicht mehr daran erinnern, welchen Text Nathalie und ich mindestens zehn Mal besprochen hatten. Der Angstschweiß brach mir aus allen Poren und Panik machte sich in mir breit.

Ich spürte, wie sich gefühlte hundert Augenpaare auf mich richteten und jede meiner Bewegungen verfolgten. Der Kameramann schwenkte auf mich.

Ich schluckte. Jetzt reiß dich zusammen, schoss es mir durch den Kopf.

Eines hatte ich von Nathalie gelernt: Man durfte sich niemals die eigene Unsicherheit anmerken lassen, denn diese Schwachstelle nutzten die Reporter gnadenlos aus.

In dem Saal war es inzwischen so totenstill, dass man vermutlich auch eine Stecknadel hätte fallen hören können.

Ich versuchte ein Lächeln aufzusetzen. Jeder, der mich gut kannte, hätte jetzt bemerkt, dass es mehr als nur aufgesetzt und in etwa so echt wie Jais berühmtes Poster-Lächeln war.

Ich atmete ein letztes Mal tief ein, dann richtete ich meinen Blick fest auf die anwesenden Reporter.

»Sie haben es bereits gehört. Jai und mich verbindet eine rein geschäftliche Beziehung. Klar lernt man sich durch die Proben kennen, aber das ist alles professionell.«

»Und der Kuss war dann auch auf rein professioneller Ebene, ja?«, fragte ein besonders hartnäckiger Reporter mit hinterhältigem Grinsen.

Es ertönten bereits die ersten vernehmlichen Lacher und mein Gesicht lief gerade vermutlich puterrot an. Hoffentlich war es ausreichend abgepudert.

»Das war in Paris, da kann das schon mal passieren«, ruderte ich hektisch zurück. Verdammt, das hier lief in eine Richtung, die absolut nicht gut war.

Ich schluckte und schirmte meine Augen mit der Hand gegen die grellen Scheinwerfer ab, um einen besseren Blick ins Publikum zu erhaschen.

Mit seinem südländischen Teint, den kurz geschnittenen schwarzen Haaren und feurigen Augen, die förmlich vor Temperament sprühten, stach der junge Mann unter den anderen hier anwesenden Reportern deutlich heraus. Bei solchen Typen musste man mit Sicherheit besonders vorsichtig sein. Die Gutaussehenden waren immer die Gefährlichsten. Schließlich saß genau einer davon nur drei Plätze von mir entfernt und guckte mich nicht mit dem Arsch an.

Ich versuchte mich wieder zu beruhigen und atmete einmal tief durch.

»Wie ist Ihr Name?«, fragte ich mit klarer Stimme.

Der Reporter runzelte verwirrt die Stirn. »Ich? Ja also, ... Hernandez.« Der Typ hatte einen starken Akzent, das ›r‹ rollte er. Ich tippte auf Spanier.

»Mister Hernandez, das mag für Sie jetzt vielleicht unvorstellbar sein, aber nicht jeder ist verrückt nach Jai McConnor ... Oder Sie vielleicht?«

Der Typ japste nach Luft. Nun war er derjenige, dem die ersten Schweißtropfen auf die Stirn traten. »Na ja, also ...«

Er wischte sich über die Stirn und grinste verlegen. Da schien selbst ihm nichts mehr einzufallen. Nathalie verschluckte sich neben mir fast an ihrem Schluck Wasser. Möglicherweise war ich doch eine klitzekleine Spur zu vorlaut gewesen. Wieder hörte ich es im Publikum lachen, doch diesmal wusste ich, dass ich die Lacher auf meiner Seite hatte. Ich lächelte Mister Hernandez charmant an.

»Wie gesagt, ich kann nur noch einmal wiederholen, was ich – und auch Jai – zuvor bereits mehrmals betont haben. Ich bin lediglich die Backgroundtänzerin, das ist alles. Mehr gibt es dazu nicht zu sagen«, bekräftigte ich noch einmal.

»Sie sind also wirklich nur Arbeitskollegen?«, hakte der Reporter zum dritten Mal nach. Anscheinend hatte er sich von meinem Konter bereits erholt. Ein boshaftes Lächeln umspielte seine Lippen, wobei er eine Reihe perlweißer Zähne entblößte.

Ich musste mich stark zusammenreißen, nicht mit den Zähnen zu knirschen. So langsam verstand ich, was Jai jeden Tag durchmachen musste. Diese Reporter waren wirklich verdammt hartnäckig.

»Absolut«, erwiderte ich mit einem zuckersüßen Lächeln. Ich wagte es nicht, einen Blick hinüber zu Jai zu werfen und hielt stattdessen dem Blick des Reporters stand.

»Gibt es dann noch Fragen?« Nathalie ließ ihren Blick schnell über die Journalisten hinwegschweifen, als hätte sie Angst, ich könnte noch mehr Unsinn reden.

»Dann erkläre ich hiermit die Pressekonferenz für beendet. Vielen Dank für Ihr Kommen und Ihre Aufmerksamkeit. Auf Wiedersehen!«

Die Stühle wurden laut scharrend über den Boden geschoben und wir verabschiedeten uns von den Reportern.

Ich hatte Kopfschmerzen und alles, was ich wollte, war, mich unter meiner Bettdecke zu verkriechen und diesen beschissenen Tag so schnell wie möglich zu vergessen. Innerlich wappnete ich mich bereits gegen Nathalies Wutausbruch, der wahrscheinlich gleich wie ein Orkan über mich hinwegfegen würde. Und so war es dann auch. Kurz nachdem Nathalie die Tür des Pressekonferenzraumes von außen geschlossen hatte, donnerte sie los.

»Bist du noch von allen guten Geistern verlassen?! Das waren nicht die Worte, die wir vorher miteinander abgesprochen hatten! Wenn wir eine Abmachung haben, dann hast du dich daran zu halten und nicht unwillkürlich alles zu ändern!«

Beschämt zog ich den Kopf ein und fühlte, wie ich gerade um mindestens zehn Zentimeter gen Erdboden schrumpfte.

»Nathalie, ich …«, wollte ich zu meiner Verteidigung ansetzen, doch zu meiner Überraschung grinste mich diese zufrieden an und klopfte mir sogar auf die Schulter.

»Gut gemacht. Du hast der Presse gekonnt den Wind aus den Segeln genommen. Glückwunsch, das schafft nicht jeder!«

Ungläubig starrte ich sie an. Hatte sie das gerade wirklich gesagt?

»Ähhh … danke«, murmelte ich verwirrt, als die Tür aufging und Sean zusammen mit Jai im Türrahmen erschien.

Für einen kurzen Moment trafen sich unsere Blicke. Das Strahlen in seinen Augen war verschwunden, stattdessen sah auch er müde und erschöpft aus. Ich fragte mich, ob ihn das hier wirklich so kalt ließ, wie er immer vorgab.

Ich sah, wie Sean und Jai noch ein paar kurze Worte wechselten und sich zum Schluss die Hände gaben. Jai blieb ein wenig unentschlossen vor mir stehen und für einen Moment sah es so aus, als läge ihm noch etwas auf der Zunge. Erwartungsvoll schaute ich ihn an, in der Hoffnung, er würde etwas sagen. Irgendetwas. Doch dann drehte er sich ohne ein Wort um und verließ den Raum durch eine schmale Seitentür.

11. Kapitel

Die letzten Tage bis zu unserem ersten Auftritt in L.A. flogen förmlich dahin und waren vollgepackt mit letzten Proben und Verfeinerungen der Choreo. Mit jedem Tag, dem wir der Tour unweigerlich näherkamen, stieg die Spannung und der Druck im Team.

Gleichzeitig war da aber auch diese Vorfreude und der Drang, endlich raus auf die Bühne zu kommen und zu zeigen, woran wir die vergangenen Wochen so hart gearbeitet hatten.

Die Stimmung zwischen Jai und mir war immer noch angespannt. Ich war nach wie vor unglaublich wütend auf ihn und enttäuscht. Enttäuscht darüber, dass er gelogen und mich vor allen bloßgestellt hatte. Dabei wusste er genauso gut wie ich, dass es unser beider Schuld gewesen war.

Aber wegen unserer Streitigkeiten konnte ich nicht die Tour versemmeln, das hätte ich mir selbst am allerwenigsten verziehen. Also schluckte ich meinen verletzten Stolz herunter und konzentrierte mich voll und ganz auf den bevorstehenden Auftritt.

Am Abend vor Tourstart versammelten wir uns allesamt nochmal in Nathalies Büro, um die Einzelheiten zu besprechen.

»Morgen startet der Tour-Auftakt hier in L.A., von da an werden wir vier Wochen auf Tour sein. Von L.A. geht es direkt weiter nach Boston, Washington, Philadelphia, Pittsburgh und Orlando. Danach haben wir ein paar Tage Verschnaufpause in L.A., bevor es nach Atlanta, Chicago, Phoenix und Anaheim geht. Tour-Abschluss wird wieder wie bereits beim Tour-Auftakt in Los Angeles sein.«

Bei den ganzen Namen rauschte es in meinen Ohren. Passierte das gerade wirklich mir? War das echt?

Nathalie faltete ihre Hände ineinander und sah uns der Reihe nach an.

»Ich möchte, dass ihr während der Tour keine achtzig, neunzig oder hundert Prozent gebt, ich will, dass ihr zweihundert Prozent gebt, klar?«

Wir nickten.

»Das wird so geil!«, freute Alex sich und strahlte bis über beide Wangen. Und zum ersten Mal seit langem sah ich auch Jai mal lächeln, seine Augen blitzten voller Vorfreude auf.

Plötzlich hielt Jeremy seine Hand in die Mitte und sah uns erwartungsvoll an.

»Einer für alle und …«

Luke und Alex legten sofort ihre Hand auf seine und sahen nun ihrerseits Jai und mich abwartend an. Ich grinste und legte meine dazu, bis auch Jai seine Hand obendrauf legte.

Ein Stromschlag fuhr durch mich hindurch, als ich seine warme Hand auf meiner spürte.

Ich schluckte und sah auf.

Genau in dem Moment hob Jai ebenfalls seinen Kopf, sodass sich unsere Blicke unweigerlich trafen. Jai hatte es also auch gemerkt.

»Und alle für einen«, ertönte es laut um uns, doch Jai und ich sagten kein Wort, sondern sahen uns einfach nur an. Bis uns bewusst wurde, was wir da taten und wir beide nahezu gleichzeitig unsere Hand wegzogen, als hätten wir uns verbrannt.

Nachdenklich blickte ich auf die Stelle, an der Jai durch seine Berührung ein merkwürdiges Brennen und Kribbeln hinterlassen hatte.

Und dann war der Tag gekommen. Nach einer schlaflosen Nacht voll wirrer Gedanken und unzähligen Umdrehens war es so weit.

Unsere erste Show heute Abend sollte im Staples Center in Downtown Los Angeles, eine der beliebtesten Show- und Konzerthallen überhaupt, stattfinden. Jeder Künstler, der es bis hierhin geschafft hatte, konnte wirklich etwas auf sich halten.

Und ausgerechnet ich würde heute auf einer Bühne tanzen, auf der schon bedeutende Musik-Preise wie der Grammy verliehen worden waren und auf der überaus talentierte Sänger wie Ed Sheeran gestanden hatten.

Kein Wunder also, dass ich allein bei dem Gedanken daran nur noch das reinste Nervenbündel war und mein Herz lauter als eine Buschtrommel gegen meine Brust schlug. Mal ganz davon zu schweigen, dass man mit meinen schweißnassen Händen vermutlich einmal die komplette Crew hätte baden können.

Den gesamten Vor- und Nachmittag verbrachten Jai, Alex, Jeremy, Luke und ich mit Proben und dem Soundcheck. Gegen siebzehn Uhr war Einlass, sodass wir uns alle hinter die Bühne verzogen, um wenigstens noch etwas Ruhe vor dem großen Sturm zu bekommen. Im Backstage-Bereich hatten sie ein großes Catering für uns aufgebaut, das hauptsächlich aus frischem Obst, Gemüse und Wasser bestand.

Von draußen hörte man das laute, eingängige Geschrei der Fans. Einige standen sich dort seit heute Morgen die Beine in den Bauch, andere wiederum schienen tatsächlich auf dem dreckigen Asphalt übernachtet zu haben, da mehrere Zelte und Schlafsäcke heute Morgen vor der Halle gelegen hatten.

»Ja-hai, Ja-hai, Ja-hai.«

Alex und ich beugten uns aus dem Fenster, was, wie mir im selben Moment klar wurde, definitiv ein Fehler gewesen war.

Frenetisches Geschrei setzte ein, gefühlt zigtausende Hände streckten sich uns entgegen. Die Security-Guards hatten Mühe, die Menge im Zaum zu halten, und gaben über ihre Megaphone strikte Anweisungen, Ruhe zu bewahren.

Erschrocken stolperte ich einen Schritt zurück, während Alex das Fenster öffnete, sich leicht vorbeugte und der hysterischen Masse wild zuwinkte.

Bis sie schließlich von Nathalie zur Seite gezogen wurde. Wie in Trance drehte sich Alex zu mir um. »Wahnsinn …«, hauchte sie.

Das war es allerdings.

Wo war das Loch, in dem ich mich verkriechen konnte?

Ich hörte die kreischenden Menschenmassen dumpf zu mir herüberschallen, hörte, wie sie Jais Namen schrien.

Ich konnte da nicht rausgehen. Ich konnte nicht.

Allein der Gedanke daran ließ mir den Schweiß aus den Poren treten, mein gesamter Körper begann zu zittern.

Ich kauerte mich noch enger zusammen und ließ meinen Kopf erschöpft gegen die Tür sinken, meine schweißnassen Hände wischte ich an meiner Hose ab.

Die Tür zu den Toiletten wurde geöffnet. Ich merkte es daran, dass ein kühler Lufthauch zu mir herüberwehte. Angespannt hielt ich den Atem an und zog die Beine noch enger an mich heran. Umklammerte sie mit meinen Armen.

Eine Weile lang war es absolut still, dann näherten sich Schritte. Kurz darauf klopfte es an meiner Kabine.

»Nina?«

Erschrocken sog ich die Luft ein. Das war eindeutig Jais Stimme. Was machte Jai hier?

Ich schwieg weiterhin und hielt den Atem an.

»Nina, ich weiß, dass du da drin bist. Mach die Tür auf.«

Warum war er hier? Warum ausgerechnet jetzt in diesem Moment? Wo er in den letzten Tagen nicht ein einziges Mal mit mir gesprochen hatte. Ich begann noch stärker zu zittern. »Das hier sind die Mädchentoiletten«, murmelte ich schwach, wobei meine Stimme verdächtig ins Wackeln geriet.

»Komm schon, mach die Tür auf.«

Ich schüttelte wild den Kopf, bis mir einfiel, dass Jai das gar nicht sehen konnte.

»Ich geh da nicht raus«, meinte ich und schwieg dann wieder.

Einen Moment lang war es wieder still und ich dachte schon, Jai hätte sich umgedreht und die Mädchentoiletten verlassen, als sich jemand außerhalb der Kabine an der schmalen Tür hinuntergleiten ließ.

Eine Weile hörte man nur unseren Atem, der sich miteinander vermischte.

»Wieso nicht?«, fragte Jai. Merkwürdigerweise klang er ... ehrlich interessiert. Was mich verwirrte. Und was mich vielleicht auch letztendlich dazu brachte, ihm mein Herz auszuschütten.

»Ich – ich weiß auch nicht«, schluckte ich. »Als ich vorhin einen Blick durch den Vorhang werfen konnte und all diese ... diese vielen Fans vor der Bühne und auf den Rängen gesehen habe, da ... da war ich wie gelähmt.«

Ich knabberte an meiner Unterlippe und fummelte nervös an meinen Fingern herum. Mein Herz klopfte laut in meiner Brust.

»Auch wenn du mir das jetzt vielleicht nicht glaubst, aber ich habe selbst heute noch vor jeder Show Lampenfieber.«

»Du hast Lampenfieber?«, fragte ich überrascht und robbte ein Stück näher an die schmale Kabinentür. Dass der Fußboden hier vermutlich alles andere als hygienisch war, blendete ich dabei kurz aus.

»Ich denke, dass lässt sich nie richtig abstellen. Lampenfieber gehört dazu, ansonsten … ansonsten wäre es irgendwie falsch, verstehst du?«

Ich hörte ihn leise atmen. Ich blieb still, was aber nicht weiter auffiel, da Jai glücklicherweise einfach weitersprach.

»Aber wenn du dann auf der Bühne stehst, die kreischenden Fans vor dir siehst und die Hintergrundmusik einsetzt, dann vergisst du alles andere um dich herum. Das Lampenfieber verfliegt wie von alleine.«

»Ich … ich hab das Gefühl, mich an keinen einzigen Schritt der Choreo mehr zu erinnern, gab ich ehrlich zu.

Jai lachte leise. Sein Lachen hörte sich keineswegs verspottend an, sondern eher warmherzig und verständnisvoll. Ein angenehmer Schauer lief mir über den Rücken.

»Was meinst du, wie oft ich gedacht habe, dass ich jede einzelne Zeile meiner Songs vergessen hätte.«

Die Kabinentür wackelte leicht und es hörte sich an, als würde jemand dagegentreten. Plötzlich tauchte Jais Kopf über der Kabinentür auf, mit den Händen hielt er sich am oberen Rand fest. Ein Grinsen lag auf seinem Gesicht.

»Ich hab eine Idee, die lenkt garantiert ab. Aber dafür müsstest du jetzt schon aus der Toilette rauskommen.«

Das Grinsen auf seinem Gesicht wurde noch breiter, sodass sich kleine Grübchen bildeten.

»Das ist aber nichts Illegales?«, fragte ich leicht misstrauisch. Bei Jai musste man schließlich mit allem rechnen. Generell verstand ich nicht, wieso er das hier gerade für mich tat. Dieser Junge war manchmal unberechenbar.

Jai hob seine Hände, wobei er fast von der Kabinentür gerutscht wäre und sich schnell wieder festhielt.

»Ich schwöre«, lachte er. »Also, was ist? Ehrlich gesagt würde ich diesen Ort hier gerne verlassen, da er alles andere als einladend ist.«

12. Kapitel

Was ist das?«, fragte ich verblüfft, als Jai und ich vor zwei merkwürdig aussehenden Fahrzeugen standen, die eigentlich nur aus einem schmalen Trittbrett, zwei riesigen Rädern und einem Lenker bestanden. So etwas hatte ich bei uns zuhause definitiv noch nicht gesehen.

»Und damit kann man fahren?«, fragte ich skeptisch.

»Sag mir jetzt bitte nicht, dass du nicht weißt, was ein Segway ist?« Jai sah mich fassungslos an und schüttelte ungläubig den Kopf. Ich konnte das ›Landei‹ in seinem Kopf förmlich aufblinken sehen. Er brummte irgendetwas Unverständliches vor sich hin und deutete dann auf eines der komischen Fahrgestelle.

»Dann wird es allerhöchste Zeit, dass du das mal ausprobierst. Jetzt guck nicht so zweifelnd. Das macht wirklich Spaß!«, fügte er eindrücklich hinzu, als er meinem noch immer sehr skeptischen Blick begegnete.

»Du stellst dich einfach hier auf die Plattform zwischen die Räder und hältst dich am Lenker fest. Die Segways sind selbstbalancierend, das heißt, du lehnst dich einfach nur in die Richtung, in die du fahren willst.«

Er demonstrierte mir kurz, wie es ging, und tatsächlich – das Teil fuhr. Eigentlich sah es sogar recht einfach aus. Jai kam direkt vor mir zum Stehen, lehnte sich über seinen Lenker und wackelte bedeutungsvoll mit seinen Augenbrauen.

»Glaub mir, das lenkt dich von jeglicher Nervosität ab. Das mache ich oft vor Shows.«

Natürlich klappte es bei mir nicht auf Anhieb, bei meinem Hang zum Chaos und zur Tollpatschigkeit auch keine große Überraschung. Ich bretterte gleich als erstes in einen Haufen leerer Pappkartons, die an den Seiten gelagert wurden. Umständlich rappelte ich mich wieder auf.

»Von wegen selbstbalancierend«, knurrte ich, mehr an mich selbst gewandt.

»Alles in Ordnung?«, hörte ich eine Stimme dicht hinter mir, als Jai auch schon kurz darauf auf seinem Segway an meiner Seite erschien.

»Du hast vergessen zu erwähnen, dass das Ding keine Bremse hat.«

Jai runzelte die Stirn. »Wieso? Ich dachte, das wäre selbsterklärend. Du steuerst das alles mit deinem Gewicht.«

Ich schnaubte kurz, war aber nicht gewillt, so schnell aufzugeben.

»Dann mal los«, murmelte ich kampfeslustig und sah das Teil vor mir herausfordernd an.

Die nächsten Male klappte es besser, auch wenn ich vermutlich alles andere als eine gute Figur auf dem Ding abgab. Irgendwann bekam ich jedoch richtig Spaß an der Sache und Jai und ich rasten laut juchzend durch die Gänge.

Ich hatte keine Ahnung, wie spät es war oder wie viel Zeit inzwischen vergangen war, als auf einmal ein lautes »NINA UND JAI!« hinter uns losdonnerte.

»Wieso seid ihr noch nicht hinter dem Vorhang?«, kreischte Nathalie wutentbrannt und stöckelte hektisch und laut klackernd mit ihren Pumps auf uns zu.

Jai und ich bremsten abrupt, wobei ich Nathalie fast noch über den Haufen gefegt hätte.

Sie warf uns beiden einen äußerst giftigen Blick zu.

»Abmarsch, alle beide jetzt. Ich glaub's ja wohl nicht. In fünf Minuten beginnt die Show und ihr fahrt hier Segway! Wie oft habe ich dir schon gesagt, dass hier kein Segway gefahren wird, Jai, wie oft?«

»Kommt nicht wieder vor«, meinte Jai, doch daran, wie er sich auf die Lippe biss, konnte ich erkennen, dass er sich das Grinsen kaum noch verkneifen konnte. Auch ich merkte, dass sich ein gigantischer Lachflash in mir anbahnte. Ich deutete ein Husten an und hielt mir die Hand vor den Mund, um an meinem unterdrückten Lachen nicht zu ersticken.

»Ihr …« Nathalie deutete auf Jai und mich und schien kurz vorm Explodieren, als sie einfach bloß müde abwinkte und sich bei geschlossenen Augen genervt über ihre Schläfen rieb.

»Das hat ja alles doch keinen Zweck. Seht einfach zu, dass ihr jetzt fertig werdet. Los!«

Gespielt reumütig trollten wir uns, doch als sie außer Hörweite war und wir hastig zum Bühnenbereich liefen, brachen wir beide in albernes Gelächter aus. Es tat so gut, einfach mal wieder zu lachen.

»Von wegen nichts Illegales, hm?«, meinte ich mit hochgezogenen Mundwinkeln.

»Nathalie hat es vielleicht verboten, aber es war nichts Illegales. Da ist ein himmelweiter Unterschied«, grinste er spitzbübisch, wobei seine Augen vergnügt aufblitzten.

Genau in dem Moment setzten wieder laute Jubelrufe vor dem Vorhang ein; das erwartungsvolle Gekreische schwoll immer weiter an.

Und plötzlich war ich mit einem Schlag wieder mittendrin. Das Lächeln auf meinen Lippen erstarb. Meine Kehle schnürte sich augenblicklich zu, mein Herzschlag verdoppelte sich und stolperte unregelmäßig vor sich hin.

Ich schnappte nach Luft, spürte, wie sich mein Brustkorb verengte, als eine Hand ganz sacht nach meiner griff und sie umschloss.

Ich sah auf – und blickte direkt in Jais dunkle Augen, die mich geradewegs anschauten. Besänftigend und beruhigend. Ich fühlte die Wärme, die von ihm ausging. Diese Berührung war so hauchzart und ganz vorsichtig, als wäre ich zerbrechlich.

Ich schluckte und für einen Moment verfing ich mich in diesem intensiven Braun. Mein Blick flackerte, die Panik drohte mich in ein schwarzes Loch aufzusaugen und zu verschlucken.

»Du schaffst das«, flüsterte Jai und drückte meine Hand.

Und dann gab Nathalie das Zeichen.

Es war absolut finster, als Jai, Luke, Jeremy, Alex und ich schließlich die Bühne betraten.

Die Fans konnten uns noch nicht sehen, da wir hinter einer Trennwand standen, die in wenigen Sekunden hochfahren sollte.

Die ersten Töne von ›Rumors‹ setzten ein, das Gekreische wurde immer lauter. Wie ein tosender Tornado fegte es über mich hinweg.

Langsam löste sich die Trennwand und wurde nach oben gezogen, Nebelschwaden zogen über die Bühne und umgaben uns wie ein sanfter Schleier. Die Wand fuhr immer weiter nach oben und gab mehr und mehr den Blick auf das Publikum frei.

Das Geschrei war mittlerweile ohrenbetäubend. Mein gesamter Körper war angespannt, als würde ich unter Strom stehen. Mein Herz raste, als ich einen Blick in die kreischende Menge warf.

Handys wurden in die Höhe gehalten, helle Blitze zuckten auf. Funken sprühten knapp neben mir. Es gab einen Knall und dann … ganz plötzlich erhellte sich die gesamte Arena. Zigtausend kleine blaue Punkte leuchteten auf, wechselten zu grün und flackerten.

Das mussten die Armbänder sein, von denen Nathalie kurz vor der Show noch gesprochen hatte. Jeder Fan hatte bei Eintritt eines bekommen.

Dieser Moment, als ich in dieses Meer aus Lichtern blickte, war unbeschreiblich und so unfassbar schön, dass ich für einen Augenblick alles andere um mich vergaß. Die Angst, die Panik, die Nervosität …

Stattdessen schloss ich meine Augen, ließ diesen besonderen Moment auf mich wirken und sog ihn ganz tief in mich hinein. Als ich meine Augen wieder öffnete, sah ich die bunten Plakate, die in der Menge auf und ab wippten, die vielen Lichter, die glücklichen Gesichter.

Die Scheinwerfer gingen an und ihre Lichtstrahlen wanderten in bunten Farben wie ein Regenbogen über die Bühne, ließen die Menge hell aufleuchten. Der Bass setzte ein und meine Beine bewegten sich plötzlich wie von selbst. Jai hatte recht gehabt, plötzlich waren alle Gedanken verflogen.

Ich erinnerte mich an die Schritte und begann automatisch, mich zu bewegen, als die Musik einsetzte. Der Bass dröhnte tief, wummerte laut und fuhr durch mich hindurch.

Als Jai dann nach vorne trat und die ersten Töne sang, war die Menge nicht mehr zu halten.

Sie schrie, kreischte, tanzte und hüpfte auf und ab.

Ich sah hinüber zu Alex, Jeremy und Luke, die neben mir tanzten. All die Mühe, der Schweiß, die wochenlange Arbeit zahlten sich jetzt endlich aus.

Fast hatte ich das Gefühl, als würde sich all die Energie, die Jai auf der Bühne ausstrahlte, auf uns übertragen. Die aufgeladene Stimmung in der Halle riss einen nahezu mit.

Da es so vorgesehen war, dass Jai kurz vor Schluss noch ein paar Songs in Akustik-Version und ohne Backgroundtänzer spielen sollte, verzogen wir anderen uns nach anderthalb Stunden Show von der Bühne, durchgeschwitzt, aber glücklich und mit einem riesigen Strahlen im Gesicht.

Von der Loge im Oberrang aus hatte man einen perfekten Blick auf die Bühne und die gesamte Halle. Selbst auf die Bereiche, die ich beim Auftritt zuvor nicht hatte sehen können, da sie teilweise im Dunkeln gelegen hatten, aber jetzt … Es war der absolute Wahnsinn.

Aufgeregt und immer noch voller Adrenalin, nippte ich an meiner Cola, als die Lichter gedämmt wurden und Jai mit einer Gitarre um den Hals wieder auf die Bühne kam.

Er setzte sich auf einen kleinen Hocker direkt am Rand des Bühnenstegs und stellte das Mikro ein.

Eine erwartungsvolle Stille lag über der Halle.

Jai hatte sich umgezogen. Statt der roten Sneakers, weißem Shirt und dunkler Röhrenjeans trug er jetzt ein enganliegendes schwarzes T-Shirt, Jeans und leuchtend weiße Sneakers.

Bedächtig ließ Jai seine Augen durch die Menge schweifen, ein Lächeln zierte sein Gesicht.

Sein Kopf erschien auf den zwei riesigen Leinwänden an der Seite.

»L.A., geht es euch gut?«, schrie Jai plötzlich in sein Mikro, woraufhin die Menge tobte.

Jai grinste und lachte leise, sodass es im Mikro leicht knackte. Er rückte seine In-Ear Kopfhörer zurecht, über die er seine eigene Stimme besser hören konnte.

»Das war jetzt zwar nicht so geplant und meine Managerin wird mir dafür vielleicht den Kopf abreißen, aber …«

Er lachte nervös. »Ich habe einen neuen Song geschrieben, den ich euch heute gerne vorstellen würde.« Mein Herz begann merkwürdigerweise etwas schneller zu schlagen und machte einen kleinen Hüpfer.

»Er heißt ›Shadows‹ und handelt von den Schattenseiten des Musik-Business. Von den Ängsten und dem Druck, dem man jeden Tag aufs Neue ausgesetzt wird und dem man manchmal nicht entrinnen kann, so gerne man das auch würde.«

Er hob seinen Blick und verharrte direkt in unserer Richtung, bei der Loge. Merkwürdigerweise begann mein Herz immer schneller zu schlagen und plötzlich stellte ich mir vor, dass ich es war, deren Blick Jai suchte.

»Von den Schatten, die einen verfolgen.«

Ich stockte und hielt immer noch erwartungsvoll die Luft an, als die ersten Gitarrentöne erklangen. Sanft und leise.

Zig Handys wurden in die Höhe gehalten und bewegten sich langsam im Takt der Musik.

Es sah aus wie Wellen. Wellen, die langsam durch die Arena schwappten. Die Atmosphäre war knisternd und berauschend. Geladen.

Jais Stimme klang leicht kratzig und rau und dennoch war sie von einer gewissen Samtheit und mit viel Gefühl durchzogen, dass mir ein Schauer über den Rücken lief.

Als der Refrain einsetzte, wurde seine Stimme kraftvoller; die Augen hatte er dabei geschlossen.

Paparazzi, everywhere you look
Telling lies about your life, wanna see you harmed
It's like they try to catch you
Try to chase you
Do you know what it means to be alone
Do you know it?
Flashing lights, no place to hide
Sometimes you want to run
Run away from the shadows inside

Seine Worte drangen bis in das Tiefste meiner Seele und berührten mich. Nachdenklich sah ich hinunter auf die Bühne, betrachtete Jais Gesicht auf der großen Leinwand. Wie er die Augen geschlossen hatte und sich voll und ganz auf den Song und die Worte konzentrierte.

Und plötzlich fragte ich mich, wer dieser Jai war.

13. Kapitel

Heilige Scheiße!«, entfuhr es Alex, als am nächsten Morgen ein riesiger Tourliner um die Ecke bog und kurz vor uns auf dem Hotel-Parkplatz zum Stehen kam.

Der vierzehn Meter lange Doppeldeckerbus war schwarz-silber und mit einem überdimensional großen Jai versehen. Darunter stand in großen Buchstaben »›Rumors-Tour‹.

»Fett, Alter!«, meinte Jeremy und nahm die Kopfhörer von den Ohren. »Wie geil ist das denn, bitte?«

»Wartet erst mal die Playstation 4 ab«, grinste Jai und wackelte dabei bedeutungsvoll mit den Augenbrauen.

»In dem Bus gibt's 'ne Playsation 4?«, fragte Luke ungläubig. Seine knallblauen Augen funkelten übermütig. »Geil!«, juchzte er und sah dabei aus wie ein vierjähriger Junge, der gerade das Versteck seiner Eltern für die Weihnachtsgeschenke gefunden hatte. Und weg waren die drei Jungs, vermutlich mit dem Vorhaben, die tolle Konsole gleich mal zu testen.

Alex und ich schüttelten amüsiert den Kopf und grinsten uns an. Typisch Jungs!

Der Tourbus war sowohl von innen als auch von außen der absolute Wahnsinn. Es gab einen Wohnbereich, bestehend aus einer kleinen, dafür aber sehr modern eingerichteten Küche mit Mikrowelle, Kühlschrank, etc., kurzum mit allem, was das Herz begehrte. In der Ecke war eine schwarze Ledercouch mit Blick auf einen riesigen Flachbildfernseher eingebaut.

Vorne, direkt hinter dem Fahrersitz, befand sich Nathalies Kabine, Sean würde uns erst an den jeweiligen Show-Abenden vor Ort antreffen. Außerdem würde uns während der Tournee ein eigenes Küchenpersonal samt Koch begleiten.

Luke und Jeremy hatten das Abteil hinter uns, Jai schlief im oberen Bereich des Tourbusses in der Suite.

Ja, der Tourbus verfügte tatsächlich über eine Suite. Mit Massage-Dusche, Kingsize-Bett, Minibar und einem fünfundfünzig Zoll Ultra HD Fernseher, der einer Kinoleinwand glich. Und natürlich besagter Playsation 4, an der Jai, Luke und Jeremy bereits mit Begeisterung und lauten Protestrufen FIFA 2015 zockten.

»Ich nehm das obere Bett«, verkündete Alex lautstark und schmiss ihre Tasche besitzergreifend auf das Hochbett. Ich musste grinsen. Mir war das relativ egal, wo ich lag, also legte ich meine Sachen auf das Bett darunter.

Alex und ich stellten ziemlich schnell fest, dass wir uns ein Bad mit Jeremy und Luke teilen mussten. Ohne Massage-Dusche, versteht sich. Aber hey … who cares?

Damit konnte ich wirklich mehr als gut leben.

»Hoffentlich gehen wir alle uns nicht schon nach zwei Tagen auf den Sack«, murmelte Alex mit einem Grinsen auf den Lippen und deutete mit einem Kopfnicken auf die Jungs, die irgendwelche Fußballer-Namen um sich schrien.

Da wir aber sowieso die meiste Zeit in irgendwelchen Hallen oder mit Proben verbringen würden, war das vermutlich noch das kleinste Problem.

Das Konzert gestern war ein voller Erfolg gewesen. Nathalie verkündete uns voller Stolz, dass die Verkaufszahlen für Jais Album und seine Single ›Rumors‹ binnen weniger Stunden deutlich in die Höhe geschossen waren. Auf YouTube waren schon etliche Konzertmitschnitte zu sehen. Zu Jais neuem Song sagte Nathalie nichts, aber ihrem Strahlen nach zu urteilen, schien sie recht zufrieden sein. Trotz unerwarteter Änderung der mühsam geplanten Setlist.

Die nächsten Tage waren wie ein Traum, bei dem ich jedes Mal Angst hatte, ich würde aufwachen und feststellen, dass es nicht real war.

All diese neuen Eindrücke, die in dieser Zeit auf mich einprasselten …

Ich hatte das Gefühl, dass all das irgendwie durch meine Hand rinnen würde. Man versuchte, diese Eindrücke festzuhalten, aber irgendwie bekam man sie doch nicht richtig zu greifen.

Es war einfach so unwirklich. Jeder neue Ort, den ich sehen durfte, war immer wieder ein neues Erlebnis für mich. Nicht nur die Fans waren an jedem Ort unterschiedlich, auch die Orte an sich.

Die Städte waren so unglaublich individuell und faszinierend, dass ich mich an den vielen Sehenswürdigkeiten gar nicht sattsehen konnte. Immer wieder gab es Neues zu entdecken, dass mich in den Bann zog.

Als ich vor dem Weißen Haus in Washington D.C. stand, realisierte ich, glaube ich, zum ersten Mal, welch wahnsinnige Chance ich bekommen hatte.

Welches achtzehnjährige Mädchen konnte von sich schon behaupten, dass es einen weltweit bekannten Teenie-Star auf seiner Tournee quer durch Nordamerika begleiten durfte?

Nicht viele bekamen diese Chance und ich war unheimlich froh, dass ich den Mut dazu besessen hatte, diesen Schritt zu gehen.

Zwei Tage später stand ein Fotoshooting an. Es sollte ein Werbespot für ein neues Getränk irgendeiner bekannten Luxus-Marke gedreht werden. Tiger Fresh oder so ähnlich. Auf jeden Fall irgendwas mit Tigern, Sonne, Sonnenschein, passend zum Sommer.

Jai hatten sie als Werbegesicht für den Spot gebucht, Alex und ich würden im Hintergrund als Tänzerinnen auftreten.

Nathalie hatte uns nur schnell vor dem großen Gebäude abgesetzt, dann war sie auch schon wieder abgerauscht. Die Frau war wirklich dauergestresst. Manchmal fragte ich mich, ob ihr ›Freizeit‹ überhaupt ein Begriff war.

Natürlich hatte sie uns keineswegs allein am Set gelassen, sondern Joe als Aufpasser mitgeschickt. Nervös stand ich vor dem Gebäudekomplex und ließ meinen Blick an der weißen Fassade entlanggleiten.

»Also, dann mal los!«, entgegnete ich eine Spur zu enthusiastisch, wofür ich einen schiefen Blick von Jai und ein überraschtes Augenbrauenhochziehen von Alex erntete.

Ich griff nach der schweren Tür, hörte noch Jais »Nina, die geht von alleine«, doch da war es schon zu spät.

Durch mein energisches Ziehen kam der Automatik-Mechanismus wohl ein wenig aus dem Konzept, sodass die Tür mit einem gewaltigen Schwung aufflog. Ich donnerte mit dem Kopf gegen das milchige Glas, ruderte noch kurz mit den Armen, dann landete ich zu meiner eigenen Verblüffung unsanft auf meinem Hinterteil.

»Uuuuuuh …«, hörte ich Alex bloß machen, während Jai lediglich ein »Hab ich's nicht gesagt …« hinterherwarf.

Danke, sehr charmant. Auf die Idee, mir mal die Hand zu reichen, kam Jai erst gar nicht. Stattdessen war es Alex, die mich mit einem »Alles klar?« hochzog und mir den Staub von der Hose klopfte.

»Miss Nina, geht es Ihnen gut?«, fragte Joe besorgt.

»Hm«, brummte ich, hielt mir dabei aber den Kopf. Mein Schädel dröhnte, als würde ein Düsenjet hindurchfliegen.

Der Tag fing ja schon mal großartig an. Konnte nicht wenigstens dieses Fotoshooting ohne besondere Zwischenfälle ablaufen? Nein, anscheinend war mir das nicht gegönnt.

Ich konnte genau erkennen, dass Jais Mundwinkel verdächtig zuckten und er leise, aber laut genug für mich ein »Chaosqueen is back«, murmelte.

Idiot.

Drinnen erwartete mich dann die nächste Katastrophe.

»Bonjour, mes amis.« Ein großer Mann mit schwarzen Locken, Koteletten, dunkler Sonnenbrille und rotem Kopftuch kam auf uns zu und hauchte Küsschen in die Luft. Schon wieder ein Franzose. Ich stöhnte innerlich auf. Der Typ blieb vor mir stehen und musterte mich.

»Wie 'eißt du?«

»Nina.«

»Ninaaa? Sehr schön.«

Ich wollte gerade antworten, doch da hatte er bereits das nächste Opfer gefunden.

»Schai?«

»Nein, Jai.«

»Schai. Wonderful. Wirklisch wonderful.«

Der Ausdruck, der sich in diesem Moment auf Jais Gesicht ausbreitete, war unbezahlbar. Diese Mischung aus Erstaunen, Fassungslosigkeit und tiefster Verwirrung, seine Nase kräuselte sich dabei leicht.

Süß. Ich musste unwillkürlich grinsen und biss mir auf die Lippe.

»Und Aaalex, wonderful«, vernahm ich wieder diese nervtötende Stimme.

Wirklisch wonderful.

Dieser Regisseur schien weitaus anstrengender als das letzte Exemplar zu sein. Er erfüllte eindeutig das Klischee eines selbstverliebten Filmemachers. Voll die männliche Diva.

Seine Stimme war viel zu laut und seine Hände ließ er jedes Mal wie eine Motorsäge um sich herum kreisen, wenn ihm mal wieder etwas nicht passte und er sich richtig in Rage redete.

Alles an ihm war einfach ein bisschen zu viel des Guten.

Die enge Lederhose und das Ledershirt, die vielen Ringe an seinen Händen, sein Auftreten …

Natürlich hatte er sich für den Werbespot auch etwas ganz ›wonderfulles‹ ausgedacht. Hätte ich das vorher gewusst, dann hätten mich keine zehn Pferde in dieses Studio bekommen.

Denn keine halbe Stunde später standen Alex und ich in Baströckchen und Hula-Hoop-Reifen da.

So wurde Jai in dem Clip die coole Rolle des Rockstars zuteil, während Alex und ich wie Hawaii-Girls durch das Studio hüpfen mussten, in der Hand Tiger Fresh.

Zu sagen, dass ich mir in meinem Outfit total lächerlich vorkam, war untertrieben.

In der Maske stieß ich beinahe mit Jai zusammen.

»Sorry, ich hab dich nicht ges…«

Ich hob meinen Blick und plötzlich war mein Gehirn wie leergefegt. Konnte plötzlich keinen klaren Gedanken mehr fassen. Es war, als würden mir die Wörter entrinnen.

Nervös schluckte ich und ließ meinen Blick bedächtig über Jais Outfit gleiten. Die schwarze Kleidung ließ ihn verrucht und geheimnisvoll wirken … und irgendwie auch verdammt sexy.

Seine Augen waren mit schwarzem Kajal umrahmt und brachten das dunkle Braun seiner Iris noch stärker zum Ausdruck. Kleine goldene Sprenkel tanzten um seine Pupillen, ließen seine Augen leuchten. Seine perfekt verstrubbelten Haare wurden von einem schwarz-weißen Bandana in Zaum gehalten.

Ich konnte meinen Blick nicht von ihm losreißen. Es war wie damals auf dem Eiffelturm. Dieser eine Moment, der alles verändert hatte. Seine Augen zogen mich zu ihm heran, immer näher. Bis da nur noch Braun mit warmen goldenen Sprenkeln war. Sie tanzten vor meinen Augen auf und ab, nahmen mich in ihren Bann.

Zu meinem eigenen Bestürzen stellte ich fest, dass ich Jai nahezu sabbernd anstarrte. Ich kniff mir einmal kräftig in den Arm, um wieder zu Sinnen zu kommen. Das fehlte mir jetzt noch, dass ich seinetwegen den Verstand verlor und am Ende mit einem aufgeweichten Matschhirn wie dem von Isabel dastand. Nee, das ging ja mal absolut und so was von gar nicht.

Glücklicherweise gab der Regisseur in dem Moment das Startsignal, sodass ich keine Zeit mehr hatte, mir Gedanken über Jais sexy Look zu machen.

Jérome schaffte es nämlich innerhalb weniger Sekunden, meine volle Aufmerksamkeit auf ihn zu lenken. Was bei seiner lauten Stimme auch nicht weiter verwunderlich war, da seine Präsenz den ganzen Raum ausfüllte. Sein Ego eingeschlossen.

»Non, non, non!«

Wieder schlug er die Hände über dem Kopf zusammen und kam auf uns zugerannt.

»Isch abe gesagt, mährrr–«, er wedelte demonstrativ mit seinen Händen, »mährrr wie ein Tigerrr. Roaaaarrrr! Hast du verstanden, Schai?«

Jai runzelte die Stirn und sah den wild gestikulierenden Jérome leicht irritiert an. Alex tippte sich vielsagend an die Stirn und warf mir ein wehleidiges Grinsen zu. Dem konnte ich mich nur anschließen.

Mir war schlecht von der grässlichen Luft der Klimaanlagen, ich war müde und hatte Hunger.

Mal ganz davon abgesehen, dass mir der exzentrische Typ mit seinem Gelaber den letzten Nerv raubte.

»Und ihrrr«, er drehte sich prompt um und deutete mit dem Finger auf Alex und mich, »ihrrr sollte euch bewegen wie Schmetterling. Das iste eine Sommerwerbung für ein Erfrischungsgetränk. Ihrrr sollte euch bewegen leichtfüßig. Elegante. Vous comprenez?«

Nein, ehrlich gesagt verstand ich ihn nicht. Wir trugen schon diese verdammten Baströckchen, was wollte er denn noch?

Jérome tänzelte leichtfüßig über den Boden, als würde er gerade in einer anderen Sphäre schweben. Sein sonst so mürrisches Gesicht wurde von einem breiten Lächeln überzogen.

Das jedoch sofort in sich zusammenfiel, kaum dass er uns wieder sein Gesicht zugewandt hatte.

»Und nischt wie zwei angeschossene Nilpferdä.«

Alex zog empört ihre Augenbrauen hoch. »Hat der uns gerade als fett bezeichnet? Und ungrazil?«, raunte sie mir leise zu, als sich Jérome kurz zu dem Kameramann umdrehte.

»Was glaubt der denn eigentlich, wer er i...«

Jérome wirbelte wieder zu uns herum und Alex zauberte sofort ein unschuldiges Lächeln auf ihr Gesicht. Der Regisseur hatte dafür aber überhaupt kein Auge, da er lediglich seine Sonnenbrille zurechtrückte und uns mit einem energischen Klatschen wie freilaufende Hühner zusammenscheuchte.

»Alors, -op, -op, -op.«

Und wieder einmal fiel mir auf, dass Franzosen echt kein H kannten. Was leicht dämlich klang. Auch Jai sah mittlerweile so aus, als müsste er sich das Lachen stark verkneifen. Er stellte sich dicht hinter den Regisseur und zog eine Grimasse in meine Richtung, sodass ich unwillkürlich und gegen meinen Willen loskicherte.

Der Regisseur sah mich verständnislos an.

»Woraufe wartest du? Los, los, an die Arbeit!«

14. Kapitel

Nach weiteren fünf Stunden war die Szene endlich im Kasten. Erschöpft wartete ich, bis sich die große gläserne Tür vor mir öffnete und ich nach draußen treten konnte, gefolgt von Jai und Alex. Joe lief dicht hinter uns.

Leichter Wind fuhr durch meine Haare und strich sanft über mein Gesicht, als ich hinaus auf den dreckigen Asphalt trat. Ich genoss die milde Sommerluft auf meiner Haut und schloss kurz die Augen. Was für eine Wohltat, wenn man zuvor den halben Tag in einem stickigen Studio verbracht hatte.

»Hey, wie wäre es noch mit einem Zwischenstopp bei Starbucks?«, schlug Jai unvermittelt vor, während wir an einer Gruppe tuschelnder Mädchen vorbeigingen, die Jai allerdings nicht weiter beachtete.

Prompt begann mein Magen zustimmend zu knurren. Alex sah von ihrem iPhone auf, ihr Gesicht hellte sich merklich auf.

»Oh ja. Jetzt ein kühler Latte …«, pflichtete sie Jai begeistert bei.

»Wie sieht's mit dir aus?« Jai drehte sich zu mir um und sah mich fragend an, seine Augen waren immer noch mit Kajal umrahmt.

Ich zuckte mit den Achseln. »Meinetwegen.« Starbucks war jetzt nicht unbedingt mein Favorit, aber immer noch besser als gar nichts. Der Obstkorb beim Fotoshooting war wirklich lachhaft gewesen. Hatten die ernsthaft gedacht, man würde davon satt werden?

Joe runzelte die Stirn. »Ich weiß nicht, ob das so eine gute Idee –«

»Bitte, Joe. Der Tag war anstrengend genug, das haben wir uns jetzt wirklich verdient, findest du nicht?«, unterbrach Jai ihn und sah ihn flehend an.

Joe seufzte tief, lenkte dann aber ein.

»Also gut. Auch wenn ich nicht wirklich glücklich darüber bin. Miss Jenkins würde das sicherlich nicht billigen.«

»Das nehmen wir in Kauf, Joe«, meinte Alex mit einem koketten Grinsen und klopfte ihm leicht auf die Schulter, woraufhin Joe lediglich ein gequältes Lächeln zustande brachte. Hoffentlich würde das keinen Ärger mit Nathalie geben. Immerhin widersetzte sich Joe unseretwegen gerade ihrem straffen Zeitplan. Und ein Besuch im Starbucks war darin mit Sicherheit nicht vorgesehen.

Jai setzte sich noch schnell seine dunkle Sonnenbrille und die Kapuze seines grauen Hoodies auf, damit wir wenigstens etwas Tarnung hatten, dann ging es in der Limousine in Richtung des nächsten Starbucks Coffee Shop.

»Bitte sehr. Einen Mocha Light Frappuccino Blended Beverage, mit einem Spritzer Vanillesirup, fettarmer Milch und Sahne, extra heiß.«

Der Verkäufer hinter dem Tresen vom Starbucks Coffee Shop schob Jai seinen Kaffee zu. Na ja, was heißt Kaffee – die Luxus-Variante davon. Sprachlos starrte ich auf den Becher mit Extra-Häubchen Sahne.

»Ein bisschen bescheidener ging es auch nicht, oder?«, fragte Alex und sprach damit exakt das aus, was mir auf der Zunge lag.

»Wieso ausgerechnet bei dem einzigen Kaffee geizen, den ich seit heute Morgen bekomme?«, entgegnete Jai grinsend.

Der Verkäufer tippte etwas in seine Kasse ein. »So, bitte, Ihre Kreditkarte.«

Der junge Mann wollte Jai seine Karte wiedergeben, als er stutzte und sich diese genauer besah. Plötzlich wurden seine Augen kugelrund.

»Sie … oh mein Gott, sie sind Jai McConnor!«, stammelte er und schlug sich die Hand vor den Mund.

»Psst … Nicht so laut, bitte.«

Jai zog sich die Kapuze seines Hoodies noch tiefer ins Gesicht und drehte sich verstohlen um.

Einige Gäste warfen uns bereits neugierige Blicke zu, verloren aber relativ schnell das Interesse und beachteten uns nicht weiter. Anscheinend hatten sie Jai nicht erkannt.

»Ich wäre Ihnen sehr verbunden, wenn sie dies etwas … diskret halten könnten«, raunte Jai und senkte seine Stimme, während er sich leicht über den Tresen beugte.

»Aber natürlich. Selbstverständlich doch … Natürlich«, nickte der dünne Verkäufer dahinter eifrig, sodass seine krausen Locken aufgeregt auf und ab wippten. Der gute Mann schien völlig aus dem Häuschen zu sein. An seinem Hals erkannte ich die ersten roten Flecken, die sich immer weiter ausbreiteten.

»Ihr Caffé Mocha geht natürlich aufs Haus – äh, Ihre Kaffees selbstverständlich auch.« Der Verkäufer sah Alex und mich dabei nicht mal richtig an, da seine Aufmerksamkeit einzig und allein Jai galt.

»Kann ich Ihnen noch irgendetwas bringen, Mister McConnor? Eine kleine Aufmerksamkeit des Hauses? Vielleicht unser Getränk des Monats, das müssen Sie einfach einmal getestet haben«, plapperte der Starbucks-Typ munter weiter.

»Wie wäre es, wenn Sie uns erst mal unsere Bestellung reichen?«, mischte sich Alex genervt ein.

Der Verkäufer knallte die Becher lieblos vor uns auf den Tisch und warf dabei Alex und mir nicht einmal einen Blick zu. Stattdessen starrte er Jai immer noch wie eine Fata Morgana an.

Hm, okay, normale Kundschaft war anscheinend nicht wichtig genug, um seiner Aufmerksamkeit zuteil zu werden. Alex schnaubte empört, doch das bekam der Verkäufer gar nicht mit, so selig, wie der vor sich hin grinste.

»Mein Gott, der Schleimer wäre dir fast noch in den Arsch gekrochen. Hat bloß noch der Heiratsantrag gefehlt. Ätzend!«, regte Alex sich auf, als wir uns endlich von dem Verkäufer verabschiedet hatten. Allerdings nicht, ohne dass Jai noch zahlreiche Servietten unterschrieben und gefühlt ein Dutzend Selfies mit dem Mann gemacht hatte.

Jai drehte sich grinsend zu Alex um. »Neidisch?«

»Klar, besonders dann, wenn man von so Leuten wie diesem Pickel-Pinocchio zugelabert wird.«

Während Alex Jai daraufhin einen Vortrag darüber hielt, wie schrecklich doch diese ganze Promi-Geilheit wäre, steuerte ich mit meinem Caramel Frappuccino schon mal den Ausgang an. Bis ich mich umdrehte und überrascht feststellte, dass Jai und Alex am unteren Treppenabsatz, der zum Sitzbereich in die oberste Etage führte, standen und mich erwartungsvoll ansahen.

Ich hielt in meiner Bewegung inne und stutzte.

»Ähm, Jai, Alex, wo wollt ihr hin? Joe wartet doch auf uns«, mit einem Kopfnicken deutete ich nach draußen.

»Joe ist froh, wenn er mal zehn Minuten Ruhe hat. Und wir sind es auch.« Jai lächelte und winkte mit seinem Kaffeebecher in der Hand.

»Komm her, du guter, eiskalter Latte«, schnurrte Alex wie ein Kätzchen und umarmte voller Freude ihren Becher, als wir kurz darauf auf einer schwarzen, eleganten Couch vor einem kleinen Tisch in der Ecke der zweiten Etage saßen, ich allerdings mit einem leichten Anflug von schlechtem Gewissen.

»Ich weiß nicht, Leute, Joe bekommt sowieso schon Ärger und …«

»Nina, jetzt mach dich doch mal locker«, stöhnte Alex, woraufhin Jai zustimmend nickte und seine Sonnenbrille abnahm. »Zehn Minuten, okay?«

Ich gab ein leises Grummeln von mir. Zwei gegen einen. Sah irgendwie nicht gut für mich aus.

»Hey, Chaosqueen, entspann dich«, meinte Jai schmunzelnd und nahm einen Schluck von seinem Kaffee.

Bei dem Wort ›Chaosqueen‹ verschränkte ich die Arme vor der Brust. »Blödmann«, nuschelte ich in seine Richtung, musste aber schließlich grinsen und ließ mich etwas tiefer in das gemütliche Polster der Couch sinken.

Vielleicht könnte man ja wirklich – nur so ein paar Minuten. Ich seufzte leise auf und schloss kurz die Augen. Meine Beine streckte ich lang unter dem Glastisch aus.

Plötzlich spürte ich ein Kitzeln an meinem Ohr.

»Wie war das? Wolltest du nicht eigentlich gehen?«, raunte Jai dicht an meinem Ohr, wobei sein warmer, nach Kaffee riechender Atem meine Wange streifte. Unwillkürlich stellten sich die feinen Härchen an meinen Unterarmen auf. Ein Schauer lief mir über den Rücken und ein seltsames Prickeln setzte auf meiner Haut ein.

Ich ließ die Augen geschlossen.

»Hab halt meine Meinung geändert«, raunte ich ebenso leise und begann zu grinsen. Ich spürte Jais Blick auf mir. Was mich nur noch kribbeliger werden ließ.

»Hey, guckt mal, was Jeremy und Luke geschickt haben. Sieht so aus, als würde Monica die beiden ganz schön hart rannehmen.«

Ich hörte Alex mir gegenüber amüsiert lachen. Neugierig öffnete ich die Augen und warf einen Blick auf das Display ihres Handys, das Alex Jai und mir gerade entgegenhielt. Meine Mundwinkel zogen sich bei dem Anblick nach oben.

Jeremy und Luke lagen völlig verschwitzt und ausgelaugt auf dem Boden, unter das Foto hatten sie #völligfertig #duschen #schlafen geschrieben.

Immer noch grinsend, nahm ich einen Schluck von meinem Frappucchino. Ein herrlich karamelliger Geschmack breitete sich auf meiner Zunge aus. Lecker!

»Du hast einen Schnurrbart.«

»Hm?« Mit vollem Mund sah ich Jai an, woraufhin sich ein Lächeln auf dessen Lippen legte.

»Du hast einen Milchbart«, wiederholte er grinsend und wischte mir mit dem Zeigefinger plötzlich hauchzart über die Lippe. Bevor ich überhaupt schaltete, was da gerade passiert war, hatte Jai seine Hand auch schon wieder gesenkt. Doch das Prickeln auf meinen Lippen genügte als Antwort. Ich schluckte und starrte in meinen Becher. Meine Wangen fühlten sich ganz heiß an und dieses merkwürdige Kribbeln wollte auch nicht so recht nachlassen.

Als ich meinen Kopf nach einer Weile wieder hob, sah Jai stirnrunzelnd in Richtung Treppe.

»Jai, alles in Ordnung?«

Noch immer war sein Gesicht in grübelnde Falten gelegt, dann drehte er sich wieder zu uns um. »Ach nichts … ich dachte bloß, ich hätte was gehört.«

Er schüttelte den Kopf und lächelte leicht. »Muss ich mir wohl eingebildet haben.«

Ich wollte gerade nachfragen, als plötzlich ein kleines Mädchen um die fünf Jahre mit einem pinkfarbenen Lolli in der Hand vor uns stand und Jai aus großen blauen Kulleraugen ansah.

»Kann ich … kann ich ein Foto mit dir machen?«, fragte sie schüchtern und hielt ihre Digitalkamera wie einen Schatz fest umklammert in ihrer Hand.

War die süß! Ein Lächeln breitete sich auf meinem Gesicht aus. Jai erhob sich von der Couch, ging vor dem kleinen Mädchen in die Hocke und lächelte sie an.

»Wie heißt du denn, Prinzessin?«

»Nina.«

Jai hob seine Augenbrauen und warf mir einen kurzen Seitenblick zu.

»Nina? Anscheinend sind alle Ninas so hübsch.« Jai geriet ins Stocken und hielt inne.

Moment … sollte das etwa bedeuten, dass …? Mein Herz schlug augenblicklich schneller. Irgendwann würde ich noch einen Herzkasper bekommen, wenn das so weiterging.

Als würde auch Jai erst jetzt begreifen, was er da gerade gesagt hatte, drehte er seinen Kopf und sah mich an. Ich schluckte und schaute ihm direkt in seine Augen. Das dunkle Braun darin zog mich scheinbar immer näher zu ihm heran. Eine ganze Weile lang sahen wir uns einfach nur so an, bis sich Jai irgendwann leicht räusperte und seinen Blick von mir abwandte.

Das Mädchen begann zu strahlen. Mit zitternden Händen hielt sie Jai ihre Kamera entgegen. Jai sah zu mir hinauf. »Würdest du …?«

Ich räusperte mich verlegen. »Ähm … klar … sicher.« Mit etwas zittrigen Händen griff ich nach der Kamera und drückte auf den Auslöser, wobei ich jedoch versuchte, mir nicht anmerken zu lassen, dass mich Jais Kommentar ganz schön verwirrt hatte.

»Danke, Jai«, piepste das Mädchen, woraufhin Jai ihr liebevoll an den Bauch tippte.

»Immer wieder, Prinzessin.«

Das Mädchen drehte sich um und war schon fast wieder an ihrem Platz angekommen, als sie es sich noch einmal anders überlegte, sich umdrehte und stürmisch auf Jai zulief. Sie schlang ihre dünnen Arme um seinen Hals und strahlte über das ganze Gesicht.

»Wenn ich groß bin, dann heirate ich so einen Jungen wie dich«, meinte sie überzeugt. Dann flitzte sie aufgeregt zu ihrer Mutter.

Es war einige der wenigen Momente, in denen ich Jai sprachlos sah. Auf der einen Seite war da dieses Lächeln auf seinen Lippen, aber auf der anderen Seite … da sah er irgendwie nachdenklich aus. Beinahe in sich gekehrt.

Wie gerne hätte ich jetzt gewusst, was ihm durch den Kopf ging. Was ihn beschäftigte. Und warum er manchmal so verschlossen wirkte.

»Oh shit!«, riss Alex mich aus meinen Gedanken.

Sie hob ihren Blick und sah uns ernst an, das breite Lachen war ihr wie aus dem Gesicht gefegt. Wortlos hielt sie uns ihr Handy entgegen. Schwarze, dick gedruckte Buchstaben sprangen mir förmlich ins Gesicht.

Jai McConnor im Starbucks gesichtet.

Darunter war ein Bild zu sehen, wie wir drei gerade den Starbucks betraten.

»Oh«, war alles, was ich in dem Moment rausbrachte. Jai stöhnte genervt und fuhr sich durch seine Haare.

»Also hab ich es mir doch nicht eingebildet … scheiße!«

»Das war bestimmt dieser schleimige Verkäufer!«, fluchte Alex. »Der soll mich kennenlernen!«

»Ich denke nicht, dass er das war.« Jai schüttelte den Kopf. »Solche Nachrichten verbreiten sich zwar rasend schnell, aber so schnell nun auch wieder nicht. Es muss uns irgendwer kurz nach dem Fotoshooting belauscht haben.«

Prompt schoben sich die drei kichernden Mädchen, die wir vor dem Studio angetroffen hatten, vor mein inneres Auge. Ich schüttelte den Kopf, griff nach meiner Tasche und dem Kaffeebecher und sprang von der Couch auf. »Das ist doch auch völlig egal, wer das jetzt gewesen ist, lasst uns lieber schnell von hier abhauen, bevor …«

»Dafür ist es wohl schon zu spät«, erwiderte Jai trocken. Überrascht drehte ich mich um. Ich hatte nicht einmal bemerkt, dass Jai sich an die breite Fensterfront gestellt hatte. Alex und ich folgten seinem Beispiel und sahen durch die Glasfassade hinunter auf die Straße. Bei dem Anblick, der sich mir bot, entgleisten mir sämtliche Gesichtszüge. »Was zur Hölle …?«

Fassungslos betrachtete ich die riesige Menschenmasse, die sich vor dem Starbucks angesammelt hatte. Hunderte Fans, die meisten davon Mädchen, standen vor dem Shop und versuchten, einen Blick in das Innere erlangen zu können. Selbst von hier oben waren durch die dicken Fensterscheiben dumpfe Schreie zu vernehmen. Warum hatten wir das vorher nicht gehört?

Einige Meter weiter erkannte ich Joe, der sich mühsam einen Weg durch die Menge bahnte und versuchte, die völlig aufgelösten Fans irgendwie unter Kontrolle zu bekommen. Vier Polizeiwagen standen an der Straße, die ersten Polizisten waren bereits dabei, Absperrgitter aufzustellen.

Ich war so schockiert, dass mir der Mund offen stand. Bis mich laute Schreie, die aus der untersten Etage drangen, aus meiner Starre holten. Mit aufgerissenen Augen starrte ich zu der Treppe.

»So eine Scheiße!«, fluchte Jai aufgebracht und fuhr sich nervös durch die Haare. Seine Kiefermuskeln waren deutlich angespannt.

»Mister McConnor?«

Wir drei drehten uns erschrocken um, als plötzlich ein uniformierter Polizist am Treppenabsatz auftauchte. »Ihr Bodyguard hat uns gerufen. Wenn Sie drei mir bitte folgen würden. Und bleiben Sie dicht hinter mir.«

Keiner von uns sagte ein Wort. Ich war immer noch viel zu geschockt, Jais gesamter Körper stand unter Spannung und auch Alex machte nicht unbedingt den Eindruck, als wäre ihr die Sache hier irgendwie geheuer.

Jai drehte sich zu Alex und mir um. »Es wird alles gut, ihr müsst euch keine Gedanken machen.«

Alex und ich nickten und obwohl ich von Alex' Seite aus mit einem spöttischen Kommentar rechnete, blieb sie still. Ihr Gesicht war ungewöhnlich blass.

Wir drei griffen hastig nach unseren Sachen und folgten dem Beamten nach unten. Je näher wir dem Erdgeschoss kamen, desto lauter wurden die Stimmen.

»Da ist er! Da ist Jai McConnor!«, schrie ein Mädchen, kaum dass wir den Raum betreten hatten. Geistesgegenwärtig klammerte ich mich an Jais Hoodie fest und griff mit der anderen Hand nach Alex.

Die gesamte erste Etage war voll von kreischenden Mädchen, der Verkäufer stand völlig überfordert hinter seinem Tresen und starrte mit offenem Mund nach draußen, um dann seinen Blick wieder ungläubig zu den ganzen Menschen in seinem Laden gleiten zu lassen. Wahrscheinlich hatte er so viel Andrang in den letzten drei

Jahren noch nicht erlebt. Die roten Flecken an seinem Hals hatten sich mittlerweile sogar verdreifacht.

»Jai! Jai, ich liebe dich!«

»Jai!!!«

Die Mädchen wurden immer hysterischer und versuchten, ein Foto von Jai zu machen oder zumindest einen Blick auf ihn zu werfen. Jai hatte sich die Sonnenbrille aufgesetzt und die Kapuze seines Hoodies inzwischen wieder tief in sein Gesicht gezogen, den Blick auf den Boden gesenkt.

Selbst die Wenigen, die im Starbucks noch an ihren Tischen saßen, hielten in ihren Bewegungen inne und begannen mit Blick auf uns zu tuscheln.

Inzwischen wurde der Laden von Massen belagert, zahlreiche Fans klopften gegen die dreckverschmierte Scheibe. Mehrere Bodyguards und Polizisten standen vor der Tür und versperrten den Eingang. Joe konnte ich darunter allerdings nicht entdecken.

Es sah wirklich gruselig aus, wie die Mädchen ihre stark geschminkten Gesichter gegen das Glas drückten, um einen Blick ins Innere werfen zu können. Ihre Gesichter hatten sich zu hässlichen Fratzen verzogen.

Eine Gänsehaut zog sich über meinen ganzen Körper und ließ mich frösteln, obwohl in dem Laden gefühlt Tropenklima herrschte.

»JAI!!!« Immer mehr Mädchen innerhalb des Ladens begannen zu drängeln und zu quetschen, ein besonders hartnäckiges Mädchen schaffte es, nach Jais Hoodie zu greifen. Der Polizist vor uns drängte die Menge grob beiseite. »Zur Seite! Platz da! Aus dem Weg!«

Als wir es endlich geschafft hatten, uns bis zur Eingangstür vorzukämpfen und diese für uns geöffnet wurde, waren die Leute vor dem Starbucks Coffee Shop kaum noch zu halten. Sobald wir samt dem Polizisten den ersten Schritt nach draußen gemacht hatten, wurde das Geschrei ohrenbetäubend. Die begeisterten, ekstatischen Schreie der Mädchen rollten förmlich über mich hinweg, Blitzlichter nahmen mir kurzzeitig die Sicht, Handys wurden mir entgegengestreckt.

Ich krallte mich an Alex' Arm fest, den Blick auf den Boden oder wahlweise auf Jais Rücken gerichtet. Der Polizist versuchte uns so gut wie möglich gegen die aufdringlichen Blicke der anderen abzuschirmen.

Doch plötzlich kippte die Menge nach vorne, sodass Alex und ich auseinandergerissen wurden. Jai und Alex wurden vom Strom der Masse mitgeschwemmt, von mir fortgespült, während ich in dem Gemenge stecken blieb.

Wie in Trance sah ich, dass sich Jais Kopf suchend zu mir umdrehte, über die Menge hinweg glitt. Er nahm seine Sonnenbrille ab, seine Augen waren weit aufgerissen. Er formte seine Hände zu einem Trichter, schien mir irgendetwas über das Geschrei hinweg zuzurufen. Aber ich verstand ihn nicht.

Panisch wollte ich seinen Namen rufen, aber es ging nicht.

Es ging einfach nicht.

Angst ergriff meinen Körper, ließ mich erstarren. Die Panik schnürte mir die Kehle zu.

Es war eng, so unglaublich eng und für einen Moment hatte ich Angst, keine Luft mehr zu bekommen.

Joe hatte mich entdeckt und versuchte sich einen Weg durch die Menge zu bahnen. Doch bei den Menschenmassen hatte er keine Chance. Den Polizisten konnte ich auch nirgends mehr ausmachen.

Mittlerweile hatten sich auch Paparazzi unter die umstehenden Leute gemischt, hielten mir ihre Mikrofone direkt ins Gesicht. Hände griffen nach mir, zerrten an meinen Klamotten und brachten mich zum Taumeln. Ich schloss die Augen, wünschte mir, dass einfach alles ein Ende hatte. Wollte, dass alles aufhörte. Mein Körper zitterte, bebte förmlich.

Und dann ging alles auf einmal ganz schnell.

Irgendjemand wurde mit einem derartigen Schubs gegen mich gerammt, dass mein gesamter Brustkorb zusammengequetscht wurde. Der Boden unter mir begann zu schwanken. Ich stolperte, konnte mich nicht mehr halten. Panisch streckte ich meine Hände aus, um mich irgendwo abzustützen, doch sie griffen ins Leere.

Ich wurde gegen eines der stahlharten Absperrgitter gequetscht und hart zu Boden gestoßen. Fans rannten über mich hinweg.

Ich zog meinen Kopf gang eng an meinen Brustkorb, rollte mich zusammen. Versuchte, meinen Kopf mit den Händen zu schützen.

»Verdammt, sie muss da sofort raus!«

Ich kannte die Stimme, konnte sie in dem Moment aber nicht einordnen. Alles wurde mit einem Mal so unglaublich leise. Ich war müde. So unglaublich müde. Und wollte einfach nur noch schlafen. Ich schloss meine Augen.

»Macht Platz da! Bildet einen Gang!«

Wie durch Watte hindurch nahm ich die Sirene eines Krankenwagens wahr, Stimmen spülten über mich hinweg.

Ich spürte, wie mich jemand aus der Menge hob und seine kräftigen Arme beschützend um mich legte. Wieder war da diese Stimme an meinem Ohr. Als würde sie im Traum zu mir sprechen.

»Alles wird gut.«

Ich nickte, konnte nicht antworten. Ich war zu müde, viel zu …

Mein Kopf klappte zur Seite und fiel auf eine angenehm weiche Brust.

Dann wurde alles schwarz vor meinen Augen.

15. Kapitel

Ich wachte auf, als mich irgendetwas unangenehm in der Nase kitzelte und ich niesen musste.

»Ha-Hatschuuu!«, machte ich laut.

Vorsichtig blinzelte ich und konnte meine Augen kaum aufhalten. Grelles Sonnenlicht blendete mich und es dauerte einen Moment, bis sich meine Augen vollständig an das helle Licht gewöhnt hatten.

Wo zur Hölle war ich?

Irritiert stellte ich fest, dass ich in einem fremden Bett in einem mir noch fremderen Zimmer lag. Ich kniff meine Augen etwas zusammen, um die ungewohnte Umgebung besser in Augenschein nehmen zu können.

Alles war so weiß und steril … Ansonsten stand eigentlich nicht viel in dem Zimmer.

Ein Schrank, ein kleines Waschbecken und ein schmaler Tisch mit einem Stuhl davor. Die Fenster waren von hässlichen weißen Gardinen bedeckt.

Und es roch nach Desinfektionsmittel. Allein bei dem Geruch hätte ich würgen können.

Mit einem Blick unter die Bettdecke stellte ich fest, dass ich ein langes, blau-weißes Nachthemd trug.

Ich musste in einem Krankenhaus sein … Aber warum, was war passiert?

Langsam richtete ich mich auf und zuckte zusammen, als ein unangenehmes Stechen durch meinen Kopf fuhr.

Ich stöhnte leise, ließ mich wieder in das kratzige Kissen fallen und schloss meine Augen. Die Matratze unter mir fühlte sich hart an und gab bei jeder kleinen Bewegung quietschende Geräusche von sich.

Ich hatte das Gefühl, als wäre eine Walze über mich hinweggerollt. Meine Glieder schmerzten, mein Kopf dröhnte. Außerdem war mein Mund staubtrocken, meine Zunge und mein Gaumen fühlten sich seltsam pelzig an.

Ich röchelte, als die Tür aufging und Alex zur Tür hereinkam. Als sie mich sah, legte sich ein Lächeln auf ihre Lippen. »Oh, du bist endlich wach?«

Ich deutete mit meinem Finger an meinen Hals, woraufhin Alex sofort an meiner Seite erschien und mir ein Glas Wasser in die Hand drückte.

»Danke«, krächzte ich, hob das Glas vorsichtig an meinen Mund und nahm einen kleinen Schluck. Es tat gut, die kühle Flüssigkeit meinen Rachen hinunterlaufen zu lassen.

»Geht's?«, fragte Alex besorgt.

Ich nickte schwach. Dann ließ ich das Glas wieder sinken und stellte es mit zittrigen Händen auf den kleinen Tisch neben mir.

Ich schloss die Augen. »Was ist passiert?«, fragte ich erschöpft.

»Du hast dir eine Gehirnerschütterung zugezogen, als du gestern gestürzt bist«, erwiderte Alex leise. »Erinnerst du dich nicht mehr?«

Doch … Jetzt, wo sie es sagte, kamen langsam auch die Erinnerungen wieder.

Allerdings verschwommen und leicht verwaschen.

Da waren diese vielen Fans, die vor dem Starbucks gestanden hatten. Die Kameras, all die Blitzlichter. Der Moment, in dem ich gegen das harte Absperrgitter gefallen war.

Und ab da war alles schwarz.

Bis auf ein paar Bilder, die immer wieder durch meinen Kopf schwirrten. Die ich aber nicht richtig sortieren konnte.

Ich musste heute Nacht wild geträumt haben.

Einige Bilder wurden langsam schärfer. Wie ich über einen Eimer gebeugt hing und würgen musste. Wie mir jemand die Haare aus meinem klebrigen Gesicht hielt und immer wieder ein beruhigendes »Es wird alles gut« in mein Ohr flüsterte. Und wie mir dieser Jemand liebevoll über den Rücken streichelte.

Aber … war es wirklich nur ein Traum gewesen? Dafür hatte es sich seltsam real angefühlt …

Ob Alex die ganze Nacht bei mir geblieben war?

»Danke«, murmelte ich leise und blinzelte kurz.

Ich sah, dass Alex schwach lächelte und nach meiner Hand griff. »Nicht dafür.« Sie sah erschöpft aus, unter ihren Augen zeichneten sich dunkle Ringe ab.

Mühsam versuchte ich mich ein wenig aufzusetzen, zuckte aber sofort zusammen, als mein Kopf schmerzhaft zu pochen begann.

»Was ist? Hast du Schmerzen?«

Alex sprang von ihrem Stuhl auf und beugte sich besorgt über mich. »Der Arzt hat gesagt, du sollst ruckartige Bewegungen vermeiden.«

Sie schüttelte mein Kissen auf und half mir, mich wieder hinzulegen.

»Danke«, flüsterte ich erneut. »Auch, dass du heute Nacht bei mir geblieben bist.«

»Heute Nacht? Das war nicht ich, das war Jai. Er hat dich auch aus der Menge geholt.«

»Moment – was?!«, stieß ich überrascht aus und setzte mich mit einem Ruck auf. Scheiße, mein Kopf. Ich stöhnte erneut und ließ mich wieder in mein Kopfkissen sinken.

»Jetzt bleib endlich liegen!«, fauchte Alex. »Mit einer Gehirnerschütterung ist nicht zu spaßen!«

Ich tat, was sie sagte und legte mich brav wieder hin, obwohl mich die innere Unruhe immer wieder mit den Beinen zappeln ließ.

»Er … er war das?«, stammelte ich.

Dann war es kein Traum gewesen. Er hatte mir die Haare aus dem Gesicht gehalten, als ich mich übergeben musste, und er war auch derjenige gewesen, der die ganze Nacht an meinem Bett gesessen hatte.

Aber warum hatte er das getan? Warum? Und er hatte mich in diesem Zustand gesehen …

Mir wurde schlecht, jegliches Blut wich aus meinem Gesicht. Hastig machte ich eine entsprechende Handbewegung, die Alex zum Glück richtig deutete und mir hastig eine Nierenschale unter die Nase hielt.

Ich musste ein paar Mal würgen, aber bis auf ein bisschen Magensäure kam nichts mehr raus.

Vermutlich hatte ich mir heute Nacht schon ordentlich die Seele aus dem Leib gekotzt. Mit einem Taschentuch wischte ich mir die Reste vom Mund und legte mich zittrig wieder hin.

»Ruh dich aus«, flüsterte Alex leise. »Ich komm dich morgen wieder besuchen.«

Ich spürte noch, wie sie mir sanft über den Arm strich, dann war ich auch schon wieder eingeschlafen.

Ich schlief die ganze Zeit durch, bis ich durch ein leises Rascheln neben mir wach wurde und verwirrt die Augen öffnete.

»Na, endlich ausgeschlafen?«, lächelte mich ein junger Mann mit blonden Wuschelhaaren und weißer Arbeitskleidung freundlich an.

»Ich bin Max. Ich kann doch du sagen, oder?«

»S-sicher«, nuschelte ich noch etwas verschlafen und lächelte ihn zaghaft an. »Ich bin Nina.«

»Das weiß ich doch schon längst«, grinste Max verschmitzt, woraufhin ich prompt ein bisschen rot wurde.

Max hatte ein offenes und warmherziges Lächeln, seine grünen Augen funkelten belustigt. Ich konnte ihn auf Anhieb gut leiden.

Nachdem Max mein Kopfkissen und meine Bettdecke noch einmal aufgeschüttelt hatte, sah er tadelnd auf das Mittagessen, das immer noch unangerührt neben meinem Bett stand.

»Du musst etwas essen, Nina, damit du wieder zu Kräften kommst.«

»Ich bekomm gerade nichts runter«, entgegnete ich entschuldigend, woraufhin Max seufzte.

»Hat es mich schlimm erwischt?«, krächzte ich.

Max setzte sich vorsichtig zu mir an die Bettkante und sah mich an. Seine Augen waren von einem schönen, leuchtenden Grün, feine, helle Bartstoppeln zeichneten sich an seinem markanten Kinn ab.

Er sah gut aus. Wirklich gut.

Aber ich schätze mal, er wusste das auch, so wie er in sich hineingrinste. Er hatte ein bisschen was von einem charmanten Hallodri, bei dem man dennoch keine andere Chance hatte, als ihn sympathisch zu finden. Und offensichtlich flirtete er auch sehr gerne.

Max kratzte sich am Kinn.

»Eigentlich darf ich dir gar keine Auskunft darüber geben, aber sagen wir es mal so: Bis auf ein paar Schürfwunden an Armen und Beinen und einer Gehirnerschütterung bist du nochmal glimpflich davongekommen.«

Erst jetzt fielen mir die vielen Kratzer an meinem Arm auf. Ich sog die Luft ein und starrte auf die Flecken, die teilweise bereits in kräftigen Lila- und Grüntönen schimmerten.

»Und wann werde ich entlassen?«

Max wog nachdenklich seinen Kopf hin und her. »Ich denke, in ein paar Tagen, wenn alles gut läuft. Alles andere solltest du jedoch noch einmal mit Professor Mayer besprechen.«

Ich nickte erleichtert.

»Du kannst wirklich froh sein, dass dein Freund so schnell reagiert hat.«

»Mein Freund?«, fragte ich verblüfft.

»Na, der junge Mann mit den dunklen Haaren.« Er musste Jai meinen. Max schien nicht zu wissen, wer Jai wirklich war.

»Er ist nicht – ich meine, wir sind nicht zusammen«, stammelte ich. Als ich meinen Blick hob, sah ich, dass der Pfleger bedeutungsvoll mit seinen Augenbrauen wackelte und leicht grinste, woraufhin mir die Röte in die Wangen stieg.

»So, so …«, murmelte er nur und zwinkerte mir zu. Ich wurde immer röter und zupfte verlegen an meiner Bettdecke herum.

Als Max sich irgendwann wieder erhob und mit dem Tablett vom Mittagessen bereits im Türrahmen stand, drehte er sich noch einmal zu mir um. Sein Blick war ernst.

»Ob nun Freund oder nicht, du hast wirklich Glück gehabt. Das hätte auch anders ausgehen können.«

Sobald er die Tür hinter sich geschlossen hatte und ich wieder alleine war, verschränkte ich die Arme hinter meinem Kopf und starrte nachdenklich an die Decke.

Zwei Tage musste ich noch zur Überwachung im Krankenhaus bleiben, dann wurde ich endlich entlassen. Allerdings mit der Auflage, mich noch ein wenig zu schonen.

Wahrscheinlich wäre der Arzt nicht sonderlich begeistert gewesen, zu wissen, dass ich morgen schon wieder auf der Bühne stehen musste. Aber zum Glück ging es mir schon viel besser.

Nathalie holte mich zusammen mit Alex vom Krankenhaus ab. Die Sonne knallte vom Himmel herab und die Haut unter meinem Kopfverband begann jetzt schon, kräftig zu jucken.

Außerdem bestand Nathalie darauf, meine Eltern über den Unfall in Kenntnis zu setzen, um ›keine Risiken einzugehen‹. Ich war natürlich alles andere als begeistert. Mama und Papa würden sich bloß wieder unnötig Sorgen machen, zumal Mama sich vermutlich immer noch Gedanken über die Paris-Fotos machte. Dennoch versprach ich Nathalie, bei meinen Eltern anzurufen und war mehr als erleichtert, dass nur die Mailbox ansprang.

Als wir kurze Zeit später vor unserem Tourliner ankamen, liefen Luke und Jeremy mir bereits freudig entgegen und nahmen mich vorsichtig in den Arm. Es war schon süß zu sehen, wie besorgt sie um mich waren und peinlichst genau darauf achteten, nicht an meine Schürfwunden zu kommen.

»Schicker Hut«, grinste Luke und zeigte dabei auf meinen Verband, bevor er ein atemloses »Mensch, was machst du denn für Sachen?« hinterherschickte. »Wir haben uns echt Sorgen um dich gemacht.«

»Das nächste Mal jag uns bitte nicht so einen Schreck ein«, fügte Jeremy hinzu und drückte mich sacht an sich.

Nur Jai war nirgends zu sehen. Er hatte mich auch kein weiteres Mal besucht, bis auf diese eine Nacht.

Ich fand Jai in seiner ›Suite‹, wo er über seiner Gitarre gebeugt in einem der großen, schwarzen Ledersessel saß und an ein paar Akkorden feilte.

Er bemerkte mich nicht einmal, sodass ich mich an den Türrahmen lehnte und ihn eine Weile beobachtete.

Jais Finger glitten unruhig über die Saiten, entlockten der Gitarre jedoch nur krächzende Töne. Seine gesamte Körperhaltung war angespannt, seine Bewegungen unkoordiniert und fahrig.

Er war nicht wirklich bei der Sache.

»Fuck!«, fluchte er leise und fuhr sich durch die ohnehin schon verstrubbelten Haare, bis sie noch stärker abstanden. In dem Moment, in dem ich mich gerade durch ein Räuspern bemerkbar machen wollte, drehte Jai seinen Kopf zu mir.

Er runzelte die Stirn und musterte mich eindringlich.

Verlegen stützte ich mich vom Türrahmen ab und lächelte ihn zaghaft an.

»Hey.«

»Hey.« Er klang müde und erschöpft, irgendwie ausgelaugt. Jai stand auf, stellte seine Gitarre in die Ecke und lehnte sich schließlich gegen das Mischpult, die Arme vor der Brust verschränkt.

»Was willst du?«

Die plötzliche Härte in seiner Stimme ließ mich zusammenzucken. Verwirrt sah ich ihn an, machte zögerlich und mit laut klopfendem Herzen einen Schritt auf ihn zu.

»Ich wollte dich nicht beobachten oder so, ich wollte …«

Ich hielt inne und strich verlegen über meine Fingerkuppen.

»Alex hat mir erzählt, dass du … was du für mich getan hast und ich …«

Wieder stoppte ich und schluckte, fühlte mein Herz aufgeregt in meiner Brust klopfen.

»Danke, Jai.«

Ich hob meinen Blick und sah direkt in seine dunklen Augen. Die Augen, die auf mich immer noch diese immense Anziehungskraft hatten, obwohl ich versuchte, es zu ignorieren. Dem Drang zu widerstehen, mich in diesem Braun mit den kleinen goldenen Sprenkeln zu verlieren.

Jais Kiefer spannte sich an, sein Blick war seltsam leer. Eine Weile lang sagte er nichts.

»Nicht der Rede wert«, meinte er bloß und zuckte gleichgültig mit den Schultern.

Ich schüttelte den Kopf.

»Nein, das stimmt nicht. Ohne dich wäre ich in dem Gedränge untergegangen und du … du warst für mich da«, setzte ich an, doch Jai unterbrach mich barsch.

»Lass uns keine große Sache draus machen, okay? War schließlich nichts Besonderes.«

Bei seinen Worten zuckte ich unmerklich zusammen. Ich versuchte, sein abweisendes Verhalten nicht zu sehr an mich heranzulassen, aber es verletzte mich. Dieses Bild wollte überhaupt nicht mit dem von vor drei Tagen übereinstimmen.

Jetzt war er wieder so unnahbar. Da musste doch mehr dahinterstecken.

Jai drehte sich um und wandte mir den Rücken zu. Betätigte irgendwelche Knöpfe am Mischpult, das in der Ecke stand.

»Ist sonst noch irgendwas?«, fragte er kühl. »Ich hab zu tun.«

Ich schluckte.

»Ähm, ja klar, sorry … tut mir leid.«, stammelte ich und wollte mich schon umdrehen, als ich die angefangene Wodkaflasche auf dem Tisch sah.

Erschrocken sog ich die Luft ein, woraufhin sich Jai zu mir umdrehte und meinem Blick folgte. Seine Augenbrauen zogen sich zusammen.

»Jai, ich …«

Er machte ein paar Schritte auf mich zu und deutete nach draußen.

»Wenn du so gütig wärst …«, erwiderte er betont cool, doch ich sah, dass seine Hände zitterten.

Er griff nach der Tür und wollte sie mir geradewegs vor der Nase zuschlagen, doch diesmal war ich schneller und stellte meinen Fuß dazwischen.

»Was soll das?«, fauchte er.

»Das Gleiche könnte ich dich auch fragen«, meinte ich leise und sah ihn an.

Jais Blick flackerte. »Scheiße, Mann!«, schrie er und fuhr sich durch die Haare. Ich konnte hören, dass sein Atem schwer ging. Seine Augen glitten über meinen Kopfverband, blieben daran hängen.

»Das ist alles nur meine Schuld«, meinte er plötzlich. Im ersten Moment dachte ich, ich hätte mir das nur eingebildet, doch ein Blick in seine Augen zeigte mir, dass es nicht so war.

»Das denkst du?«, fragte ich ehrlich schockiert. Es war ein Unfall gewesen, wie konnte er sich dafür bloß die Schuld geben?

Jai schwieg beharrlich, sah mich einfach nur an. Seine Lippen bebten. In dem Moment wirkte er so gebrochen, dass es mir das Herz zusammenzog.

»Jai, ich …«, flüsterte ich erstickt, als er einen Schritt auf mich zumachte und mit seinen Fingern sanft über meinen Verband fuhr. So sanft, dass ich es kaum spürte und doch löste allein der Gedanke an seine Hände eine Gänsehaut bei mir aus.

»Wenn dir was passiert wäre …«

Seine Finger strichen mir eine Haarsträhne aus dem Gesicht und verweilten an meiner Wange. Ich schmiegte mich an seine Hand, genoss diese hauchzarte Berührung.

Dann jedoch trat Jai hastig zurück, als hätte er sich an mir verbrannt. Verwirrt blinzelte ich.

»Du solltest jetzt besser gehen«, murmelte er mit zusammengebissenen Zähnen.

Doch ich dachte gar nicht daran. Er würde mich nicht jedes Mal von sich stoßen können, so sehr er es auch immer wieder versuchte.

Stattdessen machte ich zaghaft einen Schritt auf ihn zu. Ich war versucht, ihm meine Hand auf die Schulter zu legen, ließ es dann aber doch bleiben und schob sie in meine Hosentasche.

»Was passiert ist, ist nicht deine Schuld, Jai. Hörst du?«

»Wenn wir nicht noch in diesen Scheiß-Laden gegangen wären und wenn ich auf Joe gehört hätte, dann …«

»Jai, es ist nicht deine Schuld, verdammt. Es war ein Unfall, okay?«

Er nickte langsam, wenn auch zögerlich. Mit hängenden Schultern stand er vor mir, die Augen trüb, das Gesicht blass.

Auch wenn ich es mir nicht eingestehen wollte, war Jai interessanter und facettenreicher, als ich zu Anfang gedacht hatte. Zu Beginn meines Aufenthalts war ich fest davon überzeugt gewesen, Jai wäre ein arrogantes und selbstverliebtes Arschloch, doch inzwischen begann diese Überzeugung ein wenig zu bröckeln. Inzwischen war mir klargeworden, dass mehr dahintersteckte.

Im einen Moment war er dieser unfassbar coole und unnahbare Popstar, den Millionen von Mädchen anhimmelten. Und in anderen, seltenen Momenten wie diesen hier kam seine verletzliche Seite zum Vorschein. Es kam mir vor, als würde Jai die ganze Zeit eine Maske tragen.

Und irgendwie wollte ich diejenige sein, die einen Blick hinter diese Maske werfen durfte.

Die seinen Schutzmechanismus durchbrechen konnte.

Ab und zu schimmerte diese andere Seite von Jai durch, aber es waren immer nur Bruchstücke, die ich zu sehen bekam. Wie bei einem Puzzle, bei dem ein ganz bestimmtes Teil fehlte, um es komplett zu machen und sein Gesamtbild betrachten zu können.

Jai war dieses Puzzle. Und ich wollte dieses Puzzle lösen.

16. Kapitel

Zu sagen, dass Nathalie nach den neuesten Ereignissen, sprich meinem Unfall, in höchste Alarmbereitschaft versetzt und äußerst beunruhigt war, war untertrieben. Sie ließ Joe nicht mehr von unserer Seite weichen, sodass er sozusagen zu unserem eigenen Schatten wurde.

Doch als es dann auch noch ein besonders anhänglicher Fan wenige Tage später schaffte, beim Konzert in Pittsburgh auf die Bühne zu springen und sich wie aus dem Nichts auf Jai zu stürzen und sich an ihm festzuklammern, sah Nathalie rot. Und damit war dann auch Schluss mit lustig.

Sie ließ die Anzahl der Sicherheitskräfte bei den darauffolgenden Shows auf das Doppelte erhöhen, sodass Bodyguards und Security-Leute uns umschwirrten wie Motten das Licht. Man hätte meinen können, die Queen höchstpersönlich würde einen Auftritt haben. Viel mehr Sicherheitsleute konnte die königliche Garde auch nicht besitzen.

»Mein Gott, nicht mal in Ruhe pissen gehen kann man!«, beschwerte Alex sich irgendwann lauthals.

Wir alle waren nicht sonderlich begeistert von der neuen Situation, besonders Jai nicht, auch wenn er Nathalies Sorge nachvollziehen konnte. Trotzdem war er anders seit dem Unfall. Er pampte mich nicht mehr bei jeder sich bietenden Gelegenheit an und … er nahm sogar Rücksicht auf die anderen. Fast sah es so aus, als würde er sich noch immer Sorgen um mich machen.

Darum war ich dann auch umso geschockter, als ich ihn zusammen mit Sarah erwischte.

Ich kam nach unserer Show in Pittsburgh gerade aus den Umkleidekabinen, als ich es sah.

Als ich sie zusammen sah.

Sie lehnten beide an der Wand. Jais Kopf war dicht über ihren gebeugt, seine Hände fuhren langsam an ihren Seiten entlang.

Mein Herz zog sich zusammen und obwohl ich versuchte, den plötzlich aufzuckenden Schmerz zu verdrängen, hatte ich das Gefühl, mein kleines Herz hatte gerade einen gewaltigen Knacks bekommen.

Mein Atem ging nur rasselnd, beschleunigte sich, als ich sah, wie er sich noch näher zu Sarah beugte. Jai ließ seine Hände unter ihr dünnes Top gleiten, sein Mund näherte sich ihren Lippen und – Ich konnte den Anblick nicht mehr ertragen. Hastig machte ich ein paar Schritte zurück, schluckte und drehte mich abrupt um.

In der Nacht schlief ich schlecht. Mit offenen Augen lag ich auf dem Rücken und starrte an die Decke des Tourbusses. Über mir hörte ich Alex leise schnarchen.

Ob Jai und Sarah tatsächlich ein Paar waren? Oder war sie nur eine Ablenkung für ihn, ein kleiner Zeitvertreib, um seinen Hormonhaushalt wieder in den Griff zu bekommen?

»Na ja, Fickbeziehung halt«, schoss mir Alex' damaliger Kommentar, als ich Jai und Sarah das erste Mal zusammen auf dem Parkplatz gesehen hatte, durch den Kopf.

Und was war mit den ganzen Groupies, mit denen ich ihn immer mal wieder gesehen hatte?

Übelkeit erfasste meinen Körper, hinterließ einen bitteren Geschmack auf meiner Zunge.

Damals hatte ich mir über diesen einen Satz keine Gedanken gemacht, aber jetzt …

Verdammt! Wütend schleuderte ich mein Kopfkissen aus dem Bett und rieb mir angestrengt über die Schläfen, schloss meine Augen.

Ich kam mir vor wie in einer dieser dämlichen Soaps, die ich mir zuhause immer mit Isabel angucken musste. ›Verbotene Liebe‹ und dieser ganze realitätsferne Mist.

Wie hatte ich auch nur für einen Moment denken können, dass Jai mich – Ja, was eigentlich? Was erhoffte ich mir? Dass er mich aus der Menge geholt hatte, weil er Angst um mich hatte? Dass ich ihm möglicherweise sogar etwas bedeutete?

Ich schüttelte den Kopf und schnaubte. Wie naiv war ich eigentlich? Sarah war die Tochter eines bekannten Plattenbosses und noch dazu bildhübsch. Ich spielte nicht einmal ansatzweise in ihrer Liga.

Ich seufzte. Warum musste alles so kompliziert sein? Warum musste mein Herz auf einmal diese verrückten Sachen machen?

Dass ich Jai nicht aus dem Weg gehen konnte und wir alle in einem Tourbus schliefen, machte die Sache nicht unbedingt einfacher für mich.

Jedes Mal, wenn ich ihn vor mir stehen sah, schob sich unwillkürlich Sarahs Bild vor mein Auge. So intensiv und präsent, als würde ich es gerade erst erleben. Ich sah, wie er Sarah tief in die Augen schaute, sah seine Hände an ihrer Hüfte. Wie er sie geküsst hatte.

Ich konnte dieses Bild nicht von mir schieben, es ging einfach nicht.

Und das tat verdammt weh.

Als ich mit zehn Jahren in die fünfte Klasse gekommen war, gab es da diesen einen Jungen. Er war anders als die anderen und immer, wenn er lachte, hatte ich das Gefühl, die Sonne würde aufgehen.

Er hieß Janis.

Janis hatte strohblondes, halblanges Haar und tiefblaue Augen. Jedes Mal, sobald ich ihn nur ansah oder mich mit ihm unterhielt, verwandelten sich meine Beine in Wackelpudding und wollten mir nicht mehr gehorchen.

Ich hatte es ihm nie gesagt. Hatte mich nie getraut, ihm meine Gefühle zu gestehen und ihm zu sagen, was ich für ihn empfand.

Bis ich in der neunten Klasse all meinen Mut zusammennahm und ihm mit laut klopfendem Herzen, Schwindelgefühl und wackeligen Beinen sagte, dass ich ihn sehr gerne hatte.

Ich war so stolz auf mich, dass ich es ihm endlich gesagt hatte. Es war eine Erleichterung für mich, als ich dieses Geheimnis nicht mehr länger mit mir herumtragen musste. Janis sagte, er müsste darüber nachdenken.

Also wartete ich.

Und wartete. Und wartete. Und wartete.

Bis mir irgendwann klar wurde, dass er nicht das Gleiche für mich empfand und er sich stattdessen den cooleren und angesagteren Mädchen zuwandte. Von da an ließ er mich links liegen.

Ich weiß noch genau, wie schrecklich ich mich in diesem Moment fühlte.

In dem Moment, in dem all meine tiefsten Sehnsüchte und Wünsche wie eine Seifenblase zerplatzten und sich in Luft auflösten.

Hilflosigkeit, Enttäuschung, Wut und Traurigkeit mischten sich zu einem hässlichen Klumpen. Und dieses Gefühl werde ich nie vergessen.

Am Anfang verspürt man dieses Kribbeln. Leichtigkeit, als würde man über dem Boden schweben und alles viel gelassener sehen. Fliegen.

Es fühlt sich wie Fliegen an.

Bis der harte Aufprall folgt und die Leichtigkeit von der eigenen Schwere des Herzens erdrückt und zermalmt wird.

Es war genau so wie jetzt mit Jai.

Nur dass es jetzt, in diesem Moment, noch viel stärker wehtat.

Ich strampelte die Bettdecke von meinen Füßen. Mir war heiß. Unglaublich heiß.

Das dünne Nachthemd klebte an meinem Rücken. Eigentlich klebte alles. Die Luft im Tourbus war unerträglich stickig.

Da ich sowieso nicht schlafen konnte, entschloss ich mich kurzerhand dazu, eine schnelle, eiskalte, erfrischende Dusche zu nehmen. Vielleicht könnte ich dann endlich wieder etwas klarer denken und meinen wohlverdienten Schlaf bekommen.

Ich schwang meine Beine aus dem Bett, schnappte mir ein Handtuch und tapste auf Zehenspitzen leise hinüber zum Bad. Hoffentlich würde ich die anderen nicht wecken.

Ich griff nach der Türklinke, drückte sie nach unten – und wäre vor Schreck fast hintenübergefallen.

Vor mir stand Jai. Halbnackt und lediglich in Boxershorts gekleidet.

Ich schluckte, mein Herz vollführte einen Salsa in meiner Brust.

»Ich – ähm …«, stammelte ich. »Was m-machst du hier?« Gott, es war ein Wunder, dass ich überhaupt noch einen halbwegs verständlichen Satz herausbekam.

»Nach was sieht es denn aus?«, fragte Jai belustigt und rubbelte sich mit dem Handtuch kräftig über sein Haar, das noch recht nass aussah. Anscheinend hatte er gerade geduscht.

»Äh, j-ja, aber wieso denn … ähm … hier?«, fragte ich zutiefst verstört, meine Wangen wurden ganz heiß.

»Aus meinem Duschkopf kommt kein Wasser, warum auch immer. Und ich wollte ungern verschwitzt ins Bett gehen.«

Er zwinkerte mir zu und hob vielsagend seine Augenbrauen.

Ich sagte nichts, sondern starrte ihn einfach bloß an wie eine Fata Morgana. War er jetzt erst zurückgekommen?

Ein kurzer Blick auf die Uhr an der Wand sagte mir, dass es bereits zwei Uhr war. Wahrscheinlich hatte er noch eine schnelle Nummer mit Sarah geschoben und sich deswegen den Schweiß von seinem Körper waschen müssen.

Verflucht, ich musste aufhören, so zu denken. Warum konnte es für die eigenen Gedanken keinen Stummschalter wie bei einer Fernbedienung geben?

Ich musste wohl recht blass um die Nase aussehen, da Jai innehielt und mich aufmerksam musterte. »Alles in Ordnung?«, fragte er.

Noch immer sagte ich nichts, doch als Jai einen Schritt auf mich zumachte und mir sein Sixpack, auf dem ich die Muskeln nur zu deutlich sehen konnte, damit verdammt gefährlich nahekam, erwachte ich aus meiner Starre.

Ich wich zurück, wobei ich gegen den Türrahmen stieß. »S-sicher …«, stotterte ich, »alles bestens! Ich geh dann … ähm … einfach m-morgen früh … äh … also heute früh duschen, äh ja …«

Jai sah mich an, als wäre ich nicht mehr ganz zurechnungsfähig. Doch bevor ich mich auf eine längere Diskussion mit einem halbnackten Jai einlassen müsste, machte ich noch einen Schritt zurück und knallte die Tür mit einem lauten ›Wumms‹ von außen zu.

So laut, dass eigentlich spätestens jetzt alle anderen senkrecht im Bett hätten sitzen müssen. Im Gegensatz zu mir hatten die anscheinend einen tiefen Schlaf.

Mit laut klopfendem Herzen kroch ich zurück unter meine Bettdecke. Meine Augen kniff ich zusammen. Nebenan im Bad hörte ich es leise klappern. Der Gedanke daran, dass Jai keine fünf Meter entfernt auf der anderen Seite der Tür immer noch oberkörperfrei war, sandte mir einen Schauer über den Rücken.

An Schlaf war natürlich nicht mehr zu denken.

17. Kapitel

Gegen fünf Uhr morgens kam der Tourliner wieder in L.A. an. Bis zu unserem nächsten Konzert in Atlanta hatten wir sechs Tage zur freien Verfügung und ich war mehr als froh darüber, eine Weile dem Tourbus zu entkommen, in dem ich von Jai nur durch dünne Kabinenwände getrennt war.

Alex und ich fuhren schon am frühen Morgen mit dem Bus den Pacific Coast Highway in Richtung Westen entlang. Wir beide hatten schnell entschieden, die freie Zeit zu nutzen und einen Abstecher nach Malibu zu machen, bevor es in wenigen Tagen schon wieder weiter auf Tournee ging.

Und nebenbei gesagt, war ich nahezu erleichtert über jede Ablenkung, die ich von Jai bekommen konnte. Ich hatte schon Kopfschmerzen vom vielen Denken. Und das hatte gewiss nichts mehr mit meiner Gehirnerschütterung zu tun, den nervigen Verband hatte ich inzwischen abnehmen dürfen.

Die Luft war noch angenehm mild auf der Haut, gegen Nachmittag jedoch sollte es um die dreißig Grad werden. Die Sonne gab bereits ihr Bestes und strahlte vom Himmel. Nicht mal eine einzige Wolke war zu erkennen.

Vom Highway aus konnte ich auf das türkisfarbene Meer blicken, das im Licht der Morgensonne verlockend glitzerte. Sah den Strand, die sündhaft teuren Villen, die sich dahinter aufreihten. Das Viertel der Reichen und Schönen. Die sanften Hügel der Santa Monica Mountains, die sich im Hinterland erstreckten.

Am Strand war selbst um diese Zeit schon einiges los. Knackige, braungebrannte Surfer, die sich in die Wellen stürzten, übermotivierte Jogger und ausgelassene Kinder. Inlinefahrer rasten die Promenade hinunter. Den gesamten Strand entlang konnte man eine Reihe aufgespannter bunter Sonnenschirme erkennen, dazwischen verteilt auch einige Sonnenliegen.

Alex und ich suchten uns ein freies Plätzchen und legten uns mit unseren Handtüchern in den warmen Sand.

»Erinnerst du mich daran, dass ich pünktlich um acht los muss? Meine Cousine ist zu Besuch in L.A. und wollte sich mit mir treffen«, brummte Alex lustlos.

Überrascht sah ich sie an. »Das klingt ja nicht sonderlich begeistert.«

»Pfff ...« Alex schüttelte ihren hübschen Lockenkopf. »Ich kann die Frau nicht ausstehen. Sie hält sich für etwas Besseres, seitdem sie Jura in London studiert. Aber sie gehört nun mal zur Familie ... irgendwie.«

»So kenn ich dich ja gar nicht. Du lässt dich doch sonst nicht so schnell kleinkriegen?« Fragend runzelte ich die Stirn.

»Tu ich ja normalerweise auch nicht. Aber Priscilla ist einfach ... anstrengend.«

Ich nickte verständnisvoll, den Blick auf den Ozean gerichtet. Kleine Schaumkronen tanzten auf dem Wasser und wurden samt den Wellen an den Strand gespült. Vergnügtes Kinderlachen drang an mein Ohr. Entspannt schloss ich meine Augen und döste vor mich hin.

Ich seufzte wohlig auf. Hier konnte man es aushalten. Nathalie sollte uns echt öfter mal freigeben.

Das sanfte Rauschen der Wellen, die seichte, salzige Brise, die um meine Nase strich, und das weit entfernte Kreischen der Möwen ließen mich schläfrig werden.

Ich musste wohl tatsächlich eingeschlafen sein, denn als ich etwas Nasses, Feuchtes auf meinen Armen spürte, zuckte ich erschrocken zusammen.

»Was zum ...?«

Wie von der Tarantel gestochen, sprang ich auf, nur um in das feixende Gesicht einer mir allzu bekannten Person zu sehen. Er schüttelte seinen nassen Kopf, sodass erneut Wassertropfen auf meine nackte Haut fielen.

Ich stemmte die Arme in die Hüften und kniff meine Augen zusammen.

»Was willst du denn hier?«, keifte ich los. »Spionierst du uns etwa nach?«

Wieso musste er denn jetzt ausgerechnet hier auftauchen?

»Also bitte, jetzt werd nicht größenwahnsinnig. Deine potthässliche Tasche sieht man schon aus fünfhundert Meter Entfernung, da war es nicht sonderlich schwer, euch ausfindig zu machen.«

»Ha! Also doch!« Triumphierend streckte ich den Arm aus und zeigte auf Jai. »Du hast also doch nach uns gesucht.«

»Es tut mir sehr leid, dir das zu sagen, aber …« Er machte einen Schritt auf mich zu, »da muss ich passen. Ich hoffe, du bist jetzt nicht allzu traurig darüber …«, flüsterte er grinsend. Ich spürte seinen warmen Atem auf meiner Wange und trat schnell einen Schritt zurück.

»Pfff, wovon träumst du nachts?«

Dass sich Jai leider schon längst in mein Unterbewusstsein geschlichen hatte und ich diejenige war, die nachts von ihm träumte – wenn ich denn überhaupt schlafen konnte -, verdrängte ich dabei großzügig.

»Nur von dir, meine Liebe. Nur von dir.« Jais Grinsen wurde immer breiter und ich hätte ihm am liebsten eine reingehauen. Er sollte nicht hier sein. Nicht jetzt, wo ich im Moment sowieso schon so verwirrt war wegen ihm und meine Gedanken ständig um ihn kreisten. Allein der Gedanke an Sarah machte mich wahnsinnig. Aus dem Grund reagierte ich wohl auch giftiger, als ich es eigentlich wollte.

Erst jetzt bemerkte ich, dass nur wenige Schritte von Jai entfernt ein verlegen grinsender Jeremy stand. Er hob kurz die Hand.

»Hey, ihr zwei. Alles klar soweit?«

Verdutzt sah ich ihn an. »Du bist auch hier?«

»Jai und ich wollten noch ein paar Backflips für die Choreo üben und das geht im weichen Sand ganz gut«, erklärte Jeremy beinahe entschuldigend. Er schien sich etwas unwohl zu fühlen, da er nervös von einem Fuß auf den anderen trat. Sein Blick schweifte hinüber zu Alex. Diese hatte jedoch noch nicht einmal von ihrer Zeitschrift aufgesehen und blätterte nahezu hektisch darin umher.

Jeremy lächelte mich noch einmal kurz an, dann verschwand er mit einem Schulterzucken in Richtung Wasser.

»Na, was liest du denn so Spannendes?« Ich beugte mich über Alex und musterte sie forschend.

»Ähm, ja, das ist über …«

»Alex?«

»Hm?«

»Du solltest die Zeitschrift vielleicht umdrehen. Auf dem Kopf lesen ist etwas schwierig.«

Sie lachte nervös und fuhr sich durch ihre Locken. »Ah, ja …« Sie kicherte wieder. »Ich wollte dich nur mal testen, ob …ähm, ja … Aber schön, du hast es gemerkt.«

Ich sah Alex an, als hätte sie nicht mehr alle Tassen im Schrank. Verständnislos schüttelte ich den Kopf.

»Alles in Ordnung bei dir?«, fragte ich besorgt. »Sag mal, hast du jetzt schon einen Sonnenbrand bekommen oder warum bist du so rot im Gesicht?«

»Ich … also … ja, dann ähm … such ich wohl mal nach meiner … Sonnencreme«, stotterte Alex und beugte sich tief über ihre Tasche, sodass ich ihr Gesicht nicht mehr sehen konnte.

Verwirrt runzelte ich die Stirn. Seitdem die Jungs angekommen waren, verhielt sie sich irgendwie seltsam. Ob sie wohl einen Sonnenstich hatte?

Ich wandte mich wieder an Jai, der immer noch breit grinsend vor uns stand. Jeremy war bereits dabei, die ersten Backflips zu üben.

Ich grinste gequält. »Hast du nicht noch irgendein dämliches Interview zu geben?«

»Nö. Mein letztes war vor …«, er schaute auf seine teure Uhr, »zwei Stunden und den Rest des Tages habe ich frei.«

»Grandios …«, murmelte ich spöttisch. »Und den musst du ausgerechnet hier verbringen?«

»Willst du mich etwa loswerden?«

»Du hast es erfasst.«

Jai schüttelte gespielt entrüstet den Kopf. »Du enttäuschst mich.«

»Kann ich ganz gut mit leben«, erwiderte ich knapp. »Und jetzt geh mir aus der Sonne!«

Ich setzte meine Sonnenbrille wieder auf und strafte ihn mit Nichtachtung, indem ich mich zurück auf mein Handtuch legte und mein Buch herauskramte. Irgendwann entfernte sich Jai tatsächlich, wie ich zufrieden mit einem kurzen Blick über den Rand meiner Sonnenbrille feststellte.

Alex zog vielsagend die Augenbrauen hoch.

»Was?«, fragte ich irritiert.

Sie musterte mich eingehend, setzte sich dann wieder ihre Sonnenbrille auf die Nase und legte sich zurück auf ihr Handtuch. »Ach, nichts.«

»Komm jetzt sag schon. Ich seh es dir doch an.« Unruhig trommelte ich mit meinen Fingern auf den Sand, ließ ihn immer wieder durch die Finger rieseln.

»Ach, tatsächlich?« Alex setzte sich wieder auf und nahm ihre Sonnenbrille ab. Ein feines Lächeln umspielte ihre Lippen.

»Sagen wir es mal so – Du kennst doch den Spruch, was sich neckt, das liebt sich, oder?«

»Ja, und?« Erst als Alex' Grinsen immer breiter wurde, kapierte ich, worauf sie hinauswollte.

»Ach, du spinnst doch!«, grunzte ich.

»Sicher, da ist nichts ...« An Alex' Tonlage war deutlich zu erkennen, dass sie da anderer Meinung war.

»Da ist auch nichts!«, erwiderte ich giftig.

»Du bist im Moment immer so leicht ... reizbar.«

»Ich bin ÜBERHAUPT NICHT gereizt!«, fauchte ich und warf einen Schuh nach ihr.

Alex fing ihn lachend auf.

Missmutig verschränkte ich die Arme vor meinem Körper und starrte hinüber zu Jai, der gerade dabei war, wilde Saltos im Sand zu schlagen. Leise drangen Jeremys und Jais Lachen zu uns hinüber.

»Gib endlich zu, dass du ihn magst.«

»Ich mag ihn überhaupt nicht!« Ich schüttelte wild den Kopf, auch wenn mein Herz schon wieder Achterbahn fuhr.

»Er ist eingebildet, egozentrisch, überheblich, ...«

»Sexy, durchtrainiert, heiß ...«, ergänzte Alex grinsend. »Hast recht, der ist absolut scheiße.« Jetzt grinste sie noch breiter.

»Du mich auch«, brummte ich und drehte mich auf die andere Seite. Lustlos blätterte ich in meinem Buch, konnte mich aber nicht recht auf das konzentrieren, was da geschrieben stand. Die eine Seite hatte ich jetzt mindestens fünf Mal gelesen und ich hatte absolut keinen blassen Schimmer, wovon sie handelte. Nach einer Weile gab ich auf und klappte das Buch genervt zu.

Verstohlen schielte ich hinüber zu Jai, der sich gerade angeregt mit Jeremy unterhielt und diesem lachend auf die Schulter klopfte. Ich beobachtete, wie sich Jeremy schließlich umdrehte und genau in Alex' und meine Richtung kam.

Er blieb grinsend vor uns stehen und hob die Hand. »So, ich mach mich jetzt mal vom Acker. Wir sehen uns später.«

»Kannst du deinen Begleiter bitte mitnehmen?«, fragte ich und zeigte auf Jai, der einige Meter von uns entfernt immer noch waghalsige Sprünge ausprobierte.

Jeremy lachte lauthals. »Tut mir leid, aber dass müsst ihr selber regeln. Also bis später, Ladies. Ciao.«

Er zögerte einen Moment und warf noch einen kurzen Blick zu Alex hinüber, die ihr Gesicht schon wieder über ihrer Tasche hängen hatte. Jeremy runzelte die Stirn, dann drehte er sich um und ging mit großen Schritten den Strand entlang.

Ich wollte Alex gerade schon über ihr merkwürdiges Verhalten aushorchen, als sie plötzlich ein aufgeregtes »Schon so spät! Ich muss los!« von sich gab.

Ich fuhr herum und sah Alex dabei zu, wie sie hastig ihre Sachen zusammenraffte.

Irritiert warf ich einen Blick auf meine Uhr. »Aber es ist doch erst …«

»Bis später!«

»Fünf Uhr«, beendete ich meinen Satz und sah Alex mit offenem Mund hinterher, wie sie ebenfalls hastig den Strand entlanglief.

Jetzt ließ die mich hier einfach alleine, oder was? Sie war doch nicht mal sonderlich scharf darauf gewesen, Zeit mit ihrer Cousine zu verbringen. Verwundert zuckte ich mit den Schultern. Oder hatte ich sie mit meiner Meckerei über Jai vergrault?

Apropos, wo war der denn überhaupt abgeblieben? Ich ließ meinen Blick über die gesamte Promenade und den Strand schweifen, konnte ihn aber nirgends entdecken. Auch gut.

Das Wasser schwappte leise an den Strand, die Sonne brach sich in den Wellen, die sanft in Richtung Strand gespült wurden.

Es sah hübsch aus. Wie ein riesiger türkiser Spiegel.

Der Sand funkelte im Licht der Sonne. Ich griff nach einer beigefarbenen Muschel und drehte sie verträumt in meinen Händen.

Ich schloss meine Augen wieder und genoss einfach die warme Luft auf meiner Haut. Die Sonne brannte auf mich hinab, ab und an wehte jedoch ein frischer Wind über mich hinweg.

Zufrieden räkelte ich mich, als sich plötzlich ein Schatten über mein Gesicht legte. Zwei starke Arme packten mich von hinten und hoben mich hoch. Erschrocken öffnete ich meine Augen.

»JAI!«, brüllte ich los.

Seine Hände legten sich um meine Taille und warfen mich über seine Schulter. Mit einem festen Griff umklammerte Jai meine Beine, dann setzte er sich in Bewegung.

Ich drehte meinen Kopf – und musste mit Entsetzen feststellen, dass er geradewegs auf das Wasser zusteuerte. Ich ahnte Schlimmes und begann, wie wild zu zappeln.

»Lass mich runter«, zischte ich gefährlich leise.

»Und wenn nicht?«, fragte Jai betont lässig.

»Was immer du jetzt auch vorhast, das lässt du schön bleiben, verstanden?«, fauchte ich ungehalten.

Jai dagegen fing sein für ihn typisch heiseres Lachen an, was mich nur noch rasender machte. Allerdings war dieses Lachen auch so verdammt sexy, dass mir ungewollt ein Schauer über den Rücken lief. Mir war durchaus bewusst, wie nah ich gerade seinem durchtrainierten Körper war, doch ich versuchte, den Gedanken daran eisern zu verdrängen.

Von hier oben hatte ich wirklich einen ausgesprochen guten Blick auf seinen wohlgeformten Knackarsch …

Benommen schüttelte ich den Kopf. Moment mal, schalt ich mich. Wieso zog ich es überhaupt in Erwägung, über diesen Vollidioten nachzudenken? Der Typ war überheblich und arrogant. Und machte mit allem rum, was nicht bei drei auf dem nächsten Baum saß.

Genau!

Wie ein Mantra ratterte ich diesen Satz innerlich runter, um meinen Worten selbst zu glauben. Die Luft hier bekam mir eindeutig nicht gut.

»Lass mich runter, Jai!«, schrie ich und trommelte auf seinen Rücken.

»Du kannst da oben schreien und strampeln, so viel du willst, ich lass dich nicht runter. Du kleine Kratzbürste brauchst ganz dringend mal eine Abkühlung.«

Ich stieß lauthals irgendwelche Flüche aus, doch Jai schien sich nicht einmal ansatzweise dafür zu interessieren.

Möwen stoben laut kreischend auseinander und erhoben sich vor uns in den Himmel.

Schlamm spritzte an Jais Beinen hoch, als er durch den schlickrigen Sand lief.

»Du bist so ein selbstgefälliger, arroganter, überheblicher, egoistischer …«

Mir wären mit Sicherheit noch etliche Beschreibungen eingefallen, allerdings sprintete Jai bereits ins Wasser, was mir aufgrund meines Wutausbruches jedoch entgangen war. Panisch sah ich mit an, wie das Wasser bereits bis zu Jais Knien hochschwappte.

»Wag es nicht, sonst …«

Doch da war es schon zu spät. Unvermittelt ließ Jai mich los. Vor Schreck schluckte ich erst mal eine ordentliche Ladung Salzwasser. Meine Haare wirbelten herum, versperrten mir die Sicht. Es dauerte einen Moment, bis ich die Orientierung wiedergefunden hatte.

Prustend tauchte ich wieder auf und schnappte nach Atem. Ich verzog angewidert den Mund und spuckte einen Schwall Salzwasser aus. Meine Haare klebten wie ein seidener Vorhang an meinem Gesicht, meine Klamotten saugten sich an meinen Körper. Glitschige dünne Algen hingen an meinen Arm, die ich zähneknirschend von mir herunterschnipste.

Jai grinste mich verschmitzt aus blitzenden Augen an. Seine Haare hingen ihm ebenfalls wirr in der Stirn. Fasziniert betrachtete ich seinen Oberkörper. Sein klitschnasses Hemd hatte sich wie eine zweite Haut um seinen Körper gelegt, sodass die Konturen seines durchtrainierten Körpers mehr als deutlich zu erkennen waren.

Obwohl ich ihn schon einmal ganz oberkörperfrei gesehen hatte, verschlug es mir wieder mal den Atem. Ich schnappte nach Luft – und schüttelte kurz darauf meinen Kopf, um wieder zur Besinnung zu kommen.

»Was fällt dir eigentlich ein, du … du«, stammelte ich und trommelte auf seinen Brustkorb ein.

»Du bist so …«

Weiter kam ich jedoch nicht, da Jai mich mit einem Mal stürmisch an sich zog. Seine Augen glitzerten, sahen mich direkt an. Sein Blick klebte nahezu an mir, glitt äußerst langsam über meinen Körper.

Jais Blick verunsicherte mich zutiefst. Ich stockte, unfähig, ein Wort zu sagen. Atmete mühsam ein und aus.

Sanfte Wellen kräuselten sich auf dem Wasser und umspielten unsere Körper.

Ich betrachtete Jai. Die braunen Augen, die im Licht der Sonne auffällig sanft wirkten. Das schmale Lächeln, das auf seinen vollen, verführerischen Lippen lag.

Ich schluckte.

Jais Blick war durchdringend. Intensiv. Ich müsste mich nur vorlehnen und …

Die Alarmglocken begannen heftig bei mir zu schrillen. Hastig machte ich einen Schritt nach hinten. Versuchte, mein heftig klopfendes Herz zu ignorieren. Ich drehte mich um und wollte aus dem Wasser laufen, als ich Jais Stimme leise hinter mir vernahm. Er klang heiser.

»Du … hrrrmpfh.« Jai räusperte sich leise. »Du solltest dir vielleicht etwas anderes anziehen, bevor du nach Hause gehst.«

Mein Atem stockte, als mir klar wurde, was Jai genau damit gemeint hatte. Ich ließ meinen Blick an mir herabwandern und lief auf der Stelle knallrot an.

Siedend heiß wurde mir bewusst, dass meine Klamotten gerade äußerst körperbetont an mir klebten und mein T-Shirt nun nicht mehr weiß, sondern durchsichtig war.

Hastig verschränkte ich meine Arme vor der Brust und watete ohne ein weiteres Wort in meinen vollgesogenen Klamotten aus dem Wasser, wobei ich alles andere als eine elegante Figur abgab.

Ich spürte Jais Blicke auf mir. Überall.

Und konnte nicht verhindern, dass es in meinem Bauch plötzlich anfing zu kribbeln.

18. Kapitel

Hastig lief ich über den Strand zu meinem Handtuch, als ich Schritte hinter mir vernahm. Ich wollte mich gerade zu Jai umdrehen, als zwei kichernde Mädchen, etwa in meinem Alter, den Strand entlangkamen und mit vorgehaltener Hand auf Jai deuteten.

»Du bist doch Jai McConnor, oder? Können wir ein Foto mit dir machen?«, fragte die Brünette, wobei sie Jai ein kokettes Grinsen zuwarf und ihre langen braunen Haare in den Nacken warf.

»Ja, bitte, wir sind riiiesige Fans von dir«, bestätigte die Blonde daneben mit quietschiger Stimme und klimperte dabei übertrieben mit ihren falschen Wimpern.

Oh Gott. Mindestens die Hälfte seiner Fans schien ein Sprachproblem zu haben oder geistig etwas unterbelichtet zu sein.

»Bei solchen Schönheiten kann ich doch nicht nein sagen.«

Nein, natürlich nicht. Ich verdrehte die Augen. Idiot.

Jai grinste großspurig und nahm die Brünette an seine rechte und die Blondine an seine linke Seite. Seine Brust schwoll vor Stolz förmlich an. Man könnte glatt meinen, er würde irgendeine Trophäe anstatt zwei dämlicherTussis in der Hand halten.

Die Brünette schenkte mir ein falsches Lächeln und hielt mir ihr iPhone entgegen. »Würdest du mal?«

Ohne mir weitere Beachtung zu schenken, schmiegte sie sich an Jai. »Ich bin übrigens die Susi«, gurrte sie.

»Und ich die Babsi«, tönte die Blondine gleich darauf und hängte sich förmlich an seinen Arm.

Obwohl ich am liebsten laut aufgestöhnt hätte, verzog ich keine Miene, als ich auf den Auslöser drückte. Wortlos gab ich der Brünetten ihr iPhone zurück.

Als sich Yin und Yang endlich zum Gehen wandten, kam ich nicht umhin zu bemerken, dass Jai der Brünetten auffällig lange hinterhersah. Sein Blick klebte nahezu an ihrem schwingenden Hinterteil.

Irgendwie versetzte mir das einen Stich und ich spürte ein merkwürdiges Grummeln in meinem Bauch. Musste der eigentlich alles anbaggern, was nicht niet- und nagelfest war?!

Im Hintergrund drangen noch immer vereinzelte Sätze der beiden Mädchen an mein Ohr.

»Glaubst, du, das war seine Freundin?«

»Nie im Leben, hast du dir die mal angeguckt? Als ob sich Jai mit so was zufriedengeben würde.«

Das reichte. Wütend griff ich nach meiner Tasche, drehte mich um und stapfte durch den tiefen Sand, ohne auch nur einen Blick zurückzuwerfen.

»Nina, jetzt warte.«

Ich dachte nicht einmal im Traum daran und ging gleich noch ein bisschen schneller.

»Verdammt, Nina! Bleib stehen!«

Nach ein paar Metern hatte er mich eingeholt und wirbelte mich herum.

»Was?«, fauchte ich, die Arme immer noch vor meiner Brust verschränkt.

Jai sah mich an und runzelte die Stirn. »Wieso bist du jetzt so eingeschnappt?«, fragte er. Sacht berührte er mich am Arm, doch ich zog ihn energisch zurück.

»Das fragst du noch?«, zischte ich. Die Wut auf ihn schwoll wie ein gigantischer Feuerball in mir an.

»Ich habe echt Besseres zu tun, als mich von dir zum Narren halten zu lassen. Geh lieber wieder zu deinen neuen Groupies, Sissi und Barbie warten bestimmt schon sehnsüchtig auf dich.« Meine Stimme troff nur so vor Sarkasmus.

»Susi und Babsi.«

»Was?«

Ich sah ihn verständnislos an.

Jai zuckte mit den Achseln. »Die hießen Susi und Babsi.«

Ich warf meine Hände in die Höhe. »Mein Gott, dann halt eben so. Hast du dir das schon so genau gemerkt?« Ich schnaubte leise.

»Sag mal, bist du etwa eifersüchtig?«, kam es prompt von Jai. Seine dunklen Augen blitzten im Licht der Sonne auf, funkelten nahezu.

»Das hättest du wohl gerne!«, fauchte ich biestig und preschte an ihm vorbei.

Danach sagte keiner von uns beiden mehr ein Wort, doch ich konnte das breite Grinsen auf Jais Lippen mehr als deutlich erkennen.

Ich blieb abrupt stehen und funkelte ihn an. »Hör verdammt noch mal auf damit!«

»Womit?«, fragte Jai arglos.

»Mit deinem dämlichen Grinsen. Das kannst du dir nämlich sonst wohin stecken.« Ich machte einen Schritt auf Jai zu und tippte ihm vielsagend auf die Brust. Das Grinsen in seinem Gesicht wurde immer breiter und unerträglicher. Er schien sich wirklich blendend über mich zu amüsieren.

»Ach, leck mich doch!«

Am liebsten hätte ich ihm einmal ordentlich gegen sein Schienbein getreten. Was fiel diesem aufgeblasenen Idioten überhaupt ein?

Grimmig marschierte ich drauflos. Ich achtete nicht darauf, ob Jai mir hinterherkam oder nicht. Es war mir egal. Sollte er doch bleiben, wo der Pfeffer wächst.

Irgendwann kamen wir endlich an einer Bushaltestelle vorbei. Sofort steuerte ich darauf zu und studierte den Fahrplan. Aus dem Augenwinkel nahm ich wahr, wie Jai sein iPhone aus der Hosentasche herauszog und eine Nummer eintippte. Anscheinend war er mir also doch gefolgt.

»Wen rufst du an?«, fragte ich irritiert.

Jai drehte sich zu mir um. »Ach, du redest wieder mit mir?« Spöttisch zog er seine Augenbrauen hoch und zuckte dann gleichgültig mit den Schultern. »Aber falls es dich so brennend interessiert: Ich rufe Joe an. Er soll uns abholen kommen.«

Ich schüttelte den Kopf. »Du kannst ja gerne mit der Limo fahren, ich werde den Bus nehmen.«

Jai bedachte mich mit einem verständnislosen Blick. Langsam ließ er das iPhone an seinem Ohr wieder sinken.

»Wieso das denn?«

»Weil normale Menschen das halt machen.«

Jai stöhnte laut auf. »Mein Gott, hat dir schon mal jemand gesagt, dass du wahrscheinlich mit Abstand die anstrengendste Person auf diesem Planten bist?«

Er raufte sich die Haare, bis sie zu allen Seiten abstanden. Irgendwie sah das unheimlich süß aus.

Moment – süß?

Ich schüttelte den Kopf über mich selbst, was Jai jedoch als Antwort auf seine Frage deutete.

»Oh doch, ich kenne niemanden, der dermaßen stur und versessen ist wie du!«

Ich antwortete nicht, sondern schaute wieder auf den Fahrplan. »Der Bus kommt um neunzehn Uhr «, murmelte ich. Jetzt war es gerade mal halb sechs.

»Bitte! Dann eben nicht.« Mit einem genervten Augenrollen schob Jai sein iPhone zurück in die Hosentasche.

»Dann warten wir jetzt, wie jeder andere auch, anderthalb Stunden auf den Bus, wie jeder normale Mensch auch, wenn es dich so glücklich macht!«

Ich wollte ihm gerade einen genervten Blick zuwerfen, als ich den Mann registrierte, der mir ungeniert direkt auf den Ausschnitt starrte. Mein T-Shirt war immer noch nicht richtig getrocknet, sodass man die Umrandungen meines BHs durchaus erkennen konnte. Ich fühlte mich mehr als unbehaglich unter seinem gierigen, stechenden Blick und verschränkte die Arme erneut vor meiner Brust. Inzwischen hatte sich auch eine leichte Gänsehaut über mich gelegt.

»Glotz woanders hin, Penner!«, fuhr Jai den Typen aufgebracht an, woraufhin dieser erschrocken zusammenzuckte und sich schleunigst umdrehte.

Kurz entschlossen drückte Jai mir seine Lederjacke in die Hand.

»Zieh die an!«, sagte er bestimmt.

»Aber …«, setzte ich an, immer noch ein wenig beleidigt wegen vorhin, doch Jai unterbrach mich ungewöhnlich unwirsch. Seine dunklen Augen blitzten mich gefährlich an, sein sonst so breites Grinsen war ihm wie aus dem Gesicht gefegt.

»Mein Gott, Nina, sei kein Sturkopf und zieh die verdammte Jacke an! Oder willst du vielleicht, dass dich jeder im BH sehen kann?«

Jetzt war Jai wütend, seine Stimme klang gepresst.

Ich funkelte ihn an, griff dann aber doch nach der Jacke und zog sie über. Ich musste Jai ja wohl nicht daran erinnern, wessen Schuld es war, dass ich hier halb entblößt durch die Straßen lief.

Der ledrige Stoff raschelte leise und war angenehm weich auf meiner Haut.

Wortlos warteten wir beide auf den Bus, als auf einmal lautes Stimmengewirr einsetzte.

»Da ist er! Da ist Jai McConnor!«

Jai und ich drehten uns beide in die Richtung, aus der die Stimmen kamen, und sahen eine Horde von Männern mit Kameras direkt in unsere Richtung laufen.

»Verdammt!«, stöhnte Jai. »Das hat mir gerade noch gefehlt! Scheiß-Paparazzi!«

Er presste seine Lippen zu einem schmalen Strich zusammen, seine Kiefer mahlten bedrohlich. Jai sah sich noch mal kurz um, dann grapschte er nach meiner Hand und zog mich durch die Menge, vorbei an gaffenden Müttern und kreischenden Mädchen.

Meine Tasche rutschte mir von der Schulter, sodass ich ins Straucheln kam. »Jai, warte, nicht so schnell … meine Tasche.«

Er stoppte und warf mir einen kurzen Blick über die Schulter zu. Dann streckte er seinen Arm nach mir aus, nahm mir die Tasche ab und hängte sie sich selbst um.

»Komm!«, raunte er, zog mich an der Hand und wir rannten gemeinsam durch die Straßen.

Die Paparazzi hatten schon beträchtlich aufgeholt und waren uns dicht auf den Versen, wie ich mit einem schnellen Blick nach hinten feststellte.

Ich rannte, so schnell mich meine Beine tragen konnten. Das Blut rauschte in meinen Ohren, Adrenalin schoss durch meine Adern.

»Hier entlang.« Jai schlug einen kleinen Haken und bog in eine schmale Seitenstraße ein.

Mein Atem ging mittlerweile nur noch stoßweise. Dunkle Wolken zogen über uns hinweg.

In diesem Moment wurde mir mit einem Mal bewusst, wie unwirklich das hier alles war. So unwirklich, dass ich es selbst fast nicht glauben konnte.

Dass ich hier mit einem der beliebtesten Teenie-Stars durch die Straßen rannte, auf der Flucht vor den Paparazzi. Einem Typen, den ich bis vor wenigen Monaten nur aus den Zeitungen gekannt hatte.

Aber jetzt …

Ein Kichern schlüpfte aus meinem Mund.

Vereinzelte Regentropfen fielen auf den grauen Asphalt und erzeugten platschende Geräusche. Ein dicker Tropfen landete auf meiner Nase und lief langsam meine Wange hinunter.

Die ganze Anspannung brach aus mir heraus und ich musste immer stärker lachen. Jai warf mir einen irritierten Blick zu. »Was ist los?«

Noch immer hatte er meine Hand nicht losgelassen. Seine warmen Finger schickten kleine Stromschläge durch meinen Körper.

Ich zuckte mit den Schultern und lächelte. »Ich weiß auch nicht, aber … Das ist alles … so surreal«, keuchte ich außer Atem und musste wieder lachen.

Jais Mund verzog sich zu einem Lächeln, das jedes Fanherz hätte höherschlagen lassen. Kleine Grübchen bildeten sich auf seinen Wangen, seine Augen bekamen diesen leuchtenden Glanz.

Ein Kribbeln machte sich in meinem Bauch breit, mein Herz vollzog einen kleinen Hüpfer.

»Da sind sie! Los, hinterher!«

Wir drehten uns um und sahen die Paparazzi dicht hinter uns laufen. Ihre Kameras mit den großen Objektiven baumelten vor ihren Brüsten.

Jai und ich sahen uns an und rannten lachend die Straße hinunter. Es war fast wie fliegen.

Der Regen durchweichte meine Klamotten, die sich immer mehr mit Wasser vollsogen, aber es interessierte mich nicht.

Wir bogen nach rechts in eine weitere Seitenstraße und Jai zog mich eine Stufe zu einem schmalen Hauseingang hoch. Er drückte mich dicht gegen die Wand und hielt sich den Zeigefinger an den Mund.

Ich musste kichern, woraufhin mir Jai seine warme Hand auf den Mund legte.

»Sssscht, sonst finden sie uns noch.« Es sollte wohl ernst klingen, aber ich sah das verräterische Grinsen genau.

Er lehnte sich noch ein Stück über mich. »Nicht so laut«, flüsterte er. Sein Atem kitzelte an meinem Ohr und ließ einen Schauer über meinen Rücken laufen.

Die Paparazzi waren jetzt genau auf unserer Höhe und sahen sich verwirrt in alle Richtungen um.

»Wo sind sie?«

»Verdammt, sie sind uns entwischt!«

»Die haben uns reingelegt.«

Jai und ich hielten beide den Atem an, noch immer lag seine Hand auf meinem Mund. Er presste mich gegen die kalte Steinwand.

»Kommt, lasst uns gehen. Das wird mir zu blöd.«

»Jemand hat gerade Lady Gaga mit ihrem neuen Lover am Santa Monica Boulevard gesichtet.«

»Nichts wie hin.«

Stimmengewirr setzte ein, dann hörte man Schritte, die sich langsam von uns entfernten. Selbst, als die Paparazzi weg waren und keine Geräusche mehr zu hören waren, blieben Jai und ich noch eine Weile so stehen.

Keiner von uns rührte sich. Lediglich unser Atem war zu hören. Ich konnte Jais Herzschlag dicht an meinem spüren. Die Wärme, die von seinem Körper ausging, und das rhythmische Klopfen seines Herzens beruhigten mich irgendwie. Sein Brustkorb hob und senkte sich gleichmäßig. Irgendwann löste sich Jai von mir und trat die Stufe hinunter. Sein Blick glitt forschend nach links und nach rechts.

»Sind sie weg?«, fragte ich.

Jai drehte sich zu mir um. »Ich denke schon.«

Ich trat nun ebenfalls aus dem Hauseingang heraus und grinste frech. »Die scheinen Lady Gaga offensichtlich interessanter als dich zu finden.«

Jais Mundwinkel zogen sich nach oben. »Soll ich darüber jetzt traurig sein?«

Ich zuckte mit den Achseln und hüpfte leichtfüßig die Stufe hinunter. »Vielleicht.« Ich blieb vor ihm stehen und zwinkerte ihm zu.

Wir liefen die schmale Straße entlang, die an den Seiten von kleinen, hübschen Häusern gesäumt war, es hatte aufgehört zu regnen. Ab und zu stießen unsere Schultern aneinander. Trotzdem rückten wir nicht voneinander weg. Still lächelte ich in mich hinein.

Irgendwann kamen wir an einem großen Eisentor vorbei, hinter dem sich eine weitläufige Rasenfläche erstreckte. »Malibu High School« las ich.

Jai blieb vor dem Eisentor stehen. Ein verräterisches Grinsen lag auf seinen Lippen. Als ob er irgendetwas aushecken würde. Er wollte doch nicht etwa …?

»Nein, das mach ich nicht.« Ich schüttelte den Kopf. »Das ist Privatgelände. Wir können da nicht einfach drüber klettern.«

»Wer sollte uns denn daran hindern?« Er hielt mir seine Hand entgegen.

»Ich weiß nicht … Das ist verboten, Jai.«

»Komm schon, hier ist doch keiner. Es gibt also keinen Grund, es nicht zu machen. Vertrau mir.«

Ich runzelte die Stirn, aber lange konnte ich seinem Blick und dem hinreißenden Lächeln nicht mehr standhalten.

Ich seufzte. »Wenn wir Ärger bekommen, mache ich dich dafür verantwortlich.«

Jais Lächeln wurde breiter. »Natürlich.«

Ich warf noch einmal einen Blick nach rechts und nach links, um sicherzugehen, dass uns auch wirklich niemand beobachtete.

Mir fiel auf, dass Jai schmunzelte. Zögernd streckte ich meine Hand nach ihm aus, doch Jai ließ mir überhaupt keine Zeit für Zweifel, da er mich stürmisch zu sich zog. Meine Tasche hatte er noch immer über seiner Schulter hängen.

Jai warf mir einen kurzen Blick zu. »Ich klettere hoch und dann ziehe ich dich rüber, okay?«

Ich nickte skeptisch und blickte an dem hohen Eisentor empor. »Hm.«

Seine Muskeln spannten sich unter dem eng anliegenden Shirt an, als er sich an den Gitterstäben hochzog. In wenigen, kräftigen Zügen war er oben angekommen, sprang über das Gitter und landete leichtfüßig auf der anderen Seite. Bei ihm sah das alles so einfach aus.

»Und jetzt du.« Er grinste mich aufmunternd durch die Stäbe an.

Ich trat einen Schritt näher an das Tor heran. »Ich bin nicht gut im Klettern.«

Jai nickte mir zu. »Du schaffst das. Na los, hoch mit dir.«

Ich griff nach der ersten Sprosse und zog mich mühsam Stück für Stück nach oben. Oben angekommen, klammerte ich mich nahezu krampfhaft an dem Gitter fest.

»Wieso genau mache ich das noch mal?«, presste ich mit zusammengebissen Zähnen hervor. Jai kletterte mir entgegen und grinste mich an, als wir uns beide auf gleicher Höhe befanden. Wobei er im Gegensatz zu mir bereits auf der anderen Seite war.

»Weil es Spaß macht.«

»Hrpmph.«

Dann hatten wir beide definitiv eine andere Auffassung von Spaß. So, und wie kam ich jetzt auf die andere Seite? Ich musste wohl ziemlich skeptisch dreingeschaut haben, da Jai zu lachen begann.

»Du schwingst jetzt dein Bein rüber und ich halt dich fest. In Ordnung?«

»Habe ich eine Wahl?«

»Ehrlich gesagt, nein.«

Ich seufzte erneut. »Das dachte ich mir schon. Also gut.« Mit der einen Hand hielt ich mich an der obersten Stange fest, mit der anderen griff ich Halt suchend nach Jai, der mich sofort stützte. Dann schwang ich erst mein eines Bein und dann das andere über die hohe Stange.

»Ja, geschaf… woah!«

Ich geriet ins Straucheln und klammerte mich an Jai fest, der dadurch ebenfalls aus dem Gleichgewicht geriet.

»Warte … shit.«

Er ruderte noch kurz mit den Armen, dann riss es uns beide zu Boden, wobei ich direkt auf Jais durchtrainierten Bauch fiel, mein Kopf klappte auf seine Brust. Jai stöhnte leise unter mir. »Verdammt.«

»Das wollte ich nicht! Hab ich dir wehgetan?«, fragte ich erschrocken und beugte mich über ihn. Ich sah, wie Jai sein Gesicht verzog.

»Du würdest es auf jeden Fall einfacher für mich machen, wenn du von mir runtergehst«, antwortete er ächzend.

»Uuhmm, klar, sorry.«

Ich stützte mich neben seinen Schultern ab und rappelte mich umständlich auf. Verlegen klopfte ich mir den Dreck von der Hose.

»Du hast schon einen leichten Hang zum Chaos«, meinte Jai, als er wieder auf beiden Beinen neben mir stand.

Ich sah ihn von unten an und grinste schief. »Ich hab dich gewarnt.«

Neugierig ließ ich meinen Blick über das Gelände und den Campus schweifen. Jai und ich befanden uns auf dem Sportplatz der Malibu High School, mit Blick direkt auf den Pazifik. Die Sonne war mittlerweile verschwunden, stattdessen zogen dunkelgraue, tief hängende Wolken über das Wasser. Selbst von hier aus war die Brandung noch zu hören. Der Wellengang war wieder stärker geworden.

Jai öffnete gerade den Mund, als auf einmal kleine Tropfen auf den Boden fielen und schließlich immer größer wurden. Regen prasselte auf uns herab und binnen weniger Sekunden waren meine Klamotten völlig durchnässt, meine Chucks füllten sich mit Wasser.

Wenn es eines gab, was ich liebte, dann waren es kurze, kräftige Sommerregen. Ich liebte das Gefühl von prickelnden Regentropfen auf meiner erhitzten Haut. Den frischen, erdigen Geruch, der dann immer in der Luft lag.

Ich reckte mein Gesicht dem kühlen Nass entgegen und ließ die kühlen Wassertropfen über mein Gesicht laufen. Es fühlte sich einfach himmlisch an.

Ich schloss meine Augen, streckte meine Arme aus und drehte mich wild im Kreis. »Woooooh.«

Ich lachte ausgelassen und strich mir die Haare aus dem Gesicht. Als ich meine Augen wieder öffnete, fiel mir auf, dass Jai mich ansah. Ein sanftes Lächeln umspielte seine Lippen.

Langsam kam er auf mich zu, seine Augen ruhten noch immer auf mir. Regentropfen verfingen sich in seinen langen, dichten Wimpern, liefen über sein hübsches Gesicht und blieben an seinen vollen Lippen hängen.

Ein Kribbeln fuhr durch meinen Bauch.

Er blieb vor mir stehen und hielt mir seine Hand entgegen. »Darf ich bitten?«

In der Ferne sah man vereinzelt Blitze über den mittlerweile rabenschwarzen Abendhimmel zucken. Ich blinzelte, da mir die Regentropfen zeitweise die Sicht versperrten.

»Hier?«, fragte ich überrascht.

»Warum nicht? Ein leeres Stadion eignet sich doch perfekt, um die Choreo zu üben. Gib dir einen Ruck, Chaosqueen.«

Diesmal zögerte ich nicht, sondern hielt ihm meine Hand entgegen.

Jai griff danach und zog mich sanft an sich. Sein Blick ließ mich erneut erschaudern. Da war immer noch dieser eine Teil von ihm, den er vor mir versteckt hielt. Aber jetzt, in diesem Moment, konnte ich sehen, wie diese geheimnisvolle Mauer um ihn herum langsam zu bröckeln begann. Seine Augen glänzten, das warme Braun darin hielt mich gefangen. Sein Blick war weich. Beinahe zärtlich.

Seine Finger umschlungen die meinen und Jai zog mich noch näher an sich heran. So nah, bis ich seine durchtrainierte Brust an meiner spürte. Sein Herz klopfte gegen meines, beide vermischten sich irgendwann zu einem gleichmäßigen Rhythmus.

Seine Hand lag auf meiner Hüfte und wanderte hoch zu meiner Taille. Dann wirbelte er mich herum und ich ließ mich einfach von ihm und der Musik in meinem Kopf führen.

Regentropfen rannen unsere Gesichter hinab, aber es störte mich nicht. Im Gegenteil.

Ich glaube, so viel Spaß hatte ich seit Langem nicht mehr gehabt. Ich blickte in Jais Augen. Sah, wie er lachte. Wie seine Augen funkelten und glänzten.

Und in diesem Moment fühlte sich alles total richtig an.

19. Kapitel

Am nächsten Morgen stand ich schon um zehn Uhr vor Jais Villa. Da die Hälfte der Tour bisher so gut verlaufen war, sollte heute eine eine kleine Party stattfinden und ich hatte Rosa versprochen, ihr bei den Vorbereitungen ein wenig unter die Arme zu greifen. Sie begrüßte mich mit einem breiten Lächeln, als sie mir die Tür öffnete.

»Buenos días, mi pequeña. Du siehst fabelhaft aus.«

Sie wischte sich kurz ihre Hände an der rot-weiß karierten Schürze ab, dann drückte sie mich an sich. Ihre warmen Augen strahlten, als sich mich dann auf Armeslänge hielt. »Du weißt gar nicht, wie dankbar ich dir bin, dass du da bist.«

Ich winkte verlegen ab und lächelte. »Keine Ursache, ich helfe wirklich gerne.«

Im Haus roch es köstlich. Ich schnupperte und schloss dabei meine Augen.

»Mmh, ist das … Mole?«, fragte ich.

Rosa drehte sich überrascht zu mir und hob ihre Augenbrauen. »Das hast du dir gemerkt?«

In ihrer Stimme schwang ein gewisser Stolz mit. Ich grinste. Die Mexikaner und ihr Essen.

Ich sah mich in der Villa um. Von Jai war weit und breit noch nichts zu sehen. Wahrscheinlich schlief er noch.

Ein kurzer Blick in die Küche reichte, um festzustellen, dass Rosa sich einiges für ihre Gäste vorgenommen hatte. Die Zutaten stapelten sich förmlich bis hoch an die Decke, dazwischen lagen bunt verstreut Gewürzmischungen, Kochbücher und Rezepte.

»Morgen.«

Bei dem Klang seiner kratzigen Stimme lief mir ein wohliger Schauer über den Rücken. Ich drehte mich um und sah Jai mir gegenüber an der Wand lehnen. Seine Haare waren noch feucht und leicht verstrubbelt. Anscheinend kam er gerade vom Duschen.

Bei seinem Anblick schnellte mein Herz unwillkürlich in die Höhe, machte kleine Hüpfer.

Obwohl er nur ein schlichtes schwarzes Shirt und eine Jogginghose trug, sah er leider mal wieder zum Anbeißen aus.

Eine Weile stand Jai einfach nur da und beobachtete uns aus seinen dunklen Augen, dann schlurfte er zum Kühlschrank, aus dem er sich eine Flasche Milch nahm und daraus trank.

»Jai, wie oft muss ich dir noch sagen, dass es dafür Tassen gibt?«, schimpfte Rosa, doch Jai zuckte bloß mit den Schultern und wischte sich grinsend über den Mund.

Rosa murmelte irgendwas auf Spanisch, das ich nicht verstand, als auf einmal die Tür zum Salon aufging und zwei Wuschelköpfe im Türrahmen erschienen.

Als sie Jai entdeckt hatten, liefen die beiden stürmisch auf ihn zu.

»JAAAIII!«, quiekte das Mädchen begeistert und sprang in seine Arme. Lachend hob Jai sie hoch und wirbelte sie umher.

Kurz darauf folgte der kleine Junge, der etwas zurückhaltender und weniger schwungvoll als seine Schwester zu Jai hinübertapste.

Es war unverkennbar, dass sie Rosas Kinder waren. Die kaffeefarbene Haut, die schwarzen Haare, die dunklen Augen …

Lächelnd beobachtete ich die drei. So ausgelassen hatte ich Jai noch nie zuvor gesehen. Seine Augen glänzten, seine Lippen hatten sich zu einem breiten Lachen verzogen.

Kichernd und Beine strampelnd wanden sich die zwei Kinder in seinen Armen, als er begann, sie durchzukitzeln. Nach einer Weile ließ er die beiden wieder runter.

Das Mädchen hatte mich bereits entdeckt und kam neugierig auf mich zugelaufen.

»Und wer bist du?«, fragte sie keck, wobei sie eine kleine Zahnlücke zwischen ihren Schneidezähnen enthüllte. Sie musterte mich skeptisch und stemmte ihre dünnen Ärmchen in die Hüfte.

Ich ging in die Hocke und lächelte sie an. »Ich bin Nina, und wer bist du?«

»Camilla«, antwortete das Mädchen stolz. Sie runzelte ihre Stirn und musterte mich skeptisch. »Und was machst du hier?«

»Ich bin eine von Jais Backgroundtänzerinnen. Das ist …«

»Ich weiß, was das ist«, unterbrach mich Camilla forsch. »Ich bin ja nicht blöd. Immerhin bin ich schon fünf Jahre alt.«

Mir blieb der Mund offen stehen. »Ähhh, jaaa …« Ich kratzte mich am Kopf.

»Camilla Lucia!«, warnte Rosa ihre Tochter streng. »Vergraul unseren Gast nicht!«

Das Mädchen verdrehte ihre Augen in Richtung ihrer Mutter. »No, mamá!«

Sie drehte sich wieder zu mir um und grinste mich frech an. »Ich wollte nur testen, ob sie auch was taugt.«

Mit diesen Worten drehte sie sich schwungvoll um und rannte wieder zu ihrem kleinen Bruder. Ein wenig irritiert starrte ich ihr hinterher.

»Dabei darfst du dir nichts denken«, rief mir Rosa zu, während sie weiterhin in ihren Kochtöpfen rührte. »Camilla ist eine kleine Dramaqueen.«

»O-ok«, sagte ich, immer noch ein wenig aus dem Konzept gebracht.

Ich stellte mich neben Jai und sah zu, wie Camilla und Ramón auf Jais Couch rumsprangen. Das Teil sah dermaßen teuer aus, dass ich schon Bedenken gehabt hätte, mich nur darauf zu setzen.

»Camilla und Ramón, ihr kommt sofort runter von dem Sofa!«, donnerte Rosa auch gleich darauf los.

Doch die zwei dachten anscheinend nicht einmal im Traum daran, auf ihre Mutter zu hören. Ramón hielt kurz einen Moment inne, als würde er überlegen. Dann sprang er jedoch begeistert weiter und krakeelte mit Camilla um die Wette.

»Ach, lass die beiden doch«, lachte Jai gut gelaunt.

»Dos diablitos … zwei kleine Teufelchen«, murmelte Rosa händeringend.

Sie warf ihren beiden Kindern noch einen strengen Blick zu, dann verzog sie sich leise grummelnd wieder an ihren geliebten Herd.

Stillschweigend beobachteten Jai und ich, wie die beiden Kleinen voller Freude das ganze Sofa in Beschlag nahmen und inzwischen auch die schneeweißen Kissen für sich entdeckt hatten. Laut schreiend warfen sie die Teile durch den gesamten Living Room.

Erste Federn flogen durch die Luft.

»Für eine fünfjährige ist sie ziemlich einschüchternd«, sagte ich irgendwann.

Jai begann zu lachen. »Ja, das stimmt wohl. Aber so war sie zu mir auch am Anfang.«

»Sehr aufbauend.« Ich grinste. »Ramón scheint ja etwas ruhiger zu sein …«

»Da lass dich mal nicht täuschen. Ramón ist ein kleines Schlitzohr.«

Als hätte Ramón uns gehört, drehte er seinen wilden Lockenkopf in unsere Richtung und grinste spitzbübisch.

»Hab ich's nicht gesagt«, lachte Jai.

»Jai, komm her!«, rief Camilla übermütig. »Kannst du mit uns noch mal Flugzeug spielen?«

»Flutzeut, Flutzeut!«, krakeelte Ramón begeistert und klatschte mit seinen kleinen Patschehändchen.

»Ich komme gleich!«

Ich betrachtete Jai aufmerksam von der Seite.

»Sie scheinen dich sehr gern zu haben.«

Jai wandte seinen Blick ab und starrte nachdenklich aus dem Fenster.

»Die können einem wenigstens nichts vormachen.«

Seine Stimme klang mit einem Mal bitter. Für einen Moment verhärteten sich seine Gesichtszüge und ich konnte erkennen, wie er seine Zähne fest aufeinanderpresste.

Als er seinen Kopf wieder zu Ramón und Camilla drehte, wurde sein Blick etwas weicher. Ein feines Lächeln umspielte seine Lippen.

Es waren immer diese winzigen Momente, in denen er mir einen Eindruck davon gab, wie es wirklich in ihm aussah und die coole Fassade um ihn herum zu bröckeln begann. Und ich einen Blick auf seine verletzliche Seite erhaschen konnte.

Nachdenklich beobachtete ich ihn, als er auf Ramón und Camilla zuging. Er packte die beiden Schreihälse und begann, sich mit ihnen im Kreis zu drehen.

»Schneller, schneller!«, juchzte Camilla.

Mir wurde schon allein vom Zusehen schlecht.

»Jai, Nina? Ich könnte ein wenig tatkräftige Unterstützung gebrauchen!«, drang Rosas Stimme zu uns herüber.

Jai setzte die beiden lachenden Kinder ab und sah mich an.

»Ich kann nicht gut kochen«, gab ich kleinlaut zu. Beinahe entschuldigend zuckte ich mit den Schultern, doch Jai ließ das Argument nicht gelten.

»Ach, das schaffen wir schon. Komm mit.« Er kam auf mich zu, nahm mich sanft bei der Hand und zog mich in die Küche.

»Was sollen wir machen?«, fragte Jai euphorisch und rieb sich die Hände.

»Es wäre gut, wenn ihr schon einmal das Chili con Carne und die Wraps vorbereiten könnt.«

»Aye, aye, Sir!«, lachte Jai und griff routiniert nach einer Pfanne, während ich etwas unbeholfen danebenstand und mir die ganzen Zutaten ansah, die sich auf dem Tisch häuften.

»Du kannst kochen?«, fragte ich, ehrlich überrascht.

»Hm, Rosa war der Ansicht, dass ich mich nicht jeden Tag nur von Fast Food und Fertigpizza ernähren könnte. Also hat sie es mir beigebracht.« Er lachte.

»Das wusste ich gar nicht«, flüsterte ich leise. Eigentlich wusste ich so gut wie nichts über Jai, wie mir gerade bewusst wurde.

Für einen Moment sahen wir uns in die Augen. Doch bereits nach wenigen Sekunden konnte ich dem intensiven Braun seiner Augen nicht mehr standhalten und wandte verlegen meinen Blick ab. Jai konzentrierte sich derweil wieder auf seine Pfanne.

»Und was kann ich machen?«, fragte ich, plötzlich ebenfalls total euphorisch.

»Du kannst schon mal die Tomaten für das Chili con Carne in schmale Streifen schneiden.«

»Okay.« Ich wusch die Tomaten kurz ab und griff nach einem der großen Schneidemesser.

Sah ziemlich respekteinflößend aus.

Ich warf einen Blick hinüber zu Jai, der ebenfalls dabei war, Tomaten zu schneiden. Allerdings ging das bei ihm irgendwie wesentlich schneller als bei mir. Und es sah wesentlich gekonnter aus. Ich dagegen hatte die ganze Zeit bloß Panik, ich könnte mir das scharfe Messer in meine Finger rammen.

Erst jetzt fiel mir auf, dass mich Jai mit einem leichten Lächeln auf den Lippen beobachtete.

»Du musst das lockerer machen, nicht so verkrampft. Mehr aus dem Handgelenk.«

Er legte sein Messer zur Seite und stellte sich dicht hinter mich. Seine Finger streiften meinen Arm, als er nach meiner Hand griff, die immer noch das Messer umklammerte.

»Die Hand locker lassen …« Seine warme Hand auf meiner sandte unwillkürlich kleine Stromstöße durch meinen ganzen Körper.

Sanft drückte Jai meine Hand herunter. »Siehst du … So geht das einfacher.«

Ich nickte kaum merklich, obwohl ich mich nicht recht auf Jais Worte konzentrieren konnte.

Alles, woran ich denken konnte, war, wie nah Jai und ich gerade beieinanderstanden. Mein Blick fiel auf seine schlanken, sehnigen Hände.

Ich konnte sein herbes Aftershave riechen. Das Shampoo in seinen Haaren. Ein unbändiger Wunsch, mich nach ihm umzudrehen und durch seine Haare zu fahren, überkam mich.

Ich schloss meine Augen und krallte meine Finger in die Arbeitsplatte.

Auch Jai hatte aufgehört, sich zu bewegen. Seine Finger ruhten jetzt knapp neben meinem Arm. Ich spürte seinen warmen Atem in meinem Nacken, der über meine erhitzte Haut hinwegstrich. Fühlte seinen Herzschlag an meinem Rücken. Mein Puls beschleunigte sich.

Ich registrierte, wie Jai seinen Arm langsam von der Arbeitsplatte löste und dachte schon, er wollte sich umdrehen. Doch da spürte ich auf einmal, wie Jai mit seinen Fingern über meinen Hals strich. Meine Haare behutsam zur Seite schob und mit dem Verschluss meiner Kette spielte.

Mühsam atmete ich ein und aus, mein Herz stolperte in einem unregelmäßigen Takt.

Ich müsste mich nur ein Stück zurücklehnen und …

»Ich habe meinen Autoschlüssel gefunden!«, ertönte es auf einmal knapp neben uns.

Wie ertappt fuhren wir beide auseinander und widmeten uns möglichst unbeteiligt wieder unseren Aufgaben.

Ich hatte nicht einmal bemerkt, dass Rosa zwischenzeitlich die Küche verlassen hatte. Geschweige denn, dass sie anscheinend ihren Autoschlüssel verlegt hatte.

Rosa blieb im Türrahmen stehen und sah zwischen uns beiden hin und her. Sie runzelte die Stirn, sagte aber keinen Ton und stellte sich wieder an den Herd. Aus dem Augenwinkel konnte ich erkennen, dass sie leicht grinste.

Verlegen richtete ich meinen Blick auf die Arbeitsplatte, mein Herz trommelte immer noch aufgeregt vor sich hin. Ich konnte Rosas verstohlene Blicke in meinem Rücken spüren. Mein Gesicht verfärbte sich noch eine Spur röter.

Also hatte ich mir das eben zwischen Jai und mir nicht nur eingebildet? Diese gewisse … Spannung? Hatte Jai es auch bemerkt? Dieses leichte Prickeln auf der Haut? Sein Atem in meinem Nacken. Seine Finger, die hauchzart meinen Arm gestreift hatten.

Ich blinzelte ein paar Mal verstohlen zu ihm hinüber, doch er konzentrierte sich voll und ganz auf das Essen in seiner Pfanne.

Ich versuchte mich ein wenig zu beruhigen, aber da der Grund für meine Aufregung nur wenige Meter von mir entfernt stand, machte das Ganze nicht unbedingt einfacher.

»Kannst du mir mal das Salz geben?«, fragte Jai auf einmal.

Ich war so in Gedanken versunken gewesen, dass ich erst Mal eine Weile brauchte, um seine Worte zu sortieren.

»S-sicher.« Ich griff nach dem kleinen Behälter und reichte ihn Jai, wobei sich unsere Finger für einen kurzen Moment berührten. Erschrocken über die angenehme Berührung, zog ich meine Hand hastig zurück. Nachdenklich blickte ich auf die Stelle, an der mich Jais Daumen sanft berührt hatte. Sie brannte wie Feuer und hinterließ ein leichtes, angenehmes Prickeln. Als ich verstört wieder nach oben blickte, bemerkte ich, wie Jai mich fragend ansah. Eine Mischung aus Verwirrung und Erstaunen lag in seinen Augen. Dennoch war da noch etwas anderes in seinem Blick, etwas, das ich nicht deuten konnte.

Kurz drauf tauchten Camilla und Ramón in der Küche auf und stibitzten klammheimlich ein paar Nudeln von der Arbeitsplatte.

»Na!« Rosa gab ihren Kindern einen liebevollen Klaps auf die Hände. »Essen gibt es später!«

Sie warf einen Blick auf ihre Uhr. »Schon vierzehn Uhr, Himmel! Wir müssen uns beeilen, die Gäste kommen bald.«

Sie drehte sich zu ihren beiden Kindern um. »Tante Ana wird jeden Moment hier auftauchen und euch abholen. Seid brav, wenn ihr heute bei ihr übernachtet. Ich möchte hinterher keine Beschwerden über euch hören! Claro?«

Camilla stampfte mit ihrem Fuß auf. »Ich will nicht bei Tante Ana übernachten!«

»Keine Widerrede! Und benehmt euch!«

»Die beiden können auch hier übernachten, Rosa«, mischte sich Jai in die kleine Zankerei ein. »Das Haus ist groß genug. Sie können in einem der Gästezimmer oben schlafen.«

»Kommt gar nicht in Frage!« Rosa schüttelte energisch den Kopf. »Ich weiß dein Angebot sehr zu schätzen, Jai, aber die beiden haben heute schon genug Chaos gestiftet!«

»Ach komm, nun lass sie doch. Ich bin mir sicher, die zwei sind artig, stimmt's?« Jai runzelte die Stirn und sah die beiden erwartungsvoll an. Camilla und Ramón nickten, als könnten sie keiner Fliege was zuleide tun.

Rosa runzelte die Stirn. »Ich weiß nicht recht …«

»Bitte, bitte, bitte, Mama! Dürfen wir?« Camilla sah ihre Mutter herzerweichend an, ihre Kulleraugen waren noch größer als sonst.

»Also gut«, seufzte Rosa. »Das ist aber die absolute Ausnahme, habt ihr mich verstanden!«

»Danke, danke, danke!« Camilla stürmte auf ihre Mutter zu und klammerte sich an ihrem Hals fest. »Eres la mejor! Gracias, mamá!«

Rosa begann zu lachen. »Schon gut, schon gut. Und jetzt raus aus der Küche, bevor ich es mir doch noch anders überlege.«

Schneller, als man gucken konnte, zischten die beiden ab in Richtung Couch, wo sie es sich gemütlich machten.

Ich drehte mich zu Jai und sah ihn herausfordernd an. »Wer von uns beiden schafft es, die Tomaten am schnellsten zu schneiden?«

»Na so was, vor zehn Minuten wusstest du noch nicht einmal, wie ein richtiges Küchenmesser aussieht und jetzt willst du mich herausfordern?«

Jais Augen blitzten vergnügt auf und funkelten vorfreudig. Er leckte sich kurz über die Lippen. »Die Wette kann beginnen. Aber denk nicht, dass ich dich gewinnen lasse.«

Ich grinste siegessicher. »Keine Sorge, das hab ich auch nicht nötig.«

20. Kapitel

Gegen siebzehn Uhr waren wir endlich fertig, mein Nacken schmerzte und meine Finger brannten höllisch. Fix und fertig ließ ich mich auf die schneeweiße Couch sinken. Für einen winzigen Moment vergaß ich sogar, dass ich wahrscheinlich gerade auf einem fünfzigtausend Dollar-Designer-Einzelstück saß. Ich schloss meine Augen, lehnte meinen Kopf gegen das weiche Polster und seufzte leise. Tat das gut.

Im nächsten Moment spürte ich, wie das Polster ein wenig nach unten sank. Ich blinzelte kurz und sah Jai dicht neben mir sitzen.

Er sah ebenfalls erschöpft aus. Ein dünner Schweißfilm war auf seiner Stirn zu erkennen, vereinzelte Strähnen seines dunklen Haars hingen ihm in der Stirn. Aber seine Augen strahlten.

Ich drehte mich zum ihm und grinste. »Wie war das nochmal? Du gewinnst? Dass ich nicht lache.«

Jais Lippen kräuselten sich zu einem spitzbübischen Lächeln. »Hey, das war unfair. Wenn sich Camilla und Rámon nicht auf mich gestürzt hätten, hätte ich mit Abstand gewonnen.«

»Hätte, wenn und aber. Hast du aber nicht.«

»Gib's zu, du hast die beiden auf mich gehetzt. Ganz schön fies.«

Ich beugte mich ein Stück zu ihm hinüber und sah fest in seine leuchtend braunen Augen, meine Mundwinkel zogen sich nach oben.

»Das, mein Lieber, nennt man Taktik.«

»Nina, liest du uns noch eine Geschichte vor? Bitte, bitte!«

Ich lachte und deckte Camilla bis zum Hals zu.

»Welche Geschichte möchtet ihr denn hören?«, fragte ich mit einem Lächeln auf den Lippen.

»Arielle, Arielle!«, quietschte Camilla aufgeregt und hielt mir das Buch prompt entgegen.

»Arielle also?« Ich hob vergewissernd meine Augenbrauen, dann schlug ich das Buch auf, das an den Seiten schon etwas ausgefranst war.

»Also …«

Während ich erzählte, kuschelte sich Rámon ganz eng an Jai, der mit aufgestützten Ellbogen hinter ihm lag. Jais Blick lag auf mir und löste ein Kribbeln in mir aus. Camilla lauschte mit leicht geöffnetem Mund gebannt der Geschichte von Arielle, ihre Augen glänzten im fahlen Schimmer der Nachttischleuchte.

»So, jetzt wird aber geschlafen«, meinte ich irgendwann und klappte das Buch entschlossen zu.

»Och manno«, maulte Camilla. »Immer wenn es spannend wird. Ich bin noch überhaupt nicht müde.«

»Das glaube ich nur allzu gerne«, lachte ich leise und versuchte, einen strengen Blick aufzusetzen. »Trotzdem wird jetzt geschlafen, es ist schon spät. Eure Mutter reißt Jai und mir sonst den Kopf ab.«

Von Rámon war nur noch ein gleichmäßiges Atmen zu hören. Seine Patschehändchen hatten sich um seine Plüschgiraffe gekrallt. Mit leisen Sauggeräuschen nuckelte er an seinem Schnuller.

Ich beobachtete, wie Jai Rámon sanft durch sein lockiges, unbändiges Haar strich und dabei lächelte. Bei dem Anblick wurde mir ganz warm ums Herz. Jai hob seinen Kopf und unsere Blicke trafen sich. Eine Weile lang sahen wir uns einfach nur an, mein Magen vollführte seltsame Saltos.

»Seid ihr zusammen oder so?«, fragte Camilla plötzlich und ließ ihren Blick aus großen braunen Kulleraugen zwischen Jai und mir hin und her gleiten.

Verlegen strich ich mir eine nicht vorhandene Haarsträhne aus dem Gesicht. Im ersten Moment war ich so überrascht, dass ich nichts außer einem unbeholfenen Stammeln hervorbrachte.

»Ähm, nein, also … Nein …«

Camilla sah mich enttäuscht an. »Warum denn nicht?«, fragte sie verständnislos.

»Äh, ja, weil, ähm …«

»Nina und ich sind nur … Freunde, Cam«, antwortete Jai an meiner Stelle. Überrascht sah ich ihn an und versuchte, in seinen Augen zu lesen. Waren wir das wirklich? Freunde?

Jai senkte seinen Blick und erhob sich von der Bettkante.

»So, und wie Nina schon gesagt hat: Schlafenszeit.«

»Aber ich ...«

»Cam.« Jai warf ihr einen Blick zu, der keinen Widerspruch duldete, woraufhin Camilla lediglich ein genervt gemurrtes »Na gut« von sich gab und sich in ihre Bettdecke einwickelte.

Ich erhob mich ebenfalls und flüsterte Camilla ein leises »Bis morgen« zu.

Am Türrahmen stießen Jai und ich leicht aneinander, wobei seine Hand die meine streifte.

Ich hob meinen Blick und schaute in Jais Augen, sah wieder dieses Flackern. Aber auch diesen Widerstand, als würde er versuchen, sich gegen irgendwas zu wehren. Eine Weile lang verharrten seine Finger völlig reglos, dann strichen sie hauchzart über meine Hand. Verflochten sich mit meinen Fingern.

Es war nur eine Geste, aber in diesem Moment bedeutete sie mir unendlich viel.

»Ich ... geh mal eben nach Rosa schauen«, murmelte Jai leise und löste sich langsam von mir.

Ich verspürte plötzlich ein seltsames Gefühl. Eine Mischung aus Freude und Enttäuschung zugleich, was mich irritierte. Freude über diesen doch innigen Moment und Enttäuschung darüber, dass er schon so schnell wieder vorbei war.

Jai sah mir noch einmal kurz in die Augen, dann lief er die breite Treppe zum Salon hinunter.

»Nina?«

»Ja?« Ich drehte mich am Türrahmen um und sah fragend in Camillas hübsches, schmales Gesicht.

»Können aus Freunden auch manchmal ... ich mein, richtige Freunde werden?«, fragte sie.

»So wie bei Arielle und dem Prinzen?«

Ich lächelte. »Ja, manchmal kann aus Freundschaft auch ...« Ich zögerte kurz, bis ich den Satz zu Ende sprach. »Liebe entstehen.«

Camilla lächelte zaghaft. »Dann wünsche ich mir das ganz fest. Dass das bei dir und Jai klappt.«

Ich war so gerührt, dass ich nichts darauf zu erwidern wusste.

»Schlaf gut, Camilla.«

Doch da war sie schon mit einem Lächeln auf den Lippen eingeschlafen. Eine Weile lang betrachtete ich sie nachdenklich, dann knipste ich das Licht der Nachttischlampe aus und schloss leise die Tür hinter mir.

Das Haus war inzwischen gut gefüllt. Überall tummelten sich schick gekleidete Frauen in kurzen, engen Kleidern und Männer in feinen Hemden und Anzügen. Viele von ihnen kannte ich nicht einmal. Ich schätzte, dass es zum Großteil Mitarbeiter von Majesty Records waren.

Nachdenklich beobachtete ich ihre lachenden Gesichter. Jedem Einzelnen von ihnen war die Freude darüber anzusehen, dass die Tour bisher so gut verlaufen war.

Ich ließ meinen Blick schweifen und entdeckte Alex und Jeremy, die in einer Ecke etwas abseits vom Rest der Partygäste eng beieinanderstanden. Die beiden sahen ziemlich vertraut miteinander aus. Gerade beugte sich Jeremy zu Alex hinunter und flüsterte ihr etwas ins Ohr, woraufhin sie lächelte.

Ich entschied mich dafür, einen Moment an die frische Luft zu gehen. Unauffällig stahl ich mich an den zahlreichen Leuten vorbei in Richtung Terrassentür. Eine angenehm milde Sommernachtsbrise wehte mir entgegen und strich sanft durch mein offenes Haar. Gierig sog ich die klare Luft in mich auf und schloss für einen Moment meine Augen. Ich wollte gerade auf den Pool zugehen, als ich feststellte, dass jemand offensichtlich die gleiche Idee gehabt hatte wie ich.

Schemenhaft erkannte ich eine Person, die am Rand des Pools saß und ihre Beine im Wasser baumeln ließ. Zaghaft näherte ich mich.

»Darf ich mich setzen?«, fragte ich leise.

Jai sah kurz auf und machte eine vage Handbewegung. »Sicher.«

Vorsichtig setzte ich mich an den Rand des Poolbeckens, darauf bedacht, das teure Kleid nicht schmutzig zu machen. Für den heutigen Abend hatte ich es mir extra aus der Garderobe von Majesty Records leihen dürfen.

»Was machst du hier so alleine?«

»Dasselbe könnte ich dich auch fragen«, erwiderte Jai. Er rieb sich über die Schläfe und runzelte die Stirn. »Ist mir zu viel geworden da drin.«

»Mir auch.« Wir grinsten uns an.

Jai sah wirklich gut aus heute Abend. Er trug eine eng anliegende, zerrissene Jeans, dazu hohe weiße Sneakers mit einem raffinierten Reißverschluss an der Seite. Sein T-Shirt und seine dünne Jacke waren ebenfalls in Weiß gehalten. An seiner rechten Handgelenk hatte er eine auffällige goldene Uhr; am linken Arm trug er dagegen nur ein feines Goldarmband.

Ich streifte meine Riemchensandalen ab und hielt zögerlich meinen großen Zeh in das Wasser, das angenehm kühl war. Ich rückte noch ein wenig näher an den Beckenrand heran und ließ meine Füße im Wasser baumeln, während ich gedankenverloren auf die Wasseroberfläche starrte. Kleine Wellen zogen sich über das Wasser und das Licht, das aus der Villa fiel, spiegelte sich darin.

Langsam merkte ich, wie sich die Anspannung des gesamten Tages von mir löste. Fasziniert lauschte ich der Stille. Außer ein paar Grillen, die im Gras zirpten, und das Gelächter, das durch die Scheiben gedämpft zu uns herüberscholl, war nichts zu hören.

Mit einem leisen Seufzer legte ich mich auf den Boden, die Terrassensteine waren von der Sonne noch angewärmt. Ich stellte mit Genugtuung fest, dass Jai seine Augen langsam über meinen Körper gleiten ließ. So langsam, dass mir allein von seinem Blick ganz schummrig wurde.

Ich spürte den hauchzarten Stoff meines schwarzen, schulterfreien und wirklich hautengen Cocktailkleids auf mir. Nathalie hatte das Kleid für mich ausgesucht und ich musste gestehen, dass sie eine wirklich gute Auswahl getroffen hatte.

Der V-Ausschnitt betonte meine Oberweite optimal. Er war nicht zu groß, sondern gerade so, dass er einen minimalen Blick auf den Ansatz meiner Brüste freigab.

Ansonsten war es recht schlicht gehalten, lediglich im Taillenbereich wurde der dunkle Stoff von einer sehr feinen Silberschnalle geziert.

Irgendwann tat Jai es mir gleich und legte sich neben mich. Unsere Arme stießen aneinander, wodurch ein wohlig warmer Schauer durch meinen Körper lief.

Die Lichter von L.A. strahlten zu uns herüber. In der Nacht war die Skyline noch beeindruckender als am Tag. Ich blickte in den Himmel, an dem zig Sterne um die Wette funkelten.

»Was sagen eigentlich deine Eltern zu all dem hier?«, fragte ich irgendwann. Ich hatte Jai noch nie von ihnen reden hören. Ob das einen Grund hatte?

Eine Weile lang war es still und ich dachte schon, Jai würde nicht mehr antworten.

»Jai, es tut mir leid, das geht mich nichts an. Du musst nicht …«

»Nein, schon gut. Ist ja kein Geheimnis«, fiel er mir plötzlich ins Wort. Er seufzte und setzte sich wieder auf, sein Blick ruhte auf dem Pool.

»Meine Mutter hat mich immer unterstützt. In allem, was ich gemacht habe. Sie war die Einzige, die von Anfang an mich geglaubt hat. Ohne sie wäre ich niemals so weit gekommen. Für mich hat sie vor zwei Jahren auch den Umzug von Miami nach L.A. auf sich genommen. Weil sie wusste, wie viel mir das Singen bedeutet.«

Ich setzte mich ebenfalls auf und blickte nachdenklich auf Jais Rücken.

»Inzwischen ist sie wieder zu meinen Großeltern nach Miami gezogen. Meinem Großvater geht es nicht besonders gut. Aber wir alle skypen regelmäßig.«

Jai sah mich noch immer nicht an, aber plötzlich konnte ich mir vorstellen, wie er sich fühlte. Wie oft im Jahr sah er seine Familie? Besonders häufig konnte es jedenfalls nicht sein, wenn ich an Jais vollgestopften Terminkalender dachte. Ob er sich manchmal Vorwürfe machte?

»Vermisst du sie?«, fragte ich leise.

Jai griff nach einem kleinen Kieselstein, holte weit aus und warf ihn an das andere Ende des Pools. »Sicher vermisse ich meine Familie. Ich wünschte, ich könnte mehr für sie da sein. Meine Mutter hat damals so viel für mich aufgegeben. Ihre Arbeit, ihre alten Freunde.«

Er brach ab und zuckte mit den Schultern. »Und mein Vater …« Jai schnaubte.

»Der hat mich und meine Mutter im Stich gelassen, als ich noch ein kleiner Junge war. Von einem Tag auf den anderen ist er abgehauen und hat sich nicht mehr gemeldet. Alles, was ich weiß, ist, dass er heute in New York lebt.«

Jai drehte sich zu mir um, Bitterkeit lag um seine Mundwinkel. Seine Augen dagegen sahen traurig aus. Ich rutschte ein Stück näher an Jai heran und griff zaghaft nach seiner Hand.

Erst dachte ich, Jai würde sie sofort wieder wegziehen, doch dann spürte ich ebenfalls einen sanften Druck. Schweigend blickten wir beiden in den Sternenhimmel, aber es war keine unangenehme Stille zwischen uns.

21. Kapitel

Am frühen Morgen flog Jai mit Nathalie nach New York, da Interviews und mehrere Pressetermine auf dem Plan standen.

Die Tage ohne ihn vergingen nur langsam, krochen förmlich dahin. Ohne Jai fehlte etwas.

Seine Sticheleien, die sarkastischen Kommentare …

Obwohl ich es mir selbst nicht so recht eingestehen wollte, vermisste ich ihn. Ich vermisste das breite Grinsen und den spöttischen Zug um seine Mundwinkel, das Funkeln in seinen Augen. Selbst seine boshaften Sprüche vermisste ich.

Auch die Tanzstunden waren ohne ihn nicht mehr das gleiche. Ich hatte weder den Ehrgeiz, mich anzustrengen noch hart zu proben. Alles verlief irgendwie träge und schleppend.

In der Zeit unternahm ich viel mit Alex. Mal fuhr ich mit ihr und den anderen Jungs an den Strand oder wir gingen shoppen. Und dennoch wollte sich diese Leere in mir nicht füllen. Auf der einen Seite hatte ich das Gefühl, total ausgelaugt zu sein und auf der anderen Seite stand ich wie unter Strom.

Es war merkwürdig. So kannte ich mich überhaupt nicht.

Vier Tage später war es dann so weit. Ich war nervös, ich war kribbelig und irgendwie total energiegeladen.

Kurz gesagt: ich trieb Alex mit meiner Hibbelei fast in den Wahnsinn.

»Meine Güte, was ist denn bloß los mit dir? Hast du Hummeln im Hintern?«, fragte sie mich lachend.

Ich grinste bloß dämlich und hüpfte gut gelaunt über den leeren Platz vor Majesty Records.

Nathalie hatte auf sechzehn Uhr eine Teambesprechung für uns Tänzer angesetzt. Warum, wusste keiner so wirklich.

»Wahrscheinlich geht es um noch mehr Trainingseinheiten«, mutmaßte Alex und deutete ein müdes Gähnen an, woraufhin ich lachen musste.

In Gedanken war ich schon wieder bei Jai. Würde er sich freuen, wieder zurück zu sein?

Würde sich etwas zwischen uns geändert haben?

Aber es kam alles ganz anders.

Während der Teambesprechung ging die Bombe dann hoch. Und riss alles mit sich in den Abgrund, bis nur noch kleine Staubbrösel übrig waren. Bis mein Herz nur noch ein einziger Scherbenhaufen war.

Wir alle hatten uns in Nathalies Büro versammelt. Sean, Jai, Alex, Jeremy und Luke sowie mehrere Mitarbeiter von Majesty Records. Die Stimmung war angespannt und eigentlich hätte mir da schon auffallen müssen, dass irgendetwas nicht stimmte.

Sie sei besorgt, sagte Nathalie. Um Jais Image, um seine Karriere. Dass das so nicht weitergehen könnte.

Verständnislos runzelte ich die Stirn. Ich verstand nicht, worauf sie hinauswollte. In letzter Zeit hatte es doch keine besonderen Vorkommnisse gegeben, oder?

Irgendwann ließ Sean dann die Worte los, die alles ins Rollen brachten.

»Angesichts der neuen Ereignisse«, Sean legte die Star Time aufgeschlagen vor sich auf den Tisch, »sehen wir uns dazu gezwungen, neue Maßnahmen zu ergreifen.«

Ich lehnte den Kopf in den Nacken und stöhnte leise. Das durfte doch alles nicht wahr sein.

Anscheinend wurde das inzwischen zur Gewohnheit.

Auf den Fotos waren – welch Überraschung – Jai und ich am Pool zu sehen. Wie wir uns an den Händen hielten und in den Sternenhimmel guckten.

Sean hielt anscheinend nicht viel davon, lange um den heißen Brei zu reden, weshalb er auch gleich zur Sache kam.

»Wir haben für Jai eine Scheinfreundin organisiert. Ihr seid natürlich an die Schweigepflicht gebunden, bei Nicht-Einhalten werdet ihr mit einer Geldstrafe und sofortiger Kündigung eures Vertrages entlassen.«

Mehrere Stimmen begannen wild durcheinander zu reden. In meinen Ohren rauschte es seltsam.

Ich sah zu Jai, der am anderen Ende des Tisches saß, den Blick fest auf den Tisch gerichtet. Nur einmal wollte ich in seine Augen sehen, wollte wissen, ob das stimmte, wovon alle hier gerade redeten.

Doch er sah mich nicht an. Nicht ein einziges Mal.

Obwohl es in dem Raum recht warm war, fühlte ich die Kälte meinen Körper hinaufkriechen. Als würde sie jeden einzelnen Bestandteil davon einnehmen.

Alex warf mir einen besorgten Blick und strich mir sanft über den Arm. In dem Moment ging die Tür auf und Sarah Lane betrat den Raum. Und da konnte ich mit einem Mal eins und eins zusammenzählen.

Mir wurde schlecht. So unglaublich schlecht.

Die Stimmen im Raum spülten über mich hinweg. Wie ein Meer aus Wörtern, die tosend auf mich hinabprasselten und mich mit in die Tiefe rissen. Ich sah, wie Sean und Nathalie aufstanden und sich ausführlich bei Sarah für ihr ›Entgegenkommen‹ bedankten. Wie Sarah Jai ein aufreizendes Lächeln zuwarf.

Die Tür ging erneut auf und eine weitere Person erschien im Türrahmen. Ich hatte das Gefühl, die Temperatur im Raum würde um weitere zehn Grad sinken. Der Mann im mittleren Alter trug einen dunkelblauen Anzug und Krawatte, die Lippen waren zu einem dünnen Strich zusammengepresst. Selbst von hier sahen seine Augen eiskalt aus, wie aus Stahl, und ließen das Blut in meinen Adern gefrieren.

Nathalie stürzte auf ihn zu. »Mister Lane, wie schön, dass Sie es doch noch zeitlich einrichten konnten.«

Sarahs Vater. Das hohe Tier im Musikbusiness, von dem Alex mir erzählt hatte. Bei näherem Hinschauen war die Ähnlichkeit zwischen ihm und Sarah unverkennbar. Der gleiche selbstbewusste, machtgierige Blick. Und beide umgab diese Aura, die sich nicht in Worte fassen ließ.

»Wir sind Ihnen sehr dankbar für Ihre Zusammenarbeit. Majesty Records weiß das sehr zu schätzen. Dem gemeinsamen Duett von Jai und Sarah steht nichts mehr im Weg. Es ist bereits alles geplant. Kurz nach der Veröffentlichung des Musikvideos werden wir die Beziehung öffentlich bekanntgeben«, hörte ich Nathalie sagen.

Plötzlich wurde mir alles klar. Dass das hier alles ein abgekartetes Spiel war. Der große Medienmogul, dessen Tochter sich jetzt öffentlich mit Jai zeigen durfte und ihren Bekanntheitsgrad steigern konnte. Im Gegenzug würde das Ansehen von Majesty Records durch eine Zusammenarbeit mit dem großen Musikmogul Lane ordentlich nach oben gepusht werden.

Sie hatten nur noch auf den richtigen Zeitpunkt gewartet. Es war alles so geplant gewesen.

Oh Gott.

»Nina, geht es dir nicht so gut? Du bist ganz blass.« Nathalie hatte sich zu mir umgedreht und musterte mich forschend. Fast musste ich mich zusammenreißen, um nicht höhnisch aufzulachen. Nathalie hatte das alles ziemlich clever eingefädelt, das musste man ihr lassen.

Ich hätte niemals gedacht, dass sie so berechnend sein könnte.

»Ich … ich muss …«

Wie in Trance stand ich auf, wobei ich mich jedoch an der Tischkante festkrallen musste, um nicht lang auf den Boden zu schlagen. Meine Beine begannen zu zittern und fühlten sich an wie matschiger, klebriger Wackelpudding. Als würden sie jeden Moment unter meinem Gewicht zusammenbrechen.

»Nina? Wo willst du hin?«

Alle Augen richteten sich auf mich, selbst Jai hob seinen Kopf. Sah mich an. Nur einen winzigen Moment lang.

Ein bitterer Zug lag um seine Lippen, seine Augen waren kalt. So kalt, dass mir erneut ein Schauer den Rücken hinabrieselte.

»Ich muss nur kurz …« Raus. Raus. Raus.

»Frische Luft holen«, stammelte ich. Einatmen, ausatmen.

Ich warf einen letzten Blick hinüber zu Jai und sah, wie er Sarah sanft eine Haarsträhne aus dem Gesicht strich.

Mein Brustkorb fühlte sich eng an und für einen Moment hatte ich Angst, keine Luft mehr zu bekommen. Hastig wandte ich meinen Blick ab. Ich konnte es nicht ertragen.

Bloß raus hier. Sofort. Andernfalls hätte ich das Gefühl gehabt, in diesem engen Raum zu ersticken.

Meine Hand zitterte, als ich nach der Türklinke griff.

Draußen schnappte ich gierig nach klarer Luft und füllte meine Lunge mit Sauerstoff.

Warum musste ich jedes Mal wieder so bitter enttäuscht werden? Hatte ich nicht ein Recht darauf, einfach mal glücklich zu sein?

Erschöpft ließ ich mich gegen die Wand sinken und schloss meine Augen. Bis vor wenigen Tagen war noch alles in Ordnung gewesen und nun …

Nun war alles ein einziges Chaos. Ein Scherbenhaufen.

Am Tag vor Jais Abreise hatte ich wirklich gedacht, dass sich etwas zwischen uns beiden geändert hätte. Jai hatte mir an diesem Tag die Chance gegeben, hinter seine Fassade zu blicken. Zu diesem Zeitpunkt hatte ich wirklich geglaubt, dass sich da etwas … aufgebaut hätte.

Konnte ich mich so sehr getäuscht haben? Ich verstand das alles nicht.

Ich hörte eine Tür leise klappern und schreckte aus meinen Gedanken. Verstohlen wischte ich mir eine vereinzelte Träne von der Wange. Ich blickte auf und sah jemanden an mir vorbeilaufen.

Jai.

Ich schluckte und stieß mich von der kühlen Mauer hinter mir ab.

»Jai!«

Er lief weiter, drehte sich nicht einmal nach mir um.

»JAI!« Ich schrie seinen Namen jetzt beinahe, meine Füße setzten sich wie von selbst in Bewegung.

Als ich ihn erreicht hatte, packte ich ihn am Arm und wirbelte ihn zu mir herum.

Der blanke Hass in seinen Augen ließ mich zurückstolpern. Ich versuchte den dicken Kloß in meinem Hals zu verdrängen. Zögerlich ließ ich meinen Arm wieder sinken.

»Jai, ich …«

»Was willst du noch?«

Seine Stimme klang schneidend. Eiskalt.

»Ich-ich versteh das nicht«, stammelte ich. »Wieso … ich dachte, wir beide … Der Tag vor deiner Abreise, als wir …« Ich atmete tief ein und aus. »Was soll das, Jai?«

»Was soll was?«

»Das weißt du genau.« Meine Stimme zitterte, brach schließlich ab. In dem Moment hasste ich mich dafür, dass ich so schwach war. So verwundbar und verletzlich.

»Das mit Sarah. Ist das wieder ein Spielchen von dir?«

Jai lachte höhnisch, seine Augen verengten sich zu zwei schmalen Schlitzen. »Das sagt die Richtige.«

Verständnislos schüttelte ich den Kopf. »Ich versteh dich nicht. Was meinst du?«

»Ach komm, hör doch auf mit dem Getue. Du bist mit den Fotos zur Presse gegangen.«

Ich fühlte, wie etwas in mir zerbrach. Etwas, dass sich so zart zwischen Jai und mir aufgebaut hatte und mit einem einzigen Satz zunichtegemacht wurde.

Meine Kehle fühlte sich an wie zugeschnürt, ein Stich fuhr mitten durch mein Herz. Da, wo es am meisten wehtat.

»Das denkst du?«, fragte ich tonlos.

Jais Augen flackerten für einen kurzen Moment, als wäre er verunsichert. Doch dann nahm sein Gesicht wieder dieses Kalte, Harte an, verfinsterte sich.

»Allerdings. Und ich hab dir vertraut. Wie konnte ich nur so bescheuert sein?«

Ich schluckte erneut, fühlte die Tränen aufsteigen.

»Das frage ich mich langsam auch«, flüsterte ich kaum hörbar. »Schon mal daran gedacht, dass wir beide auf den Fotos zu sehen sind? Wie sollte ich das also gemacht haben?«

»Keine Ahnung. Außer uns beiden war niemand am Pool. Vielleicht hast du Alex vorgeschickt.«

Ich schüttelte den Kopf. Konnte immer noch nicht glauben, was er da gerade sagte.

»Ist das dein Ernst?«

Jai zuckte gleichgültig mit den Schultern und bedachte mich mit einem verabscheuenden Blick.

»Jai, ich würde nie …« Verzweifelt griff ich nach seinem Arm, doch er schüttelte mich ab, als wäre ich ein lästiges Insekt.

Er sah mich an. »Ich dachte, du wärst anders.«

Betroffen trat ich einen Schritt zurück, wobei ich beinahe über meine eigenen Füße stolperte. Mein Herz klopfte schmerzhaft in meiner Brust.

»Das dachte ich von dir auch«, flüsterte ich leise. Ich sah, wie Jai kurz die Stirn runzelte. Wie er mich mit kalten Augen musterte.

Tränen nahmen mir die Sicht und legten sich wie ein Schleier vor meine Augen. Jai verschwamm vor meinem Gesicht, wurde immer unschärfer. Bis er nur noch eine Silhouette war.

Mit aller Kraft versuchte ich, die Tränen wegzublinzeln. Jai würde mich nicht weinen sehen. Nicht hier. Nicht jetzt.

»Dann … war es das wohl jetzt.« Ich sah Jai ein letztes Mal an, versuchte, die harte Maske zu durchdringen. Aber es gelang mir nicht.

Ich atmete tief ein und aus, dann drehte ich mich um und ging.

Mit einem Herz, das sich so schwer in meiner Brust anfühlte, als wäre es aus Blei.

22. Kapitel

Es wäre untertrieben, zu sagen, dass während der darauffolgenden Konzerte in Atlanta, Chicago, Phoenix und Anaheim dicke Luft herrschte.

Die Luft war zum Zerreißen gespannt und selbst Jeremy und Luke hatten mittlerweile kapiert, dass irgendetwas nicht stimmte. Die beiden schwiegen aber glücklicherweise zu dem Thema und mischten sich nicht weiter ein.

Ich hatte immer noch eine Scheißwut im Bauch und noch dazu war ich maßlos enttäuscht von Jais Verhalten. Ich verstand es einfach nicht.

Ich verstand ihn einfach nicht.

Tja, und was soll ich sagen? Die Situation eskalierte kurze Zeit später und lief so langsam aus dem Ruder.

Zurück in L.A. hatten wir einen Auftritt in einer bekannten TV-Show. Da diese jedoch erst am Ende der Woche ausgestrahlt werden sollte, würden bis auf die Moderatoren keine weiteren Zuschauer im Studio sitzen. Zumindest hatte Nathalie mir das so erklärt.

Meine Laune war unterirdisch, weshalb ich bis zu Beginn der Show keinen einzigen Ton von mir gab. Alex versuchte ein paar Mal an mich ranzukommen, gab es irgendwann aber schließlich auf.

Ich hatte gerade einfach nicht die Nerven, mit ihr über Jai zu sprechen. Auch wenn ich wusste, dass sie es nur gut mit mir meinte, musste ich selbst erst einmal mit den neuen Ereignissen zurechtkommen.

Und das kam ich ehrlich gesagt überhaupt nicht.

Ich kapselte mich vom Rest der Gruppe ab, verzog mich backstage in eine abgelegene Ecke und ließ mich von der Musik auf meinem iPod bedulden. Bloß nicht denken.

Aber die Gedanken kreisten unaufhörlich. Immer wieder wurden Jais Worte in meinem Kopf abgespult. Als würde ich mich in einer Dauerschleife bei irgendeiner Hotline befinden und immer wieder die Worte ›Bitte warten Sie‹ hören.

»Du bist mit den Fotos zur Presse gegangen.«

Der Satz hatte sich tief in mein Gedächtnis gebrannt. Es war wie ein Echo. Die Wörter hallten in meinem Kopf wider und hinterließen einen bitteren Nachgeschmack auf meiner Zunge. Allein bei dem Gedanken daran zog sich mein Herz schmerzhaft zusammen. Wie konnte er nur denken, dass ich ihm so etwas antun würde? Wie konnte er nur?

Zum Glück war von ihm noch keine Spur zu sehen, keine Ahnung, wo er sich herumtrieb.

Ich wusste nicht einmal im Ansatz, wie ich den Auftritt in seiner Nähe gleich überstehen sollte. Ich wusste es einfach nicht.

Nervös knibbelte ich an meinen Fingernägeln, bis es zu bluten begann.

»So ein Mist!«, murmelte ich und fluchte leise vor mich hin, als Nathalie den Raum betrat.

»Hier steckst du, ich such dich schon die ganze Zeit. Jai ist auch nirgends zu finden, was ist denn heute bloß los?« Ihre Wangen schimmerten leicht rötlich. »Wir beginnen in zehn Minuten, mach dich also bereit.«

Wie in Zeitlupe erhob ich mich aus dem Sessel.

Ich musste irgendwas machen, sonst würde ich noch verrückt werden. Also lief ich immer wieder von einer Seite des Raums auf die andere. Es grenzte an ein Wunder, dass ich noch keine Löcher in den Boden gelaufen hatte.

Und dann war es schließlich so weit. Nathalie gab das Zeichen.

Alex, Jeremy, Luke und ich stellten uns vor den Eingangsbereich des Studios, als Jai in der letzten Sekunde um die Ecke bog.

Mein Herzschlag setzte aus, doch ich hatte keine Zeit mehr, über Jai und mich nachzudenken, da uns Nathalie mit einem sanften Schubs bedeutete, dass es losging.

Mit zittrigen Händen und wackeligen Beinen betrat ich das helle Studio, in dessen Mitte befand sich eine beigefarbene Couch und ein eckiger Glastisch. Helle Scheinwerfer nahmen mir im ersten Moment die Sicht und ich musste blinzeln, um meine Augen an das grelle Licht zu gewöhnen.

An den Seiten sah ich mehrere Kameramänner stehen, kurz vor uns erhob sich eine schmale Anhöhe, auf der wir performen sollten.

Den Auftritt selbst durchlebte ich wie in Trance. Alles zog an mir vorüber, ohne dass ich wirklich bei der Sache war. Meine Beine bewegten sich automatisch zu der Musik, vollführten die richtigen Schritte. Emotionslos, irgendwie leer.

Nach dem Auftritt hatte Jai noch ein kurzes Interview mit der Moderatorin, während wir anderen backstage herumlümmelten.

»Und hier ist er noch einmal: Jai McConnor!«

Das war sein Stichwort. Jai stützte sich am Türrahmen ab und schlenderte lässig in das Studio, den Mund zu einem Tausend-Watt-Strahlen verzogen. Man konnte nicht sagen, was heller war, sein blendendes Lächeln oder die grellen Scheinwerfer.

Auf der großen Leinwand hinter der Bühne beobachtete ich, wie Jai auf der beigefarbenen Couch gegenüber der Moderatorin Platz nahm.

»Ich freue mich, dich heute bei uns zu haben.«

»Danke, Tiffany, dass ich hiersein darf«, erwiderte Jai mit einem charmanten Lächeln und trank einen Schluck Wasser aus dem Glas vor sich.

»In echt siehst du noch hinreißender aus«, schwärmte die Moderatorin verzückt.

Jai hielt einen Moment inne, dann lehnte er sich langsam ein Stück nach vorne.

»Das Kompliment gebe ich gerne zurück.«

»Ahaha, Charmeur.« Die junge Frau winkte verlegen ab und lachte schrill.

Ich verdrehte die Augen. Mein Gott, die war ja noch schlimmer als manche seiner Fans.

Dabei war sie mindestens Ende zwanzig, gute zehn Jahre älter als er. Aber das schien keinen der beiden davon abzuhalten, auf Teufel-komm-raus zu flirten.

»Jai, deine Tournee ist restlos ausverkauft, die Verkaufszahlen für dein Album steigen enorm. Wie ist dieses Gefühl für dich?«

»Es ist …« Jai hielt einen Moment inne und ruderte nahezu hilflos mit den Armen.

»Es ist einfach unbeschreiblich. Für mich ist es immer noch schwierig, zu begreifen, was da gerade passiert.«

»Was hast du für deinen Tour-Abschluss hier in L.A. geplant? Was können wir erwarten? Verrat deinen Fans, was du geplant hast, wir platzen vor Neugier.«

»Nun …« Jai lehnte sich in der Couch zurück und faltete die Hände vor seinem Bauch zusammen.

»Auf jeden Fall mehr Show, mehr Action, mehr Tanzeinlagen. Es wird alles wesentlich spektakulärer als bei den Shows davor. Und einige Künstler werden einen Gastauftritt bekommen. Mehr kann ich jetzt allerdings noch nicht sagen, es soll ja schließlich auch eine Überraschung werden.«

Er zwinkerte kurz in die Kamera und wandte sich dann wieder an die Moderatorin.

»Die ist dir auf jeden Fall jetzt schon gelungen. Dein neuer Song macht Lust auf mehr.«

Der zweideutige Unterton in ihrer Stimme war kaum zu überhören. Wieder lachte sie, schrill und hysterisch. Auf jeden Fall viel zu laut.

Jai grinste nun von einem Ohr zum anderen und beugte sich noch weiter nach vorne.

»Ich kann dir gerne eine private Vorführung geben.«

Mir kam's fast hoch. Ich musste mich schwer zusammenreißen, um nicht ein Würgegeräusch anzudeuten.

Ich drehte mich um und stellte fest, dass Nathalie ihre Lippen zu einem dünnen Strich zusammengepresst hatte, ihre Kiefer mahlten beträchtlich. Sie sah alles andere als begeistert aus.

Die Richtung, in die das Interview verlief, schien ihr eindeutig zu missfallen. Ich drehte meinen Kopf wieder in Richtung Bildschirm.

»Jai, was hat es mit den ganzen jungen Frauen auf sich, mit denen du in letzter Zeit immer wieder gesichtet wirst? Sind das Affären oder …«

»CUT!«, brüllte Nathalie auf einmal wie von Sinnen und rauschte wie eine wildgewordene Furie in das Studio. Erschrocken zuckte ich zusammen und starrte fassungslos auf den Monitor.

»Cut, Cut, Cut!«

Der Moderatorin blieb der Mund offen stehen. »Ja, aber …«

»Nichts aber, machen Sie die Kameras aus, sofort!«, schrie sie einen der Kameramänner an und fuchtelte mit ihrem Notizblock wild in der Luft herum.

Die Moderatorin schnappte hörbar nach Luft. »Was fällt Ihnen ein, Sie können doch nicht einfach hier reinschneien und …»

»Und ob ich das kann«, zischte Nathalie gefährlich. »Schneiden Sie die Stelle aus dem Interview raus, haben Sie mich verstanden?«

»Wie reden Sie denn mit mir?«, empörte sich die Interviewerin und erhob sich aus ihrem Sessel, ihre Wangen glühten. Jai ließ seinen Blick wie einen Flummi zwischen den beiden Frauen hin- und hergleiten.

»Entweder Sie schneiden die Stelle raus oder ich verklage Sie auf Millionen. Haben Sie mich gehört, MILLIONEN! Sie haben eine Liste bekommen mit den Fragen, die Sie stellen dürfen, also halten Sie sich gefälligst auch daran! Sonst sorge ich dafür, dass Sie demnächst nicht mal mehr im Dschungelcamp moderieren!«

Einen Moment lang war es totenstill, sowohl im Studio als auch hinter der Bühne. Tiffanys Gesichtsfarbe wechselte schlagartig von tomatenrot zu leichenblass.

»Nathalie, findest du nicht, dass …«

»JAI MCCONNOR!«, kreischte Nathalie mit schriller Stimme und wirbelte zu ihm herum.

»Wag es nicht, mir zu widersprechen, hast du mich verstanden?!«

Dann drehte sie sich wieder zu der Moderatorin. »Stellen Sie die Fragen, die Sie von uns bekommen haben, oder wir gehen auf der Stelle!«

Fuchsteufelswild stürmte sie wieder hinter die Bühne, wobei sie fast einen der großen Scheinwerfer zu Boden riss.

»Versteht denn hier keiner meine Sprache?«, raunzte Nathalie eine unschuldige Mitarbeiterin hinter der Bühne an, die daraufhin erschrocken zusammenzuckte.

»I-ich, t-tut mir leid«, stammelte diese und lief ganz rot an. Mitleidig sah ich sie an. Das hatte sie wirklich nicht verdient. Was konnte sie schon dafür?

Alex warf mir einen bedeutungsvollen Blick zu, Jeremy und Luke dagegen zockten an ihren Konsolen und hoben nicht mal ihren Kopf. Anscheinend waren sie derartige Ausbrüche schon gewohnt.

Ich konnte immer noch nicht glauben, was da gerade passiert war. So lief das also bei Interviews ab?

Da würde Jai doch nicht mitmachen, oder? Er ließ sich doch sonst nicht alles gefallen.

Aber ich hatte mich getäuscht. Mal wieder.

Ich lenkte meinen Blick wieder auf den Bildschirm. Die Moderatorin hatte sich anscheinend wieder gesammelt, da sie breit in die Kameras lächelte.

»Jai, würdest du einen Fan daten? Bist du ein Beziehungs-Mensch?«

Jai lächelte ebenso breit in die Kameras wie Tiffany. Ebenso falsch.

»Natürlich würde ich einen Fan daten, wieso denn nicht? Wenn sie meine Musik liebt, dann ist das doch nur ein Kompliment für mich. Und unter uns: Ich hätte gerne eine Freundin an meiner Seite, eigentlich bin ich ein kleiner Romantiker. Auf jeden Fall bin ich ein Beziehungsmensch, für One-Night-Stands bin ich nicht zu haben. Dafür bin ich nicht der Typ. Ich sehne mich nach etwas Festem.«

War das sein Ernst? War das WIRKLICH sein Ernst? Wollte der Junge mich verarschen?

Und waren die Leute wirklich so dumm, das zu glauben? Was war mit den Fotos? Fotos von seinen neuesten Eroberungen, seinen ganzen Groupies, die Knutsch-Bilder, die überall im Internet, im Fernsehen und den Zeitschriften kursierten? Was war mit der Sache in Paris?

Was war denn mit seiner ach-so-tollen Scheinfreundin?

Anscheinend hatte Nathalie noch keine offizielle Pressemitteilung herausgegeben, sodass Jai vorerst noch schweigen musste, was dieses Thema betraf. Aber durch sein »Ich hätte gerne eine Freundin an meiner Seite« hatte Nathalie dadurch jetzt noch eine bessere Vorlage, Sarah Lane in wenigen Tagen als seine neue ›Freundin‹ bekanntzugeben. Nach der Veröffentlichung des Musikvideos.

Ich war so wütend, dass ich meine Hände unwillkürlich zu Fäusten ballte.

Mir wurde schlecht. Vor Wut. Vor Ekel. Das hier war nicht meine Welt. Alles wurde gelenkt, Fehler wurden sofort verurteilt. Entweder von den Fans oder der Presse.

Alles musste perfekt sein. Aber das war es nicht, das war es keineswegs. Warum sah das keiner? Oder wollten die Leute nur den Glanz sehen? Den Glamour, den Status, das Geld? War es das?

Und wieso tat Jai das? Zu Beginn hatte ich gedacht, er würde seine Musik lieben. Aufrichtig, ehrlich. Das war eine der wenigen Sachen, die echt an ihm gewirkt hatte.

Aber es ging nur um die Karriere. Das Ansehen. Die Macht, die er über die Menschen hatte.

Die er mit seinen Worten manipulierte. Dabei war sein Lächeln so falsch. Jedes Wort, das aus seinem Mund kam, war eine Lüge. Wieso ließ er sich von Nathalie so beeinflussen?

Wer war der Jai gewesen, der mich auf dem Eiffelturm geküsst hatte? Der mir seine Ängste gestanden hatte? Hatte ich mir diese Person nur eingebildet? Ich wusste es nicht. Ich hatte das Gefühl, diese Person nicht zu kennen.

23. Kapitel

Auf dem Rückweg sagte keiner ein Wort. Da Luke, Jeremy und Alex noch einen Abstecher in das neu eröffnete Fitnessstudio am Sunset Boulevard machen wollten und Nathalie irgendeinen wichtigen Termin in der Stadt zu erledigen hatte, waren Jai und ich die einzigen, die auf der Rückbank der Limo saßen.

Die Stille im Wagen war schrecklich. Ich starrte aus dem Fenster und beobachtete vorbeilaufende Passanten. Im Rückspiegel konnte ich erkennen, wie Joe fragend seine Stirn runzelte. Trotzdem sagte er kein einziges Wort.

Jai tickerte mal wieder an seinem iPhone, seine Finger flogen blitzschnell über das Display. Das nervige ›Pling‹, das alle zwei Sekunden ertönte, trieb mich fast in den Wahnsinn.

Ich biss mir auf die Unterlippe und presste meine Lippen zu einem dünnen Strich zusammen.

Ungeduldig trommelte ich auf das weiche schwarze Leder.

»Super-Show«, meinte ich spöttisch, kaum dass ich die Tür der Limo kräftig zugeschlagen hatte und Joe langsam vom Parkplatz fuhr, auf dem er Jai und mich abgesetzt hatte.

Ich zog meine Augenbrauen hoch und bedachte Jai mit einem grimmigen Blick.

»Ich weiß nicht, wovon du sprichst«, entgegnete Jai gelangweilt, ohne aufzusehen.

Stattdessen hämmerte er wieder auf sein iPhone ein.

»Pfff, das weißt du ganz genau. Deine »›Ich-bin-so-ein-toller-Typ‹-Masche. Ist das wirklich dein Ernst?«

Jai hob seinen Blick. Er ließ sein iPhone in seine Hosentasche gleiten und sah mich genervt an.

»Hör zu, so läuft nun mal das Musik-Business. Man sagt das, was die Leute hören wollen. Wenn du ein Problem damit hast, bist du hier falsch aufgehoben. Dann solltest du besser in dein Kleckerdorf abzischen, in dem sich jeder lieb hat, aber geh mir nicht auf den Sack, verstanden?«

Seine Stimme klang herablassend und überheblich. Er wollte sich schon an mir vorbeidrücken, doch das letzte Wort war hier noch nicht gesprochen.

»Klar, es ist ja nie deine Schuld. Es sind ja immer nur die anderen«, entgegnete ich trocken und konnte nicht verhindern, dass meine Stimme anklagend klang.

»Du bist so armselig.« Angewidert verzog ich den Mund und schnaubte verächtlich.

Jai hob ruckartig seinen Kopf und machte einen Schritt auf mich zu.

»Du weißt gar nichts über mich, hast du gehört, gar nichts, also hör auf, dich ständig in mein Leben einzumischen!«, knurrte er mit tiefer Stimme.

Ich stemmte die Hände in die Hüften und verengte meine Augen zu zwei schmalen Schlitzen.

»Das würde ich nur allzu gerne, aber komischerweise lässt du mich das nicht und ziehst mich immer wieder in dein Leben mit rein!«

Feindselig blinzelten wir uns an, das Braun in seinen Augen blitzte auf.

»Verdammt, Jai!«

Wut durchströmte mich, als er sich umdrehte und einfach weiterging.

»Du machst es dir wirklich verdammt einfach, Jai McConnor!« schrie ich. »Du kannst nicht immer vor deinen Gefühlen davonrennen!«

Jai blieb mit einem Mal abrupt stehen und wirbelte zu mir herum. Selbst auf die Entfernung konnte ich erkennen, dass seine Augen vor Zorn glühten.

»Hör auf!«, schrie er nun ebenfalls. »Hör endlich auf damit!«

Er kam auf mich zugelaufen und blieb dicht vor mir stehen, seine Augen schleuderten förmlich Blitze in meine Richtung.

»Ich renne vor nichts davon!«, zischte er mit zusammengebissenen Zähnen.

»Ach nein?«, fragte ich leise. »Wie wäre es denn mit dem Kuss in Paris? Der Nacht am Pool? Oder das Interview gerade eben? Nicht ein einziges Mal hast du danach mit mir geredet. Du bist immer davongelaufen.«

»Ich hab dir nie was vorgemacht! Ich habe von Anfang an klargestellt, dass da nie mehr zwischen uns sein wird.«

»Und was war das dann mit uns beiden am Strand? Und dem Tag bei Rosa?«

»Das war nichts.« Jedes Wort von ihm fühlte sich wie ein Messerstich an, der sich immer tiefer, immer schmerzender in mein Herz bohrte und ein kaltes, klaffendes Loch hinterließ.

»Tut mir leid, wenn du da mehr hineininterpretiert hast, als da eigentlich ist.«

Seine Stimme klang hart. Eiskalt.

»Verdammt, Jai, merkst du das nicht? Du kannst nicht immer so tun, als wäre nichts gewesen. Es ist eine Sache, wenn du mir vorwirfst, ich hätte die Bilder an die Presse geschickt, aber es ist eine andere, wenn du nicht mal mehr den Mut hast, mir ins Gesicht zu sehen und mich vor den anderen immer wieder bloßstellst. Hier geht es nicht nur um dich und deine Karriere, es geht auch um mich.«

Ich atmete schwer und sah ihn traurig an.

»Es tut mir leid, dass du offensichtlich so wenig Vertrauen in die Menschen hast und niemanden an dich heranlassen kannst. Aber ich wünschte …«

Ich holte tief Luft und blickte ihm fest in die Augen.

»Ich wünschte, du würdest dir helfen lassen. Wenigstens ein einziges Mal.«

»Zum letzten Mal, ich brauche keine Hilfe, also hör auf, so zu tun, als wäre ich irgendein dämliches Charity-Projekt!«

Und dann drehte er sich um und ging. Wie jedes Mal.

Die Mauer, die Jai um sich gebaut hatte, schien von Tag zu Tag höher zu werden. Und ich hatte keine Chance, sie zu durchbrechen.

Tränen sammelten sich in meinen Augen, vernebelten mir die Sicht.

Eine Weile war es vollkommen still, dann hörte ich, wie sich Jais Schritte schnell und hastig von mir entfernten. Kies knirschte unter seinen Schuhen, es klang viel zu laut in meinen Ohren.

Ohne ein weiteres Wort stieg er in seinen Lamborghini und brauste mit quietschenden Reifen und lautem Motorengeheul vom Hof.

Am Nachmittag saß ich mit Alex auf einer Hollywoodschaukel am Strand von Malibu Beach. Das Wetter hatte sich verschlechtert, kräftige Wellen wurden krachend an den Strand gespült.

Gedankenverloren strich mir eine Haarsträhne, die sich an meinen Wimpern verfangen hatte, aus dem Gesicht. Obwohl Alex seitlich von mir saß, spürte ich ihre Blicke auf mir ruhen. Ich drehte mich nach rechts und blickte in ihre großen, sorgenvollen braunen Augen, die mich aufmerksam betrachteten.

»Du denkst an ihn, stimmt's?«

Ich zögerte und hielt einen Moment inne.

Dann nickte ich langsam und deutete ein schmales Lächeln an, was mir jedoch gänzlich misslang. Ich konnte es ihr ja doch nicht verheimlichen. Ich war schlimmer als ein offenes Buch.

»Vielleicht solltest du einfach nochmal mit ihm reden …?«

Resigniert schüttelte ich den Kopf. »Er will nicht mit mir reden … Er sieht mich nicht einmal mehr an. Vielleicht ist es besser, wenn ich ihn endlich vergesse.«

Ich friemelte an dem Strohhalm in meinem Cocktail herum und biss mir auf die Unterlippe.

Beide schwiegen wir und starrten wieder ins Leere. Ich warf einen Blick hinüber zu Alex.

»Was ist eigentlich mit dir und Jeremy?«, fragte ich leise.

Alex zuckte leicht zusammen und schwieg, bis sie schließlich langsam den Kopf schüttelte.

»Ich weiß es nicht. Keine Ahnung. Das ist irgendwie kompliziert.«

Sie seufzte und fuhr sich durch ihre wunderschönen Locken, die sanft über ihre Schulter fielen.

»Im einen Moment ist er einfach locker und gut drauf und im anderen Moment ist er wieder so einsilbig, als wäre nie etwas gewesen.«

»Kenn ich irgendwoher«, meinte ich mit einem spöttischen Grinsen und fügte noch ein »Jungs sind echt anstrengend« hinzu.

Alex wandte mir ihren Kopf zu und nickte bestätigend. Dann verfielen wir beide wieder in Schweigen.

Nachdenklich betrachtete ich Alex von der Seite. Die ganzen letzten Tage hatte sie sich rührend um mich gekümmert, mir ihre Schulter zum Anlehnen gegeben und mir zugehört. Stundenlang. Sie war einfach für mich da, wie auch jetzt. Und dafür war ich ihr unendlich dankbar.

Ich setzte mich auf und nahm sie unwillkürlich in den Arm, wobei ich den Duft ihres Pfirsichshampoos einatmete. Irgendwie gab mir das ein Gefühl von Sicherheit und Geborgenheit.

»Alex?«

»Ja?« Fragend sah sie mir ins Gesicht.

»Danke. Für alles.«

Alex' Gesicht hellte sich augenblicklich auf, als hätte man einen Schalter angeknipst, der ihre Augen zum Strahlen brachte. Dabei warf sie mir ein Lächeln zu, das selbst das Herz eines griesgrämigen alten Mannes mit Wärme gefüllt hätte. Ohne ein Wort zu erwidern, drückte sie meine Hand.

Ich erwiderte ihr Lächeln.

Auch wenn ich in den letzten Monaten einiges mitgemacht hatte, und davon mit Sicherheit nicht alles super gewesen war, so wusste ich, dass ich eine echte Freundin dazugewonnen hatte. Eine Freundin, die mit einem durch dick und dünn ging und einen nicht sofort wieder fallenließ, sobald jemand anderes daherkam.

Alex umfasste mein Kinn mit Daumen und Zeigefinger und sah mir fest in die Augen.

»Irgendwann wird der Richtige kommen, glaub mir. Und auch wenn dieser Satz mit Sicherheit in jedem Kitschroman vorkommt: Zeit heilt Wunden.«

Ich lächelte zögerlich und lehnte mich ein wenig in der Hollywoodschaukel zurück.

Nachdenklich blickte ich in den dunklen Himmel, Gewitterwolken waren aufgezogen.

Auch wenn ich mich mit jedem Schritt ein Stück weiter von Jai entfernt hatte, war ein Teil meines Herzens immer noch bei ihm. Und ich wusste, dass dieser Teil ihn niemals vergessen würde, egal wie viel Zeit vergehen würde.

24. Kapitel

Rrring, Rrring, Rrring‹

Was zum …?

Desorientiert hob ich meinen Kopf und tastete halbblind mein Nachtschränkchen ab.

»Hallo?«, brummte ich schlaftrunken in mein Handy, ohne auf das Display zu sehen. Wer zur Hölle rief nachts um diese Uhrzeit an?

»Hallo?«, fragte ich erneut, da keine Antwort kam.

»Penner. Verarschen kann ich mich alleine«, murmelte ich und wollte gerade auflegen, als ich plötzlich laute Hintergrundmusik und ein merkwürdiges Kichern vernahm. Ich hielt mein Handy wieder etwas näher an mein Ohr.

»Nina, wie gehsso?«, lallte die Person am anderen Ende der Leitung.

Ich richtete mich in meinem Bett auf und runzelte verwundert die Stirn. »Jai?«

»Ja, wer denn sonst?«, kicherte er erneut. Es raschelte kurz, dann hörte ich, wie er jemandem »Mach voll die Scheiße!« zurief und irgendwelche Stimmen daraufhin laut grölten. Dann fing Jai wieder an zu kichern. Was war denn mit dem los?

Ich presste das Handy noch fester ans Ohr.

»Sag mal, bist du betrunken?«, fragte ich irritiert.

Einen Moment lang herrschte Schweigen. Erst dachte ich, Jai hätte meine Frage nicht verstanden. Doch dann ertönte ein gedehntes »Neeein … hicks … Vielleicht ein bisschen …« Und wieder fing er an zu glucksen.

Ich schüttelte ungläubig den Kopf. Der hatte eindeutig etwas zu viel getrunken. Mehr, als ihm anscheinend guttat.

»Wo bist du überhaupt?«, fragte ich besorgt.

»Ähhh, das is' so'n, warte … hicks … Alder, wo bin ich noch mal?« Wieder hörte man im Hintergrund einige Personen laut durcheinanderreden. »Im Starlight«, schrie irgendjemand dazwischen.

»Ah, hassu gehört? Ich bin im Starlight … hicks …«, wandte sich Jai wieder an mich.

»Aha«, erwiderte ich knapp. »Jai?«

»Hm, ja?«

»Ist alles in Ordnung mit dir?«, fragte ich zögerlich.

»Wieso, alles super … Kann ich nicht einfach mal was trinken gehen?«, lallte er erregt und längst nicht mehr so gut gelaunt wie zuvor.

»Jai, du bist total betrunken …«

»Na und?! Du bis' nicht meine Mutter! Also lass das mit deim' therapeutischen Scheiß!«

Ich lehnte meinen Kopf erschöpft gegen die kühle Wand und schloss die Augen. Es musste doch einen Grund geben, dass Jai mich mitten in der Nacht anrief, noch dazu sturzbetrunken.

»Warum kannst du nicht ein einziges Mal sagen, was wirklich los ist? Warum lässt du dir nie helfen?«

»Ich brauche keine Hilfe!«, schrie Jai wütend in den Hörer. »Ich brauche niemanden!«

Erneut war es einen Moment still im Hörer.

»Wieso hast du mich dann überhaupt angerufen?«, fragte ich leise.

Ich hörte, wie Jai tief ein- und ausatmete, dann legte er ohne ein weiteres Wort auf.

Verdattert starrte ich auf mein Handy. Dieser Feigling! Wütend pfefferte ich das Teil auf mein Bett und rieb mir über die Schläfen.

»Idiot!«, murmelte ich, zog meine Knie ganz dicht an meinen Körper und ließ mein Kinn darauf sinken.

Da wir seit dem Interview wieder in L.A. waren und es noch drei Tage bis zum Abschluss-Konzert dauerte, hatte uns Nathalie kurzerhand in einem der Nobelhotels von L.A. einquartiert.

In diesem Fall war es ganz praktisch, dass wir Einzelzimmer bekommen hatten. So konnte ich wenigstens in Ruhe grübeln, ohne Alex dabei den letzten Nerv zu rauben.

Ich schwang mich aus dem Bett und lief nervös im Hotelzimmer auf und ab. Es war wirklich erstaunlich, wie ein einziger Anruf einen derart aus der Fassung bringen konnte. Oder besser gesagt mich.

Warum musste Jai seine Gefühle auch immer versteckt halten? Warum konnte er nie sagen, was ihn wirklich beschäftigte? Das würde alles so verdammt viel einfacher machen.

Aber vielleicht machte ich mir ja auch schon wieder viel zu viel Gedanken. Ich meine, wie kam ich überhaupt darauf, dass er Hilfe brauchte? Vielleicht wollte er sich einfach mal einen netten Abend unter Freunden gönnen. Da konnte es ja schon mal vorkommen, dass man ein wenig über die Stränge schlug, oder nicht?

Und trotzdem wollte ich dem nicht recht Glauben schenken. Ich hatte einfach das Gefühl, dass mehr dahintersteckte. Jai wusste, was alles auf dem Spiel stand, wenn er nachts besoffen in einem Club fotografiert werden würde, noch dazu während seiner Tour. Sein Image als vorbildhafter Superstar/Mädchenschwarm würde einige Kratzer erleiden. Zumindest, soweit ich das beurteilen konnte, seitdem ich hier in Hollywood war.

Ich schüttelte den Kopf. Ich konnte hier so lange grübeln, wie ich wollte, ich würde es ja doch nicht herausbekommen. So jedenfalls nicht.

Kurz entschlossen griff ich nach meiner Jacke, zog mir wahllos irgendein Shirt und eine Hose über und drückte die Türklinke des Hotelzimmers nach unten.

Draußen war es vollkommen ruhig, der Mond war als schmale Sichel am sternenfreien Himmel auszumachen. Die Luft war klar und angenehm kühl auf der Haut. Unschlüssig blieb ich im Schein des Mondlichtes stehen.

Sollte ich oder sollte ich nicht? Jai hatte mir schon mehr als einmal zu verstehen gegeben, dass er meine Hilfe nicht wollte.

Ich seufzte. Warum zerbrach ich mir über diesen Jungen eigentlich immer wieder den Kopf?

Ich wurde einfach nicht schlau aus ihm. Wahrscheinlich würde ich es später einmal wieder bereuen, dass ich meinem Gefühl nachgegeben hatte.

Während ich eilig über den Asphalt lief, rief ich das Nummernverzeichnis in meinem Handy auf. Entschlossen drückte ich auf den grünen Hörer. Es tutete kurz, dann war eine angenehm warme Stimme zu hören. »Ja?«

»Joe, ich bin's. Ich brauche Ihre Hilfe …«

Der Club lag direkt am Sunset Boulevard, eingebettet von Hochhäusern und schicken Restaurants. Hip-Hop Musik dröhnte mir entgegen, der Bass wummerte laut und vibrierte in meinem ganzen Körper. Neonröhren an der Decke hüllten den Raum in violettes, schummriges Licht. Die Luft war stickig und dunstig, zugleich roch es nach abgestandenem Zigarettenqualm und Schweiß.

Ich versuchte, so gut es ging, den Atem anzuhalten und mir gleichzeitig einen Überblick zu verschaffen. Verdammt, wie sollte ich Jai hier bloß finden? Etliche Menschen bewegten sich zu der Musik, wobei sie eher an Hampelmänner erinnerten. Mein Blick fiel auf ein paar merkwürdige Gestalten, deren Oberarme und Gesichter komplett tätowiert und zugepierct waren. Allein der Anblick ließ meinen Puls beschleunigen und die feinen Härchen in meinem Nacken aufstellen.

In ihren Händen hielten sie irgendwelche kleinen Stängel, an denen sie gierig zogen. Ich vermutete mal, dass es sich nicht um normale Zigaretten handelte. Wo war ich hier bloß gelandet und warum musste ich mich immer wieder in irgendwelche heikle Situationen begeben?

Ich drückte mich ein wenig enger gegen die Wand, darauf bedacht, möglichst wenig Körperkontakt zu den anderen Gästen herzustellen, und schob mich noch etwas schneller durch den Raum. Je eher ich hier wieder raus war, desto besser.

Inzwischen hatte ich festgestellt, dass sich der Club in drei Bereiche aufteilte: Tanzbereich, Bar und zu guter Letzt die Lounge, in der abgewetzte Sessel und Sofas standen. Suchend sah ich mich um, wobei ich mich auf Zehenspitzen stellte, um einen besseren Überblick zu bekommen. Meine Augen scannten jeden einzelnen Zentimeter ab, bis mein Blick schließlich an einer mir allzu bekannten Person hängen blieb. Entschlossen kämpfte ich mich die letzten Meter nach vorne, bis ich die Bar erreicht hatte.

Jai schien mich im ersten Moment überhaupt nicht wahrzunehmen, sondern blickte lediglich wie hypnotisiert in sein Glas. Den Kapuzenpulli hatte er sich tief ins Gesicht gezogen.

»Jai?«

Ich tippte ihm mehrmals auf die Schulter, aber es kam keine Reaktion.

»Jai!« Ich musste gegen die Musik anbrüllen, damit man mich überhaupt verstand. Nach einigen Sekunden hob er schließlich den Kopf und sah mich an. Leer. Ausdruckslos.

Erschrocken sog ich die Luft ein.

Sein Blick war glasig und verschleiert, die Augen waren gerötet. Ich hatte das Gefühl, er würde durch mich hindurchsehen. Seine sonst perfekt gestylten Haare hingen ihm strähnig in der Stirn. Er sah einfach fertig aus, wie er da zusammengesunken auf dem Barhocker immer wieder in sein leeres Glas stierte. Prüfend wedelte ich mit meiner Hand vor seinem Gesicht umher.

Er runzelte irritiert die Stirn. »Was wills'n du hier?«, kam es nuschelnd von ihm, während er sich die Kapuze vom Kopf zog. Es war nicht zu überhören, dass er sichtlich Probleme damit hatte, einen einzigen klaren Satz zu formulieren.

Mein Gott, wie viel hatte der denn getrunken? Und wie war er bitteschön an Alkohol gekommen, wenn das hier erst ab einundzwanzig Jahren erlaubt war? Oder war das wieder irgendein VIP-Bonus?

Skeptisch betrachtete ich Jai, der sich inzwischen wieder in Richtung Theke gewandt hatte und dem Barmann ein Zeichen gab. Der schob daraufhin ein volles Glas zu Jai hinüber.

»Jai, jetzt ... nein, lass das. Gib jetzt her ... du hast genug von dem Scheißzeug.«

Wir rangelten eine Weile miteinander, bis ich das volle Glas schließlich zu fassen bekam. Ich grapschte es ihm unwirsch aus der Hand, wobei die Hälfte des Inhalts auf dem Boden landete, und leerte den Rest davon kurz entschlossen selbst mit einem einzigen Zug. Vielleicht würde ich den Abend dann besser überstehen.

Bääh, brannte das. Fast hätte ich das ekelhafte Gesöff wieder ausgeprustet, zwang mich aber dazu, den Mist runterzuschlucken. Igitt, was war das denn? Ich verzog den Mund und begann mit einem Mal kräftig zu husten. Das Zeug brannte wie Feuer in meiner Kehle und hinterließ einen beißenden Geschmack auf meiner Zunge. Ich schüttelte mich leicht.

Als ich meine Augen wieder auf Jai richtete, sah ich, dass sein Blick inzwischen von fassungslos zu finster gewechselt war.

»Das war meiner!«, keifte er. Er beugte sich ein Stück vornüber, wobei er fast vom Stuhl gefallen wäre. Sein Gleichgewichtssinn hatte sich anscheinend auf null runtergeschraubt. Ich fragte mich, ob er überhaupt noch irgendetwas um sich herum wahrnahm.

Ich schüttelte den Kopf und seufzte leise.

»Okay, das reicht jetzt. Komm mit, Joe wartet mit der Limousine auf uns.«

Bockig wie ein kleines Kind schüttelte Jai den Kopf und verschränkte trotzig die Arme vor der Brust.

»Also sag mal …«

Ich versuchte ihn mit mir zu zerren, doch anstatt nachzugeben, klammerte er sich an der Theke fest.

»Mann, Jai, du bist total betrunken. Jetzt hör auf mit dem Scheiß und komm mit! Nathalie wird ausrasten, wenn sie hiervon erfährt.«

Das schien ihn allerdings nicht im Geringsten zu interessieren, da er seine Fingernägel nur noch stärker in das Holz krallte und ein lautes »Nein!« von sich gab.

Ich knirschte mit den Zähnen. So langsam verlor ich wirklich die Geduld. Was war nur los mit ihm? Seine Sturheit war ich ja gewohnt, aber das hier … Wenn er dachte, ich würde so einfach nachgeben, dann hatte er sich gewaltig geschnitten. Jetzt hatte ich mich schon in diese beschissene Situation geritten und würde sie auch bis zum bitteren Ende durchstehen. Irgendwie.

Ich griff kurzerhand nach einer der Flaschen auf dem Tresen, schraubte den Verschluss auf und kippte Jai, bevor er auch nur eine Chance hatte zu reagieren, den kompletten Inhalt über den Kopf.

Jai verstummte tatsächlich für einen Moment und sah mich verdattert an, als ihm die Haare nun wie ein seidener Vorhang im Gesicht klebten und einzelne Tropfen seine Wange hinabperlten. Perplex fasste er sich in sein klitschnasses Haar.

Ich nutzte den Moment, zog ihn vom Stuhl und hinter mir her durch die Menge. Jai hatte sich inzwischen aus seiner Starre gelöst und warf meinem Rücken laut fluchend irgendwelche Beleidigungen zu, die ich allerdings ignorierte. Beinah hatte ich seine bösartigen

Bemerkungen schon vermisst. Gierig sog ich die frische, klare Nachtluft in mich auf, als die Tür hinter uns ins Schloss fiel.

»Sieh an, sieh an, wen haben wir denn da?« Ein dreckiges Lachen ertönte unmittelbar hinter uns und ließ uns herumwirbeln. Keine zwei Sekunden später trat ein großer junger Mann aus einem kleinen Grüppchen von sechs Männern hervor.

Ich kniff die Augen zusammen und überlegte, ob ich ihn irgendwo schon einmal gesehen hatte.

»Khalil«, zischte Jai bedrohlich. Es klang wie das Zischeln einer Kobra kurz vorm Zugriff.

Ich zählte eins und eins zusammen und kam zu dem Schluss, dass es sich um diesen besagten Sänger aus Großbritannien handeln musste. Der Typ, der die Charts stürmte und laut Nathalies Aussage eine große Konkurrenz für Jai darstellte. Anders konnte ich mir Jais Reaktion nicht erklären. Und den Namen Khalil gab es mit Sicherheit auch nicht so oft.

Unauffällig sah ich mir den Typen etwas genauer an. Er trug ein schwarzes Tanktop, wodurch man freien Blick auf seine muskulösen Arme hatte, die größtenteils tätowiert waren. Schwarze Haare umrahmten seine kaffeefarbene Haut, um seinen Hals baumelte eine dicke Goldkette.

Langsam kam er auf uns zu, den Mund zu einem provokativen Grinsen verzogen. Seine Augen leuchteten unheilvoll in der Dunkelheit auf. Im Licht der Straßenlaterne konnte ich erkennen, wie sich Jais Kiefermuskeln anspannten.

Khalils Blick glitt langsam zu mir, seine nahezu schwarzen Augen durchbohrten mich förmlich. Bei seinem Anblick lief es mir eiskalt den Rücken herunter.

»Und sie?«, fragte er an Jai gewandt. Ein boshaftes Grinsen lag auf seinen Lippen.

»Deine neue Nummer? Pass bloß auf, Jaykee, ich muss dich ja, glaube ich, nicht daran erinnern, was beim letzten Mal passiert ist. Ich sage nur Jes…«

»Halt dein verdammtes Maul und verpiss dich zurück in dein Rattenloch, aus dem du gekrochen bist!«

»Na, na, na, wer wird denn hier gleich ausfallend werden?«

An Jais angriffslustiger Haltung konnte ich erkennen, dass er bereits zum nächsten Schlagabtausch ansetzte, als Khalil in dem Moment einen Schritt zur Seite trat und eine langbeinige Blondine mit einem Hauch von Stoff aus seinem Schatten hervortrat.

»Hallo, Jai. Lange nicht mehr gesehen …«

Irritiert warf ich Jai einen Blick von der Seite zu und stellte fest, dass jegliche Farbe aus seinem Gesicht gewichen war, Fassungslosigkeit spiegelte sich in seinen Augen wider. Eine merkwürdige Stimmung schwebte plötzlich über uns. Unheilvoll und irgendwie bedrohlich. Oder kam mir das nur so vor? Wer war das Mädchen und was zur Hölle ging hier vor sich?

Verwirrt glitt mein Blick wieder zu der unbekannten Schönheit. Ich müsste lügen, würde ich sagen, sie wäre nicht hübsch. Der Blick, den sie Jai zuwarf, und dieses Glitzern in ihren Augen gefielen mir ganz und gar nicht. Dennoch hatte sie etwas an sich, das mich in ihren Bann zog. Ihre Bewegungen waren anmutig und lauernd, wie die einer Katze. Ihre grünen Smaragdaugen blitzten auf.

»Was willst du hier?«, fragte Jai gepresst, seine Hände hatte er zu Fäusten geballt.

»Ach, Jai, bist du wirklich immer noch sauer?«, fragte sie und schüttelte ihren Kopf, sodass ihre Haare wie ein glänzender Vorhang über ihre Schultern fielen.

Ich sah, wie Jai schluckte, wie sich sein Adamsapfel auf und ab bewegte. Ohne ein weiteres Wort umfasste Jai grob mein Handgelenk und wollte sich schon umdrehen, als Khalils Stimme erneut an unsere Ohren drang.

»Aber wie ich sehe, hast du dir ja schon Ersatz gesucht. Bringt's die kleine Schlampe wenigstens?«

Ich biss die Zähne zusammen und sog scharf die Luft ein. Ein kurzer Blick zu Jai genügte, um zu erkennen, dass sein gesamter Körper unter Spannung stand, ein Ruck fuhr durch ihn hindurch. Seine Gesichtszüge wurden hart. Wie versteinert.

Er ließ meine Hand los, drehte sich langsam zu Khalil um und stellte sich schützend vor mich.

»Was hast du gerade gesagt, Mann? Ich glaub, ich hab's nicht ganz verstanden!«, zischte Jai gefährlich leise.

»Ach, du meinst Schlampe?« Khalil lachte laut und riss den Mund weit auf, wobei seine perlweißen Zähne zum Vorschein kamen. Seine Stimme jagte kalte Schauer über meinen Körper, eine Gänsehaut zog sich über meine Arme.

Ich ballte meine Hände zu Fäusten, war bereit, ihm eine reinzuhauen. Ich straffte meine Schultern. Noch ein Wort und …

Lüstern ließ Khalil seinen Blick über mich gleiten, seine Augen glänzten. Er schnalzte mit der Zunge. »Zum Ficken wäre ich wirklich die bessere Partie gewesen, Kleines. Na, wie wär's?«

Krachend fiel er zu Boden. Aber es war nicht meine Faust.

»Du Scheiß-Wichser, ich mach dich fertig!«, brüllte Jai wie von Sinnen. Seine Stimme hallte bedrohlich durch die tiefschwarze Nacht und blieb irgendwo zwischen den Wänden der Hochhäuser hängen.

»Mach sie noch einmal an und ich schwör dir, du wirst es bereuen!«

Jai stürzte sich wie ein wild gewordenes Tier auf Khalil und schlug immer wieder auf sein Gesicht ein.

Starr vor Schreck blickte ich auf die beiden Männer, die mittlerweile beide am Boden lagen und gegenseitig auf sich eindreschten.

Ich konnte nicht hinsehen. »Hört auf, verdammt!«, schrie ich. Bestürzt stellte ich fest, dass eine schmale Blutspur Jais Wange hinabrann und er leise stöhnte.

Scheiße, scheiße, scheiße. Was machte ich denn jetzt, verdammt noch mal?!

Angst erfasste mich, mein Herz trommelte laut gegen meine Brust. »Jetzt lasst den Scheiß!«

Die ersten Zuschauer hatten sich um uns versammelt, Getuschel setzte ein. Unruhig sah ich mich um. Warum schritt denn bloß niemand ein?

Jai und Khalil schenkten all dem keine Beachtung und rollten immer noch wild rangelnd und laut fluchend über den Boden.

Ich atmete tief ein und aus und versuchte mit aller Kraft, die zwei auseinanderzuziehen. Ich packte Jai am Kragen seines Kapuzenpullis, wurde von Khalil jedoch zur Seite geschubst und landete unsanft auf meinem Hinterteil. Ich richtete mich wieder auf.

»Jai, hör auf!«, wimmerte ich. »Das bringt doch nichts.«

»Bitte, Jai!«, setzte ich eindringlich hinterher, meinen Blick flehentlich auf ihn gerichtet.

Er hielt für einen Augenblick inne. Unentschlossen sah er zwischen Khalil, der immer noch widerlich grinste, obwohl ihm das Blut aus der Nase lief und auf sein Designershirt tropfte, und mir hin und her. Sanft legte ich ihm meine Hand auf den Arm und sah ihn an.

»Bitte«, flüsterte ich leise.

Die Anspannung in Jais Körper lockerte sich allmählich. Trotzdem konnte ich noch immer die Wut in seinen Augen lodern sehen. Langsam rappelte er sich auf, warf Khalil einen hasserfüllten, vernichtenden Blick zu. Er beugte sich zu ihm hinab. »Wenn du sie nur ein einziges Mal mit deinen Dreckspfoten anfasst oder sie bloß ansiehst, dann MACH. ICH.DICH.FERTIG! Verstanden?!«, zischte er.

Ein letztes Mal drückte Jai Khalil auf den dreckigen Asphalt, dann löste er sich schwer atmend von ihm. Blut tropfte sein Kinn hinab, seine Lippen waren aufgeplatzt. Über seinem rechten Auge zeichnete sich ein großer, tiefer Kratzer ab. Ich schluckte, zitterte am ganzen Leib. Völlig aufgelöst stand ich in der Kälte, konnte immer noch nicht ganz realisieren, was da gerade passiert war.

Jai machte einen Schritt auf mich zu, sein Blick war besorgt. Unruhig huschten seine Augen hin und her. »Alles okay mit dir?«

Zaghaft nickte ich mit dem Kopf. Verwirrt. Durcheinander.

Ich hob meine Hand und fuhr vorsichtig über seine Wange. »Das sollte ich besser dich fragen …«, flüsterte ich erschüttert. »Mein Gott, du blutest sogar.«

»Jai, geht es dir gut?«

Bei dem Klang der süßlichen Stimme zuckte Jai unmerklich zusammen, sein gesamter Körper spannte sich wieder an. Ich hatte nicht einmal bemerkt, dass das Mädchen näher an uns herangetreten war.

Sie stand inzwischen keinen Meter mehr von uns entfernt und warf Jai einen entschuldigenden Blick zu. »Es tut mir leid, ich wollte nicht, dass es so k…«

»Ach, halt deinen Mund. Ich will es nicht hören«, spuckte Jai hervor. »Verzieh dich und geh zu Khalil, aber lass mich in Ruhe. Ein für alle Mal.«

Die Schärfe in seiner Stimme ließ mich erneut zusammenzucken. Sein Brustkorb hob und senkte sich schwer. Ohne dem Mädchen noch einen weiteren Blick zu schenken, griff er nach meiner Hand und zog mich die Straße entlang. Die Stimmen hinter uns wurden immer leiser.

Eine ganze Weile lang gingen wir schweigsam nebeneinander her. Jais Schritte waren schnell und hastig, als würde er rennen wollen. Er war aufgebracht, das konnte ich ihm ansehen.

Ich hatte Mühe, mit ihm mitzuhalten. Irgendwann ertrug ich die Stille zwischen uns nicht mehr.

»Jai, wer war das?«, fragte ich leise. »Wer war dieses Mädchen?«

Jai sah mich nicht einmal an, sondern starrte auf die Straße vor uns und ging noch ein bisschen schneller. Noch immer waren seine Gesichtszüge wie erstarrt, seine Lippen zu einem dünnen Strich zusammengepresst.

»Jai?« Inzwischen zitterte meine Stimme. »Jetzt sag doch etwas, rede mit mir!«

In dem Moment drehte er sich so abrupt zu mir um, dass ich gegen seine Brust prallte. Erschrocken blieb ich stehen.

Ich konnte die Ader an seinem Hals pulsieren sehen, sein Adamsapfel hüpfte aufgeregt auf und ab. Seine Augen loderten vor Wut, die goldenen Sprenkel darin glühten nahezu.

»Jai, ich …«

»Bitte, Nina …« Jais Stimme klang gepresst. Mit geschlossenen Augen rieb er sich über die Schläfen, als hätte er Schmerzen.

»Vergiss es einfach, okay? Lass uns gehen, Joe wartet …«

Ich schluckte. Jai warf mir noch einen kurzen Blick zu, dann lief er in großen Schritten die dunkle Straße hinunter.

Wir fanden Joe schließlich in einer schmalen Seitenstraße nahe des Clubs in einer Parkbucht. Jais Bodyguard lief hektisch vor der Limousine auf und ab und hatte sich eine Zigarette angezündet, die er bei unserem Auftauchen hastig austrat. Ich sah, wie sich Erleichterung in seinem Gesicht breitmachte und er eilig auf uns zulief. Als er jedoch das Ausmaß von Jais Zustand registrierte, fiel sein Lächeln in sich zusammen wie Mamas Rührkuchen im Ofen.

»Was zum Himmel … Mister McConnor … Miss Nina! Was …?«

Ich hob kraftlos die Hand. »Bitte, Joe, das wollen Sie lieber gar nicht erst wissen. Glauben Sie mir.«

Ich schob den immer noch schimpfenden und zusammenhangslos redenden Jai auf die hinteren Bänke der Limousine, wo er sofort erschöpft zusammensackte wie ein plumper Sack.

Ich drehte mich um und sah Joe hinter mir stehen, der mich eindringlich musterte. Seine grauen Augen strahlten Unruhe aus. Er trat einen Schritt auf mich zu und sah mich ernst an. »Nina, ich möchte wissen, was da drinnen passiert ist.«

Ich sah betreten zu Boden und nickte schließlich kaum merklich. »Also gut …«

Als ich Joe die komplette Geschichte erzählt hatte, ließ ich meinen Kopf ermattet in das weiche Leder auf dem Beifahrersitz sinken. Die Angst saß mir noch immer tief in den Knochen. Joe nahm wortlos hinter dem Lenkrad Platz, sein Gesicht hatte sich in tiefe Falten gelegt.

Unsicher sah ich ihn von der Seite an. Obwohl Joe seine Gefühle eigentlich so gut wie nie offen darlegte, wusste ich, dass er sich Sorgen machte.

Er startete den Motor und lenkte den Wagen auf die Hauptstraße. Wortlos fuhren wir durch die hell erleuchteten Straßen von L.A., vorbei an lachenden und ausgelassenen Menschen.

»Ich hätte Sie da nicht allein reingehen lassen dürfen, Nina. Was da alles hätte passieren können … nicht auszudenken.« Joes Augenbrauen zogen sich steil über seinen Augen zusammen.

Ich drehte mich zu ihm und fummelte betreten an meinem dünnen schwarzen Shirt.

»Sie trifft keine Schuld. Es war allein meine Idee, da reinzugehen. Es tut mir leid, dass ich Ihnen Sorgen bereitet habe. Aber … es ist ja alles noch mal gutgegangen«, versuchte ich ihn zu beruhigen.

Joe schüttelte den Kopf. »Da hängen teilweise Gestalten ab, mit denen ist nicht zu spaßen. Wie man sieht.« Er warf einen kurzen Blick in den Rückspiegel und schüttelte den Kopf, bevor er sich wieder auf den Verkehr konzentrierte.

»Diesmal ist er zu weit gegangen. Ich kann für ihn nur hoffen, dass die Presse von diesem Debakel nichts erfährt. Haben die Papparazzi Sie gesehen?«

Ich räusperte mich leise. »Na ja, also … ehrlich gesagt weiß ich das nicht so genau …« Zerknirscht zuckte ich mit den Schultern und warf ebenfalls einen Blick nach hinten.

Jais Kopf war inzwischen an die Fensterscheiben gesunken, seine Augen waren geschlossen. Leise Schnarchgeräusche drangen zu uns nach vorne.

»Ich weiß nicht, was mit ihm los ist«, flüsterte ich. »Ich … ich versteh das alles nicht. Warum macht er sowas, die Trinkerei …«

Joe nickte kaum merklich. »Es ist nicht immer einfach mit ihm, ich weiß. Aber der Junge hat in seinem Alter auch schon viel durchgemacht. Es ist nicht leicht, dem permanenten Druck der Öffentlichkeit ausgesetzt zu sein. Man muss viel schneller erwachsen werden, um all dem standzuhalten. Und vieles ist nur Schein. Trotzdem ist das keine Entschuldigung für sein Benehmen.«

Den Rest der Fahrt legten wir in einvernehmlichem Schweigen zurück. Jeder hing seinen eigenen Gedanken nach. Wobei Jai vermutlich schon ins Land der Träume abgedriftet war.

Ich schaute hinaus in die Nacht. Ich dachte lange über Joes Worte nach. Über den Schein in Hollywood.

Und zum ersten Mal während meines Aufenthaltes hier in Amerika stellte ich mir die Frage, ob Jai McConnor gerade dabei war, an dem Druck zu zerbrechen.

25. Kapitel

Jetzt sei endlich leise!«, raunte ich. »Oder willst du vielleicht, dass dich irgendwer in diesem Zustand sieht?«

Nachdem Joe uns kopfschüttelnd und mit einem letzten mahnenden Blick hinter dem Hotel abgesetzt hatte, lief Jai lauthals grölend und in Schlangenlinien über den gesamten Parkplatz.

Ich versuchte, Jai meine Hand auf den Mund zu legen, um ihn zum Schweigen zu bringen, doch er machte einen schnellen Satz zur Seite, sodass meine Hand ins Leere griff.

»Diesesschwein!«, lallte Jai und stolperte über einen Stein. Er schwankte und hätte dabei fast noch Bekanntschaft mit einem deckellosen Gully gemacht. Es grenzte eigentlich an ein Wunder, dass er in seinem Zustand nicht auch noch in die Kanalisation gefallen war.

Jai beugte sich in Hockstellung über das kreisrunde Loch und fing an, wie bekloppt zu winken.

»Guck-guck!«, rief er begeistert und beugte sich noch ein Stück näher darüber, bis sein Kopf beinahe ganz im Gully verschwunden war.

»Hall-o?«, setzte er hinterher, als würde er erwarten, dass ihm Rihanna höchstpersönlich gleich ihren hübschen Kopf aus der Kanalisation heraus entgegenstreckte.

Ich schlug mir gegen die Stirn und vergrub mein Gesicht in beiden Händen. Das konnte doch wohl alles nicht wahr sein. In welchem schlechten Film war ich hier gelandet? Ich wartete schon darauf, dass irgendein Mann gleich hinter dem Gebüsch hervorspringen und »Ha! Versteckte Kamera!« rufen würde.

»Jai, was machst du da?«, presste ich mühsam beherrscht mit zusammengebissenen Zähnen hervor, als ich auf einmal ein leises Plätschern hörte.

Mit Entsetzen musste ich feststellen, dass Jai gerade dabei war, mit heruntergelassener Hose und somit blankem Hinterteil in den Gully zu pinkeln.

»Was zur Höl... Jai, bist du bescheuert? Jetzt lass das sein!« Pikiert blickte ich auf das Szenario vor mir, hielt mir aber gleich darauf die Hände vor mein schamrotes Gesicht und drehte mich um.

»Wenn dich jemand sieht ...«, murmelte ich und ließ meinen Blick quer über den Platz schweifen. Ich sah die Schlagzeilen schon vor mir: Sturzbetrunkener Jai McConnor fällt beim Pinkeln in den Gully!

»Jetz sei mal nicht ssso verklemmt«, nuschelte Jai amüsiert und zog mit einem ›Ratsch‹ seinen Reißverschluss wieder hoch.

Vorsichtig blinzelte ich zwischen meinen Fingern hindurch und sah Jai mit einem breiten Grinsen vor mir stehen. »Kannssie Hände wieder runternehmen. Is' nix mehr zu sehen«, lallte er.

Wenn das denn möglich war, lief mein Gesicht gerade noch eine Spur röter an. Ich schnappte nach Luft, doch mir fiel beim besten Willen nichts ein, was ich darauf hätte entgegnen können. Stattdessen packte ich ihn am Kragen seines Hoodies und schleifte ihn die letzten Meter zum Hoteleingang.

»Ich will nicht!«, zeterte Jai und rammte seine Füße mit aller Gewalt auf den Boden.

»Halt die Klappe!«

»Aber ...«

»Hör zu, Jai. Es ist mitten in der Nacht, wir müssen morgen«, ich blickte auf die Uhr, »ach nee, heute um fünf Uhr aufstehen, in weniger als achtzehn Stunden ist dein Abschlusskonzert, ich habe eine Schlägerei hinter mir, bin müde und mir ist kalt. Also-mach-mich-nicht-rasend!«, zischte ich leise, wobei ich jede einzelne Silbe betonte und meine Augen zu schmalen Schlitzen zusammenkniff.

Jai sah mich stumm an und hielt für ganze dreißig Sekunden sogar mal den Mund.

»Und jetzt benimm dich! Wenigstens für die nächsten Minuten!«, bat ich leise, als wir den Vordereingang des Hotels erreicht hatten, setzte ein hinreißendes Lächeln auf und schob Jai und mich an dem Portier vorbei.

»Guten A… ähh Morgen«, sagte ich freundlich. Der Portier nickte uns kurz zu, verzog dabei aber keine Miene.

»Yo, Mann, was geht ab?« Jai machte breit grinsend das Peace-Zeichen und torkelte dann die Treppen hoch, wobei er sich am Geländer festhalten musste.

Ich lächelte den Portier gequält an, warf ihm noch einen entschuldigenden Blick zu und stieg dann ebenfalls die Stufen hinauf.

Vor Jais Zimmertür streckte ich ihm abwartend meine Hand entgegen. »Karte«, sagte ich.

Jai sah mich irritiert an.

»Die Karte, Jai. Ich brauche deine Karte. Oder möchtest du vielleicht lieber vor deinem Zimmer übernachten?«, seufzte ich.

Er runzelte die Stirn, als müsste er meine Worte erst noch sortieren. Tatsächlich fing er dann irgendwann an, seine Taschen zu durchsuchen.

»Wenn du in dem Tempo weitermachst, dann stehen wir übermorgen noch hier«, sagte ich genervt und wippte mit meinem Fuß auf und ab.

Irgendwann drückte mir Jai dann doch seine Karte in die Hand.

»Danke«, murmelte ich knapp, zog die Karte durch den kleinen Schlitz an der Tür und schob Jai wortlos in das Zimmer hinein.

Fahles Mondlicht fiel in den Raum. Ich schaltete das Licht ein, woraufhin Jai ein wimmerndes »Mach das aus!« von sich gab und sich an seine Schläfen fasste. Ich verdrehte die Augen, tat ihm aber den Gefallen.

Jai wankte ins Bad, wobei er die Vase auf der Kommode zu Boden riss, die daraufhin in ihre Einzelteile zersprang.

»Upps!« Er hielt sich einen Finger an die Lippen und starrte auf die Scherben.

»Na ja, wassolls. War sowieso hässlich.« Er griente mich an und schaute in den großen Spiegel über dem Waschbecken. »Wie viel habichn eigenlich getrunken, hicks?« Jai hielt zwei Finger in den Spiegel und zog wilde Grimassen. »Vier?«

»Hm, bestimmt …«, murmelte ich und setzte ein kopfschüttelndes »Definitiv zu viel« hinterher.

»Hui, es dreht sich ja alles«, lallte Jai mit einem Grinsen auf den Lippen und torkelte wieder aus dem Bad, wobei er sich am Türrahmen festhalten musste, um nicht einmal quer durchs Zimmer zu segeln.

Mit den Worten »Hier. Trink das!« drückte ich ihm eine Wasserflasche in die Hand, die ich neben seinem Bett gefunden hatte. Dann machte ich mich im Halbdunkeln auf die Suche nach einem Erste-Hilfe-Koffer, stieß mir dabei aber mindestens drei Mal den Fuß an irgendeiner Kante.

Ich öffnete das kleine Schränkchen an der Wand und holte ein schmales Päckchen hervor.

»Hinsetzen!«, ordnete ich streng an, woraufhin sich Jai knurrend auf sein Bett fallen ließ.

Ich setzte mich neben ihn auf die Bettkante, wobei ich jedoch darauf achtete, dass genügend Abstand zwischen uns beiden lag.

Vorsichtig schob ich Jais Haare aus der Stirn. Ich stockte, als ich Jais Blick auf mir spürte. Durchdringend und irgendwie nachdenklich. Hastig zog ich meine Hand zurück, als hätte ich mich verbrannt. Unwillkürlich musste ich an den Tag in Paris denken. Den Kuss. Wie nah wir uns da gewesen waren. Noch immer ließen Jais Augen nicht von mir ab.

Verlegen räusperte ich mich.

»Danke«, flüsterte ich. Meine Stimme klang fremd in meinen Ohren. Eigenartig rau.

»Wofür?«

»Das … mit Khalil.« Ich traute mich nicht, ihm dabei in die Augen zu sehen. Für einen Moment war es wieder still zwischen uns beiden.

»Schon okay. Er hatte sowieso mal eine Abreibung verdient.«

Vorsichtig hob ich den Blick und erkannte, dass Jai müde lächelte. Dunkle Augenringe, unordentliche Haare, hängende Schultern. Er sah erschöpft aus. Ausgelaugt.

Ich fragte mich, was ihn so beschäftigte. Verhalten lächelte ich ihn an.

»Ähm, ja … dann lass uns mal deine Wunde anschauen …«, stammelte ich ein wenig irritiert.

Vorsichtig beugte ich mich zu Jai und schob ihm eine besonders widerspenstige Strähne aus der Stirn, wobei meine Finger leicht zitterten.

»Das muss desinfiziert werden«, stellte ich fest.

Ich nahm das Desinfektionsspray aus dem Etui und sprühte etwas davon auf ein Taschentuch.

»Das brennt jetzt gleich vielleicht etwas«, warnte ich Jai vor und setzte das Tuch behutsam an seine Stirn an.

Er schloss die Augen und presste seine Lippen zu einem schmalen Strich zusammen. Behutsam strich ich über seine Wunde, meine Finger glitten dabei sanft über seine Wange. Jai sog scharf die Luft ein und gab ein zischendes Geräusch von sich. Ich bemerkte, dass sich Jais Körper unter meinen Berührungen anspannte. Ruckartig öffnete er die Augen.

»Aua, pass doch auf!«, fauchte Jai, riss seinen Kopf ruckartig zur Seite, packte das Taschentuch und schleuderte es quer durchs Zimmer.

Erschrocken machte ich einen Schritt zurück und starrte Jai verdattert an. Was hatte ich denn nun schon wieder falsch gemacht? Ich schnaubte leise.

»Jetzt reicht's mir aber langsam! Was verdammt noch mal, ist dein Problem, huh?!«

Wütend stemmte ich meine Hände in die Hüften und fixierte ihn mit zusammengekniffenen Augen.

»Erst rufst du mich mitten in der Nacht an, nur um mir anscheinend mitzuteilen, dass es dir blendend geht, wie man ja auch ganz offensichtlich sieht.«

Ich machte eine spöttische Geste in seine Richtung. Es sah so aus, als wollte Jai eine Bemerkung machen, doch ich ließ ihn erst gar nicht zu Wort kommen, da ich mich richtig in Rage redete. Verdutzt schloss er seinen Mund wieder.

»Dann«, ich funkelte ihn an, »hole ich dich aus diesem beschissenen Club, bevor du noch mehr Scheiße anstellen und nebenbei von Glück sprechen kannst, falls dich die Paparazzi bei deiner netten Saufparade und der Prügelei mit Khalil nicht erwischt haben. Und alles, was dir dazu einfällt, sind Beleidigungen und dumme Sprüche. Weißt du, ein klitzekleines ›Danke‹ hätte schon gereicht. Aber nein, der werte Herr macht einen stattdessen wieder dumm von der Seite an, sobald man ihm auch nur einen Hauch zu nah kommt. Wenn man den großen Superstar nicht beachtet, dann ist er beleidigt und wenn man versucht, ihm zu helfen, dann ist es auch wieder falsch. Als ob ich nichts Besseres zu tun hätte, als Babysitter für einen völlig arroganten und ignoranten Popstar zu spielen, der meint, er hätte das Recht, alle um sich herum wie Abschaum zu behandeln. Also entschuldige, wenn ich nicht den Boden küsse, auf dem du gehst!«

Jai starrte mich fasziniert an, was mich nur noch mehr auf die Palme brachte.

»Was?!«, fauchte ich ungehalten.

Immer noch keine Reaktion.

»Ach, leck mich doch!«, erwiderte ich gereizt, drehte mich auf dem Absatz um und wollte geradewegs zur Tür stürmen, als mich eine Hand unwirsch am Handgelenk packte und grob herumwirbelte.

»Hör verdammt noch mal … auf damit!«

Ich versuchte seine Hand abzuschütteln und runzelte verständnislos die Stirn. »Wovon redest du?«

»Das weißt du ganz genau!« Jai funkelte mich wütend mit seinen dunklen Augen an und verstärkte den Griff um mein Handgelenk.

»Äh, nein …« Zunehmend verwirrter sah ich ihn an, unfähig, einen klaren Gedanken zu fassen.

Jai hob seinen Zeigefinger und fuchtelte damit wild vor meinem Gesicht herum, sodass ich schon befürchtete, ihn gleich im Auge zu haben. Er beugte sich zu mir, wobei sein Kopf dem meinen gefährlich nahekam.

»Hör auf, mir … diese Sachen einzureden!«

Ich verstand immer noch nicht, worauf er hinauswollte. Aber mein Gehirn lief auch im Moment auf Sparflamme, so nah, wie wir beieinanderstanden. Ich konnte den Geruch seines teuren Parfüms riechen. Sein Shampoo. Spürte die Hitze, die von seinem Körper ausging.

»Was für Sachen?«

»Dass … da … was zwischen uns ist – hicks.«

Vollkommen perplex starrte ich ihn an. Was redete er da bloß?

»Du gehörst ins Bett«, murmelte ich mit laut klopfendem Herzen und wollte mich wieder umdrehen, doch Jai hielt mich eisern fest.

»Glaubst du, ich merk das nicht?«, fauchte er. »Du wirfst mir das doch vor!«

Ich schüttelte den Kopf. »Wann soll ich das denn behauptet haben?«, fragte ich mit krächzender Stimme.

»Ständig! Du denkst daran … Und ich hasse dich dafür, dass du mich dazu bringst, darüber nachzudenken!«

»Ich weiß echt nicht, was dein Problem ist …«, flüsterte ich und versuchte, das Stechen in meiner Brust zu ignorieren. »Warum denkst du überhaupt darüber nach, wenn es dir so egal ist?«

»Was mein Problem ist, huh? Du willst wirklich wissen, was mein Problem ist?! Du bist mein Problem, verdammt, du bringst alles durcheinander!«

Ich schluckte, als Jai mich gegen den Kleiderschrank drückte und mit zusammengekniffenen Augen anfunkelte. Er raufte sich seine Haare, bis sie zu allen Seiten abstanden. Jai schien sich einen Moment zu sammeln, dann öffnete er den Mund.

»Du bist kratzbürstig, widerspenstig, stur und eine absolute Nervensäge …!«

Stumm sah ich zu Boden und scharrte mit meinem Fuß nervös über das Parkett. Am liebsten hätte ich mir die Ohren zugehalten.

»Du machst mich wahnsinnig mit deiner Tollpatschigkeit …«

Pause. »Und trotzdem kann ich, verdammte Scheiße noch mal, an nichts anderes mehr denken!«

Was? Ich musste mich verhört haben. Verwirrt blinzelte ich, traute mich aber nicht, nach oben zu schauen. Ich spürte, wie Jai mit seinem Zeigefinger mein Kinn leicht anhob und mich somit zwang, ihn direkt anzusehen. Zwei glühende Augen durchbohrten und durchleuchteten mich von oben bis unten.

»Scheiße, weißt du eigentlich, wie sexy du aussiehst, wenn du wütend bist?«, lachte er mit rauer Stimme und beugte sich noch ein Stück näher über mich, sodass ich seine Bartstoppeln bereits auf meiner Wange spüren konnte.

Entsetzt machte ich einen Schritt zurück und prallte dabei mit dem Kopf gegen den Kleiderschrank, zumal sich etwas Spitzes und äußerst Unangenehmes tief in meinen Rücken bohrte. Mit schreckgeweiteten Augen und offenem Mund starrte ich ihn an, unfähig, irgendeinen klaren Gedanken zu formulieren.

Jetzt dreht er vollkommen durch, schoss es mir durch den Kopf. Was zur Hölle faselte er da bloß die ganze Zeit? Das … das konnte er doch nicht ernst meinen, oder? Ich schüttelte den Kopf. Daran war bestimmt bloß der Alkohol schuld, so viel, wie Jai davon getrunken hatte …

Meine Hände wurden schwitzig und ich spürte, wie sich mein Herzschlag beschleunigte.

»D-du weißt nicht, was du da redest! Du bist betrunken!«, stammelte ich leicht panisch.

Ich hielt den Atem an, als sich Jai so dicht über mich beugte, dass seine Lippen nur noch einen Atemzug von meinen entfernt waren. Seine Augen glänzten fiebrig.

»Ich weiß, was ich rede ... Verdammt gut sogar ...«, flüsterte er leise. Sanft fuhren seine Finger über meine Wangen. Meine Lippen. Strichen meinen Hals hinunter. Ich schloss die Augen und genoss seine zarten Berührungen, die ein Kribbeln in mir auslösten. Ein Feuer entfachten.

Ich spürte, wie Jais schlanke Finger über mein dünnes Shirt fuhren. Als ich seine warmen Hände an der nackten Haut unter meinem Shirt fühlte, keuchte ich leise auf. Ein wohliger Schauer lief mir über den Rücken.

Ich öffnete meine Augen und sah Jai an. Blickte in das tiefdunkle Braun, das inzwischen beinahe schwarz war. Begierde leuchtete in seinen Augen auf. Er lehnte sich noch ein Stückchen näher über mich, dann umfasste er mein Gesicht mit beiden Händen und presste seine Lippen fest auf meine.

Im ersten Moment blieb ich wie angewurzelt stehen und wusste nicht, wie ich reagieren sollte.

Er war betrunken, verdammt ...

Und dennoch fühlte ich, wie meine Beine langsam einknickten und weich wie Wackelpudding wurden. Ich schloss die Augen und küsste ihn zaghaft zurück. Von Sekunde zu Sekunde wurde der Kuss jedoch intensiver. So intensiv, dass es mir den Atem raubte.

Seine Lippen schmeckten prickelnd und aufregend. Nach Abenteuer.

Jai ließ seine Zunge forschend in meinen Mund gleiten und ließ seine Finger sanft über meinen Unterarm streichen. Sofort stellten sich die feinen Härchen auf.

Eine leise Stimme in meinem Hinterkopf sagte mir, dass ich gerade dabei war, eine riesengroße Dummheit zu begehen. Dass das hier nicht richtig war. Und trotzdem konnte ich nicht aufhören.

Es war wie ein Rausch, dem ich mich nicht entziehen konnte.

Jai löste sich für einen kurzen Moment von mir. Seine Augen glitzerten und ich konnte erkennen, dass ein feines Lächeln seine Lippen umspielte. In meinem Magen begann es seltsam zu kribbeln. Unwillkürlich musste ich ebenfalls lächeln.

Mit einem geschickten Handgriff zog er sich sein T-Shirt über den Kopf und ließ es achtlos hinter sich auf den Boden fallen.

Er näherte sich mir wieder einen Schritt und pinnte seine Hände neben mir an den Schrank. Ich schluckte, als er da so oberkörperfrei vor mir stand. Fasziniert betrachtete ich sein durchaus ansehnliches Sixpack. Fuhr sanft die Umrisse des Schlangen-Tattoos auf seinem Oberarm nach.

Mein Herz schlug höher, das Atmen fiel mir immer schwerer. Jais Kopf beugte sich zu mir nach vorne. Seine vollen, weichen Lippen streiften flüchtig die meinen. Hauchzart. Wie der Flügelschlag eines Schmetterlings.

Nach einer Weile schob ich ihn mit dem letzten bisschen Restverstand von mir.

»Wir sollten beide schlafen gehen«, keuchte ich atemlos.

»Zu mir oder zu dir?«, grinste Jai und zog seine Augenbrauen nach oben.

Das Blut schoss mir augenblicklich wieder ins Gesicht, meine Wangen fühlten sich brennend heiß an.

»Ich meinte, also ich meinte nicht – ich meinte getrennt«, stammelte ich, während Jai mich erwartungsvoll ansah. Seine Mundwinkel begannen verdächtig zu zucken und schließlich brach er in lautes Lachen aus.

»Du Blödmann!«, grinste ich und haute ihm leicht auf den Arm. Jai rieb sich, immer noch grinsend, über die Stelle. Dann zog er mich wieder an sich und es fiel mir wirklich schwer, ihn auf Abstand zu halten. Am liebsten wäre ich die ganze Nacht in seinen Armen geblieben und hätte mich an seine nackte Brust geschmiegt. Jai vergrub seinen Kopf in meiner Halsbeuge. »Bist du dir sicher? Willst du nicht doch noch bleiben?«, nuschelte er.

Mein Herz schlug laut in meiner Brust, zehntausend kleine Schmetterlinge flogen in meinem Bauch umher. Ich lächelte, auch wenn Jai das nicht sehen konnte.

»Morgen ist ein großer Tag. Da sollten wir beide fit auf der Bühne stehen«, murmelte ich.

Schweren Herzens löste ich mich von ihm und brachte etwas Abstand zwischen uns. Irgendwie hatte ich immer das Gefühl, nicht klar denken zu können, wenn er in meiner Nähe war.

Jai schüttelte seufzend den Kopf, trotzdem deuteten seine Lippen ein Lächeln an. »Dass du aber auch immer so vernünftig sein musst.«

»Und dass du immer so ein Dickkopf sein musst«, gab ich sanft zurück und grinste. »Also, Rockstar, wir sehen uns morgen beim Training.«

Ich drehte mich um, als mich eine Hand an meinem Handgelenk zurückhielt.

»Hast du nicht etwas vergessen, Chaosqueen?«, vernahm ich Jais raue Stimme in meinem Rücken.

»Was denn?« Ich konnte nicht verhindern, dass sich meine Mundwinkel immer stärker dabei nach oben zogen.

»Na, das hier.« Und dann spürte ich Jais Lippen auf meinen.

Als wir uns nach einer halben Ewigkeit voneinander lösten und schließlich verabschiedeten, lehnte ich mich von außen gegen die Tür und atmete tief ein und aus.

Ein breites Lächeln lag auf meinem Gesicht.

26. Kapitel

Ja-hai, Ja-hai, Ja-hai,…« Kennt ihr diese Momente, in denen dieses eine Szenario vor euren Augen abläuft und ihr denkt, ihr würdet gerade ein Déjà-vu erleben? Genau so erging es mir, als ich am Abend unserer letzten Show auf der Bühne stand und in die riesige Masse von Fans blickte.

Es war, als würde ich meine Zeit in den USA wie einen Film vor meinem geistigen Auge abspielen und erneut an jenem Abend starten, an dem die Tour in L.A. begonnen hatte.

Genau hier.

Hier im Staples Center.

Und dennoch war alles anders. In diesen Wochen und Monaten hatte ich so viel erlebt und so viele neue Erfahrungen dazugewonnen. Ich hatte neue Freunde gefunden. Mein Blick ging hinüber zu Alex, Luke und Jeremy, die neben mir tanzten. Ein Lächeln schlich sich auf mein Gesicht.

Und ich hatte jemanden kennengelernt, der mich regelrecht um den Verstand brachte. Jai stand am Bühnensteg und brachte die Menge zum Kochen. Ein Feuerwerk explodierte knapp neben mir und erleuchtete die Halle.

Und keine drei Meter von mir entfernt spazierten gerade Taylor Swift und Ed Sheeran an mir vorbei und sangen sich die Seele aus dem Leib.

Keine drei Meter, das muss man sich mal vorstellen!

»Danke, L.A., ihr wart ein großartiges Publikum. Danke an alle, die mich während meiner Tournee besucht haben, die mich die ganze Zeit unterstützt haben. Ohne euch würde ich heute Abend nicht hier oben stehen, also tausend Dank! Und ein besonderer Dank geht auch an meine Tänzer … Luke, Jeremy, Alex und Nina …«

Wie in Trance nahm ich Jais Worte wahr, sah, wie er auf uns deutete und mit seinem Blick schließlich an mir hängen blieb. Sein Mund deutete ein Lächeln an.

Wie in Zeitlupe ging ich nach vorne, stellte mich zu den anderen in eine Reihe. Wir verbeugten uns vor den Fans, die uns zum Abschluss mit einem gigantischen Geschrei belohnten.

Dann fiel der Vorhang zu.

Die Stimmung hinter der Bühne war aufgeheizt, alle waren noch voll mit Adrenalin aufgepumpt. Ich konnte nicht glauben, dass dies wirklich der letzte Show-Abend gewesen sein sollte und irgendwie machte es mich auch ein wenig traurig. Immer noch aufgekratzt, griff ich nach meinem Handy und wollte Isabel ein Foto von Ed Sheeran, Taylor Swift und mir per WhatsApp schicken, als Jai plötzlich danach griff.

»Jai, gib her!«

»Hol's dir doch!«

Er streckte mir frech die Zunge raus, dann lief er los.

Ich rannte hinter ihm her, quer durch die Gänge, vorbei an den verdutzten Crewmitgliedern und den anderen Künstlern, aber das war mir egal. Als ich ihn irgendwann eingeholt hatte, blieb Jai mit einem Mal abrupt stehen und zog mich stürmisch in einen der hinteren und unbeleuchteten Seitengänge. Selbst im Halbdunkeln konnte ich erkennen, dass seine Augen vor Übermut funkelten.

Ich streckte meinen Arm aus und versuchte, nach meinem Handy zu greifen, doch Jai hielt es absichtlich noch ein wenig höher. Sein Mund verzog sich zu einem schadenfrohen Lachen.

»Gib mir sofort mein Handy wieder!«, schnauzte ich ihn an. Jai beugte sich leicht über mich und grinste dreckig.

»Und was bekomme ich dafür?«

»Eine Ohrfeige, wenn du es mir nicht sofort wiedergibst«, knurrte ich halb gespielt, halb im Ernst.

»Tss, Tss, Tss.« Jai schüttelte gespielt den Kopf und schnalzte missbilligend mit der Zunge.

Mit einem Mal drückte er mich gegen die Wand und lehnte sich mit seinem ganzen Oberkörper gegen mich. Als ich versuchte, mich seitlich an ihm vorbeizuschlängeln, schob er seine Arme blitzschnell nach vorne und stützte diese jeweils rechts und links von mir an der Wand ab, sodass ich keine Chance hatte, an ihm vorbeizukommen. Mit meinen Fäusten trommelte ich auf seine Brust.

»Aaargh!«, schnaubte ich. »Du bist so ein … so ein …«

»Ja?« Jais Augenbrauen zogen sich interessiert nach oben.

»Vollidiot, arroganter und selbstverliebter Mistkerl …!«

»Tatsächlich? Hast du denn gar nichts Charmantes auf Lager?«

Seine Finger legten sich mit einem geschickten Griff um meine Handgelenke und hinderten mich somit daran, ihm weiter meine Fäuste zu präsentieren.

Von einer Sekunde auf die andere hatte sich die Stimmung zwischen uns verändert, Jais Augen hatten sich verdunkelt und die goldenen Sprenkel darin leuchteten auf. Mein Herz schlug aufgeregt gegen meine Brust.

Mit seinem rechten Bein schob mich Jai noch ein Stückchen näher an die Wand.

»Vielleicht einen Kuss?«, raunte Jai.

Sein Mund war auf einmal nur noch wenige Zentimeter von meinem entfernt. Ich kam ins Stocken.

»W-was tust du da?«, stammelte ich und sah mich um, in der Annahme, jeden Moment erwischt zu werden.

»Nach was sieht es denn aus?«, flüsterte Jai mit heiserer Stimme. Sein warmer Atem kitzelte an meinem Ohr und jagte mir einen Schauer über den Rücken. Ich musste schlucken.

Bevor ich reagieren konnte, hatte sich Jai noch ein wenig mehr zu mir heruntergebeugt. Sanft streiften seine Lippen meine Mundwinkel und wanderten die empfindliche Haut an meinem Hals entlang.

Ich sog scharf die Luft ein. »Jai, … nicht«, wehrte ich mich schwach. »Wenn … wenn uns wer sieht …« Panisch ließ ich meinen Kopf zu allen Seiten gleiten, doch da war niemand außer uns beiden.

Jai legte seinen Finger unter mein Kinn und drehte meinen Kopf zurück.

»Ssschttt … Hier ist keiner …«, antwortete er gedämpft an meinem Hals. Behutsam bedeckte er jeden einzelnen Millimeter davon mit heißen Küssen. Abwechselnd spürte ich seine Lippen und seine Zunge über meine Haut fahren. Ich warf meinen Kopf in den Nacken und schloss die Augen. Meine Beine hatten sich inzwischen in Wackelpudding verwandelt und ich fühlte von Sekunde zu Sekunde, wie sich mein anfänglicher Widerstand in Nichts auflöste. Neckend begann Jai, an meinem Ohr zu knabbern, wodurch kleine Stromstöße durch meinen gesamten Körper gejagt wurden.

»Jai«, stöhnte ich leise, mein Atem ging inzwischen nur noch stoßweise. Jai lockerte den Griff um mein Handgelenk und streifte den Träger meines Tops geschickt von meiner rechten Schulter. Unerträglich langsam küsste er meine Schulter und saugte sich an der Haut fest, während seine Finger mein Schlüsselbein ertasteten.

Ich krallte mich an seinem weißen T-Shirt fest und bevor ich darüber nachdenken konnte, fasste ich in sein verwuscheltes Haar und zog seinen Kopf zu mir heran.

Seine inzwischen schwarzen Augen glühten. Lächelnd strich ich ihm eine verirrte Haarsträhne aus der Stirn. Als ich meine Lippen sanft auf seine legte, hatte ich das Gefühl, dass die Zeit für einen kurzen Moment stehenblieb.

Ich ließ mich in den Kuss fallen und genoss die Wärme, die von ihm ausging. Jai seufzte leise. Stürmisch umfasste er meine Hüfte und zog mich mit einer schnellen Bewegung fest an sich. Flink wanderten seine Finger meine Wirbelsäule entlang und malten kleine Kreise auf meinen Rücken. Ich spürte, wie seine Zunge auffordernd gegen meine Lippen stieß und um Einlass bat.

Jais T-Shirt rutschte ein Stück nach oben, wodurch der Ansatz seines Sixpacks zum Vorschein kam. Meine Hände wanderten wie von selbst an den Saum seines Shirts und verweilten schließlich am Hosenbund seiner Jeans. Sanft streichelte ich über eine kleine Narbe an seiner Seite und ließ meine Finger unter sein Hemd gleiten. Seine Haut war warm und vom Konzert noch ein wenig verschwitzt. Spielerisch fuhr ich die Konturen seiner Bauchmuskeln nach, womit ich Jai ein heiseres Stöhnen entlockte. Sein Brustkorb hob und senkte sich dabei in einem schnellen Rhythmus. Als mich Jai jedoch ungestüm an sich presste, machten sich Zweifel in mir breit und zum ersten Mal an diesem Abend erlaubte ich mir selbst die Frage, was ich hier eigentlich tat. Wohin sollte das noch führen? Was hatte ich mir überhaupt dabei gedacht?

Die Fake-Beziehung mit Sarah, all die Vorwürfe, die er mir gemacht hatte …

Konnte ich das einfach so vergessen?

Das federleichte Gefühl machte einem unwohlen Grummeln tief in meiner Magengegend Platz. Obwohl ich versuchte, die quälenden Fragen aus meinem Kopf zu verbannen, wollte sich diese Glückseligkeit von zuvor nicht mehr einstellen.

Jai schien zu spüren, dass ich mit meinen Gedanken ganz woanders war und löste sich widerwillig von mir. Fragend sah er mich mit glasigen Augen an, sein Atem ging stoßweise.

Ich mied seinen Blick und sah stattdessen zu Boden. Mein Herz klopfte mir bis zum Hals.

»Ich bin das nicht, Jai«, hörte ich mich leise sagen und schluckte kräftig. »Und ich weiß nicht, ob das für dich nicht nur ein Spiel ist. Ich kann das nicht – nicht so.« Meine Stimme zitterte.

Vorsichtig wagte ich einen Blick nach oben und konnte sehen, wie sich Jais Gesicht verdüsterte. Eindringlich musterte er mich mit zusammengekniffenen Augen.

»Was ist das mit uns?«, platzte ich heraus, bevor mich der Mut verließ. Angespannt wartete ich auf seine Reaktion und blickte Jai herausfordernd an.

Seine Augen huschten unruhig hin und her. Er öffnete den Mund, als wollte er etwas sagen, dann schloss er ihn jedoch wieder und schwieg eisern. Kälte erfasste meinen Körper und ließ mich erschaudern.

»Aha. Ich versteh schon«, erwiderte ich bitter, mühsam beherrscht, um die aufwallenden Tränen herunterzuschlucken.

»Nein, gar nichts, du verstehst gar nichts!« Nahezu verzweifelt fuhr sich Jai immer und immer wieder durch sein Haar, seine Stimme klang aufgebracht.

»Und Sarah? Was ist mit der?«, fragte ich mit zusammengebissenen Zähnen.

»Das ist … verdammt, das ist kompliziert. Nathalie hat das alles so eingefädelt … Ich …«

Er holte tief Luft und sah mich beinahe wehmütig an. »Ich muss das machen.«

»Klar«, antwortete ich trocken.

Aus dem Augenwinkel sah ich, wie eines der Crewmitglieder suchend die Gänge ablief, bis sein Blick an uns beiden haften blieb. Er runzelte die Stirn, als würde er sich fragen, was Jai McConnor um diese Uhrzeit in einem dunklen Seiteneingang machte.

Instinktiv wich ich einen Schritt zurück.

»Mister McConnor? Ihr Interview am roten Teppich beginnt in wenigen Minuten.«

»Ja, ich komme gleich.« Jai machte sich nicht einmal die Mühe, sich nach ihm umzudrehen, sondern hielt seinen Blick weiterhin auf mich gerichtet.

»Ähm, ich störe Sie wirklich nur ungern, aber Miss Jenkins möchte, dass Sie sofort …«

»Ja, verdammt. GLEICH!« Das Crewmitglied zuckte erschrocken zusammen und machte sich schnell aus dem Staub. Er tat mir ein wenig leid, schließlich konnte er nichts für den ganzen Trouble.

Jai schloss die Augen und rieb sich genervt über die Schläfen.

»Was soll ich machen? Was erwartest du von mir, huh?« Seine Augen sahen müde aus, der Glanz darin war verschwunden.

Hilflos zuckte ich mit den Schultern. »Ich erwarte gar nichts von dir«, flüsterte ich.

Jai fuhr sich erneut durch seine dunklen Haare, die inzwischen zu allen Seiten abstanden.

»Shit!«, presste er mit zusammengebissenen Zähnen hervor und schlug mit der Faust gegen die Wand.

Wortlos starrten wir uns einen Moment an, das Einzige, was zu hören war, war unser Atem.

»Du … solltest besser gehen, bevor du noch Ärger bekommst«, stammelte ich schließlich mit laut klopfendem Herzen.

Das dunkle Braun in seinen Augen hielt mich gefangen. Es kam mir vor wie Minuten, die wir uns gegenseitig ansahen, dabei waren gerade mal ein paar Sekunden verstrichen. Wimpernschläge.

Zögerlich trat er auf mich zu und fuhr mit seinem Daumen hauchzart über meine Wange. Es war nicht mehr als ein Luftstoß und doch hinterließ seine Berührung ein Kribbeln auf meiner Haut. Ich schluckte kräftig, um den Kloß in meinem Hals loszuwerden.

Abrupt wich Jai wieder zurück und wandte den Blick ab. Ein Schatten legte sich über sein Gesicht, die Lippen hatte er zu einer schroffen Linie zusammengepresst. Dann drehte er sich um und lief in großen Schritten den Flur entlang.

Meine Augen brannten sich förmlich in seinen Rücken, in der Hoffnung, Jai würde sich noch mal nach mir umdrehen. Aber er tat es nicht.

Und dabei gab es noch so vieles, was ich ihm sagen wollte, aber es ging nicht. Ich konnte es nicht.

27. Kapitel

Erschöpft lehnte ich mich gegen die kalte Wand und schloss die Augen. Mein Herz schlug hart gegen meine Brust, fast tat es weh. Nach einer Weile stützte ich mich langsam von der Wand ab und ging wie in Zeitlupe den langen Flur hinab. Die grellen Neonröhren flackerten leicht.

Ich zögerte einen Moment, stieß dann aber doch die riesige Eisentür auf und trat nach draußen. Die kühle Abendluft tat gut. Gierig saugte ich sie tief in meine Lunge.

Am roten Teppich war inzwischen die Hölle los. Massig Fans und Reporter tummelten sich dort und versuchten sich gegenseitig zu übertönen. Ich drängte mich nach vorne, bis ich einigermaßen gut sehen konnte, und verschränkte die Arme vor meinem Körper. Mein Blick glitt zu den riesigen Leinwänden.

»Los Angeles, was geht? Ich bin Chelsey Miller und berichte euch live vom roten Teppich. Und gleich werde ich Amerikas Herzensbrecher und Mädchenschwarm Nummer 1 treffen.« Die blonde Interviewerin machte eine kurze Pause und lächelte verheißungsvoll in die Kamera.

»Seid ihr bereit?«, schrie sie in ihr pink verziertes Mikrofon, als Jai auch schon den roten Teppich betrat.

Die Masse um mich herum begann aufgeregt zu schreien. Ich verzog den Mund zu einem gequälten Lächeln.

»Da ist ja mein Liebling«, strahlte Chelsey und umarmte Jai, der daraufhin sein typisches Lächeln zeigte und sie ebenfalls umarmte. »Wie geht es dir?«, fragte er mit einem Augenzwinkern.

»Super, danke. Gratuliere zu der erfolgreichen Tour.«

»Danke.« Jai grinste schelmisch und klatschte ihre hochgehaltene Hand ab.

»Wie hat dir das Tourleben gefallen?«

»Es war der absolute Wahnsinn. Es ist jedes Mal wieder unglaublich, vor so vielen Menschen zu performen und jeden Tag eine andere Stadt zu bereisen. Ich bin wirklich dankbar, dass ich diese Möglichkeit habe und versuche jeden einzelnen Moment davon zu genießen. Meine Crew und ich, wir haben so viel Energie in diese Tour gesteckt und es hat sich wirklich gelohnt.«

Er machte das Victory-Zeichen und grinste breit in die Kamera. Er war wie ausgewechselt, sodass man meinen könnte, es hätte unser Gespräch nie gegeben. Zumindest ließ er sich nichts davon anmerken.

Jai spielte seine Rolle mal wieder perfekt, wie er da abwechselnd mit seinen Fans interagierte, strahlende Blicke in die Kamera warf und nebenbei noch ein wenig mit der Interviewerin flirtete. Ich konnte förmlich hören, wie alle Mädchen im Umkreis von tausend Meter verzückt aufseufzten. Mir jedoch gab es lediglich das Gefühl, ihn nie wirklich gekannt zu haben.

Es machte mich traurig, dass Jai seine wahren Gefühle so einfach abschalten konnte. Dass er immer versuchte, alles hinter einer Maske zu verstecken.

Ein Knoten bildete sich in meiner Magengegend.

»Nenn mir drei Sachen, die du während der Tour immer dabeihast.«

»Drei Sachen? Hm ...« Jai legte spielerisch einen Finger an sein Kinn, als müsste er nachdenken.

»Meinen Laptop und mein Keyboard, damit ich unterwegs Songs komponieren kann. Einen Basketball, damit ich nach den Shows noch eine Runde auf den Court gehen kann. Und ganz viel Wasser für meine Stimmbänder. Also eigentlich vier Sachen.«

»Lass uns über Girls reden. Was macht dein Liebesleben?«

Die Menge johlte und war jetzt kaum noch zu beruhigen. Aufgeregt pfiffen und schrien sie Jais Namen.

»Girls? Wir reden immer über Girls«, lachte Jai ein wenig verlegen und winkte den Mädchen zu.

»Das ist ja auch ein durchaus interessantes Thema«, lachte die Interviewerin nun ebenfalls.

»Heute hat uns nämlich eine Pressemitteilung seitens deines Managements erreicht, dass du ein Duett mit Sarah Lane, der Tochter von Plattenboss Michael Lane, aufgenommen hast. Wir durften schon einen Blick auf euer brandneues Musikvideo werfen und wow! Bei Sarah und dir scheint es ja wirklich gefunkt zu haben. Gerüchten zufolge sollt ihr euch während des Videodrehs nähergekommen sein – Aber lasst euch selbst überzeugen, L.A., hier kommt die neue Single von Jai McConnor und Sarah Lane: ›Broken Hearts‹.«

Die Moderatorin machte eine weit ausschweifende Bewegung, kurz darauf wurde auch schon das Video eingeblendet.

Es war das erste Mal, dass ich es zu Gesicht und auch den Song zu hören bekam. Und um ehrlich zu sein, hatte ich Angst vor dem, was ich gleich sehen würde.

Jai erschien auf der Leinwand in einem schwarzen Anzug und stand in einem abgedunkelten Raum. Vor ihm war eine riesige gläserne Fensterfront zu sehen, sein Blick war auf die hellen Lichter von L.A. unter ihm gerichtet.

Leise Klaviertöne erklangen. Eine Tür öffnete sich und eine Frau in einem atemberaubenden, eng anliegenden roten Kleid betrat den Raum. Sarah.

Ihre Schritte glichen der einer Katze. Anmutig und lauernd. Als sie hinter Jai stand, strich sie ihm verführerisch über den Arm. Jai drehte sich wie in Zeitlupe zu ihr um, die Klaviertöne wurden lauter. Und dann setzte der Gesang ein.

Sie harmonierten perfekt miteinander. Der Gesang, ihre Bewegungen, ihre Kleidung. Alles war perfekt.

»Wenn diese Bilder nicht mehr als tausend Worte sagen«, seufzte die Moderatorin verzückt, als sich Jai und Sarah immer näherkamen und ihre Lippen nur noch wenige Millimeter voneinander entfernt waren. Ich hielt den Atem an. Doch kurz bevor es zum Kuss kam, wurde der Bildschirm schwarz, die Fans um mich herum protestierten lautstark.

Die Kamera schwenkte stattdessen wieder auf das Geschehen am roten Teppich. Die Moderatorin grinste breit. Am liebsten hätte ich ihr Grinsen aus dem Gesicht gewischt.

»Jai, ich fürchte, du kannst es nach diesem Clip nicht mehr vor uns verheimlichen. Also, Hand aufs Herz: Wie ernst ist es mit dir und Sarah?«

»Uhhm, also …« Jai fuhr sich durch sein dunkles Haar und schien nicht recht zu wissen, was er darauf antworten sollte.

Angespannt hielt ich den Atem an und wagte kaum, einen Blick auf die Leinwand zu werfen, als auf einmal Sarah auf der Bildfläche erschien. Ich fühlte, wie sich mein gesamter Körper anspannte und ich die Zähne aufeinanderpresste.

»Ach, fragen wir sie doch einfach selbst«, strahlte Chelsey bei deren Anblick und eilte auf sie zu. Die beiden begrüßten sich mit dem obligatorischen Küsschen rechts, links.

»Sarah, schön, dass du hier bist. Du siehst einfach umwerfend aus, Darling.«

Sarah trug ein kurzes, schulterfreies Kleid in einem dunklen Orange, dazu goldfarbene High Heels. Ihr blondes Haar hatte sie zu einem lockeren Dutt hochgesteckt.

»Vielen Dank«, erwiderte sie mit einem koketten Augenaufschlag und kühlem Lächeln in Richtung Kamera.

»Also, Sarah, Jai und ich haben uns gerade über euch beide unterhalten. Wie würdest du eure Beziehung zueinander beschreiben?«

Sarah lächelte triumphierend und berührte wie zufällig Jais Arm. Es war ihr anzusehen, dass es ihr gefiel, im Rampenlicht zu stehen und sie den Moment mehr als genoss.

»Jai ist ein absoluter Traummann. Er liest mir jeden Wunsch von den Lippen ab, nicht wahr, mein Schatz?«

Sie drehte sich zu Jai um und strich ihm sanft über die Wange. Heiße, lodernde Eifersucht erfasste mich und rauschte durch meinen Körper.

»Dann seid ihr also tatsächlich zusammen?«

Mein Herz klopfte laut gegen meine Brust, meine Hände begannen unkontrolliert zu zittern.

Die blonde Interviewerin beugte sich näher, die Neugier stand ihr ins Gesicht geschrieben.

Sarah blickte ein letztes Mal lasziv in die Kamera, dann zog sie Jai mit einem Ruck zu sich und küsste ihn leidenschaftlich auf den Mund. Im selben Moment, in dem die Interviewerin laut aufseufzte, hatte ich das Gefühl, mein Herz würde stehenbleiben.

Wie erstarrt blickte ich die beiden an und war unfähig, mich von der Stelle zu rühren. Mein Herz zog sich schmerzhaft zusammen, mein Atem geriet ins Stocken.

Die Kameras klickten und surrten. Das grelle Blitzlichtgewitter erhellte den tiefdunklen Nachthimmel, Handys leuchteten in der Schwärze. Etwas weiter hinten erkannte ich Nathalie, die zufrieden grinste und Mr Lane ihre Hand gab. Als hätten sie gerade einen Vertrag abgeschlossen. Aber eigentlich hatten sie das ja auch.

Als Jai sich schließlich von Sarah löste, blickte er ein wenig irritiert in die Kameras und fuhr sich mehrere Male durch sein Haar. Über die Leinwand konnte ich erkennen, wie er seine dunklen Augen suchend über die Menge gleiten ließ, als sein Blick genau in meiner Richtung haften blieb.

Obwohl er mich in der riesigen Menschenmasse nicht gesehen haben konnte, wandte ich hastig meinen Blick ab. Heiße Tränen sammelten sich schwer in meinen Augen und vernebelten mir die Sicht. Ich spürte, wie mein Herz irgendwo neben mir hart auf dem Asphalt aufprallte. In tausend kleine Teile zersplitterte.

Nur am Rande bekam ich mit, wie ein Mädchen neben mir ihre Hand auf meinen Unterarm legte und mich besorgt musterte. »Hey, ist alles in Ordnung mit Dir?«

Wie in Trance schüttelte ich den Kopf. Meine Kehle war wie zugeschnürt.

Und auf einmal wurde es mir bewusst. Etwas, dass ich so lange verdrängt hatte, weil ich es nicht sehen wollte.

Er würde sich nicht ändern. Er würde immer Jai McConnor bleiben. Der Jai, der jedes Mädchen haben konnte. Der stets alles unter Kontrolle behielt.

Und ich würde immer nur eine von Vielen sein.

Die Erkenntnis schmerzte so sehr, dass ich Angst hatte, keine Luft mehr zu bekommen.

Ohne das Mädchen weiter zu beachten, stolperte ich einige Schritte zurück, dann drehte ich mich um und stürzte mich in die Menge, ich wollte nur noch weg. Blindlings kämpfte ich mich durch die Masse aus Beinen und Armen. Trotzig wischte ich die Tränen weg, aber es half nichts, da sie inzwischen in Sturzbächen mein Gesicht hinabliefen.

Ich stolperte, fiel zu Boden und rappelte mich wieder auf. Lief weiter. Immer weiter, ohne auf meine Umgebung zu achten.

Das Einzige, was ich spürte, war der Schmerz. Quälend langsam kroch er meinen ganzen Körper hinauf und nahm jeden Bestandteil davon ein. Es tat weh. Unendlich weh.

Wie konnte er mir das nur antun? Wie?

Ich erinnerte mich daran, wie es sich angefühlt hatte, als ich als kleines Kind einmal in dem knorrigen, alten Kirschbaum unserer Nachbarn geklettert und runtergefallen war. Wie ich an einem der glitschigen Äste abgerutscht und kurz darauf hart auf dem Boden aufgeprallt war. Wie ich versucht hatte, den ungemein heftigen Schmerz zu vergessen und hektisch ein- und ausgeatmet hatte.

Genau so fühlte es sich jetzt an.

Ich versuchte, meine Lunge mit Luft zu füllen. Atmete langsam tief ein und aus.

Damals war es Nick, der mich im Garten gefunden und mich beschützend in den Arm genommen hatte.

»Wo tut es weh?«, hatte er gefragt und mich besorgt von der Seite gemustert.

»Überall«, hatte ich geschluchzt und war dann in Tränen ausgebrochen.

Überall.

Müde und erschöpft warf ich meine Handtasche auf das schmale Tourbett und ließ mich gleich hinterherfallen. Verschränkte die Arme hinter meinem Kopf und starrte betrübt an die Decke.

Meine Haut brannte vom vielen Weinen, meine Lippen schmeckten salzig. Noch immer liefen vereinzelte Tränen meine Wange hinab.

Im Tourbus war es absolut still, beinahe unheimlich. Draußen hatte sich die Dunkelheit wie ein Schleier vor die Fenster gelegt, nicht mal ein einziger Stern war am Himmel auszumachen.

Es war seltsam. Normalerweise war man in diesem Tourbus nur so von Stimmen umgeben, fand nie seine Ruhe. Und jetzt … Jetzt waren die anderen alle noch ausgelassen am Feiern, während ich alleine auf meinem Bett lag und diese Stille entsetzlich grausam fand. So unerträglich drückend und schwer lastete sie auf mir, und drohte, mich wie in ein Loch zu verschlucken.

Ich warf einen Blick auf mein Handy und setzte mich sofort kerzengerade und mit laut klopfendem Herzen auf, als ich sah, dass mich jemand angerufen hatte.

Ein winziger Hoffnungsschimmer flammte in mir auf. Sollte Jai etwa …? Vielleicht hatte er mich angerufen?

Enttäuscht verpuffte auch das letzte bisschen Hoffnung, als ich das Display aufleuchten sah.

3 verpasste Anrufe Alex, 1 verpasster Anruf Luke

Bitter warf ich mein Handy auf das Bett und schlang meine Arme ganz fest um mich. Wie hatte ich auch nur eine einzige verdammte Sekunde annehmen können, Jai hätte mich angerufen?

Wie kam ich überhaupt auf den lächerlichen Gedanken, ich würde Jai tatsächlich etwas bedeuten? Oder dass er mein Verschwinden gar bemerkt haben könnte?

Gott, ich war so naiv. Verdammt naiv. Ein kleines Kind, das rein gar nichts begriffen hatte.

Ich hatte nicht einmal mitbekommen, dass ich mir auf die Lippen gebissen hatte, bis ich das Blut und diesen ekligen Geschmack von Eisen auf meiner Zunge verspürte.

Scheiße, was hatte Jai nur mit mir gemacht? Was hatte er aus mir gemacht?

Ich wimmerte leise und drückte meinen Kopf in das weiche Bett. Mein gesamter Körper zitterte.

Ich stand auf, ging auf wankenden Füßen ein paar Schritte und riss die Schranktür auf, um mir eine zweite Decke zu holen, als durch den Ruck meine Tasche aus dem obersten Regal herunterragte und ein Zettel langsam zu Boden fiel. Ich bückte mich danach und hob ihn auf.

Mein Rückflugticket.

Ich wischte mir über mein tränenverschmiertes Gesicht und griff kurzerhand nach meinem Handy.

»Los Angeles International Airport, Frau Lopez am Apparat, wie kann ich Ihnen behilflich sein?«

Ich schniefte kurz, dann atmete ich einmal tief durch und versuchte, meine Stimme möglichst fest klingen zu lassen.

»Nina Mahler, hallo. Ich würde gerne mein Rückflugticket umbuchen.«

»Einen Moment bitte …« Ich hörte, wie die Frau am anderen Ende der Leitung etwas in ihren Computer tippte.

»Wie war noch gleich Ihr Name?«

»Nina Mahler.«

»Auf welche Nummer läuft Ihr Flug?«

Ich drehte den Zettel in meiner Hand und las die kleingedruckten Zahlen darauf ab.

»Für wann möchten Sie Ihren Flug denn gerne umbuchen?«

Ich zögerte einen Moment.

»So schnell wie möglich, wenn es geht.«

Wieder vernahm ich das leise Tippen auf einer Tastatur.

»Hm … also der nächste Flug nach Hamburg geht morgen früh um fünf Uhr.«

Mein Blick fiel in den kleinen Wandspiegel, aus dem mich eine blasse Person mit aufgequollenen, müden Augen und dunklen Ringen darunter traurig ansah.

Ich hatte plötzlich das schreckliche Gefühl, mich selbst nicht mehr zu kennen.

Und dieses Gefühl machte mir Angst. Das war nicht ich.

Alle erwarteten immer von mir, dass ich stark war. Meine Eltern, mein Bruder. Angelika in den Tanzstunden. Isabel.

Ich war nicht stark. Und ich glaube, ich war noch nie so schwach und verletzbar gewesen wie in diesem Moment.

Aber ich wollte das nicht. Ich konnte meinen Anblick selbst nicht mehr ertragen. Und gerade deswegen musste ich einen Schlussstrich ziehen. Bevor es zu spät war.

Ich umklammerte mein Handy, bis meine Fingerknöchel ganz weiß hervortraten und schloss die Augen. Spürte mein wild trommelndes Herz wie einen spitzen Stein gegen meine Brust drücken.

»Das klingt perfekt«, antwortete ich leise.

28. Kapitel

Jai,
ich weiß gar nicht, wie ich anfangen soll …

Ach, so ein Schwachsinn, als ob ihn das interessierte …

Seit Stunden schon zermarterte ich mir den Kopf, was ich Jai schreiben könnte, aber nichts davon klang auch nur ansatzweise brauchbar.

Ich knüllte den Zettel zu einem winzigen Papierball zusammen und zielte damit auf den Mülleimer, allerdings landete er daneben.

Neuer Versuch.

Jai,
in der letzten Zeit ist mir klar geworden, dass …

Nein, klang auch scheiße.

Wieder flog ein Zettel quer durch den Tourbus. Irgendwann tummelten sich lauter kleine Papierbälle neben dem Papierkorb, während das Blatt vor mir immer noch weiß war.

Ich schloss die Augen und rieb mir über die Schläfen, die schmerzhaft pochten. Ich dachte an die Zeit, die ich mit Jai verbracht hatte, all die Momente, die wir zusammen erlebt hatten.

Lieber Jai,
als ich nach Los Angeles gekommen bin, hatte ich das Gefühl, dass uns beide nichts weiter als gegenseitige Abneigung verbindet. Die ganzen Sprüche, dein abweisendes Verhalten …

Aber mit der Zeit habe ich gemerkt, dass mehr dahintersteckt und du bei Weitem facettenreicher bist, als ich es jemals für möglich gehalten hätte.

Und mittlerweile habe ich auch begriffen, dass du mir mehr bedeutest, als gut für mich selbst ist. Ich passe nicht in dein Leben, auch wenn es wehtut, sich dies einzugestehen.

Die Zeit hier werde ich nie vergessen und ich bin dir dankbar für jede Erfahrung, die ich machen durfte, aber ich kann so nicht weitermachen …

Vielleicht ist es das, was man lernen muss, wenn man erwachsen wird: loszulassen.

Auch wenn es mir noch nie so schwergefallen ist wie jetzt …

Ich liebe dich
Nina

Tränen nahmen mir die Sicht. Leise rannen sie meine Wangen hinunter und tropften auf das Papier, auf dem sie wellige, fleckige Ränder hinterließen. Die Worte verschwammen vor meinem Auge, wurden zu einem einzigen Buchstabenmeer.

Langsam ließ ich den Stift sinken und konnte nicht glauben, dass das gerade wirklich alles aus mir herausgeflossen war.

Und dass jedes einzelne Wort davon stimmte, machte mir Angst. Es machte mir Angst, weil es mir vor Augen führte, wie sehr ich mich doch an Jais Nähe gewöhnt hatte. Vielleicht hatte ich es irgendwann als zu selbstverständlich gesehen, ich wusste es nicht.

Verdammt, was tat ich hier überhaupt? Das würde doch sowieso alles nichts ändern.

Diesmal knüllte ich den Zettel wütend zusammen und feuerte ihn gegen den Spiegel, an dem er dumpf abprallte.

Ich atmete tief durch und versuchte mich zu konzentrieren. Meine Hand zitterte, als ich den Stift auf das Blatt setzte.

Jai,

es tut mir leid, aber ich kann nicht weitermachen wie bisher.

Ich wünsche dir alles Gute und hoffe, du wirst deinen Weg finden …

Mach es gut,
Nina

Bevor ich es mir anders überlegen konnte, faltete ich den Zettel sorgfältig zusammen, schob ihn in einen Briefumschlag und legte ihn neben meinen gepackten Koffer.

In der Nacht tat ich kaum ein Auge zu. Dafür ging mir viel zu viel durch den Kopf. Nachdenklich starrte ich nach draußen in die rabenschwarze Nacht. Ich hatte mir all das so schön ausgemalt. Eigentlich hätte ich nach Tour-Ende, also heute, noch drei Wochen freie Zeit in L.A. gehabt. Ich hatte gehofft, noch Zeit mit Alex, Luke und Jeremy zu verbringen ... und natürlich mit Jai.

Mein Vertrag lief heute ab, was bedeutete, dass ich meinen offiziellen Teil erfüllt hatte.

Trotzdem hatte Nathalie mir noch einen dreiwöchigen bezahlten Urlaub genehmigt. Als Belohnung für meinen spontanen Einsatz bei der Tournee.

Und jetzt? Jetzt war alles ...

Ich zuckte zusammen, als ich Geräusche hörte, die sich leise dem Tourbus näherten. Oh bitte nicht, lass es nicht Jai sein ...

Ich rollte mich wie eine Kugel zusammen, als die Tür des Tourbusses plötzlich aufging und ein schmaler Lichtstrahl hereinfiel.

»Nina? Bist du noch wach?«, hörte ich eine schwache Stimme knapp neben mir.

»Nina?« Gott sei Dank, es war nicht Jai.

Bevor ich auch nur eine Antwort geben konnte, spürte ich die Matratze leicht nach unten sinken, ein leises Quietschen und Knarzen durchfuhr die Stille.

Kurz darauf schob sich ein warmer Körper unter die Bettdecke und legte sich dicht neben mich. Eine Weile lang sagten wir nichts. Lauschten nur dem gleichmäßigen Trommeln unserer Herzschläge.

»Es tut mir so leid für dich«, flüsterte Alex irgendwann in die Stille hinein.

»Es tut mir einfach so unendlich leid und ich hab keine Ahnung, was ich sagen soll, um es irgendwie leichter zu machen ... Scheiße, ich hab mir wirklich Sorgen gemacht, als du einfach so abgehauen bist.«

Ein erstickter Laut verließ meinen Mund, doch ich konnte es nicht mehr unterdrücken.

Leise schluchzend vergrub ich meinen Kopf an ihrer Schulter und weinte bittere Tränen.

»Ach, Süße …« Alex zog mich dicht an sich und legte einen Arm um mich, während sie mir mit der anderen Hand beruhigend über den Kopf strich.

»Schschtttt … alles wird gut …«

Eine ganze Weile lagen wir einfach so da. Es tat gut, Alex bei mir zu haben. Ich hätte schon viel früher mit ihr reden müssen und nicht alles in mir aufstauen sollen.

Als meine Tränen nach einer halben Ewigkeit so langsam versiegten, wischte ich mir über mein Gesicht und sah Alex an.

»Ich … ich werde abreisen, Alex. Morgen früh, ich … kann das einfach nicht, ich halte es nicht noch länger in seiner Nähe aus.«

»Alex?«, fügte ich ängstlich hinzu, als keine Antwort von ihr kam.

»Du willst gehen?«, fragte sie tonlos. »Was ist mit den drei Wochen, ich dachte …«

»Ich weiß«, fiel ich ihr leise ins Wort. »Es-es tut mir leid, aber du musst mich verstehen, bitte …«

Meine Stimme war nicht mehr als ein Wispern und die Erkenntnis, dass ich von morgen an nicht mehr jeden Tag mit ihr herumblödeln konnte, schmerzte mich.

Ich griff nach ihrer Hand und drückte sie fest.

»Was ist mit Jai? Und den anderen? Wissen sie das?«, fragte Alex irgendwann.

Ich schüttelte den Kopf.

»Nein«, meinte ich leise. »Nein, sie wissen es nicht. Ich kann es Luke und Jeremy nicht sagen, weil sie sich verplappern würden. Nathalie werde ich bei meiner Ankunft in Deutschland eine Mail schreiben und Jai … ich hab ihm einen Brief geschrieben.«

»Bist du dir sicher, dass du das machen willst?«, fragte Alex zögernd.

Ich schluckte und schüttelte erneut den Kopf. Allein bei dem Gedanken daran, all das hier hinter mir zu lassen, zog sich mein Herz schmerzhaft zusammen.

»Nein, ich bin mir ganz und gar nicht sicher. Aber es muss sein. Ich mach mich selbst kaputt damit und verdammt … ich will endlich wieder ich selbst sein können.«

Ich holte tief Luft und sah sie an.

»Könntest du mir einen Gefallen tun und Luke und Jeremy von mir ausrichten, dass es mir leidtut? Und dass ich unheimlich dankbar für die gemeinsame Zeit mit ihnen bin?«

Alex nickte. Schemenhaft konnte ich ein zaghaftes Lächeln auf ihren Lippen erkennen.

»Das mach ich«, meinte sie mit einem Hauch von Wehmut in der Stimme.

»Und ... was wird mit uns beiden?«, fragte sie irgendwann in die Stille hinein.

»Wir können schreiben und skypen ... ich komm dich besuchen. Ich ...«

Ich brach ab und sah sie lange an. »Ich kann dir gar nicht sagen, wie unendlich froh ich bin, dass ich dich kennengelernt habe ... Ich könnte dich nie vergessen – wie auch, bei deinem Temperament.«

Wir beide lachten, doch es klang traurig und nach Abschied. Und ich hasste Abschiede.

»Du wirst immer meine Freundin bleiben ...«

Eine Träne löste sich langsam aus meinem Augenwinkel und tropfte auf die Bettdecke.

»Scheiße, jetzt muss ich schon wieder heulen«, versuchte ich die bedrückte Stimmung ein wenig aufzulockern, aber es wollte nicht recht funktionieren.

Auch Alex' Gesicht glänzte im fahlen Mondlicht verdächtig. Es war das erste Mal, dass ich sie weinen sah.

»Ich werd dich vermissen«, wisperte Alex. »Und ... wir bleiben in Kontakt, versprochen?«

»Versprochen.«

Ich drückte ihre Hand und nahm sie ein letztes Mal fest in den Arm.

29. Kapitel

Lautlos und auf Zehenspitzen, darauf bedacht, niemanden und insbesondere Jai nicht zu wecken, lief ich durch den Tourbus und öffnete die Tür zu Jais ›Suite‹. Der Mond stand dick und rund am beinahe wolkenlosen Himmel und tauchte das Abteil in schillerndes Licht. Da der vordere Teil allerdings komplett im Dunkeln lag, übersah ich eine Schnur, die knapp über dem Boden hing. Ich stolperte und stieß gegen etwas Metallenes, das scheppernd zu Boden fiel. Stumm vor mich hin fluchend, rappelte ich mich wieder auf. So viel zum Thema lautlos. Reglos verharrte ich für einen Moment, in der Befürchtung, Jai geweckt zu haben. Mein Herz klopfte mir bis zum Hals und meine Hände waren schweißnass. Angestrengt lauschte ich in die Nacht. Außer dem Rauschen des Windes und einem Hund, den man in weiter Entfernung bellen hörte, war jedoch kein Laut zu vernehmen. Erleichtert atmete ich auf. Ich wollte nicht noch in die peinliche Situation geraten, einem völlig schlaftrunkenen Jai zu erzählen, was ich nachts um drei Uhr in seinem Abteil zu suchen hatte.

Nachdem ich noch einige Sekunden gewartet hatte, um sicherzugehen, dass Jai wirklich schlief, stieg ich diesmal vorsichtig über die Schnur hinweg. Bei genauerem Hinsehen stellte sich diese als Aufladekabel heraus, das von der Steckdose auf der linken Seite der Suite quer hinüber durch den Raum zu einem runden Glastisch auf der rechten Seite verlief. Behutsam tastete ich mich weiter, bis ich mit laut klopfendem Herzen vor Jais Bett stand. Fahles Mondlicht fiel sanft auf sein Gesicht. Die Haare standen wild zu allen Seiten ab, einzelne Strähnen hingen ihm in die Stirn. Sein nackter Körper war nur bis zum Bauch bedeckt, sodass ich freien Blick auf seinen Oberkörper hatte. Zaghaft strich ich vorsichtig über das Schlangentattoo auf seinem Oberarm. Jai seufzte leise im Schlaf und drehte sich grummelnd auf die andere Seite.

Es kostete mich einige Selbstbeherrschung, ihm nicht ein letztes Mal durch seine verwuschelten Haare zu fahren. Fasziniert beobachtete ich, wie sich sein nackter Brustkorb langsam hob und senkte. Die Muskeln zeichneten sich deutlich auf seinen Oberarmen ab, das Schlangentattoo wirkte im Dunkeln beinahe bedrohlich. Jais Anblick verschlug mir immer noch die Sprache. Mein Herz wurde schwer und die Sehnsucht nach seiner Nähe drohte mich schier zu überwältigen. Doch gleich darauf zwang ich mich zur Vernunft. In meinem Kopf tauchte eine Stimme auf, die mich auf den Boden der Tatsachen zurückholte. Eindringlich redete sie auf mich ein.

»Jetzt reiß dich verdammt noch mal zusammen und hör auf, dich selbst zu bemitleiden. Vergiss ihn endlich. Er hat auf deinen Gefühlen herumgetrampelt und dein Herz in tausend kleine Stücke zerspringen lassen. Für ihn warst du nichts als ein harmloser Flirt, eine luftig-leichte Sommerromanze zum Zeitvertreib.«

Energisch versuchte ich, die gehässige Stimme und die Bilder aus meinem Kopf zu verbannen, doch Sarah und Jai schoben sich vor mein Gesicht. Bei dem Gedanken an die beiden zog sich mein Herz schmerzhaft zusammen. Ein Klumpen hatte sich in meinem Hals gebildet und ich musste kräftig schlucken. Entschlossen zog ich den Brief aus dem Seitentäschchen meiner Handtasche und legte ihn auf den kleinen Nachttisch neben dem Bett, auf dem sich außer einer Lampe nur sein iPhone und ein Terminkalender befanden.

Ein letztes Mal versuchte ich mir alle Einzelheiten von Jai einzuprägen. Mein Blick fiel auf seine langen, gebogenen Wimpern, die sinnlichen Lippen, das Grübchen unterm Kinn, die wuscheligen Haare und seinen durchtrainierten Oberkörper. Selbst die kleine Narbe an seinem Kinn hatte sich tief in mein Gedächtnis gebrannt.

Mir wurde schmerzlich bewusst, wie sehr ich mich in all den Wochen an seine Nähe gewöhnt hatte. Viel zu sehr. Und mir war auch bewusst, dass mir diese Nähe sehr fehlen würde. ER würde mir fehlen.

Ich versuchte, die Tränen, die sich in meinen Augen ansammelten, energisch fortzublinzeln, doch es gelang mir nicht. Ich machte mir nicht die Mühe, sie abzuwischen. Schweren Herzens griff ich nach meiner Tasche und drehte mich um. An der Tür angekommen, warf ich einen letzten Blick über meine Schulter zurück. Leise flüsterte ich: »Mach's gut, Jai.« Dann schloss ich geräuschlos die Tür hinter mir.

Draußen war um diese Uhrzeit noch kein Mensch zu sehen. Es hätte mich auch gewundert, da noch nicht einmal die Sonne aufgegangen war. Ich zog meinen Trolley hinter mir her und wollte gerade nach rechts abbiegen, als Joe wie aus dem Nichts auftauchte und sich mir überraschenderweise in den Weg stellte. Ohne ein Wort zu sagen, musterte er erst mein Gepäck, dann blickte er stillschweigend auf mich herunter. Fragend zog er die Augenbrauen in die Höhe. »Es … es tut mir leid, Joe. Ich passe einfach nicht hierher …«, stammelte ich völlig überrumpelt. Nervös wartete ich Joes Reaktion ab, doch er blieb still. Er sah mich einfach nur an. Meine Wangen brannten unter seinem Röntgenblick wie Feuer.

»Bitte, Joe.« Flehentlich sah ich ihn an. Joe hielt seine bulligen Arme vor dem Körper verschränkt und seufzte auf einmal. »Du bist schneller und sicherer, wenn ich dich fahre.« Im ersten Moment dachte ich, ich hätte mich verhört. Erstaunt hob ich die Augenbrauen. »D-danke …«, stotterte ich verlegen. Als ich nach meinem Koffer greifen wollte, beugte Joe sich nach vorne.

»Ich mach das schon.«

Traurig und erschöpft folgte ich ihm. Joe verstaute mein Gepäck im Kofferraum der Limousine, kurz darauf hielt er mir die Tür auf der Beifahrerseite auf. Dankbar lächelte ich ihn an und nahm Platz. Ermattet ließ ich mich in das weiche Polster sinken und schloss die Augen. Ich konnte Joes besorgte Blicke förmlich auf mir spüren. Dennoch blieb er die ganze Fahrt über still und sagte nicht ein Wort, wofür ich ihm unendlich dankbar war. Ich hatte nicht die Kraft, es ihm zu erzählen. Er wusste auch so Bescheid.

Am Flughafen angekommen, wartete ich, bis Joe mein Gepäck aus dem Kofferraum geladen hatte. Als er vor mir stand, nahm ich ihn fest in den Arm. Ich hatte den wortkargen Mann wirklich in mein Herz geschlossen.

»Danke, Joe … für alles.« Joe erwiderte meine Umarmung und klopfte mir väterlich auf den Rücken. Tröstend strich er über mein zerzaustes Haar. »Dafür nicht.«

Joe hielt mich eine Armlänge von sich weg und warf mir einen forschenden Blick zu.

»Geht es Ihnen gut, Kleines?«

Ich versuchte mich an meinem Lächeln, was jedoch kläglich ausfiel. »Machen Sie sich keine Gedanken. Es ist alles gut.« Joe sah nicht so aus, als würde er mir glauben. Wie auch, ich konnte mir ja nicht mal selbst glauben. Er fasste mich an den Schultern und sah mir tief in die Augen. »Er hat Sie sehr gern, Nina. Das weiß ich.«

»Woher wollen Sie das wissen?«, fragte ich ihn mit tränenerstickter Stimme.

»Weil er es mir gesagt hat.«

Ich hätte schon wieder heulen können, riss mich aber zusammen. In meinem ganzen Leben hatte ich mich noch nie so elendig gefühlt wie jetzt. Ich drückte Joe noch einmal fest an mich, dann griff ich nach meinem Koffer und zog ihn hinter mir her in Richtung Terminal.

30. Kapitel

Im Inneren des Flughafengebäudes herrschte reges Treiben. Ich setzte meine Sonnenbrille auf, um meine rotgeweinten und geschwollenen Augen dahinter zu verstecken. Dann ging ich mit straffen Schultern auf den Schalter zu, an dem eine junge Frau saß. Wortlos überreichte ich ihr mein Ticket und meine Papiere und driftete wieder in meine eigenen Gedanken ab.

In den letzten Tagen war mir immer mehr bewusst geworden, dass das Leben in Hollywood nur Show war. Das meiste, was sich hinter den Fassaden der schicken Hochhäuser und teuren Villen abspielte, war vorgespielt und nicht echt. Eine Illusion, die die Absicht hatte, den Menschen da draußen ein bestimmtes Bild zu vermitteln. Ein Bild von dem perfekten Leben, in dem die Menschen stets die Kontrolle behielten. Kein Wunder, dass die Stadt auch als Stadt des oberflächlichen Glanzes oder auch als Tinseltown, bezeichnet wurde. Traurigerweise hatte ich mich anfänglich von all diesem Schein blenden lassen.

Mein Blick glitt zu einem der großen Flachbildfernseher schräg über mir. Irgendein Nachrichtensender wurde gezeigt, auf dem gerade ein Prominentenmagazin lief. Ich wollte schon wieder wegsehen, als mich ein paar kurze Sätze aufhorchen ließen.

»Auf der gestrigen Pressekonferenz kurz nach der Veröffentlichung seines neuen Musikvideos in Los Angeles hat Sänger Jai McConnor für reichlich Wirbel gesorgt, als er behauptete, die Beziehung zu Sarah Lane sei nur vorgetäuscht und eine Vermarktungsstrategie seiner Manager. Stattdessen gab er zu, Gefühle für ein anderes Mädchen zu hegen, einen Namen nannte er jedoch nicht. Die Gerüchte laufen derzeit auf Hochtouren; gibt es doch Vermutungen, dass es sich bei diesem speziellen Mädchen tatsächlich um seine Backgroundtänzerin Nina Mahler handeln könnte.«

Ich nahm die Sonnenbrille ab und starrte irritiert auf den Bildschirm. Mein Puls beschleunigte sich, meine Hände wurden feucht.

Die blonde Moderatorin lächelte süßlich in die Kameras, das Bild wechselte und Ausschnitte der Pressekonferenz wurden gezeigt. Jai saß vor einem langen dunkelbraunen Tisch, die Hände vor sich zusammengefaltet. Sein Blick war ernst, in sich gekehrt.

Ich schluckte, als ich ihn sah. Es tat weh. Allein der Gedanke an ihn schmerzte.

Rechts und links von ihm saßen Nathalie und Sean. Die Gesichter steinern wie eine Maske, konzentriert wie immer.

Eine junge brünette Journalistin mit lockerem Pferdeschwanz wandte sich an Jai.

»Jai, wir haben nun schon mehrere Male von Ihrer Freundin Sarah gehört, wie glücklich Sie mit Ihnen ist. Spekulationen nach sollen Sie sich bereits nach einem gemeinsamen Haus umsehen. Wir würden dazu gerne noch ein paar Worte von Ihnen hören. Sind Sie glücklich miteinander?«

Jai hielt einen Moment inne, fast sah es so aus, als würde er mit etwas ringen. Er heftete seinen Blick fest auf die vor sich anwesenden Reporter, ehe er antwortete.

»Ehrlich gesagt: nein. Genau genommen sind Sarah und ich nicht mal ein Paar.«

Nathalie verschluckte sich an ihrem Schluck Wasser, das sie gerade trank, Seans Gesichtszüge wurden hart. Selbst die Reporterin schien im ersten Moment ein wenig irritiert.

»Ach, äh … nicht?«, fragte sie verblüfft.

»Nein.«

»Ach, so ein Unsinn, natürlich ist er …«, versuchte Sean die Wogen zu glätten, doch Jai unterbrach ihn. Nathalie sagte erstaunlicherweise gar nichts dazu.

»Da gibt es dieses Mädchen …« Jai machte eine kurze Pause und richtete seinen Blick in die Kamera. Laut trommelte mein Herz, drohte, mir aus der Brust zu springen.

»Sie ist stur und dickköpfig, lässt sich absolut nichts sagen. Aber … sie ist ehrlich und spielt mir nichts vor. Auch wenn sie mich manchmal wahnsinnig macht – und das tut sie wirklich –, ist sie die einzige

Person, der es egal ist, was ich bin. Die sich nicht nur dafür interessiert, wie viel Geld ich auf dem Konto habe oder wie viele Grammys in meinem Regal stehen. Sie nimmt mich so, wie ich bin.«

Die Journalistin stellte Jai noch ein paar Fragen, doch ich hörte schon gar nicht mehr zu.

Meine Gedanken schweiften ab, drehten sich wild im Kreis. Konnte es sein … War es möglich, dass Jai gerade von mir gesprochen hatte? Bedeutete das etwa, dass …

»Nein, das, das ist doch nicht …«, stammelte ich. »Das geht nicht, ich…«

»Möchten Sie am Fenster oder am Gang sitzen, Ma'am?« Die Frau am Schalter sah mich fragend an, doch ich reagierte nicht.

»Geht das da vorne auch mal weiter? Der Flieger wartet nicht auf mich!«, hörte ich eine ungeduldige Männerstimme in der Reihe hinter mir.

»Er kann doch nicht einfach … Wie …?« Mit weit geöffnetem Mund starrte ich auf den Monitor.

Die anderen Fluggäste musterten mich verstört und hielten in ihren Gesprächen inne, die Frau hinter dem Schalter sah mich irritiert an.

»Jetlag. Sie hat bestimmt Jetlag«, hörte ich eine Frau hinter mir besserwisserisch sagen.

»Wie soll sie denn bitteschön Jetlag haben, wenn sie noch nicht mal im Flieger saß?«, fragte eine andere kopfschüttelnd.

»Vielleicht die Luft, von den Klimaanlagen und der schlechten Luft hier werde ich auch immer ganz wehleidig«, mischte sich nun ein älterer Herr in die Diskussion ein.

Doch ich bekam von alldem nicht wirklich viel mit. Die schrägen Blicke. Die teils spöttischen Bemerkungen. All das zog in dem Moment an mir vorüber.

Wie konnte er? Wieso jetzt? Wieso ausgerechnet erst jetzt? Die Pressekonferenz musste kurz nach meinem Verschwinden gewesen sein.

Heftige Schluchzer erfassten meinen Körper, schüttelten mich durch.

Die Frau am Schalter zog verunsichert ihre Augenbrauen hoch. Vorsichtig beugte sie sich über den Tresen, ihre Stimme hatte sie gesenkt.

»Ma'am … kann ich Ihnen irgendwie behilflich sein?«

Ich schüttelte wild mit dem Kopf, schluchzte immer heftiger.

»Also wird das denn da vorne nochmal was?«, beschwerte sich der Mann in der Reihe hinter mir erneut.

»Nun halten Sie aber endlich den Rand, Sie alter Miesepeter. Sehen Sie denn nicht, wie schlecht es der jungen Dame geht?«, raunzte eine ältere Dame zurück.

Die junge Frau am Schalter sah mich mitfühlend an. »Möchten Sie nicht fliegen? Ich kann Ihnen versichern: Flugzeuge gelten als eines der sichersten Verkehrsmittel. Sie müssen sich keine Gedanken machen.«

Ich hob den Blick und sah sie mit verschwommenem Blick an.

»Ich …« Ich schluckte und warf erneut einen Blick auf den Flachbildfernseher, auf dem Jai immer noch zu sehen war.

Wollte ich fliegen? Sollte ich hierbleiben? Die Frage war doch, was wollte ich überhaupt?

»Tut mir leid. Entschuldigen Sie.« Mit zitternden Händen grapschte ich nach meinem Ticket und meinem Koffer, zog ihn vorbei an den verblüfften Gästen, dir mir kopfschüttelnd hinterhersahen.

Erschöpft ließ ich mich auf einen der nächstbesten Stühle in der Ankunftshalle sinken und schloss die Augen. Meine Wangen fühlten sich ganz heiß an, mein Herz klopfte immer noch aufgeregt.

Ich konnte nicht glauben, dass Jai das getan hatte. Dass er das gesagt hatte.

Und was bedeutete das nun? Was bedeutete das für mich? Das alles war zu viel für mich.

Ich rieb mir über die Schläfen, versuchte, einen klaren Gedanken zu fassen. Bilder prasselten auf mich ein, die ich einfach nicht aus dem Kopf bekam.

Der Kuss auf dem Eiffelturm. Die daraufhin erfolgte Pressekonferenz. Die Streitereien zwischen Jai und mir. All die Momente, in denen Jai mich von sich gestoßen hatte. Die Nacht, als ich ihn aus dem Club geholt hatte. Die Presse. Der Kuss nach dem Konzert. Sarah. Das Interview.

Bis vor wenigen Stunden war ich felsenfest davon überzeugt, dass es die einzig richtige Entscheidung war, nach Hause zu fliegen. Und jetzt?

Meine Gedanken rotierten wild im Kreis, wurden immer verworrener. In mir begann sich alles zu drehen. Mir wurde schwindelig, Übelkeit stieg in mir auf. Ich presste meine Hand auf den Mund und sprang hastig auf, rannte zum nächstgelegenen WC und quetschte mich an der wartenden Schlange vorbei zu den Toiletten.

»Also, junges Fräulein, hinten anstellen!«, empörte sich eine ältere Dame, doch da hatte ich bereits eine der Klotüren aufgestoßen und übergab mich laut würgend in die Kloschüssel.

Als ich das Gefühl hatte, meinen ganzen Mageninhalt der letzten drei Wochen entleert zu haben, fühlte ich mich etwas besser. Zumindest war mir nicht mehr so schlecht. Erschöpft drückte ich auf die Spüle und wankte kraftlos zu den Waschbecken.

Die ältere Dame kam auf mich zu und legte mir besorgt ihren Arm um die Schulter. »Kindchen, Sie sind ja ganz blass. Geht es Ihnen nicht gut?«

Ich schüttelte stumm den Kopf. Mit zittrigen Fingern und auf wackeligen Beinen hielt ich mich am Waschbeckenrand fest. Mein Blick fiel in den kleinen verschmierten Spiegel. Ein kalkweißes Gesicht mit dunklen Augenrändern schaute mich aus blassen Augen an. Ich sah genauso aus, wie ich mich auch fühlte: absolut scheiße.

Ich band mein Haar zu einem losen Dutt zusammen. Dann drehte ich den Wasserhahn auf, ließ mir das Wasser über die Handgelenke laufen und spritzte mir noch ein wenig davon ins Gesicht. Das kühle Nass half mir, mich ein wenig zu beruhigen.

Die Dame stand noch immer neben mir und warf mir einen prüfenden Blick im Spiegel zu.

»Wenn ich das mal so sagen darf, Sie sehen ganz unglücklich aus. Kann ich Ihnen irgendwie helfen?«, fragte sie mitfühlend.

Matt schüttelte ich den Kopf. »Das ist wirklich nett von Ihnen, aber ich glaube, da muss ich jetzt selber durch.«

Eine Durchsage durch die Lautsprecher ertönte.

»Oh, das ist mein Flug!«, rief die ältere Dame aufgeregt. »Wissen Sie, ich bin noch nie geflogen, da bin ich schon ein wenig aufgeregt.« Sie zuckte mit den Schultern und lächelte mich wie ein kleines Kind an. Irgendwie war sie richtig niedlich.

Ich sah sie mir näher an. Für eine Frau in ihrem Alter trug sie ziemlich flippige, ausgefallene Klamotten. Quietschbunt, beinahe grell.

»Ich kann Sie beruhigen, das ist wirklich nicht schlimm. Vor ein paar Wochen hatte ich auch meinen ersten Flug«, sagte ich.

»Ja, wirklich? Na, wenn Sie das sagen, wird das wohl stimmen.« Die ältere Dame grinste mich breit an, setzte dann aber ein besorgtes Gesicht auf.

»Kann ich Sie überhaupt allein lassen? Nicht, dass Sie mir Unsinn anstellen?«

Ich schüttelte erneut den Kopf. »Machen Sie sich keine Sorgen um mich.«

»Das wird schon. Kindchen.« Sie drückte mich liebevoll an ihren mütterlichen Busen und strich mir über den Kopf. Verstohlen wischte ich mir über die Augen und versuchte mich an einem Lächeln, was jedoch eher kläglich ausfiel.

Sie wünschte mir noch einmal viel Glück, winkte mir fröhlich zu und verschwand schließlich. Wieder war ich alleine.

Unentschlossen sah ich mich in der großen Halle um. Und was machte ich jetzt? Seufzend fasste ich nach dem Griff meines Koffers und setzte mich langsam in Bewegung.

Und prallte prompt mit jemanden zusammen.

»Herrgott nochmal, können Sie nicht aufpassen, wohin Sie laufen oder …«

Ich blieb wie angewurzelt stehen und starrte die Person vor mir ungläubig an. Mein Herz schlug bei seinem Anblick automatisch höher.

»Jai, was …?«

»Wieso bist du …?«

Wir sahen uns an, lachten verlegen. Wieder war es still zwischen uns. Keiner von uns beiden wusste so recht, was er sagen sollte. Nervös spielte ich an meinen Fingern herum, als Jai einen Schritt auf mich zumachte und sanft nach meiner Hand griff. »Komm mit.«

Unbeirrt von den neugierigen Blicken der anderen Fluggäste, die inzwischen stehen geblieben waren und aufgeregt ihre Handykameras in die Luft reckten, zog Jai mich mit einem energischen Griff aus der Eingangshalle nach draußen. Leise schlossen sich die Türen des Eingangsbereichs hinter uns.

31. Kapitel

Draußen zog ein eisiger Wind auf und ich schlang mir den gestrickten Schal, den ich mal von meiner Lieblingstante Lise aus Hamburg zum Geburtstag bekommen hatte, noch enger um den Hals. Der Himmel sah grau und trostlos aus. Dicke Wolken waberten über der Stadt und ließen sie trist, nahezu düster erscheinen. Wenigstens half mir der kühle Wind, klarer zu denken.

Ich spürte Jais eindringliche und abwartende Seitenblicke auf mir ruhen und drehte mich zu ihm um.

»Ich dachte, du würdest schon im Flieger sitzen«, sagte er leise.

»Ich … ich wollte, aber es ging nicht.«

Es entstand eine Pause. Jai holte tief Luft und sah mich ernst an.

»Wir müssen reden, Nina. So geht das nicht weiter.«

»Ach, das geht so nicht weiter?«, fragte ich mit zittriger Stimme und wich einen Schritt zurück. »Das fällt dir jetzt ein, nach allem, was du mir angetan hast?«

Nervös fuhr Jai sich durch seine zerzausten Haare. »Es tut mir leid, Nina. Ich weiß, ich habe so viel falsch gemacht und ich …« Er brach ab und sah mich verzweifelt an.

»Weißt du, wie schrecklich es war, dich zusammen mit Sarah zu sehen? Mit anzusehen, wie du sie küsst und mich jedes verdammte Mal, wenn ich dir nähergekommen war, wieder zurückgestoßen hast?«

Ich fing an zu weinen. »Du küsst mich und am nächsten Tag beachtest du mich nicht. Tust so, als wäre nichts vorgefallen. Dann küsst du mich wieder, sagst mir, dass du mich gernhast und wirfst mir im nächsten Moment vor, ich wäre mit den Fotos zur Presse gegangen. Und kurz darauf muss ich erfahren, dass du eine Scheinbeziehung mit Sarah führst.«

Wut mischte sich in meine Stimme. Ich machte eine Pause und sah Jai fest in die Augen.

»Ich will eines wissen, nur eine Sache, Jai. Ist das für dich hier alles nur ein Spiel?«

»Nein, das ist es eben nicht!«, erwiderte Jai stürmisch. Nervös fuhr er sich durch seine Haare und sah mich an.

»Am Anfang. Ja. Vielleicht. Es hat mich geärgert, dass es dir egal war, was ich bin. Wie gleichgültig dir das alles war und dass du allem, was ich gesagt habe, widersprechen musstest. Du warst so eine Kratzbürste und anders als alle Mädchen, die ich bisher kannte. Ich war es nicht gewohnt, nicht meinen Willen zu bekommen. Und irgendwie hatte ich daran zu knabbern, auch wenn ich es selbst nicht recht verstehen konnte. Aber dann ...«

Er machte einen Schritt auf mich zu und sah mich unglücklich an.

»Dann hat sich was zwischen uns geändert. Ich war verwirrt, wusste nicht, wie ich damit umgehen sollte. Wollte es nicht wahrhaben. Ich habe versucht, mir einzureden, dass da nichts wäre. Dass du mir egal bist und dass ich niemanden brauche. Dass ich dich nicht brauche. Habe versucht, all das zu verdrängen. Ich wollte mir beweisen, dass du ersetzbar bist.«

Mein Herz zog sich bei seinen Worten schmerzhaft zusammen.

Jai machte noch einen Schritt auf mich zu. »Aber ich habe mich getäuscht. An dem Abend im Starlight ist mir klargeworden, dass du mir mehr bedeutest, als eigentlich gut für mich ist.

Ja, verdammt, ich habe Schwierigkeiten damit, andere an mich heranzulassen und meine Gefühle zu zeigen. Wenn du jeden Tag die ganze Heuchelei im Musikbusiness siehst, ist es nicht einfach, anderen zu vertrauen.«

Seine Stimme klang mit einem Mal bitter, sein Blick war abwesend. Er machte eine Pause und sah mich direkt an.

»Mit jedem Mal ist mir jedoch klarer geworden, dass das bei dir mit dem Verdrängen nicht so einfach klappt wie bei den bisherigen Mädchen. Dass du mir etwas bedeutest. Den Abend nach dem Abschluss-Konzert – ich wollte mir dir reden. Wollte dir endlich alles sagen. Aber du warst auf einmal weg. Und dann ... dann habe ich das hier gefunden.«

Er zog ein klein gefaltetes Stück Papier aus seiner Hosentasche und fuchtelte damit vor meinen Augen rum.

»Wie konntest du ohne ein einziges Wort gehen? Ohne ein einziges verdammtes Wort?!«

Jetzt klang er wütend, seine Augen funkelten zornig. »Hast du auch nur ein Mal daran gedacht, wie es mir damit ging? Dass es für mich auch nicht einfach war, allen eine Beziehung mit Sarah vorzuspielen? Glaubst du ernsthaft, ich hätte das gewollt? Ständig darauf zu achten, keine Fehler vor der Presse zu machen? All die Regeln von Sean und Nathalie, die ganze Heuchelei? Hast du ein einziges Mal daran gedacht? Wie beschissen ich mich dabei gefühlt habe?« Die letzten Worte schrie er beinahe.

Ich schluckte, wich erschrocken einen Schritt zurück. Nein, das hatte ich nicht. Ich hatte nicht daran gedacht, wie es für ihn gewesen war.

»Du hast mir nicht einmal eine Chance gegeben, alles zu erklären!«

»Ich …« Ich verstummte und sah betreten zu Boden.

»Ich weiß, dass ich mich manchmal wie ein Arschloch benommen habe und das tut mir leid. Und wahrscheinlich gibt es nicht mal annähernd eine Entschuldigung dafür, wie sehr ich dich mit meinem Verhalten verletzt habe.«

Vorsichtig hob ich meinen Kopf. Jai sah mich an, sein Blick wurde wieder etwas weicher. Bekam etwas Verletzliches. Und auf einmal wusste ich, dass er gar nicht so stark war, wie er immer vorgab.

»Jai, ich …«

Hilflos ruderte ich mit den Armen in der Luft umher und sah ihn traurig an.

»Ich kann das nicht. Nicht so. Ich passe nicht in dein Leben und ehrlich gesagt … ehrlich gesagt will ich nicht in ein solches Leben passen. All diese Lügen, um perfekt zu sein … So bin ich nicht. Und du wirst immer wieder einen neuen Grund haben, um mich von dir zu stoßen und das, das will ich einfach nicht.«

Jai machte einen Schritt auf mich zu und sah mich an. Eindringlich und voller Ernst.

»Lass es mich wenigstens erklären, bitte«, flehte er.

Ich schluckte und sah ihn einfach nur an. Abwartend und voller Angst vor dem, was kommen würde.

»Es tut mir so leid. Sarah hat mir nie etwas bedeutet und die Sache mit der Scheinbeziehung …«

Seine Stimme brach und ich konnte hören, wie viel Anstrengung ihn das hier kostete. Ich zitterte.

»Scheiße, ich weiß gar nicht, wo ich anfangen soll, ich …«

Er raufte sich die Haare und sah in dem Moment so verloren aus, dass es mir das Herz zerriss.

Jai atmete tief ein und aus und schloss seine Augen.

»Vor einem Jahr, als meine Karriere langsam ins Rollen kam, habe ich ein Mädchen kennengelernt.«

Er machte eine Pause und sah mich an. Der aufwallende Schmerz in seinen Augen traf mich unerwartet und mit einer solchen Wucht, dass ich zusammenzuckte.

»Es war das erste Mal seit langem, dass ich dachte, jemanden gefunden zu haben, dem ich vertrauen kann und bei dem ich nicht aufpassen muss, meiner Karriere wegen ausgenutzt zu werden. Und ich habe ihr vertraut. Habe ihr all ihre Lügen geglaubt und ich war … ich war wirklich glücklich mit ihr.«

Mein Herz krampfte sich zusammen bei seinen Worten und bei dem Gedanken daran, wie sehr er dieses Mädchen anscheinend geliebt hatte. Ich hatte Angst davor, den Rest zu hören, aber gleichzeitig wollte ich endlich die Wahrheit erfahren.

»In den darauffolgenden Wochen tauchten plötzlich immer mehr private Fotos und Details von uns beiden im Internet auf. Ich wurde misstrauisch, doch ich wollte nicht glauben, dass sie irgendetwas damit zu tun haben könnte. Stattdessen klammerte ich mich an dem Strohhalm fest, dass uns irgendwer belauscht haben musste. Doch irgendwann bekam ich raus, dass sie tatsächlich diejenige war, die all das den Klatschreportern berichtet hat. Sie war nur mit mir zusammen, um einen Weg ins Showbusiness zu finden. Und was soll ich sagen: Sie hat es geschafft. Inzwischen ist sie ein international gefragtes Model und kann sich vor Aufträgen kaum noch retten.«

In seiner Stimme schwang so viel Hass und Bitterkeit mit. Und gleichzeitig war da dieser Schmerz in seinen Augen, der mich schwanken ließ.

»Das … das tut mir leid. Wirklich, Jai«, erwiderte ich ehrlich betroffen.

»Ist sie gegangen, als du es herausgefunden hast?«, fragte ich leise.

Jai atmete schwer, sein Kiefer war angespannt. »Nein, sie musste gehen. Als Nathalie von all dem Wind bekommen hat, ist sie ausgerastet vor Wut. Sie war von Anfang an gegen diese Beziehung gewesen und jetzt …«

Er stieß ein bitteres Lachen aus. »Manchmal frage ich mich, warum ich nicht einfach auf sie gehört habe.«

»Was ist dann passiert?«, wisperte ich.

»Nathalie hat sie vor ein Ultimatum gestellt: Entweder sie würde freiwillig gehen oder die Story wäre binnen weniger Stunden an die Presse gegangen und ihr Ruf hätte einen gewaltigen Knacks bekommen. Einen Tag später hat sie ihre Koffer gepackt und ist gegangen. Die offizielle Version der Presse lautete schließlich, Jessica habe ein anderes Angebot bekommen.«

Bei dem Namen Jessica zuckte ich unwillkürlich zusammen. Es war, als würde es in meinem Kopf ›Klick‹ machen und ein Schalter umgelegt werden. Konnte es sein, dass …?

»War Jessica deine Backgroundtänzerin?«, fragte ich mit einer dunklen Vorahnung. Meine Stimme zitterte, mein Puls raste inzwischen. Ich wagte es kaum, Jai in die Augen zu sehen, doch ein kurzer Blick genügte, um zu wissen, dass ich den Nagel auf den Kopf getroffen hatte.

Er warf einen Blick in die Ferne, dann nickte er schließlich.

»Sie war auch das Mädchen, das wir draußen vor dem Club mit Khalil gesehen haben. Ich hatte keinen blassen Schimmer, dass sie dort war, daher war ich auch so schockiert, sie nach all der Zeit wiederzusehen.«

Die blonde Schönheit war Jessica gewesen? Ich schluckte.

So langsam ergab alles einen Sinn. Jais und Nathalies merkwürdiges Verhalten, als ich sie an meinem ersten Tag in L.A. nach Jessica gefragt hatte, Jais abweisende Reaktion vor dem Club. All die Male, die er mich von sich gestoßen hatte, waren reiner Selbstschutz gewesen.

Es war, als würde sich das Puzzle endlich zu einem einheitlichen Bild zusammenfügen.

»Warum hast du nie etwas gesagt?«, hauchte ich.

Jais dunkle Augen trafen auf meine.

»Weil ich es nicht ertragen hätte, die Antwort zu hören. Verstehst du? Ich hatte Angst, all das nochmal durchzumachen und ich dachte, es wäre am einfachsten, dich einfach auf Abstand zu halten, aber das hat auch nicht wirklich funktioniert. Als dann die Fotos von uns aufgetaucht sind, da … da sind bei mir die Sicherungen durchgebrannt. Und als Nathalie mit dieser Scheinbeziehung anfing, wehrte ich mich nicht dagegen. Es war mir egal. Ich wollte dich verletzen, so wie du mich verletzt hast.«

Ich versuchte den Kloß in meinem Hals loszuwerden, ihn runterzuschlucken, aber es gelang mir nicht.

»Jai, ich wollte dich nie verletzen, hörst du? Wie konntest du denken, ich würde zur Presse gehen? Oder ich würde nur im Entferntesten wie Jessica sein?«, fragte ich verletzt, meine Stimme zitterte.

Jai machte noch einen Schritt auf mich zu und fasste mich leicht an der Schulter. Ein Schauer fuhr mir über den Rücken, als er mir so nah war.

»Ich weiß, ich habe einen dummen Fehler gemacht. All die Sachen, die ich dir unterstellt habe, die Vorwürfe … es tut mir so unendlich leid. Und das mit Sarah … sie hat mir nie etwas bedeutet. Wir hatten mal was am Laufen, aber das war etwas völlig anderes als das mit dir.«

»Und was ist mit den ganzen anderen Mädchen?«

»Nichts. Zumindest nichts Ernstes.«

Der Griff um meine Schulter verstärkte sich. Jai legte seinen Finger sanft unter mein Kinn und zwang mich somit, ihm in die Augen zu sehen.

»Ich kann das mit der Scheinbeziehung und den Lügen nicht mehr aufrechterhalten … deinetwegen.«

Mein Herzschlag intensivierte sich, mein Puls raste.

Jai strich mir über die Wange und schob eine widerspenstige Haarsträhne aus meinem Gesicht.

»Ich weiß, ich habe alles falsch gemacht«, flüsterte er. Zögerlich griff er nach meiner Hand und strich sanft über meinen Daumen. Ich hatte das Gefühl, sein flehentlicher Blick würde mich durchbohren und bis auf mein tiefstes Inneres hinabschauen.

»Tag für Tag habe ich mir eingeredet, dass ich dich in meinem Leben nicht brauchen würde, aber ich lag falsch. Ich habe mir die ganze Zeit nur etwas vorgemacht. Ich war so ein Vollidiot. Ich hätte dich nie gehen lassen dürfen.«

Tränen rannen still und leise über meine Wange, liefen mein Kinn hinab und tropften auf den Boden.

Jai sah mich erschrocken an. »Nina, Süße, nicht weinen …«, stammelte er verwirrt, wodurch die Tränen noch stärker über mein Gesicht strömten. Das hier machte mich fertig.

Ich wollte nicht so zerbrechlich und verletzlich sein, aber seine Worte hatten mich bis ins Mark getroffen.

Jai hob seine Hand und strich damit sanft über meine Wange. Sein Blick, seine dunklen Augen ruhten auf mir, stürzten mich unaufhaltsam in ein Loch.

»Ich weiß, du hast allen Grund, auf mich sauer zu sein. Und ich weiß auch, dass ich dich wahnsinnig enttäuscht habe und vermutlich keine Entschuldigung der Welt ausreicht, um wieder gutzumachen, was ich mit meinen Lügen angerichtet habe. Aber bitte lass es mich versuchen, ja? Ich kann gar nicht beschreiben, wie sehr mir das alles leid tut. Bitte gib mir eine Chance, um es dir zu beweisen. Ich lauf auch nackt durchs Flughafengebäude, wenn es dir bei deiner Entscheidung hilft?«

Obwohl mir eigentlich immer noch nach Heulen zumute war, stahl sich ein klitzekleines Lächeln auf meine Lippen. »Spinner«, murmelte ich.

Vorsichtig legte Jai seine Daumen unter meine Augen und wischte damit zärtlich meine Tränen und meine Make-up Schlieren beiseite.

»Kannst du mir verzeihen?«

Scheiße, es war so schwierig, wenn der Kopf ›Geh!‹ und das Herz ›Bleib!‹ schrie. Da war immer noch diese Angst, erneut von ihm verletzt zu werden. Es gab keine Versicherung, dass Jai mir nicht wehtun würde. Aber eine Versicherung bekam man nie.

Sollte ich dieses Risiko eingehen? Würden Jai und ich das hinbekommen? Obwohl wir aus so unterschiedlichen Welten kamen? Aber wie sollte ich dies herausfinden, wenn ich nicht einmal versuchte, diesen Schritt zu gehen?

Denn so sehr ich auch versuchte, Jai jetzt auf Abstand zu halten, desto höher schlug mein Herz, wenn ich ihn ansah. Und eigentlich heißt es doch immer, man soll auf sein Herz hören, oder?

Ich holte tief Luft, trat einen Schritt zurück und sah ihn streng an.

»Unter einer Bedingung: keine Lügen und keine Spielchen mehr!«

Jai sah mich zunächst verblüfft an, dann breitete sich mit einem Mal ein riesiges Lächeln auf seinem Gesicht aus.

»Ich verspreche es«, flüsterte er und umfasste mein Gesicht sanft mit beiden Händen. Seine dunklen Augen durchleuchteten mich von oben bis unten, sodass mir ein angenehmer Schauer über den Rücken lief.

Plötzlich fing Jai an zu lachen.

»Was ist?«, fragte ich verunsichert.

Jai lachte noch immer und sah mich mit einem Blick an, der alles in mir kribbeln ließ.

»Scheiße, Nina, darf ich dich endlich küssen?«

Inzwischen hatte sich ein ganzer Schwarm Schmetterlinge in meinem Bauch eingenistet, die wild umherflatterten.

Ich machte noch einen Schritt auf Jai zu, bis ich mit dem Oberkörper gegen seine Brust stieß und seinen Herzschlag ganz dicht an meinem fühlen konnte.

»Ich dachte schon, du fragst nie«, flüsterte ich.

Und bevor er überhaupt reagieren konnte, schlang ich meine Arme um seinen Hals und drückte meine Lippen auf seinen Mund.

Epilog

Ich schlang meine Arme um Jais nackten Oberkörper und juchzte begeistert auf, als das Wasser an meinen Beinen hochspritzte und die frische Meeresbrise mein erhitztes Gesicht kühlte.

Jai trat noch einmal kräftig aufs Gas, bevor er den Jetski mit einem gekonnten Schlenker haarscharf vor den anderen zum Stehen brachte. Der Motor röhrte leise.

»Na, wie war das?«

Jai drehte sich zu mir um und gab mir einen sanften Kuss auf die Lippen. Ich hörte Jeremys und Alex' Johlen, welches Jai und ich mit einem koketten Grinsen registrierten.

»Mann, Leute, wir sind in Florida, abschlabbern könnt ihr euch auch später noch. Mein Baby hier kommt gar nicht richtig in Fahrt!«, stöhnte Luke.

Wie zum Beweis streichelte er nahezu liebevoll über den glänzenden Lack des Jetskis.

»Luke, Alter, du brauchst dringend eine Freundin.« Jai schüttelte lachend seinen Kopf, sodass Wassertropfen aus seinem nassen Haar flogen und auf meiner Haut landeten.

»Ich brauch nur meinen Jetski mit ordentlich PS unter der Haube, sonst nichts. Ja, mein Liebes, du verstehst mich«, murmelte Luke verträumt mit Blick auf das heiße Gefährt. Als er aufsah und sein Blick dabei an Alex hängenblieb, die hinter Jeremy saß und sich mit einem verliebten Lächeln an ihn schmiegte, verdrehte er gespielt genervt die Augen.

»Boah, ich muss hier weg. So viel Harmonie auf einmal ertrage ich nicht.«

Er grinste verschmitzt und ließ den Motor hochfahren, sodass dieser laut aufbrummte.

»Wer als Letzter am Strand ankommt, muss den anderen einen Drink spendieren.«

Luke warf noch einen letzten herausfordernden Blick in die Runde, dann preschte er los.

Der Jetski heulte auf, Wasser schlug an den Seiten hoch und peitschte mir ins Gesicht.

»Hey, das ist unfair!«, schrie Jai gegen den lauten Motor und die hochschwappenden Wellen an. Er warf Jeremy einen kurzen Blick zu.

»Dem zeigen wir es, richtig?«

Jeremy ließ für einen Moment von Alex ab und grinste. »Worauf warten wir noch?«

Jai drehte sich mir um. »Festhalten, jetzt wird's schnell!« An dem Leuchten und Funkeln in seinen Augen konnte ich deutlich den aufblitzenden Sportgeist erkennen, den Luke in ihm entfacht hatte.

Ich schlang meine Arme um Jai und schmiegte mich an seinen warmen Rücken. Alex, die nun ihrerseits ihre Arme um Jeremy legte, grinste mir zu.

Ein Ruck ging durch meinen Körper, als die Maschine schwungvoll anfuhr, dann sausten wir über das türkisfarbene Wasser.

»Woohoo, Strike, Baby!«, jubelte Jai und hielt mir seine Hand zum Abklatschen hin, als wir knapp einen Meter vor Jeremy und Alex am Bootssteg ankamen, kurz darauf trudelte auch Luke ein.

»Was sagst du dazu, Lukey?«, lachte Jeremy aus vollem Hals, als er dessen erstauntes Gesicht registrierte.

»Das nennt man Pärchen-Power.«

»Pfff, Pärchen-Power.«

Luke schnaubte und schüttelte ungläubig den Kopf.

»Ich geh dann mal die Drinks holen …«, erwiderte er mit einem schiefen Grinsen.

Er zog sich seine orangene Schwimmweste aus und stapfte in Richtung Bar. Dass ihm einige Mädchen sehnsüchtig hinterhersahen, schien er gar nicht mitzubekommen.

Ich ließ mich mit Jai im Schatten einer Palme nieder und schaute hinaus auf das spiegelglatte Wasser, das verlockend glitzerte. Knapp vor uns sah ich Jeremy und Alex stehen, die mit Schwimmflossen und Schnorcheln ausgerüstet an der Wasserkante standen. Ihre dicht beieinanderstehenden Silhouetten hoben sich sanft gegen den leicht geröteten Abendhimmel ab. Vielleicht würde aus den beiden tatsächlich noch etwas werden.

Ich schmiegte mich noch ein wenig enger an Jai, der seine Arme um mich legte und fest umschlang.

»Ich bin froh, dass du geblieben bist«, flüsterte Jai mit rauer Stimme und gab mir einen sanften Kuss auf mein Haar.

Ich seufzte wohlig auf und lehnte mich gegen seine muskulöse Brust. »Ich auch.«

Jai griff nach einer meiner Haarsträhnen, spielte ein bisschen damit herum und wickelte sie sich um seinen Zeigefinger.

»Wo bleibt eigentlich Luke mit unseren Drinks?«, fragte ich.

»Ich glaube, der ist aufgehalten worden.« Lachend deutete Jai mit dem Finger auf die Strandbar, an der sich Luke angeregt mit einer äußerst hübschen Blondine unterhielt und ziemlich offensichtlich mit ihr flirtete.

Ich musste grinsen. Wie schnell unser charmanter Surfboy doch sein ›Baby‹ vergessen hatte …

»Es gibt da übrigens eine Neuigkeit, von der ich dir noch nichts erzählt habe …«

Überrascht drehte ich mich zu Jai um und sah in seine schönen, dunklen Augen, die plötzlich aufleuchteten.

»Welche Neuigkeit?«

Jai sagte nichts, sondern sah mich einfach mit diesem verschmitzten Grinsen auf den Lippen an. Ein Kribbeln fuhr durch meinen Bauch, mein Herz schlug höher.

»Hey, nun sag schon. Das ist unfair, mach's nicht so spannend.« Als er immer noch nichts sagte, setzte ich mich auf seinen Bauch und begann ihn zu kitzeln, bis er irgendwann lachend nach Luft schnappte und meine Hände vor seinem Bauch festhielt.

»Ist ja gut, ist ja gut, ich erzähl's dir. Du benutzt keine fairen Mittel«, grinste er. Tausend kleine Schmetterlinge jagten durch meinen Körper, als er mich an sich zog und küsste.

Irgendwann löste ich mich von ihm und pikste ihm meinen Zeigefinger gegen seine Brust.

»Wer redet hier von unfairen Mitteln, hm? Lenk nicht vom Thema ab, mein Lieber!«

Ich rappelte mich wieder auf und sah ihn erwartungsvoll an, die Arme hatte ich vor dem Bauch verschränkt.

Jais Mundwinkel zuckten verdächtig, seine Augen begannen zu glitzern.

»Da es langsam ja nun auch mal an der Zeit wäre, meine internationalen Fans kennenzulernen und mein Album außerhalb der USA zu vermarkten, hat Nathalie für Herbst eine Tournee durch Europa angesetzt.«

»Du kommst nach Europa?«, fragte ich ihn stürmisch.

»Nicht so ungeduldig …«

Jai grinste schelmisch und hauchte einen Kuss auf meine Fingerspitzen.

»Das Beste kommt doch noch …«

Wieder ließ er mich zappeln und ich war inzwischen so unruhig, dass ich kaum noch stillhalten konnte. Mein Herz schlug mittlerweile so schnell, dass ich dachte, es würde mir jeden Moment aus der Brust springen und über den Strand davonhüpfen.

»Jai …«

»Okay, okay, also, da ich mich ja nur ungern an Änderungen in meinem Team gewöhnen kann, wie du weißt, wäre da noch ein gewisser Platz als Backgroundtänzerin zu besetzen und was soll ich sagen … Nathalie wäre einverstanden, dich wieder dabeizuhaben. Die Tournee beginnt in drei Monaten.«

Ich brauchte einen Moment, bis ich begriff, was Jai da gerade gesagt hatte. Ungläubig sah ich ihn an. »Aber, was, wie …?«

Mir fehlten die Worte, was Jai noch breiter grinsen ließ. »Luke, Jeremy und Alex haben übrigens schon zugesagt … falls dir das bei deiner Entscheidung weiterhilft.«

Als hätten sie uns gehört, drehten die drei genau in diesem Moment ihre Köpfe zu uns und sahen mich erwartungsvoll an.

»Soll das etwa heißen, dass …«, setzte ich an, kam aber nicht weiter, da ich Jai quietschend um den Hals fiel und meine Arme um seinen Nacken schlang.

Jai lachte leise und strich mir über den Rücken, wobei er einen kurzen Moment an dem Knoten von meinem Bikini-Oberteil verharrte. Dann ließ er seine Finger weiter nach oben wandern und strich mit zart über den Nacken, sodass sich die feinen Härchen aufstellten.

»Und Nathalie hat einfach ja gesagt?«, fragte ich immer noch fassungslos an seinem Ohr.

»Nun ja, kann sein, dass ich da ein bisschen nachgeholfen habe. Außerdem hat Nathalie, glaube ich, ein schlechtes Gewissen wegen uns beiden und der Sache mit der Scheinbeziehung und so … Auch wenn sie das nicht zugeben würde.«

Als ich mich ein Stück zurücklehnte, war es diesmal Jai, der mich erwartungsvoll ansah.

»Also, Chaosqueen, was sagst du? Willst du …?«

Für einen kurzen Moment blitzte Unsicherheit in seinen Augen auf und ich kostete es aus, Jai nun seinerseits ein bisschen zappeln zu lassen.

»Ob ich will, hm …?« Ich legte mir einen Finger ans Kinn und tat, als müsste ich überlegen.

»Ob ich will? Du fragst mich, ob ich will?«

Ohne ein weiteres Wort krallte ich meinen Finger in den Bund seiner Badehose, zog ihn stürmisch an mich und küsste ihn.

In zwei Tagen würde ich zurück nach Hause fliegen, aber ich war nicht traurig. Denn bald war Herbst und was waren schon drei Monate?

Nein, das hier war nicht das Ende.

Es war erst der Anfang von allem.

Danksagung

Es hat mir viel Spaß gemacht, diese Geschichte zu schreiben und wenigstens in meiner Fantasie einmal in die Welt von Hollywood einzutauchen. Dass ich jetzt, nachdem ich fast zweieinhalb Jahre an dem Roman geschrieben habe, mein eigenes Buch in der Hand halten darf, ist ein unbeschreibliches Gefühl. Dafür möchte ich mich bei einigen Leuten bedanken.

An allererster Stelle steht natürlich meine Familie, insbesondere meine Eltern und mein Bruder Jan, weil sie immer hinter mir stehen und mich unterstützen.

Ich möchte meiner Tante Meike danken, weil sie die Erste war, die mein Manuskript zu sehen bekommen und jede einzelne Szene genauestens unter die Lupe genommen hat. Das Überarbeiten war mühsam, aber ich hoffe, es hat sich gelohnt. ☺

Danke an meine beste Freundin Isabell, weil sie seit dem Kindergarten (17 Jahre, Isi!) mit mir durch dick und dünn geht. Und danke an Lidiia. Ich weiß, dass du für mich da bist, auch wenn du gerade nicht hier sein kannst.

Danke, Andrea, dass ich mit dir über alles reden kann und dass du an mich glaubst. Ich bin froh, dass ich dich kennengelernt habe. Und auch ein ganz großes Danke an Trudi. Du hast mich immer wieder aufgebaut, wenn es mir schlecht ging.

Und last but not least möchte ich Astrid Behrendt vom Drachenmond Verlag danken, weil ich ohne sie nicht die Möglichkeit gehabt hätte, meinen Roman jetzt in den Händen zu halten. Danke auch an Sarah Buhr und an Marie Graßhoff für die Covergestaltung

Ich bin gespannt auf alles, was noch kommt…

Drachenmond Verlag
Bücher mit Herzblut